U0486794

有一种力量,叫文学;
有一种美好,叫回忆;
有一种感动,叫青春;
有一种生命,在鲁院!

鲁迅文学院「百草园」书系

最后的草原

又央 ◎ 著

回忆是人生的荒凉，这项功能须等到垂垂老矣才能启用。启用秋阳里或者暮春时节的静坐姿势。

ZUIHOU DE CAOYUAN

江西高校出版社

图书在版编目（CIP）数据

最后的草原 / 又央著. —南昌：江西高校出版社，2017.6（2020.7重印）
（鲁迅文学院"百草园"书系）
ISBN 978-7-5493-5457-3

Ⅰ.①最… Ⅱ.①又… Ⅲ.①中篇小说—小说集—中国—当代②短篇小说—小说集—中国—当代 Ⅳ.①I247.7

中国版本图书馆CIP数据核字(2017)第111493号

出版发行	江西高校出版社
社　　址	江西省南昌市洪都北大道96号
总编室电话	（0791）88504319
销售电话	（0791）88595089
网　　址	www.juacp.com
印　　刷	北京一鑫印务有限责任公司
经　　销	全国新华书店
开　　本	700mm×1000mm　1/16
印　　张	17
字　　数	210千字
版　　次	2017年6月第1版 2020年7月第2次印刷
书　　号	ISBN 978-7-5493-5457-3
定　　价	46.00元

赣版权登字-07-2017-479

版权所有　侵权必究

图书若有印装问题，请随时向本社印制部（0791-88513257）退换

目录 Contents

黛色参天 …………………………………… 1
风入松 ……………………………………… 38
位　置 ……………………………………… 51
冷　槐 ……………………………………… 81
那塘水 ……………………………………… 109
朝日葵花 …………………………………… 137
深　树 ……………………………………… 175
梨花满地 …………………………………… 212
卫生员 ……………………………………… 243
最后的草原 ………………………………… 254
后　记 ……………………………………… 264

黛色参天

一

　　欧阳图没有任何表情。

　　从大清早支队长通知他平调九中队改任副中队长，他就一直没有任何表情，只应了一声"是"，出门前敬个礼转身而去，连声口头保证都省略了。支队长眉毛皱巴成老蚕样子，上下唇鼓了鼓终于没有再说"支队党委这样决定，是基于两个考虑"之类异常隆重的话，他体会得到欧阳图的心理。平调，还是去九中队，欧阳图没有想法怎么可能。师大中文系毕业后从军，那身军装在他身上被三年时间揉搓得苍老不少。后分配到特勤中队，见习，任副指导员，特勤中队就在支队大院里，大院里出操、训练、执勤，常常还会有些公差，眼皮儿底下活干得亮晃晃，谁心里都有数，心里有数总比没数强，九中队与之可比性为零。九中队那个地方不管坐南抑或坐北，是执勤单位、离支队远、设施差、与先进行列榜无关这些名声，却是百里可闻的"香气"。支队到底基于哪两个考虑平调他，欧阳图认为没有必要听，又不是去当主管，有劲儿想使也使不上呀。再说，人家也不见得会让你使什么劲儿，弄不好，还有可能岔了气。这些轻重他犯不了糊涂。

　　司机是个一级士官，团团的脸带着婴儿肥，把欧阳图的行李咣哧撂到吉普车后座就上路了。车上音响开得很大,哼唧着许巍的《蓝莲花》。许巍便在发动机的搅拌下扑扑哧哧地叫唤。欧阳图就想到了大学时候周末的男生宿舍:袜子和衬衣浸没在脸盆里,如烟蒂甩到痰盂盆泡出来的隔夜颜色,除非矮子里再也拔不出将军必须换穿,否则就像桑麻沤烂在水塘里,谁知道什么时候谁能想起捞出来晾晾干。这时候的袜子和衬衣的主人们倚着或靠着堆垛起来的被褥如古代的书生一样入神或非入神地苦读什么书或听哪首名曲,脸盆里的东西及弥漫满屋的酸臭气味全然没有影响到屋主们的任何风神或韵致。偶见女生飘然而至,便不计找他们中哪个幸运儿,全体男生便如同听见紧急集合号一样腾然下床,手脚并用,脸盆和脸盆里的东西眨眼工夫都前挺后撅蜂拥至床下无序组合,于是,书香满目抑或乐声盈耳,看谁都是阳光男孩或儒雅书生,只是空气里蜂拥不去的气息仍能将进门的女生撞出去。

欧阳图嘴角咧了一咧,身子靠向后背椅,乜斜两眼朝后视镜瞟瞟,原本说得上白皙的脸,现在颜色明显深了许多,高原上的太阳就是容易晒伤人,能伤到人的气质。他抬手揉搓一下,皮肤不很干了。凌云弄来一堆瓶瓶罐罐一股脑往他脸上很有层次地捂,他总能在她撩着香风的手温下感觉那些营养往皮肤下赛跑的速度。他是没工夫护理的,就是有工夫,一个大男人见天又涂又抹手留余香,不用别人大惊小怪,他自己也颇觉很娘娘气。娘娘气让一男人沾上一星半点,这男人基本算不上男人,甚至女人也不能算。凌云有办法,说:"男人怎么了,人脸愣弄得伸手不见五指,都伸手不见五指了,还拿来当招牌混成熟,混沧桑感?沧桑感说白了就是让人的激情一落千丈,什么时代了,还以折磨人眼球为荣!"又指示:"你用这个,免洗补水滋养面膜,晚上洗过脸当面霜往脸上一抹,早上起来再洗去,一周两次足矣,简单。"真还管用,欧阳图正了正眼镜。司机说了句什么,欧阳图没听清,司机就把音量往低里调一下,说:"你还真去呀,李小龙去那地儿武功一准废了。"欧阳图哼一声,不知道是认同还是不满意,反正司机没听出什么意思来,就笑了笑,再说出话就歪了嘴角:"'胖头陀'不走,神仙去了也白瞎。"欧阳图总算听清楚了,就拿眼撩他。司机这回笑出了声,说:"我就猜出来八九成,你是秀才,文绉绉的,基层哪里合适呀,笔头子弄弄还行,带兵那活儿哪儿成?不用说九中队病根就不在笔头子上,瞎子都看得出,开掉'胖头陀'一切OK!"

"胖头陀"?这个称谓兵味儿淡,江湖气儿浓。欧阳图也听说过九中队有个"刺头儿"兵,却不知这兵还有个"胖头陀"名号,愣了愣,纳闷军营何来黑道人物,不必品咂都具嘲讽。

车颠簸起来,欧阳图眯缝两眼打量两边。太阳升很高了,锥子一样的强光殴打着眼睛。车从国道拐入一条沙砾路,灰尘蹦起来扑到挡风玻璃上,之后又拖起长长的黄尾划一条曲曲折折的烟道,左扭右甩舞蹈在荒山秃岭底下。前面仅见的稀疏杨树,这会儿渐矮成斑秃一样的枯草,格桑花茎埋没在枯草里挣扎着此起彼伏地咳嗽。咳嗽声随着门窗缝隙呼噜呼噜爬进来,吉普车内便烟气腾腾。车接连爬了几个土坡后终于停在一座小院里,司机长舒一口气说:"到了,副队长。"欧阳图掸了掸军衣上的灰尘,扶了扶军帽,身子还有些松软。刚才进院时他着实吃惊,红瓦平房,像一路起来看到的零星民舍,如果没有院墙上制式字的鲜红和门口哨兵,来回几趟都不大可能认出来。东面是刚刚建起来的锅炉房,这算最具现代气息的"标志性"建筑。南面是砖混结构的平房,其他三面都是土木结构的青瓦房,望一眼就会跳出祖父或祖父的祖父留下的什么百年老屋之类的念头。老屋看不到繁华,在日子里堆积下一层层炭化的老泪,看得心拧着劲儿痛。南面紧挨一座比营区高出几十米的小山,屏障一样打折了营区的视线。锅炉房前栽了两棵分好几个杈儿的白杨树,瘦骨嶙峋,两棵白杨树中间竖一块巨大牌子,新刷着"责任重于泰山"六个大字,算是营区模样了。营院的小,即使是学中文的想象力十足的欧阳图,也想象不到:养只鸡养只鸭还凑合,战士们平常的训练都放哪儿搞呢?

一个长着小虎牙的清秀战士从南面的平房里扑出来敬礼,口里的热气熏得欧阳图皮肤潮潮的,痒痒的。很浓的麻辣口音:"您好!昨天就听说要来一位姓欧的副队长,您应该就是吧?我是咱们中队的通讯员,我叫向阳。"说着,疾步从车上取下背包,指了指南边的一间房子说:"您就先到队部歇歇吧。"又亲热招呼司机下车。司机把车窗摇下一半一根指头杵到向阳鼻子上说:"欧什么欧,没文化,副队长姓欧阳,复姓,长长学问吧。你!"又向欧阳图说:"天黑前还得赶回支队,车队有规定。"也不喝水,开车走了。

欧阳图说:"先到队长指导员那儿报个到。"向阳脸上的红晕还没褪尽,说队长出去学习不在,指导员和排长带部队到山里训练去了,就留下几班哨兵在班里写心得体会,司务长担负勤务值班。欧阳图终于知道部队训练要进山,就说先洗把脸。向阳怔了一下,心说真讲究,搁别人,都会说先看看营区,均显很关心中队的样子。是样子也得摆摆,但凡摆出来的不就是样子啊。但看他径直往队部走,并没有为刚才的决定迟疑,只得放下背包跑去打水。欧阳图站队部洗脸镜前摘下军帽、眼镜,手掌搓了一把脸,瞅指头肚上抹下来的一层泥,黏黏的,沙沙的,还带点土的黄色。撩水洗脸的时候,脸盆里荡起一股怪怪的气味,很浓,浓到水沾到眼角涩得眉头拧两坨疙瘩。听到重重的脚步声砸过来在门口顿了一顿,好像还"哼哼"两声,他以为指导员回来了,就擦擦疙瘩和疙瘩周边。门口没有人,又想该不是叫吉普车的发动机整出听力毛病了吧。向阳进来问:"欧……欧阳副队,张大忠刚才没有进来吧?"欧阳图就问:"谁是张大忠?"向阳"哦"着吞吐:"过会儿就知道……没进来就好,我刚才见他打门口过,还以为……没进来就好。"又说:"欧阳副队,灶上给您热好午饭了,我端过来。"欧阳图说:"饭堂吃吧。就抬脚出来。"

南面小山那边几个战士挥着铁镐拍土,拍出一道新塄坎,塄坎在炽光下燥得冒烟。一个大个子士官手搭到腰里高声吆喝,大概瞟见了欧阳图,声音拔得更尖:"写啥心得,写啥心得,咱当兵的生来就是跟土打交道的。粗人!身上脸上沾点那是光荣,怕啥,别塄充假洋鬼子!"向阳赶忙往欧阳图脸上瞅,欧阳图脸上没有任何表情,洗过的脸泛着亮色,细致得好过中队长嫂子。中队长嫂子是幼儿园老师,会保养,生过孩子的人了,还那么光鲜,每次来队都撑着一把粉色桃花小绸伞,春色便撑亮中队每一双眼。

欧阳图往回走时午饭在胃里弹起琵琶,向阳说指导员刘继马回来了，他就打报告进队部。刘继马略抬抬眼，目光游走到对方的刹那拽下眼皮，卷闸门似的呼呼啦啦响，屁股跟着在椅子上轻挪了挪，算是还礼，淡笑了一下说："欢迎啊，师大中文系高才生，高才生能来九中队那是九中队的光荣，是吧，啊？"欧阳图将身体向后闪了闪，眉头皱了一下，也只皱一下，他很不喜欢这种太像欢迎词的欢迎词，听起来很疏远，远不如直接说你来了或什么也不说。什么叫能来九中队那是九中队的光荣，我欧阳图既非首长莅临检查指导也非明星大腕加盟助阵，也就一副职，有何可称道，更扯不上甚光甚荣。刘继马眼皮跳了跳，眼神飘着，又说："晚上，你和大家见个面，叫他们也见识见识啥叫高才生水平，别觉得一亩三分地上能蹦跶几下就不得了了，那是没见过真能人。"说完这话又问向阳欧阳副队长的床铺安排，向阳汇报说，放二班了。刘继马就说："中队就这条件，我和中队长住这儿，司务长和通讯员住司务长办公室，你暂时住战斗班吧，等有条件了再调整。"欧阳图除进门喊"报告"外这时又轮到进出第二个词："行啊。"只是这个"行"字刚做出迈腿的分解动作，就听到一声"报告！"，门就在这两种同时碰撞出的C大调里劈到了不能劈开的角度。一个挂一级士官肩牌的大个子横进来，和腰里颤巍巍的肉一起甩到刘继马面前喊："指导员，我请几天假，我姐姐过生日，我得过去招呼客人。"刘继马摆摆手："张大忠，上个月不是批过你探亲假了吗？这才回来几天又坐不住了？咋了，想首长了还是想阿姨了？"话是这么说，脸上却灿烂辉煌。此时，他的笑容像临时抄起的温暖，比刚才说欢迎欧阳图时要顺手，像来来回回摩挲着大个子张大忠，轻柔，绵软。张大忠的脸被摩挲得很肿很难看，他把那双蒲扇似的大手往刘继马的桌上一摁，像加盖公章似的，提着比前头在南面小山吆喝高八度的嗓门，大叫："话可不能这样说啊，指导员，咱可是为那件大事才休假的，踮着脚片子二傻子似的穷忙，一天也吭休息，叔叔他——"刘继马急忙摆手说："好了好了，下周考虑你两天，眼下先不要提。你是班长，欧阳副队长刚住进你们班里，你不安排好就走像话嘛，你说，像话嘛！"顺手抄起的温暖更如烈日高照，张大忠斜眼往欧阳图这里瞅，犹如瞅一只猴子，不屑里剜得出恼怒，嘴努了努,最后丢下一句:"好啊。"尾音挑得很锐,像是应着刘继马,又像是冲欧阳图说。在欧阳图听来,这个大个子张大忠那句"好啊"更像是有什么下文,只是眼下还不清楚。

刘继马的笑紧随张大忠身影闪出门之后也一并闪出门去。他瞅瞅欧阳图抬一次眼皮刷新一次苦笑,说:"你不知道啊,现在的兵难带,有后台的兵尤其难带。就说这个张大忠吧,不过一个一级士官,晋了一级恐怕还得晋二级,凭啥呀,凭他'胖头陀'一身肥肉还是凭他嗓门比人大?说到底人家上头有个叔叔,咱们的顶头上级,谁能惹,谁惹得了!"欧阳图明白了,眼前的张大忠就是"胖头陀",一边的嘴角紧闭且微微上扬,笑了笑。刘继马分明感到了来自这个下属的轻蔑,那是一种绝对的轻蔑,这种轻蔑像一把冰铸的快剑,明白,寒冷,锋利,让你遍体鳞伤无处逃遁却又自惭形秽。他很后悔让欧阳图目睹这一切,摆弄好的那堆气势刹那间轰然坍塌尘土四起还弄得灰头土脸,灰头土脸倒也罢了,更难堪的是心里竟觉得矮他半截,这怎么得了?矮人半截的刘继马气急败坏却又无可奈何。

晚饭时本来安排由欧阳图作队前自我介绍,刘继马却笑得像包子似的向大家说:"这就是咱们新来的欧阳图副队长,看看——啊,大学中文系高才生,啊——支队党委把他安排到咱们这儿任副中队长,这是支队党委对他的信任,更是对九中队全体官兵的无比信任,啊——他会为中队建设做出应有的贡献,也一定会和大家一同把我们中队建设得更加美好!啊——大家欢不欢迎?"队列里的掌声热情且礼貌,"欢迎"俩字应得有气无力,且尾音拖得颇长。欧阳图认为用不着自己补充什么,人家也没有让他再多嘴表态的意思。柳司务长饭后跟他到班里,说:"你行啊,学中文的把政工干部整成军事干部,怎么也算是领导们慧眼独具。"又指指班里成员说:"住二班,好啊,这是领导的格外关心和特殊照顾,他们很听话。"把"格外"和"特殊"俩词咬得很重,胳膊轻轻捣捣他,起身走了。

班里战士依旧写心得体会,安安静静,静极了反显空旷。欧阳图坐床前小板凳上眼往房里扫,一圈,又一圈,和在特勤中队时一样,只是心情别样粗粝。他随意抽起就近的一本笔记看,那个战士脸腾地红了，本能地往回拖，欧阳图任由他拖去，"军人的核心价值观"几个字闪进眼里，就想起在特勤中队带战士学习文件写心得体会，这也就是昨天的事儿，一夜醒来铺盖连滚带爬带着咳嗽风卷到这里来了。凌云那里还没来得及打电话汇报，好几天了，她想必还在准备那份三万字的硕士毕业论文，瓶瓶罐罐大约冷落久了，上周见她那面，那蓬头垢面的样子让人总想翻唱杜甫先生的《茅屋为秋风所破歌》。她全然不觉，说："导师希望我考北大陈教授的博士生，他这方面研究得深，我想试试。"并没有征询谁意见的意思，欧阳图好脾气地配合着点头说声："老头子学问深，那你就试吧，需要跑腿买资料说一声。"凌云咯咯笑出声说："谢了，有这句话比空气实在些。你见天神龙见首不见尾巴，还有工夫跑腿？算了吧。"这倒是真的，特勤中队中队长三个月前学习去了，指导员让他负责抓训练、执勤，费去不少神。支队长头一个月往中队来得勤，差不多一天两三趟，也不问，也不说，背起手东瞅瞅西看看，月底的时候就来得少了，三两天一趟，来了往队部里一坐，有一句没一句地和指导员掰掰，掰得指导员心里发毛。打第二个月起一周来一趟或十天半月来一回，看欧阳图眼神就有些特别，或者说有些意味深长。想不到中队长学习结束回来不到一周，他欧阳图的特勤中队副指导员的命令就改成九中队副中队长了，也真是意味深长。

"副队，天儿还早，咱陪你熟悉熟悉营区吧。"张大忠差不多坐到欧阳图腿上来了，指着腕上的表大声说。欧阳图就扫那块表壳，金灿灿亮闪闪的一款劳力士，地摊上售几十元的水货，就微点一下头，起身戴帽子。张大忠吼声"好"，战士们好像提前排练过似的，齐刷刷站起来吼："副队长好啊，副队长好，副队长是咱们的好领导……"来得突然，十双目光像枪刺成排扎过来，跟喂过毒一样，想扎出欧阳图身上此起彼伏的惯常反应，比如喜上眉梢，比如惊慌失措，比如言不由衷等等，所以，目光中的恶作剧更甚于吼出的尊敬。张大忠的目光里不只有恶作剧，还有别的，欧阳图一望而知，于是，仍然没有任何表情，也不打算有任何表情，站在那里静静听大家吼完，便走到门口说："继续写吧。"转身出门，步子从容、沉稳，在张大忠看来，这个人不大好琢磨，不好琢磨也不过是一个一下车就洗脸且洗得认真的文弱书生，弄弄笔杆子耍耍嘴皮子而已，即使如此，刘继马也未必肯给他机会耍弄，今晚的见面会就是证明。欧阳图这个反应让他没意思起来，向大家瞪瞪眼，摆摆手，拎起外腰带紧步去追欧阳图。

天黑得不太严实，远村近山被天光挤压得模模糊糊，偶听几声犬吠，丝丝缕缕，遥远，不大真切。向阳正端一盆水出来，看见他们往营门外走就猜到了，瞅瞅欧阳图又瞅瞅张大忠，跑过来笑着指向离营门不远的山沟说："前面就是库区。"张大忠把他一拨拉说："新兵蛋子脐带没干日沓哩瞎咧咧充大瓣蒜，欠拾掇呀？你！"向阳不理他，向欧阳图挤挤眼说："副队，眨眼天儿就黑了，山路不好走，明儿转吧。"张大忠大手一推，向阳趔趄几步站住了，眼还往欧阳图这儿瞅。欧阳图斜一眼张大忠，张大忠的心蓦然颤了颤，如受神示般清楚了镜片后那双不算很大的眼里幽冷的一道光，像剑，像刀，戳得人生疼。这种疼只在叔叔的眼里看到过，那是新兵下连分到九中队后他找叔叔说："那破地方鬼都不拉屎，您就真流放我呀？一车皮拉来的好几个都分配到了总队机关里，搂底儿也到支队机关，我打听了，他们家的亲戚官儿还没您大呢。"婶子瞪大两眼说："真的呀，那地方鬼都不拉屎？"叔叔咳了一声，哼道："你见过鬼？还成精了！"之后盯过来的眼神就是欧阳图的这种，从此张大忠有事再不敢到叔叔跟前张口，婶子好说话。给刘继马的弟弟调单位的事就是婶子给警务处打电话办成的，反正一小兵，放哪儿不是放。

跟在欧阳图后面的张大忠在暮色下更像一头黑熊，笨拙挪动着。与其说挪，不如说拖着肥硕的身躯更确切。他不明白平常郁闷透顶的地方欧阳图为何能望上好一阵，望了好一阵的欧阳图让暮色浸染得眉目不清。他三年前来九中队的时候九中队也是这种样子，从来没有变过，那时候他常到小山上一坐就是一下午，憋闷极了，一起分来的河南兵李宝丰常过来陪他，给他指目光所及处的层峦叠嶂，说如何神秘，给他说四面环山空气会如何清新，还说这种地方搁在家乡山区该是怎样难得的藏龙卧虎之地，说不定还真有人来观光旅游。听得张大忠恨不得朝那张大方脸上掏鸟窝。鸟窝最后还是掏了。李宝丰说听领导讲这地方地势虽然不觉得高，却是个绝好的战略要地，有一夫当关、万夫莫开之险要，还说当年建设者把储油地点选在这儿是有眼光的。最让张大忠想掏鸟窝的是他望着秃山摇头晃脑说："望着秃山，照样春暖花开。""开"字没拖成句号，张大忠人就泰山压顶一般压上去掏了，李宝丰被掏急了，甩开膀子黑着眼拧着头风钻一样扑上去，别人发现时一个鼻子淌血，一个眼窝黑紫。中队长把两个人叫一处狠狠批一顿，要给两个人记警告处分，最后是当时任副指导员的刘继马找两人分别谈了话。谈话之后，又找中队长单独汇报。队部的门关了差不多一个小时，再开启时两个警告处分就取消了。从那以后张大忠到小山上坐，李宝丰再没有上去过。

走了几米远，张大忠遥指百米之外一座灯塔似的哨位说："这是中队的一号哨，往里走就是储油区，再走就到二号哨，再往里面是……"欧阳图朝他手指的方向望过去，一条小砾石铺成的路弯弯曲曲扭向山里去，最后被山和越来越重的暮色搅乱。在弯曲和搅乱之间，隐约辨得清二号哨位和其他执勤设施。张大忠等着他问油库的位置或储油罐的数量，因为之前初来乍到的干部无一例外都会问这个问题，还一脸的深沉，不过，在他们话离开唇齿后无一例外追悔莫及，张大忠的回答更像训话："油库就在这山里，储油罐当然也在这山里，至于多少油多少储油罐，您别问我，您数一数就知道了，数完了跟谁也不能说，军人的天职就是保而且守秘密。"欧阳图当然也想问，但他也只是想想，因为他更相信自己看到的，看到的记得最牢，但今晚显然不合适，数字只是数字，明天照样要亲自去踏看。何况身边这个战士不适合回答此类提问，他明显是惯坏了的那种兵，这种兵在特勤中队不少，要管住他们脑细胞非得成千上万前赴后继不可，即使成千上万前赴后继了也不见得收效明显，否则他欧阳图也会跟刘继马一样，甚至还不如他。他相信刘继马的脑细胞此起彼伏地死亡而且横尸遍野。他很明白，其他战士都在盯这种兵，擒贼先擒王，虽说这种兵不是王，影响却更甚。

两人后脚蹭前脚跟走，砾石和鞋底发出咯吱咯吱的声音，和着衣服窸窸窣窣的擦动声，以及劲风撞向山体后头晕目眩最后一头栽到谷底的呜呜声，吓唬着阒静的山谷和一襟晚照。

刚到山口，一号哨哨兵从哨位上大声说："请出示有效证件，中尉同志！"欧阳图仰脸上望，暮气沉沉重压着一张更沉一些的脸，这张脸盘生得很大，眼睛也大，两点光斜睨过来，生一种虎气。欧阳图手往上衣兜里掏警官证，张大忠跳起脚往墙上跺，墙土纷纷扬扬，边跺边嚷："李宝丰，你小子玩儿大了，连新来的欧阳副中队长都敢拦！"叫李宝丰的哨兵目不斜视，放下纸夹子吊上去警官证，手电筒晃晃欧阳图，又晃晃张大忠，再晃晃证件，核对准确了朝欧阳图敬个礼放行。张大忠气犹未消，以指遥点李宝丰恨恨说："好小子，够狠。"又对欧阳图说："这小子命好，去年就该他复员了，也就懂点儿电脑，中队长说眼下没人会摆弄，就便宜他转了士官。"欧阳图突然说："你懂什么。"张大忠没听明白，不知道是问他懂什么技术还是责备他什么都不懂，就站在那里翻眼仁，李宝丰卡在喉咙眼儿的"咯咯"笑一下一下倒腾着张大忠心口。张大忠的心口被倒腾得又乱又恼，只得冲上面喊叫："笑啥笑，会摆弄破电脑有啥得意的，咱当兵的要的是力气，有本事比画比画，看不把你大卸八块。"张大忠话说得狠，其实是要欧阳图听的，他已经被这个副中队长的沉默弄得着实憋闷，你欧阳图不就会写写画画吗，写写画画谁不会，水平高日沓了低日沓了顶屁用，基层中队执勤带兵那活儿用不着这个，晚上山里上哨不把你唬尿裤裆就算本事。想到这里，便把头重新昂起来，想再指指桑骂骂槐，却瞥见欧阳图走得已远了。

进库区时，天暗得很了，欧阳图被风拧着脖子回头望来路，来路均没在灰黑里，尚能分清天和地的只有头顶几颗星豆，星豆抖下些微光粒，天幕的愁纹便舒展少许。砾石路垫得张大忠脚板痛，口里唏嘘说："副队，二号哨还远，明天咱再看吧。"欧阳图在黑暗里不作声，望着打小山中间切下来的一条深影自语："是条深沟吧。"张大忠赶忙说："是深沟，去年夏天下了一场大暴雨，哎呀妈呀，那个大啊，一个储油罐差点冲倒，幸亏咱上那班哨，及时发现险情，报告中队，中队紧急出动，把水朝别处引开了，免了一场大祸。"话一出口，张大忠悔得青了肠子，暗骂自己，跟他费啥口水撒啥欢？

欧阳图没有说话，也不想说话，眼前的黑很彻底，没有或浓或淡的水墨诗境，深洞一样的黑将视线所及之处一视同仁遮蔽。很显然他喜欢这样的黑，黑得寂寥且舒展，不必侧耳便听得清风刨过的粗糙和老鼠窜远后松口气的声音。他常常习惯在这样彻底的黑里梳理凌乱的白，白天发生的事此时总会前赴后继和他较量，较量中他渐渐学会冷静，于是，他更喜欢这样的黑。

"清风笑，竟惹寂寥，豪情还剩了一襟晚照，苍生笑……"粗犷中不乏豪迈的歌声突然把黑夜撕扯得衣衫褴褛，像漆黑蓦然筛漏一点微亮。欧阳图按下手机的接听键，屏闪那一瞬他瞟见了凌云的号码，凌云告诉他，她电话打到支队听说平调的事，又告诉他硕士毕业论文导师满意了，她不再想考博士生，搞理论太累。欧阳图说累不是理由。听得出凌云在那头咯咯笑，边笑边说："知我者你也，此生有亮瑜岂能不栽，我那点心思躲无可躲。你是知道的，我是怀揣文学梦才报考文学硕士的，谁知道考上了文学硕士研究的是纯理论，到头来反把文学梦研究丢了，三万字的论文写成后我该醒了，博士生毕业论文那得要十万字，十万字呵，你不怕写出一个老太太吧。"欧阳图笑了，嘿嘿两声说："想考就考吧，博士老太太还是博士，老太太只是老太太。""哈哈哈。"凌云很不淑女地大笑，"逗你玩儿，瞧好吧！"通话挂断。欧阳图嘴角的笑隐到黑暗里，张大忠的诧异却跳出了黑暗，线路歪歪斜斜。

二

熄灯之前向阳来说："欧阳副队，指导员说明早您不用带操了，休息半天。"看见洗脚水还搁在床前，顺手端起来往外走。张大忠低吼："寒碜我们班是吧，放下！"向阳嘟囔着站住了，眼瞅一个瘦个儿兵说："秦渭南，洗脚水不会要副队自个儿倒吧。"秦渭南抬抬屁股，瞅见张大忠锥子一样的目光，蹑足又坐回去。向阳又把眼扫向门口住的叫赵泗水的老兵，赵泗水带笑不笑说："瞅啥瞅，部队号召官兵一致，啥叫官兵一致，不就是官兵都一样吗，官兵都一样了你充哪一级领导跑这儿指手画脚！"话音一落，班里笑声一片，向阳被噎得涨紫了脸，撇嘴光眼望欧阳图："对不起副队，要不您明天给指导员建议一下住一班吧。"欧阳图扫一眼大家，说："不早了，指导员还等你汇报，去吧。"向阳瞅瞅他又瞅瞅全班，张张嘴想说什么，看见欧阳图递过来的眼风，虽然不放心，也只有退出去了。

赵泗水朝欧阳图乜斜着眼说："欧阳副队，我感冒发烧，明天早操出不了了。"张大忠说："你小子咋不小心，秦渭南、贾三平也感冒了，早操出不了了，白杰腿脚有伤，凌晨2点到4点的哨也不能上，这可咋整？"他这一说，面皮生得细薄的新兵白杰果然弯腰摩挲着腿做痛苦状，眼风偷偷扑打欧阳图。全班战士像听到集合号响似的从各自方向往欧阳图这儿集合，他们不知道这个文弱副队长的铺盖会不会像以前那个排长一样被这个班撂出门去，灰头土脸的排长就这样连颜面和人影一起扫出这个中队。至于后来那个排长调到哪里去了，没人关心，只知道凡是住到这个班里的干部都会住不下去，多则半月少则三两天，没有哪个走时不如释重负。

"还有没有了？"欧阳图问话的声音听不出任何情绪，扫大家一眼，更确切地说问这话的时候带着审视，一个挨一个，没有去审视鼻子、嘴唇，镐头直奔眼睛。欧阳图的眼神是透过镜片折射出来的，镜片的光斑使审视中多几分严厉，这几分严厉是他们从来没有体会过的，司务长没有，指导员没有，中队长同样没有。和他眼神碰接的一刹那他们感觉血液流向心脏时骤然减速，仿佛眼珠子的血管也一根接一根地碎裂，碎裂的声音令人绝望。就在他们的绝望行将沉入谷底时，赵泗水的眼前一晃，一只并不大的手盖在了他额头，沉闷的声音也盖下来："烧退了。"赵泗水没时间做出反应，那双并不大的手抓到了白杰的腿，上下一捋，白杰禁不住噗地笑出声，欧阳图直视他眼睛说："上哨没问题。"白杰想说什么，腿上却痒酥酥的，又笑，笑得大家面面相觑。张大忠一怔，就往秦渭南和贾三平那里瞪眼珠子，想着你摸好了，他们不烧不疼不痒，看你有啥邪招使。欧阳图去裤袋摸摸,手上摸到一个深褐色小瓶子,拧开盖子倾出四粒大白片一片一片排给秦渭南、贾三平,像孔乙己排九颗茴香豆似的,说:"很苦,管事儿。"声音平静,平静得没有温暖。秦渭南赶忙往贾三平手心里一扣,像灰鼠一样,说:"不用不用,我没事儿了。"贾三平瞅瞅张大忠,张大忠脸黑着瞪他,他就瞪着白药片,药片白得反胃,反胃的感觉来自儿时,儿时的药片大多是这样的造型,病了就吃,强迫吃,吃到吐出来酸的苦的黄的绿的一摊一摊,然后看到这种药就反胃。反胃了也得吃,他不敢看欧阳图眼神里的东西,像儿时一样心一横眼一闭手一扣,药噙到舌根底下滚动来滚动去就是咽不下去,咽不下去倒罢了,这一来回滚动,晚饭被苦味儿勾得往嗓子眼儿爬,"哇",药吐了出来,嘴巴张大翘着舌尖合拢不得,眼睛鼻子挤成了包子,秦渭南赶紧倒杯水给他。欧阳图叹了声"可惜",还是把那瓶药放贾三平手心说:"疗效很好的,别耽误病。"贾三平慌不迭塞还,捂住胃讪讪说:"副队,早操我一准不耽误事儿。"欧阳图点点头,眼往大家看,又问:"谁还请假?"见没人吭声就端起洗脚水往外走。秦渭南说副队我来,夺过盆子飞出门去。

　　高低床咯吱咯吱翻身的声音在熄灯号响过后很久仍在继续,换过一班哨后渐趋安静。欧阳图一直有择床的习惯,头回睡前半夜总会辗转反侧,辗转反侧时满耳听尽了呼噜声。他蓦然想起那句诗:夜深人不寐,卧看一天星。蝠影依稀现,蛙鸣断续听。只是此时既无一天星也无蝠影蛙鸣,自然无所谓依稀见了,倒是断续着听耳边的呼噜声。突然想起小时候在家乡青风岭的事,爷爷每天起得绝早,总是穿着奶奶缝制的蓝粗布衣裤,衣裤肥肥大大,在晨曦中修炼仙风道骨。爷爷起床后一定上青风岭,上青风岭时一定将自己从热腾腾的被窝里拖出来,拖出被窝的自己揉一双惺忪眼,也揉醒早晨的惺忪,紧跟爷爷屁股后头。青风岭上的风让爷爷衣袂飘飘,也让自己学会缠绕螺旋,学懂心定目清不旁顾。之后,爷爷会站在岭上听自己背诵课文或口诀。喜欢青风岭,尤其喜欢夜里上青风岭,上青风岭后一个人会盘坐乱草中或仰卧青石板,听蛙鸣风声,嗅草味花香,或仰观星月,风是暖暖的,夜是暖暖的,星月也是暖暖的,那时懵懂,懵懂也略能解一些情绪起伏，直到报考大学专业看到中文系仨字就再没有挪开过，虽说理科成绩也不错，但他就是想学文。大学毕业选择部队，也许是因为青风岭缠绕螺旋使然，也许是因了那首宋词。

欧阳图想着那首使他决然从戎的宋词合上了眼，一片无垠沙漠扑扑打打画轴一般展开，风光恍若秦月汉关，一位老者皂袍飘飞华须满面蹒跚起舞，身后黄风蔽日，身前沙尘如雨，身无长物仅擎一把灿耀光华的宝剑，边舞边歌，歌词过耳难忘，唱着"醉里挑灯看剑，梦回吹角连营。八百里分麾下炙，五十弦翻塞外声，沙场秋点兵。"

"上哨！"一双大手猛然推欧阳图一把，他从古代塞外突然撤离，穿衣服，趿鞋子，扎腰带，戴帽子，一阵有序的折腾将清醒折腾得越加清醒：上哨，怎么会安排我上哨？门口有人紧催着："接哨了，快点。"

班里的呼噜声泪俱下地继续，没有人起床去接哨，也不知道该谁接谁的哨了，所以也就不知道到底该推醒谁。欧阳图摸黑站到窗前往外瞅了瞅，夜很深，深到一头扎进去探不到底儿。究竟演的哪一出呀，欧阳图有些发闷。左右看看，一件棉大衣在椅背上打盹儿，看来这是戏服了，欧阳图不再犹豫，裹上大衣掩门出去。

领班员一言不发带他到二号哨位，这个形似蘑菇云的地方。欧阳图来的时候是黄昏，黄昏时的周边具体目标都争先恐后跳进黄昏的大缸里。他站那里举目四顾，穷尽目力也仅在方寸之间，黑将一切搅拌得均匀且厚实，任凭左冲右突终究徒劳，仅将目光撞得疼痛不堪。他四处摸了摸，摸到了哨楼的冷墙却没有摸到电源开关。这时他记起前面来这个哨位时哨兵是拿着手电筒的，有个手电筒也好啊，便试探着去摸索手电筒，有个东西滚到墙身又滚回来，他的身子趔趄了下，弯下腰探手摸地面，果然是手电筒。拿在手上又摁又推开关，期待中的亮在期待中熄火。嘎嘎吱吱扭开尾盖，没有电池。欧阳图彻底明白了这出戏是有导演的，开玩笑，他有些恼火。他站到哨楼的通道上，这应该就是哨兵的游动区，游动区的外沿是一道一米多高的铁栅栏，他在眼睛适应了夜晚的黑之后朝库区的方向站定。

虽说心里窝火，欧阳图却不敢懈怠，毕竟眼下站在哨位上的是他，谁站在哨位谁就得履行哨兵职责，他明白。整个山谷在黑暗中黑暗着，但黑暗里他还是能感觉到库区的制高点就在二号哨。站在这个哨位上，库区内的所有动静尽收眼底。只是没有通电，一切如粘了厚厚蛛网。今夜这是为他开设的专栏还是一直没有通过电？如果是前者，简直荒唐透顶了。说到底张大忠不过一战士，守卫这样的勤务事关重大，岂是他能、岂是他敢这样胡来的？绝无可能。断然否定后，欧阳图感觉到了山风的招式。时间游走在夜里，夜便开始淡了，寒风滑行到山脊上，山脊冷然抖落。后半夜的寒更甚于前半夜，厚厚的棉大衣冻淡了汗味儿，也冻麻了皮鞋。他跺跺脚，声音显得格外响亮，居然轰鸣了整个山谷。山谷已开始打着哈欠和山脊有了色差，远山，近树，深沟，浅洼，油罐，色差使库区的形状坎坎坷坷。一个人的山谷，静得安详。

嗖，欧阳图本能地头一偏，一块不知是石头还是砖块的东西擦身飞过，在墙后面砰然落地，落地的声音很闷，他吃了一惊。"袭哨！"这个词从脑子里刚弹出来，"嗖嗖"，又是两块东西直奔他的后心和脑后，风声更紧，来势比前者越发迅猛，欧阳图抱枪凌空跳进哨楼隐藏起来，飞来的两块东西在他刚才站脚处啪啪落下，黑乎乎不知何物。欧阳图着实惊了，暗想这个守卫目标还真有人惦记，更有胆量敢摸哨！他暗暗向外观察，果然有黑影摸上来，人数还不少，身形高矮胖瘦不一，手里操的东西也长长短短，直奔哨位而来，看样子对这里很熟稔。

说来真来了，欧阳图有些兴奋，一如读到"醉里挑灯看剑，梦回吹角连营"的词句，浑身遏不住地颤抖。手往墙上找报警器按钮，墙体冰冷粗涩，没有一处明显的凸起。上班哨兵交代得含混不清，只说到有部电话时好时坏。提起话筒，话筒瞪着眼瞅他，了无声息。"这叫什么哨位嘛，开国际玩笑！"欧阳图不由得生气。他摸了一下大衣衣兜，居然摸到了哨子。欧阳图吹响报警哨，一声又一声。哨音尖利刺耳，山沟却像贪睡的孩子。黑影的脚步声和喘息声越来越清晰。欧阳图闪身出来，握枪大喝："站住，不许动！"声音分明，伴着粗冷寒风的呼啸。黑影没有理会他，似乎这一切在算定之中，其实枪中无弹空谷无援，用不着为咋呼迟疑，为首的一个还叫："先下了枪。"欧阳图没有见过的气焰此时就这样了无顾忌地嚣张着，而且面对面。他被激得血脉偾张，突然把枪托往地上"嘣"地一磕纵身跳下哨楼，黑影这才戛然止步。他居然主动出击，这不在黑影的预料之内。黑影还可能没想到他一戴眼镜的干部会从那么高的地方跳下来且直面来犯。这样的气势凛然不可侵犯，来人分明愣了。不过一瞬，来人相互对视一眼，哗啦啦围上来七八个，手中有棍棒，有短刀，有砖块，有石头，一股脑朝欧阳图劈头盖脸而来。欧阳图腾身而起，如青海草原上空的鹰俯冲的姿势，一个瘦小些的人被他牢牢捞住。他攥住那人脚腕呼呼抡将起来，那人便像哪吒的风火轮一样一圈一圈画着圆。一堆戴头套的连人带凶器纷纷栽倒，哎哟声冲到山脊上又弹回来，便在山谷中回应、舞蹈，尖利哨子的音调。欧阳图紧步上前，从地上挑起为首的那个胖子问："想下谁的枪？"问一句朝那人砸一拳，那人就闷哼一声，哼得欧阳图性起，抬脚照那人踹将过去。

"别打了，是我！"那人突然求饶，欧阳图冷哼一声："打的就是你！"拳头蓦然变作巴掌狠狠掴向那张蒙着头套的脸。那人原地滴溜溜转了几转，"嘭"，脸朝下狠狠砸去，地上有荒刺有枯根，还有砾石。

"副队长，别打了，我们是二班的，不是不法分子！"地上爬着的人这时迭声大叫，纷纷拉下头套给他看。欧阳图见了，连忙把那"为首的"头套扯下来，竟是"胖头陀"张大忠，不由又气又惊："你们搞什么鬼？"战士们一个个爬起来扶张大忠，张大忠伤势不轻，哎哟哎哟着也不能减轻身上骨头散了架般的疼痛，脸上火烧火燎的，嘴角大块黑紫，一只鼻孔淌着血。欧阳图吓了一跳，战士们倘若不及早叫停，伤情岂止眼下这些。战士们也后怕起来，纷纷说："对不起，我们不知道副队长身手这样好，早知道这样好，我们……"张大忠缓过劲儿来唧唧哝哝："今天晚上副队长的哨是我有意安排的。担负九中队的执勤任务，不管是谁都要过好'三关'，那就是恐惧关、勇敢关、能力关。你想啊，在这样一个空荡荡的山沟中，你一个人执勤，胆小的哪个不怕呀，不怕是假。要勇敢，就要应对突发事件，应对的好与坏，那就是能力了……"欧阳图摆摆手说："下一班谁的哨？"白杰揉着脖子低声说："是我的哨，副队长。"刚才欧阳图捞在手里当风火轮的白杰，不用说脖子了，就脑袋也伤得不轻，那脑袋在挨个撞倒七八个人后眩晕次第开放。欧阳图看看他说："调晚一班。"秦渭南说："我跟他换吧，我上这一班。"欧阳图微点一下头，见张大忠被俩战士扶着一瘸一拐往回走，就说："有个专属于男人的关，叫耐受力。"张大忠听了，胳膊甩一甩走到前头去，牙龇着，趔趔趄趄。欧阳图带秦渭南上了哨楼。

刘继马早饭后站到院子里看文书出黑板报，红的绿的涂得姹紫嫣红，粉笔字像叠好的被子一样齐整，就点点头："报道战士们写学习体会要体现得细些，最好有具体事例。"文书笑嘻嘻说："要不，您给副队长说说，他划拉两笔这期板报都能生出花儿来。"刘继马说："会叫的母鸡不下蛋……你以前不是弄得挺好的嘛，别偷懒啊。"见柳司务长拿了几张票来签字，折身进了队部。

赵泗水披两肩夕阳下哨回来被文书喊住："班长，麻烦瞅瞅欧阳副队长在不在班里，在了招呼一声。"赵泗水横他一眼说："你自己不会看呀。"文书好脾气地笑，说："这不是忙嘛，刚才见副队长带部队训练回来，还没想起这事儿，轮到想这事儿又不知道人还在不在班里了，听说他总去库区溜达。"赵泗水又横一眼，说："啥叫溜达，你当欧阳副队长跟你一样闲呀，来了三五天，库区跑了七八趟，搁你你成啊。人家是科班出身，你吭哧出痔疮来也就憋出一堆稀屎，还装大文人！"文书将一双细眼睁得半圆，说："那是那是，副队长一来就负责训练，又担负中队勤务值班，忙着哩！你老赵咋改脾气了，没服过谁呀，听口气这回太阳从西边高高升起了。"赵泗水叹口气看看没人，说："人硬气了鬼都怕，鬼都怕了他，'胖头陀'不怵乎我就不姓赵。"文书手里的粉笔掉地上浑然不觉，愣了好半天的神，这才哏儿哏儿压着声儿笑，一头的霞光蹦蹦跳跳。赵泗水也跟着笑，说："我向特勤中队的战友打听了，听说欧阳副队长老家是河南温县的，河南温县听说过吧？没听说过温县也听说过县城东青风岭吧？喊，你跟我一样日巴欻，怪不得也就混个文书当当，书读到狗肚子里了。"

文书朝他胸口捶两下了说:"卖关子呀,你不说我问李宝丰去,他老家也是河南的,他一准知道。"提到李宝丰,赵泗水照文书脑后一拍,说:"你敢威胁我。你还别说,李宝丰也真是硬汉子,说不鸟'胖头陀'就不鸟,咱比不上——青风岭上的陈家——"

晚饭的号响了,队伍开始集合,赵泗水赶紧跑步回班。文书没有听清楚后面的话,只好收拾手头上的活儿。

三

走出饭堂刘继马给欧阳图说:"老兵复员后人少勤务重,新兵下连队前这段时间哨得查勤些,你辛苦点。"欧阳图应了声说:"有件事需要汇报,围绕储油区一米多高的铁丝网有几处被剪断,断痕陈旧,应早修补,以防患于未然。哨楼无一封闭,哨兵夜晚执勤无以御寒,山风从山沟蹿上来奇冷无比,降低战斗力。哨位无报警系统无照明设备,三级网形同虚设,事故隐患明显。"

刘继马叹了口气,说:"目标单位太抠门,反映几回了就是不解决,我们想了很多办法,解决是有限的……去年为改善中队官兵生活问题,支队、大队领导出面多次找他们协商,口头上答应得挺顺溜,回头还是老样子……考虑到哨兵的安全问题,中队计划给库区每个哨位上安装报警器,可库里领导害怕发生事故,不让接电,所以哨位上都没有通电,当然不用装报警设施了,改用小喇叭,遇到风向掉转,哨位又听不到,没办法,现在只有这样……"说一句叹声气,末了头在肩上来回晃。

排长听见后嘟嘟囔囔:"不接就不接吧,还说怕发生事故,真是谣传。"欧阳图低头想了想说:"再试试。"排长把头甩得像刚出浴的小狗,说指导员原先也想来着,以为说的次数多了,磨不开面子,他们或多或少解决一点儿,哪怕一点儿也好,起码油库是他们的,安全得重视,可结果——照旧。刘继马显出愤愤的样子说:"哼,油库是他们的,又不是他们个人的,交给咱了谁还管,过几天吧。"说这话时虚瞄欧阳图一眼,意思是说也就介绍一下而已,走走过场,别指望谁拿你或你的啥话儿当回事儿,我们几任领导都解决不了的事,你有三头六臂呀。他当然听说了欧阳图上夜哨被袭的事,二班每个人或轻或重均受了伤,受了伤还不敢声张,该谁上哨谁还得上,训练时全员到场,连受伤最重的张大忠也只在班里趴半天就瘸着腿进山训练了。他乍听自然不相信,他知道二班的情况,张大忠不用说,二班唯他马首是瞻,即使中队其他人也不敢不让着点儿,确切地说是让着他身后那位"叔叔",几十双眼都盯他,死死的。他不相信从干政工转为军事干部的欧阳图能在二班住下去且让张大忠俯首帖耳。

向阳进二班的时候张大忠不在,秦渭南正做数学题,说副队长带上张班长进山查勤了。说到"查勤"两个字,哧哧笑了。向阳说张班长让副队长这么带下去,非掉膘不可。秦渭南嘿嘿直乐:"还真叫你说准了,张班长这阵子黑是黑了,可回来叫唤脚疼少了,前头脚底打的泡又磨成茧了。"向阳说:"你们张班长听了副队长不少课吧,看着不一样了。"秦渭南歪歪嘴说:"张班长的脾气你不是不知道。"向阳有些发愣,站在门上看窗外,窗外的风刮得正狂,把寒冷卷过来卷过去,卷到昏黄的日光下便和日光一起争吵,直吵得铺天盖地死去活来。向阳就想着山外长不成阔叶的树叶恐怕未必落尽,堆到地上的叶子也未必收去,未必收去的叶子肯定还不会太冷落了树枝。如果不在青海,花可能还是开着的,而且水润水润的。入伍一年多没出山,快忘记家乡的季节了。

向阳发愣的时候欧阳图和张大忠一前一后回班了,向阳说:"指导员叫张班长过去。"欧阳图偏一偏头,张大忠就跟向阳出去了。秦渭南倒杯水端过来,瞅着欧阳图小心说:"副队长有道微积分题不会解,您闲了帮我看看。"赵泗水肘子杵了杵他,说:"你眼咋长沟子上了,没见这么上赶子追,也容人喘口气儿!"欧阳图抄过秦渭南手里本子瞟一眼,就说:"你试试这种方式。"笔在本子上点一下,秦渭南恍然大悟,敲着脑袋说笨死了。欧阳图说丢的时间长,快撂荒了。秦渭南抖着手说:"副队长能早来,一年前我早考走了。"声音里的颤让贾三平羡慕,说:"秦渭南考大学落榜,家里没钱供他再补习就当兵来了,其实他失掉的分数不多,努把力有希望上军校。我是真荒废掉了,想补都得踮着脚往前找初中老师,说不定还连带小学老师。"赵泗水说:"你倒是去真找啊,不信你那些老师不流鼻血不撞墙!"说得大家哈哈大笑,欧阳图也不由笑一下,也只一下,还是无声的。也就这转瞬的一笑,大家已很高兴了,笑声又往高里拔了拔,畅快,松弛,却是久违的。

"啥事儿,恁高兴。"李宝丰的头闪在门口,头背后还撂几张脸。一望见欧阳图都慌忙立正,脸红到耳根子,咻溜跑了一半,剩下一半讪讪说:"副队长,不知道您在,还当……"欧阳图向他招招手,李宝丰拳提两腋疾跑进来,立正,敬礼。欧阳图从床头柜里取出一张光碟说:"数据恢复程序。"赵泗水又用肘子杵李宝丰说:"你以前叫唤过啥数据,是不是就这个?"又朝欧阳图说:"中队的电脑连着三级网,这小子以前学艺不精,不懂还胡捣鼓瞎琢磨,电脑里老丢文档,又不敢去地方维修,弄得焦头烂额死去活来,还挨指导员臭骂。"欧阳图说:"常有的。"又说:"电脑加个密吧。"李宝丰捧着光碟想说什么,两道粗眉毛往一处凑了凑,脑子存储不多的词汇拨拉个遍也没中意一个,他很不想在他看来是真正文化人的欧阳图面前耍墨宝,喉咙里咕噜咕噜着终于什么也没咕噜出来,黑着脸皮傻傻笑着抬手敬个礼跑了。

张大忠进来的时候大家没有注意到,大家注意到的张大忠也注意到了,晚饭前这会儿班里人最齐全,围着欧阳图或坐或站或蹲,笑一阵儿,说一阵儿,像浪一样一波一波儿。欧阳图不多说话,嗯嗯两声算是回应了,只这象声词的回应,就如充气颇足的气球被轻轻一摁,反倒可着劲儿朝上跑,大伙儿的兴致就一波儿高过一波儿了。张大忠的失落如沤水塘久了的麻绳越挣越紧,勒得他呼吸急促还泛着酸臭味儿,他怎么都不服气,连指导员见他都调集笑容,哪怕是临时调集的,也都是笑容可掬,他欧阳图一个破副职要权没权何敢拿他当空气。那晚夜哨张大忠平生第一次挨揍,脑子里一片空白,一片空白的张大忠在之后的半天里躺到床上除了哼唧就是羞恼,哼唧和羞恼之后就憋气,暗恨自己这回瞅欧阳图眼睛咋就脱靶了,弄得遍体鳞伤还被人变着法儿整：嘴上说老班长比别人熟悉情况，山沟里陪着一天跑好几趟，脚底的血泡新一茬旧一茬往上撺，晚上热水泡脚疼得龇牙，也只当没见。张大忠其实有苦也不得不认了，谁让你占着班头的座儿？人住在班里，你不陪谁陪？好几天陪过去了，跟个恶煞星一样，也没见一回笑脸，你欧阳图以为自己是谁呀，不就打"喝喝陈沟水，就会跷跷腿"的武功乡来的嘛，也用不着拿我张大忠当个跟班似的练腿功吧，练完了回头和别人打成一片，不就是想镇住我吗？孤立我吗？那就走着瞧！

　　白杰瞅瞅欧阳图，征询的眼神，心想人家叫上了阵，你总不至于还按兵不动吧。白杰看了几天总看不懂这个欧阳副队长，出来进去和别的干部不一样，既不找谁个别谈话了解情况，也不向哪个主动示好，脸上总是一潭止水波澜不惊，只有那双眼睛却如CT机一样不声不响在另一间房子里计算数据，至于计算的结果谁也看不出猜不透，越是这样越叫人悬浮半空不踏实。看得出"胖头陀"也越来越心慌，他一定盼着和欧阳图有个面对面、明火真枪的交锋。赵泗水也瞅欧阳图，他知道张大忠是说给欧阳图听的，他也知道有指导员撑腰的张大忠打指导员房里回来底气又足了，底气又足的张大忠这样做一定有下文，搁以前他希望欧阳图去正面交火，那样肯定正中张大忠下怀，好戏总会登场。现在他很不情愿看戏，他宁可冷场，说："副队长，您还是教教李宝丰吧，他笨得猪一样，搞不好还弄坏碟子。"张大忠毒刺一样的眼神扎过来骂："狗日的屁股放裤裆里去，轮不到你来放屁！"赵泗水的手揉着裤缝，陡然变作拳头叫："你个日巴欻，死胖子，占着茅坑不拉屎，老子受够了，你当部队是哪儿，啥龟不会还扮作爷儿，我呸！"欧阳图摆摆手掏出手机按了接听，边往外走边说："老头子的事儿，你说具体些。"都听见了"老头子"，所有人不知道这个"老头子"是谁，却知道鸣金收兵戏罢场，随着欧阳图的离开对手不复存在，没有对手的硝烟前脚接后脚地消散开去。

　　忽视是最大的轻蔑，张大忠清楚。进班时铆足的劲儿此时颓然撞到棉花墙，连弹回来的力气都消解得杳如黄鹤。

　　欧阳图站在院子的黑暗里嗯嗯啊啊，几句话断续游走到开着窗的几只耳膜，那几只耳朵支棱着听。"明白了，相机行事。撒手铜呀……最后再用，先礼后兵，个人资料提供多一个字，命中率越高。"后面这话让张大忠牙咬得咯吱响，恨不得捣赵泗水鸟窝，想查我呀，拿我当犯罪分子对待！

第二天，刘继马让向阳从山里找回带部队训练的欧阳图说："我叫通讯员把你铺盖搬司务长办公室了，通讯员先搬队部住吧。"从山里找回来就为此事，欧阳图当然不相信，他知道刘继马肯定还有深意，就说："已惯了，不搬了。"刘继马干笑一声说："中队长不在位，训练这担子全落你肩上了，身为副中队长，长期和战士混住咋成啊，不利于组织领导。"欧阳图说："张大忠来说什么话了吧？"刘继马忽然叹一声，说："怪我工作不细，张大忠的情况跟你没认真交底，他在中队只要不捅大娄子就算不错了，凭他和他叔叔的关系，他到叔叔跟前多一句嘴，你我工作不就白辛苦了？干到今天都不容易。"欧阳图走到门口站住说："一只老鼠害一锅粥，这锅粥馊味儿都出来了，眼睛闭住管用吗？"这是欧阳图来中队后说得最多的话，说得最多的这次话如巴掌般清脆响亮。刘继马说："中队在我来后三年平安无事故，平安就是福，有福就不错了。"欧阳图一个字一个字往外迸着说："平安当然是福，部队平安更是福。"后面这话刘继马听来像吞了蒺藜一样咽不下吐不出。在欧阳图走出队部后，他的喉咙眼儿还刺挠得难受。柳司务长喊报告进来请他签字，他瞟一眼票据没好气说："这个月咋花这么多？"柳司务长好脾气地一一翻后附的细目账表给他看，又说："油库谭副经理日能得很，不给钱老哭穷还挑咱理儿，说老见咱这儿有个干部在执勤点来回走动，油库可是重地，生脸儿他们不放心。"刘继马哼声："部队的事关他啥事儿。"又说，"我打电话约个时间吧。"

搬到司务长办公室的欧阳图训练回来洗脸，脸上的土把脸盆里的水揉成了黄泥巴。排长跑出去换一盆清水后就站一边儿皱着两道黄眉毛汇报事儿，见柳司务长进来就住了口，听他说："去油库一趟吧，人家挑理儿了，那个谭副经理日能得很，经理刚退他主持工作，话难讲，脸难看，事更难办，经费的事说了没用趁早别提。"欧阳图"嗯嗯"两声也不知是应着柳司务长还是应着排长,两人就望着他。欧阳图说:"训练就是训练,上哨就是上哨,谁捅娄子就处理谁。"

　　排长离开后,柳司务长凑到欧阳图耳根说:"九中队老上不去根儿就在这儿,你从二班能全身而退就知道了。"欧阳图冷哼:"不见得。"柳司务长竖着一根手指说:"你别不信,人家为什么放你去二班?二班是剪毛车间,剪毛车间有剪毛匠人啊,没想到你欧阳副队的毛又粗又硬搞得钝老虎钳子,只好让你还俗了!"欧阳图拍着他肩笑起来,一双眼居然月牙儿弯着。柳司务长啧啧称赞:"女人要是有你这双眼就叫媚了。"说这话时,他眼往外瞅,瞅的时候有些迷离。欧阳图说:"你小子失恋了吧?"柳司务长哀叹一声,说:"这鸟巴拉除了当兵的来保家卫国,就只有鸟来拉屎了,母的还不来呢。"鸟巴拉?欧阳图有些纳闷,他不知道驻地还有个藏语名字。柳司务长说战士们管这儿叫"鸟巴拉",鸟不拉屎的地方。"副队你都见了,除了营区种了几棵白杨树外,方圆几十里谁还见过高些的草根?有些平坦一点的地方牧民开垦出来种青稞,种完就走人,撂给老天爷打理,收割时候来几天,不要说鸟不往这地方飞,就是手机信号也没有,今年移动公司睡醒了想起这一带还算不得无人区就竖了根杆子,手机才不用再当电子表使。现在人多现实,谁肯当天使往咱这地儿瞅!"欧阳图说:"你别把女同胞都一棒子打死啊。"柳司务长说:"谁想一棒子打死?问题是,想不一棒子打死都难。"欧阳图眼睛瞅到他脸上来说:"被蛇咬得不轻噢。"柳司务长说:"要是蛇咬一口,两眼一闭心里干净。"欧阳图听他说得怪反倒不好接茬,索性默然望他。柳司务长犹豫一下自己说了,原来去年探亲回家车上他遇到一个大眼美女,相谈甚欢两情相悦,之后自然是书信频频电话煲粥,大眼美女来队看过后自然没戏了,柳司务长虽不至于万念俱灰,到底覆情难收,至今想起还欲哭无泪。欧阳图问:"后来呢,不会是相忘于江湖了吧?"柳司务长说:"不忘又能怎样,我们都看重天长地久,曾经拥有那是混蛋事儿。"欧阳图没说话,想说好男儿何患无妻的话又觉得跟没说一样,当年赵子龙这样说时或是没有爱上赵范嫂子,或是向刘备表忠心而已。想起凌云他们心便湿漉漉的,就说:"你要愿意我找同学给你物色。"柳司务长说:"谢了,都是大学生怕高攀不上。"欧阳图说:"男子汉自矮三分就没得说了。"柳司务长又嘿嘿笑,说:"这脾气带劲儿,我喜欢。"

熄灯号响时柳司务长还在核对账目,听欧阳图在床上翻来覆去很过意不去,说:"指导员查得细,一会儿就好。"欧阳图转过脸对着他突然说:"谭老头子人老心不老是吧?"柳司务长嘿嘿笑说:"这是文人说法。"说完,他突然觉得怪异,朝灯影后的欧阳图脸上瞧,摘掉眼镜的欧阳图眼睛其实很漂亮,少些文气多了英气,心里便想不明白,中文科班出来的人怎么搞起军事训练来有板有眼,十来个壮小伙子都能被他撂倒,想问又怕唐突。

第二天早饭一过,刘继马说:"欧阳副队,时间和谭副经理约好了,就现在吧,你先安排一下训练。"欧阳图把排长叫过去,一会儿回来说:"安排好了。"刘继马说声好,戴上帽子和欧阳图出了营区。冬天的高原,日光漂漂泊泊跟着粗粝的风,抽打暴走的刘继马,他已经习惯了这种抽打,第一次四顾打量山区时心里升起过的苍凉感可能还存储在记忆区里,只是现在很少想起来过。他就是从山区走出来的,只不过那里的山区绿树红花溪涧浅流还是有的,甚或见得到飞禽起起落落,不像这里比三毛的头还荒凉,荒凉到让人扳起脚脖子想咬。但那里的绿树红花溪涧浅流飞禽什么的不能改变日出而作日落而息的贫困,这里的荒凉却可以,一个苦孩子跌跌撞撞到今天不容易,身上的军装肩上的星星羡煞亲朋旧友,父母的头走在村里昂得越来越高,这是光荣,是无论如何不能随便丢掉的光荣。驻地的荒凉在刘继马眼里比绿树红花溪涧浅流飞禽更顺眼,更亲切。他不想把这种好心情和欧阳图分享,新兵蛋子扛着两颗星,轻轻松松不晓得一步一步挪到今天的艰难,不晓得艰难的人是不晓得天高地厚的,这种人欠磨炼。

暴走到目标单位经理办公室时,刘继马心情很好,他向大办公桌后那个头顶寸草不生的人介绍:"这是我们中队新来的副中队长欧阳图,刚报到,应该早过来见谭经理,年底了,忙得不得空,领导多谅解。"脸上堆的笑很拥挤。欧阳图朝那人望过去,只见那人眼睛鱼泡似的鼓囊囊，让两只眼袋扯着，原本还算白净的脸像晒干的冬白菜，上面还种着几颗大小不一的黑豆，嘴角耷拉到腮帮子，模样像极了垂垂老矣的老朽。即使是老太监，欧阳图也必须礼节性地抬手敬个礼。谭副经理眯着鱼泡似的眼欠欠身，伸出胖手朝下压几压算是请坐的意思。刘继马便坐对面的沙发，欧阳图移到角落里放电脑的一张桌后坐了。一个中队，还一副职，他压根没朝欧阳图这里扫过一眼，只冲刘继马咳了咳，懒懒说："啊，就这样吧，中午吃个便饭，也不白来一趟。"欧阳图就看刘继马，期待在眼里舞蹈，刘继马犹豫一下说："前面说的事儿请您还是解决一下，支队领导也很关注。"谭副经理秃眉皱了皱，说："指导员啊，你不了解油库情况，军民鱼水情嘛，有可能的话会不解决吗？油库前途未卜，是撤还是扩建，总公司没有定下来，投资的事也得等等啊。再说，全球金融危机，油库经济也紧张，你看我们公司的职工一个月才发千八百块钱，比你们吃皇粮的差远了。"

刘继马只好说："哨位上电铃的事，经理您看能不能解决？我们不能接明线，可以接地线，上级也有这样的要求，不能再拖了，拖下去存在的执勤安全隐患太多了。"谭副经理明显不耐烦了，说："二十多年了，没有接电，没有安装报警器，不照样过来了，有什么隐患？没有啊。现在有什么必要接嘛，油库重地电是最不安全的隐患，你不怕发生事故我还怕呢，这是事关油库存亡的大事！"刘继马说："现在情况不同以往，恐怖事件增多，外部环境更复杂。"谭副经理一摆手，说："既然如此，这事和我们就更没关系了，你们想办法提高哨兵的战斗能力吧。我们地方老百姓最佩服军人发扬的这种吃苦耐劳的革命乐观主义精神。"

回到队部刘继马把帽子狠狠摔桌上，说："钱不解决还听他上革命传统教育课。"又冲欧阳图叫："怎么样？不是你急慌慌沉不住气我吃饱了撑的送上门听这堂课！"欧阳图看看他，扔一句："与虎谋皮谈何容易。"刘继马更气了，叫着："你知道这种结果还捣什么乱！"向阳暗朝欧阳图摆手，示意他不要再说。欧阳图却望住那张涨成猪肝的脸说："不容易也要谋。"刘继马一双血红的眼点到欧阳图的鼻尖上来，一字一顿地说："那你去好好谋吧，我不奉陪。"欧阳图抽身出去，正撞上往里进的柳司务长，柳司务长往里瞅瞅刘继马又瞅瞅欧阳图，心明如镜，便不再进去，跟着欧阳图回办公室，才说："欧阳副队，说好了不提要钱的事咋又提了？你不知道这是伤脑筋的事儿？"欧阳图笑一下说："是指导员提的。"柳司务长笑说："还不一样嘛，副队没那意思，指导员也不见得会装英雄……"欧阳图不说话了，瞅桌上的账目表发呆。

中午的时候谭副经理打电话给刘继马："请你们的网管员再过来一趟，电脑出了点毛病。"刘继马气还没消，说："小战士瞎捣鼓可以，您那是台新电脑，贵着呢，别叫他弄坏了，可惜！"谭副经理口气软了许多："网管员我放心，弄坏不了。"刘继马想说用人的时候笑面虎办事的时候东北虎，但又想拿他一手也不顶事，倒叫他言三语四不值当，就让向阳去网管室通知李宝丰。

晚饭的时候欧阳图说再考虑去油库一趟。刘继马瞅他的眼神如X光似的说："我早上闹的一脸灰到现在没洗干净，你觉着好看，想再让人家画一张脸谱？"欧阳图笑说："想，画得好看。"刘继马拿筷子敲碗说："好看，你就一个人去画吧。"又问李宝丰销假没有，欧阳图说销假了，晚饭前就回来了。刘继马又问："电脑修利索了？"欧阳图摇头："难度大。"刘继马叹气说："前头咱帮他几回了，就是为拉好关系好办事，没承想他只让拉磨不给喂料，帮着啥劲儿。"又说："你说的对，与虎谋皮不成事，只是这张虎皮原是目标单位早该配备的，他死拖活拖不办怕是另有文章吧。"又交代："你去瞅瞅咋回事，能解决就帮他解决，咱风格得高些儿，我就不去了——带上李宝丰吧，多学点东西。"欧阳图说："也好。"

欧阳图走后，刘继马给柳司务长说："他成不成啊，也不交个底儿。"柳司务长认真地想了想说："我看悬，又不是电脑专业的。"刘继马说："我那么一说，他真就那么一应，谦虚话儿都没有，要是解决不了，丢的是咱中队脸。"刘继马又拿一根指头点桌子，重重地，说："目标单位也为我们投入了精力、财力、物力，只是受到当地自然条件的很大制约，执勤工作是大事，我们不能有任何马虎！我们用不着再就执勤上的事和目标单位磨嘴皮子。"排长发起牢骚,说:"改革开放多少年了,中国的经济水平提高那么快,同样是高原部队,几十个中队都住上了新营房,喝上了自来水,吃上了新鲜蔬菜,我们呢?喝的是涝坝水,住的是七八十年代的土坯房,总队领导好像把工作重点放在城区和草原部队,把这儿——"刘继马赶紧制止:"好了好了,注意别乱放炮。"排长的嘴张了张最后合上了,有米粒粘在嘴角,他用手背狠狠一抹,走出去看天,天上云彩厚厚的,冲下来的日头橙红橙红的,挤挤撞撞,像角力一样。秦渭南也在看天,站在青瓦房的檐下。排长走过来问:"这么远的路跑来跑去不累呀?今晚自主学习你可以歇歇。"秦渭南挠挠头,指着天说:"记得谁写过一句话叫'黛色参天二千尺',看见这天颜色就想起来了,就是不知道为啥要说是二千尺,从咱这儿到天上不止二千尺吧,不然'神舟七号'来回咋要恁长时间哩?"排长瞅他一脸茫然哈哈大笑,笑了后说:"我也不知道你说的那句话,要知道的话,我就当欧阳副队了。"秦渭南狠狠点头说:"我就服气咱副队,书读得多不死读书,功夫那么好不显摆。"排长想起欧阳图刚才离开饭桌后指导员的神情,自己心里也没数,没数归没数,他相信欧阳图就如相信张大忠未必不能调教好一样,反正柳司务长说过"又不是电脑专业的",就再没有吭声,他知道柳司务长心里很有数。

刘继马回到队部把张大忠叫来,说:"副队长从你班里搬出来了,别太自由了,别给我捅娄子。"说过这话又觉得他接受不了,又笑说:"为你姐姐过生日请假说不过去,你看打电话过去行不行,就说咱中队正搞守卫勤务安全问题教育。"说着指指桌子上的电话:"用这部吧。"张大忠把脖子往左后方扭得青筋暴动,说:"不是你把他放我班里,我会哑巴吃黄连?"刘继马拉长脸用拳头捣得桌子砰砰响,说:"注意说话分寸。挨顿打你活该,谁教你去欺负中队干部了,我没过问,你倒还有理了,依我看打得还算轻。"起身打开门喊通讯员:"你来,通知排长组织班长讨论。"向阳应着咚咚跑远了。刘继马把上衣扣子一个一个解开,又一个一个系上,慢腾腾地,好像每个扣子都涩着手。他知道张大忠一定站在那里吹胡子瞪眼,他就是不抬头,就是想让张大忠知道他刘继马的迁就也是有底线的。他说:"欧阳图住班里,你当班长不好管理,其实就是人家手腕高,你不是个儿,现在人也搬出来了,你还在这里充老大,太过分了吧!"张大忠囔囔着摔门出去了,刘继马暗暗松了口气。

向阳进来倒水的时候偷偷瞅刘继马,且喜且惊,刘继马很是受用,心情就像花儿沐微雨一样灿烂、清爽。

刘继马是带着灿烂和清爽走进会场的,排长汇报说:"大家都认为不能等、靠、要了,我们必须自己动手!"刘继马问:"怎么动手?"排长说:"报警是头等大事,报不了警,执勤目标和哨兵的安全一定会出问题。我们利用现有条件可以拿手电筒联络、报警,具体操作是这样的:领班员拿手电筒每隔20分钟与每个哨位联络一次,当领班员的手电筒照到哨位时,哨兵也要亮起手电筒来,这样说明联系上了,执勤正常;当遇到意外情况,哨兵向下一个哨位断续照亮,依次进行,直到把报警信号传到一号哨,一号哨再按以前的规定吹响报警哨——营区完全可以听得到的,中队听到报警就可以出动了。其次,被雨水冲刷的地方和破了的铁丝网,我们自己动手修补。再次,把执勤分析作为一项中队的制度确定下来,每周议勤一次。"排长汇报完和与会人员一样望着刘继马,期待着惯有的肯定,他们便会迅速行动起来。刘继马低头沉吟,大家的热情也跟着沉吟。排长像营区的白杨树一样挺立着,他不知道刘继马为什么突然犹豫起来,以前可不是这样,不管大家对与否,先亮出来的是笑容满面,然后先肯定后否定,或者先肯定后鼓励,从不会这么久一言不发。排长在等待中似乎明白些什么,吞吞吐吐地说:"执勤这事,要不等副中队长回来再议议?"刘继马眉毛仿佛跳了跳,笑着点头说:"大家的想法很好,后面两个提议我看可以。"排长这才笑着说:"其实大家对第一个提议还存在异议,如果这样报警的话,领班员岂不是跟打更的一样?精力有限。何况,如果一个以上哨位遇到突发事件,这样的报警方式既不及时又不准确,逢着月圆的时候隐患多多。""隐患多多还跟我耍贫嘴?"刘继马似怒似笑地乜斜排长一眼走出会场,临出门时说一句"散会吧",却突然感觉有一道冰锥一样冷冷的眼光嗖地扎过来,分明用了十成力道，听得到所扎之处一个一个血窟窿咕嘟咕嘟往外涌着血的声音。刘继马脊背生寒，不用看就清楚到底是谁在使用冰锥发射器。他不能再回头，捂着血窟窿出去了，步子迈得有些软。

　　刘继马回到队部喝口水稳了稳神，有些怀疑自己对张大忠的态度，望着桌上那部红色电话发愣，他拿不定主意是否给电话那头的"阿姨"先汇报一下，汇报一下也许副作用会降低一些，虽不敢奢望消弭。这是他头一回有了像犯了错的小学生去见老师的心情，以前汇报的词用不着费神思忖，那头发出的笑声的长短是预料中的，听到这样的笑声他便觉得如打通了筋脉一样通体康泰。一向分寸感拿捏纯熟的他，鬼使神差地在一个错误的时间面对一个错误的人充了一次很大的一瓣蒜，都是这个欧阳图闹的，刘继马敲着脑袋，懊恼且慌乱。

　　敲脑袋的刘继马没有发现欧阳图站在门边，眼神狐疑。门是虚掩着的，刘继马头耷拉着顾及不到别处，那部红色电话机像火一样烈烈燃烧，火苗噼噼啪啪，轰然吞噬提话筒的勇气和像小学生背诵得滚瓜烂熟的课文，虽然那篇课文在"阿姨"身上屡试不爽，眼下却错别字和病句满篇。欧阳图一动不动凝神望着，直到向阳来准备睡前的洗漱用具。向阳奇怪欧阳图站立的位置，顺着欧阳图的目光往里扫，就把欧阳图悄悄拉一边，又悄悄说了一些话，声音小得几乎让欧阳图听得哆哆嗦嗦，最后还是启动想象力把内容串完整了。从欧阳图搬进二班又安然搬回司务长室，二班里发生的事，严格来说是发生在张大忠身上的事，让这个小通讯员不能不对眼前看似斯文话比金贵的副队长暗暗折服，折服中更多几分敬重。

　　欧阳图重新站到队部门口，"报告！"声音很大。刘继马急忙站起身，说着："来来来，我当你去龙王那里招驸马去了。"热情得一反常态，向阳瞪着眼快速搜索记忆，记忆文件夹频告空白。向阳先在刘继马杯里添上水，再给欧阳图倒了一杯，端端正正捧给他。刘继马说："见着他了？"欧阳图说："让司务长明早到油库财务室去一趟。""再说一遍？"刘继马揉搓揉搓耳朵，开始怀疑听力。欧阳图又说了一遍，刘继马扭头瞪住向阳说："你把欧阳副队的话说一遍。"向阳一边重复一边望向欧阳图。刘继马眼睛眯缝着，头垂下去，越垂越低，低垂得让坐在对面的欧阳图看清了脑后竖着的几根白发。白发闪银，眼巴巴看着主人蓦然抬起头，目光一头撞向欧阳图，想撞进那一块如拳头大小的地方一探究竟。他听说比干心有七窍，号为玲珑心，所以聪明无匹，他想看看那块地方是否也有七窍，不然，耗多少时间多少口水解决不了的事，这个牛犊子怎么可能手到擒来，他有些不服气，就装作轻松将身子往椅子里放舒服些。"说说看，那谭副经理怎么改变主意的。"欧阳图解读肢体语言总胜于有声语言，这是他的天分，说："他大概良心发现吧，咱们这么帮他。"说了这话并不想再说下去，就说："晚了，夜里还得查勤。"敬个礼推门而去，撂下身后送他出来的一路茫茫失落和悲凉。

　　第二天，柳司务长从油库回来掮着风尘也握着划拨下来的经费，中队像过年一样，欧阳图的身影出现在哪里，哪里就分明激射出闪得发亮的光。刘继马除了安排这笔经费的用途外，眼光总也亮不起来，反添不少黯然。之后的几周，排长带着几个班的战士修补好了被雨水冲刷的地方和断开了的铁丝网，还修整了哨楼。油库找来施工队铺设了一条从油库到中队的自来水管道。这段路并不长，来回五六公里，坑坑洼洼，是中队搞五公里越野训练时踏出来的道儿。自来水从这条道儿奔袭而来且气喘吁吁忙忙碌碌洗菜蒸饭，整个中队弥漫着香气。夜间的哨位散落山谷，星星点点却配备齐全，哨兵走动在夜色里相互间突然有了近在咫尺的温暖，孤独跳脚遁去。

四

　　这阵子柳司务长里里外外飞着忙，像突然改装过的发动机动静小马力大，进进出出不带笑不看欧阳图，笑的样子像追光灯一样躲无可躲，有一天终于问副队是咋拿下谭副经理的，要知道支队领导的账他都不买。欧阳图还是那句"大概良心发现了吧"。柳司务长摇头不信，说："我猜猜看，副队那天晚饭后走的时候带着李宝丰，我估计谭副经理尾巴上的毛可能被副队攥到了，这叫常走夜路总会遇鬼。"

"武功讲究与君子交手击为不击,与小人交手不击为击。"欧阳图笑得很玄,话也说得玄,柳司务长仿佛彻底明白了,翘指示敬,说:"高,还是你高,新形势下老办法不顶事了。"欧阳图摇头说:"你想歪了。"之后就看柳司务长粉丝一样地笑,不免唏嘘。

和柳司务长一样,中队几乎人人都要逮住李宝丰挖至少一次话,毕竟这事怎么办妥的没有人明白,欧阳图如何拿下谭副经理的,是胜之不武还是蛇打七寸,李宝丰肯定最清楚。李宝丰总是那句话:"人都是知恩图报的。"怎么样的恩能让谭副经理如此痛快,他没有说。大家纷纷揣摩事情真相时,谭副经理亲自来到九中队邀请欧阳图,说下月女儿结婚请他出席,眼睛还是鱼泡似的鼓囊囊,只是脸上的笑很真诚,笑着拍刘继马肩说:"多些欧阳同志这样的人才,部队之幸啊。"刘继马点头称是。谭副经理走时只握欧阳图的手告辞,说:"今天算是回访,私人回访,以后不计公事私事只要你欧阳兄弟开口,没二话。"虚瞟一眼刘继马自己开车走了。

谭副经理的到来着实让刘继马难堪,这种特别礼遇怎么能越过他指导员直接指向下属呢?更受不了欧阳图坦然以对的神情。他叫来李宝丰,以前也想过叫最终没有叫,就是不想让欧阳图觉得赖他之力才解决了经费的事,即使心里很想知道真相。

李宝丰喊"报告"的声音扯碎了刘继马的视线,说:"先找你谈谈吧,上级组织准备考察考察副中队长,我们中队情况了解多些便于掌握得更为客观。"李宝丰说:"娘哟,提升的事吧?好事唉。"刘继马闷闷说:"说说,怎么看副中队长这个人?""那还用说?人正直、热心、能力强、肚量大、不玩虚招,是个实在人。"李宝丰掰手指头算。刘继马中指敲敲桌面打断:"说具体些。"李宝丰说:"指导员你看上次排值哨的事儿,搁别人,哑巴亏吃就吃了谁能咋的,也就是遇着副队,那身手,那涵养,事儿咂追究下去吧,还咂把谁咋的,战士俩字:服气。"刘继马瞪过来说:"陈谷子烂芝麻不提也罢,说说最近的事儿。"李宝丰眼一暗,突然嚅嗫起来:"副队不让说。"刘继马想了想说:"你不说我也知道,跟人家搞不正当交易,丢自个儿人事小,部队的脸可丢不起,支队领导要是追究这事儿责任,谁也担不了。"李宝丰急了,眼睛瞪得溜圆,说:"指导员,可不敢这样说。"李宝丰脖颈挣得黑红,青筋暴现蛇行而出。这一句话哆嗦出来,让刘继马很不满意,眉头蹙得紧紧地,揉搓不开,说:"这样吧,既然你不想对欧阳副中队长负责,等上面派调查组下来吧,快得很。"说完就动手整理案头,拿眼睃了睃李宝丰,李宝丰正咬下唇,下唇咬烂了那扇门仿佛会自动开启。刘继马就叹了声:"人啊,邪着哩,一根筋往岔路走,神仙也抓瞎。"帽子往头顶一扣朝门外走,眼风撞了撞李宝丰,李宝丰腾地横过身子,双臂伸成半圆形顶到门上,鱼泡一样鼓起眼珠子喊:"副队真吭弄啥啊。"于是刘继马等来了那个真相,那个真相在李宝丰离开后让他心情颓然,他终于知道那个上午带欧阳图去见谭副经理是何其重要。谭副经理办公室的豪华气派在刘继马眼里疯长出手来,摸索屋里一茬新的所有设备,这些设备耗资不菲,在经过其他办公室的刹那扫描到同样的信号。他没有往深里想,油库早已实现无纸化办公,一切信息的存储都在电脑里,都在电脑里未必万无一失。谭副经理叫李宝丰修电脑,李宝丰去修了没有修好,没有修好的李宝丰提起了欧阳图,谭副经理早忘了早上才见过的那个年轻人,或许他根本就不打算记忆,他那时连扫一下的想法都没有。他回想起那个年轻人的那副斯文模样。他站在李宝丰身后,没有任何表情,说:"九中队副中队长欧阳图。"谭副经理"嗯"一声算是打招呼,招呼过后他就杵到了欧阳图身后,欧阳图手往鼠标按下去的一瞬他意识到了这个人的特别。欧阳图的手指在键盘上飞舞过一阵后推椅而起,说这是私人电脑,私人电脑联网不合适。"不合适"仨字滑得快速且轻捷,谭副经理分明读出了刻意以及欧阳图的善意。谭副经理仔细且警觉地瞅了瞅欧阳图,欧阳图眼神很有内容地弹过来,闪身走开。

电脑里存储着公司下达的文件,文件涉及油库明年扩建的信息,信息包括划拨的经费数额。此时,电脑早已小心删除干净的私密数据赫然恢复出场,出场时灯光闪烁,风声鹤唳。谭副经理的汗突然涌出,凉冰冰寒丝丝。他稳住神问:"想不想看?"欧阳图望一眼窗外空荡荡的油库,晚霞把自己的美丽正撕扯得绵长绵长,把数个山峰染成深黛，油库就隐在深黛里，安静，诡秘。他感到了谭副经理的有气无力，说："为什么看？"声音淡然若素。谭副经理被这种神情震住了，说："你是个君子，真君子，君子是不应该被忽略的。"伸手碰了碰欧阳图肩，和他一起陷进沙发。谭副经理说了很多，欧阳图认真地听，偶有颔首，偶见皱鼻，大多时候双唇紧闭，一言不发，谭副经理就说了实话："不是不划这笔经费，不是没有这笔钱，唯一个后门兵马首是瞻的中队，会有什么出息！这样的部队谁放心！你今天来了，一切会有不同。"欧阳图起身的时候笑笑，握了他的手，说："被人信任是一种压力，我会记得压力的。"

欧阳图走出门很远，谭副经理手上被他握过的重量还在，他喟然长叹："这才是军人，不过，此人很有头脑，很懂谈判。"

欧阳图回中队的路上，李宝丰拍手大笑，说："副队真能耐，今天这事办得，带劲！"欧阳图却翻看手机上收到的几条短信，是凌云的，短信说她一个同学说她小姨和谭副经理是一个系统的，业务上常有往来，说不定可以说上话，问要不要打个招呼。又说别一根筋，试了说不定有希望，不试怎么知道有希望，别灰心。欧阳图回了条短信：玉笙吹彻，哪管晚来风急；清茶香室，何用浮云雕庸。他不愿意读书读成圣女的凌云头顶的祥云斑斑驳驳，如有可能，他希望那朵祥云伴她终生，也陪伴自己终老，不弃不离。但谈何容易！欧阳图没有望向身后，他相信谭副经理一直站在身后，且和暮霭久久握手。

李宝丰急切切想说明白，刘继马却只听了个酸云醋雾。他在周安全分析会上说百日安全无事故到了倒计时阶段，取消擒敌术、射击课目，确保训练安全势在必行。说完往欧阳图这里瞅，说："副队长抓落实吧。"欧阳图没有马上应声，顿了顿长呼一口气说："那就刀枪入库，马放南山吧。"刘继马认真说："体能训练还要继续的，一天两次全副武装，增强体质。"排长小声说："训练场地本来就有限，平时训练的课目几乎就剩下了体能，疯牛野驴一样在荒山野岭狂奔。"刘继马朝排长看了一眼，排长读出了责备。欧阳图和柳司务长听见"疯牛野驴"四字，"噗"的笑出声，欧阳图一笑，排长也跟着龇牙笑，刘继马黑着脸敲桌子说："我意思不是修佛龛拜香火供这些爷儿，三十六拜都拜了就差这一哆嗦，咱要是在支队冒这个泡儿，亏不亏？"欧阳图说："咱们是不是还可以搞点学习，比如可以利用网络学习室的条件打打 CS 游戏……""什么，游戏？"刘继马脑门上的青筋突突弹跳。欧阳图说："别误会，这种游戏虽说是美国开发的软件，却可以利用局域网络优势，练习团队作战、指挥协作能力，另外，还可以学习一些诸如网上查询、报警或者专题讨论的知识。"刘继马松口气，说："是这样啊，李宝丰这小子还弄不了吧，搁搁再说——你上次提到的'快乐训练法'我看也放放，训练就是训练，一趟五公里武装越野难不成还跑出一群快乐男生？能死了！虚招儿少玩儿吧，实打实训练是硬道理。"说完先离开了会议室，悻悻的。

柳司务长和排长往欧阳图脸上看，那张脸没有任何表情。

一语成谶——五公里全副武装训练一天早晚各一次，金黄色或橙红色的光晕越来越亮或越来越暗，铺到秃山荒坡上像一道五彩谱系，战士们便骑着这道五彩谱系滚动着，如五线谱上此起彼伏的豆芽，单薄、虚疲。刘继马站在营门口眯眼望过去，很为此得意。他这时格外气定神闲，看欧阳图带着部队奔跑的样子像鹿一样，不过这头鹿显得更斯文，看到斯文的鹿拖着一只熊一样肥厚的手，被拖着的那个人居然是"胖头陀"张大忠，他便皱了眉。张大忠猪肝一样的脸气喘如牛，深一脚浅一脚画着无序线条，画到后来终于从欧阳图的手里滑坐下去，像中了麻药枪的大象一样缓慢地却是沉沉地倒在飞扬的尘土中。刘继马急了，朝向阳一摆手："快快快，背回来。"向阳犹豫一下还是飞奔过去，张大忠的肥肉在向阳的后背颤抖，向阳蹒跚几下轰然倒地，这次是两个人，向阳垫在下面，听得见闷雷一样的喊声。刘继马、欧阳图从不同方向往同一地点飞步奔跑。

卫生员随着大队派来的吉普车呼啸而去。下午从医院打来的电话让刘继马一如受了鹿杖客的玄冥神掌。医院说向阳的一根肋骨断裂，胸部骨裂，左肘部粉碎性骨折。医院的电话来后没有一小时，大队部就来电说支队领导很重视，要严查到底，谁的责任谁负。六神无主的刘继马土灰一样的脸在斜阳下泛着菜色，他无暇去想这么短的时间支队就知道了这件事是谁反映上去的。他叫来了张大忠说："向阳为你受了伤,你看怎么办?"张大忠歪头横眼说:"这个娄子不是我捅的,我也决定不了体能训练的强度。"刘继马气得说:"话不能这么说,不是我叫向阳背你回来你还不得拖死?"张大忠说:"拉倒吧你,就向阳麻秆样儿还背我?出洋相!"刘继马那张脸渐暗渐糙,和地上水泥一样。张大忠动一动嘴,说:"我明白你的意思,我再给我婶——叔叔打电话试试看。"

支队的决定还没有下来,刘继马开始调整训练计划,一天两次的五公里武装越野减半。

欧阳图打电话托凌云抽空去总队医院看看向阳,柳司务长说替他也问候问候,说:"这小子机灵实在,几天不来跟前晃还想得紧,这份罪咋落他头上。"秦渭南来找欧阳图,说二班好些人凑钱往贾三平家寄,贾三平家在省城,他让他妈妈替大家去瞅向阳。柳司务长和欧阳图心有些潮。

住一班的排长被人推醒。"查勤!"吹进耳里的热气痒痒的。他睁眼看床前站个人,两点微光在黑夜里放大,是欧阳图。

冬天高原冻得夜晚瑟缩进寒风里直跺脚,寒风如刀。出门的时候就着手电看表:2点半。

外面的月光水一样洗白黑夜,两个人就在这种白里浸染成水墨里的浓。砾石路泛着亮光,弯弯曲曲游走在山沟峰顶,像浣过的白纱。欧阳图喟然轻叹:"什么时候丢了看月的眼!"排长没听清楚,确切地说是没听懂,环顾四周白晃晃的,身子缩了缩。

一号哨哨兵远远问口令,排长应了,哨兵收起枪敬个礼,报告一切正常。排长拿眼神请示欧阳图,欧阳图摆一下头往前走去。

远远看见二号哨,排长低声打趣,说:"副队,这几号哨哇,记不记得?"欧阳图嘿嘿笑:"学会耍贫嘴呀。"新修过的哨楼,除了瞭望孔外其他位置都用耐火砖封固,在月光下森然壁立。哨位越来越近,过道上看不到哨兵的身影,听不到哨楼瞭望孔内喊话,排长大步上前准备吼叫,嘴被欧阳图大手封住了。哨楼默然、孤独、寂静。走近了看清楚瞭望孔被两块石头堵塞得严严实实,排长气大了,心想谁这么大胆,躲进哨楼里还罢了,竟然堵塞瞭望孔,这和脱哨有何分别！他看看欧阳图，欧阳图的脸色在月光下泛着青瓷般的颜色。哨楼门虚掩，像丢失了一角的夜。欧阳图上前扭开门，一股热气一头撞将出来，他毫无防备，本能地往后撤开半步。哨楼里亮着灯，灯下一只电炉火球一样滚动过来刺目白光，白光热烘烘的，裹着皮大衣依着墙根儿的张大忠张着大嘴呼噜呼噜，口水从嘴角一路闪着亮光拖下来踅到衣襟，洇成一大片不规则的暗色。八一式自动步枪靠墙边幽幽望向门外的两个人，有些意外。排长犹疑了一下，此时看清是张大忠，他就缩了缩肩把手往那颗胖头揉了揉，像团了发酵的面。欧阳图乜斜了排长一眼，默然提枪上肩，忽然大喝："张大忠，给我站起来！"喝声像暴怒的狮子发出的，张大忠惊醒后，撞到一双沉鸷如鹰、幽如深涧的刀光锥旋着扎过来，他猝不及防，滑稽地抖了抖那颗胖头，身子靠着墙"噌"地拔起来，如旱地的萝卜，皱巴，萎缩。当他两只脚好容易找到彼此的依靠，欧阳图又喝："你是班长，这样说不严重吧！"张大忠的腿软了软，望向排长，排长像失航的船漂漂泊泊终于找到了泊位一样爽然挺直身体，望欧阳图的眼神像粉丝们看见偶像，充满敬佩。

早饭后，欧阳图跟刘继马到队部，说："召集个支部会，议件事儿。"刘继马问："就现在，啥事儿呀？"欧阳图说得淡然："也就执勤、训练、安全一摊子事吧。"刘继马点头说："好啊。"叫文书通知排长和柳司务长到队部开会。欧阳图到九中队后头一回要求召集会议，刘继马隐隐有一种不安，这种不安在排长和柳司务长进来坐定后越加强烈。他不知道欧阳图葫芦里想卖什么药，但人家说是为执勤、训练、安全的事开会讨论，无法推拒，而不安恰是来自欧阳图无法抗拒且无法把握的脸上极少有表情的表情。他仔细扫了每个人几眼，正是这样扫来扫去，他发现排长的眼神里有一种亮光。

欧阳图说话还是一贯地简洁："今晨2点51分，带排长查勤发现二号哨瞭望孔人为堵塞。""哨兵闭门睡哨？""什么什么？"刘继马吓得腾地跳起，问，"谁的哨？""张大忠！"排长一脸正色。"哦。"刘继马的上唇怎么也找不到和下唇相贴合的感觉。怕鬼鬼上门，他怎么去处理张大忠？他从来没有这么做过甚至连想都没有想过。

欧阳图可看着他呢。要想提高中队的士气，得拿张大忠下手了。刘继马慢慢地坐下，过了半天，才说："这事容我再想想。至于怎么处理张大忠，大家考虑考虑，都得有个意见。下次会上每个支委都得表态。"

刘继马转身走了。

他的背影在光尘里渐次模糊，欧阳图期待的眼神朝渐次模糊的背影投射过去，很复杂很潮湿，不过刘继马没看到，他的眼睛有些发酸，发酸的视线里真的看到了参天黛色和簌簌摇动的格桑花。

风入松

天气昏昏沉沉，暮霭渐渐浓厚，远处山色云重，掩映了峥嵘之势。于烟雾迷蒙处，一道浅溪自山中弯了出来，甩过一条官道，拖到野艾蓬蒿疯长的高岗后，环成一汪泓碧石潭。

官道上的马蹄声远远传来，踩乱了环潭的幽草秀润和树木蓊郁，雾中腾出的三骑，行色匆匆。为首那位年轻男子，金冠束发，袍裆加身，生得眉目如画、神锋俊爽。左右跟的两名男子，一样是锦衣华服。

左首那男子边走边说："走了多时，半只兔子都不见，前头又是大山，进了山越发没了宿头，公爷不如此时折回，十里长亭那家驿站专候着呢。"为首那男子显见是"公爷"了，听了这话，大声斥责："奴才，说你呆，却只往呆里学。你看这天，走不得一二里地，天也黑将下来，雨也落将下来，却如何于顷刻间赶回十里路呢！"左首这位男子立时不吱声了。右首男子说："公爷莫心焦，前面就是山口，进进出出的总要歇脚，说不得有酒肆、客栈什么的——小的前头打探一下便知！"这公爷摆摆手："罢了，程学，叫辛宁去。"左首的"辛宁"应一声，打马去了。

恰在此时，一阵山风吹过，隐隐听得琴弦划然之声，山鸣谷应。程学纳闷："荒山野岭的，哪来的弹琴人？"公爷笑了一声："弹得差了几等，指法也不很规矩。"程学笑了："公爷弹得一手好筝，长安已找不出第二个，这等角色自然不入耳。"公爷摇摇头："那也未必！

你不晓得，琴最知心，人心乱曲便无谱……"

辛宁跑得很凌乱地回来禀报："回公爷，高岗后有一处院落。"顺着手指，暮气中果然隐隐遥见高岗，于是，主仆腾入官道，直奔而去。

依岗傍潭起着的一处院落，青石砌墙，紫藤翠蔓爬成门楼，白花数点，含烟袅霞。辛宁下马便打门，公爷说："休得惊扰高士！你且看，此处必有出尘脱世之人隐居，不耐外人造次的。"立在门外听了片刻，疑心："《风入松》弹得已是不成体统了，何故又拖曹子建的洛神讪笑？竟是唐突了嵇中散！"

"谁在此放肆？"琴声戛然而止，传来一声愠怒，声音又老又涩，"芙蓉妹子，快去拿了智短汉！"主仆们听见，大是诧异："原来住着老媪，山高路远的，怎的苦守在此？"想着，一位老妇人闪出来，五十开外，粗布衣裳，却是愁云遮目，忧色凝眉。主仆料她便是"芙蓉妹子"了，正要问询，不料那老妇人一望见公爷，大张了两眼。公爷上前一步叉手含笑："惊扰丈母雅兴，得罪了！——在下李思玉，因贪看春景走得远了，一时间无处投宿，望丈母容纳。""李思玉？"芙蓉痴痴默想。辛宁颇不耐烦，扬声叫："不得提公爷名讳！公爷袭爵许国公，身份尊贵，还不快小心伺候！"芙蓉并不气恼，神色反倒清朗许多，不住地颔首："怪不得，见过的，见过的！"李思玉察言观色，十分纳罕。

其时已经四山云合，头上落了几滴雨，芙蓉站门楼下浑然不觉，还是程学提醒："只怕有大雨呢。"芙蓉急忙闪身请他们进来，依旧掩上门。因说："请权且在西厢等候片刻，容老身禀告家姐一声。"引他们沿着墙根游廊到了院井，院里都是青石铺地。正面起着五楹瓦舍，东西两厢各两间房屋。院中遍植杨树，也都参天成抱，再无其他花草点缀。西厢内一床一几，倒也干净。芙蓉进正屋片刻，破锣般的喝声如雷碾滚过来："又不是客栈，哪里留得男子！快快打发了去。"芙蓉的声音极低，听不大清。好大一阵子再无声息。辛宁要出去喂马，程学喊住："权且等一等。"辛宁嘴一咧："她敢撵去不成！放心就是！"依旧牵了马去。

雨已下起来。李思玉立在窗前望远，远峰近树，已无空翠可言，都如墨染了一般。

门扇突然打开，辛宁衣袍淋得透湿，捂着脸颊，呜呜哭着奔进来："公爷，咱不住了，外头就是下刀子，也得去！"程学问："不让你去喂马，偏不听，咋喂成这般形容，谁给你气受了不成？"辛宁跺脚："说留不得，便是留不得。你道这是大明宫，舍不得吗？"李思玉喝一声："你这奴才，大惊小怪惯了，什么大不了的事，又慌成这副嘴脸！便是人家不肯留，大不了好好讲说，值得如此！"辛宁见主子发了话，嘟囔："不是奴才没主张，委实留不得，不说野地里有什么好人家，这里怕就是些鬼屋鬼婆！"李思玉大骂："狗奴才，越说越该掌嘴，什么'鬼'呀'鬼'的，全没些儿男儿胆色！"辛宁急了，走到灯下，指左脸颊给大家看："这是什么，鬼婆子一巴掌打得人疼到骨头缝里去，哪里是人手，分明鬼爪！"说得主仆反倒笑将起来："怪不得催着动身，竟是闯了祸事下来，要逃走哩。"问辛宁，却是百般抵赖，程学吓唬着要去正屋问，辛宁吓白了脸，死活拖住不放。李思玉由不得起疑，又见芙蓉去了半日，并不招呼一盅茶水，暗想："这奴才平日里虽说多事惹祸，到底堂堂男子，若是寻常人寻常事，怕不能吓得他如此——莫非其中果有蹊跷？"

李思玉只能厉色审问辛宁，辛宁不敢隐瞒，和盘托出实情："适才奴才去喂马，想问她们讨三两升刍斗，谁料青天白日把门关得极是严实，里头哼哼唧唧有人说话，奴才多个心眼儿，打门缝里一瞅，一个长得丑鬼一般的婆子说啥《风入松》，还有姓'杨'的小子，连带提老公爷的名讳。奴才哪里容得野老村婆拿老公爷闲嗑牙？要撞进去问她们，才拍一下门，脸上平白着了一掌，连人影儿还不曾见，分明有鬼，咱这是撞进了鬼屋！"李思玉虽不尽信他的话，但老父李迁的名讳被山野之人提及，不免吃了一惊，怪不得适才相见全不似寻常百姓战战兢兢，这班老媪想必大有来历，对我主仆极是熟知，这已是奇了。

一条黑影蓦然打窗外闪了一下，程学朝主子扑过去。突然，黑影干咳了咳，声音又老又涩，显然不是叫作芙蓉的老妇人："郎子若是不曾歇下，老身可要进来了。"其实根本就没容他们说什么，门应声就推开了，一把油纸伞闪过来，伞下立着一人。那人比芙蓉年岁更长，虽说满面荷皱，并不塌腰驼背，长得黑皮糙肉，身形高大，较李思玉尚高出半头。李思玉一见之下，惊得忘了见礼，怔怔出神："天下竟有如此丑陋的妇人，也不知她家夫郎如何日日相对，怪不得奴才吓破胆呢！"辛宁早已躲到程学身后，大气儿不敢出。

那老媪把李思玉上下打量，自语："果然像那厮当年模样，可惜了。"听话听音，李思玉暗忖："这已不只是认得老父，看来还是极熟稔的。又想父亲贵为宗室子弟，何以识得山野之人！"又想："父亲当年长相俊逸，名震天下，自然人人争睹风姿，便是无缘得见真容，一传十、十传百，哪有不知一二的？"转而一想："如非实有其事，如何见了我这样的贵胄没有丝毫惧怕，反倒安心受我一揖再揖？她又是何人？"心中疑惑不定，又见她不住拿眼盯他，顿时一股寒气自足跟直冲百会，猛然想起平日和同宗子弟一处吃酒，说起外头听来的笑话，江湖女盗颇好男风，莫非自己今天冲撞的是这等角色不成？越想越觉头皮发紧。

老媪吩咐他："叫他们出去。"神色不容商量。李思玉脸色煞白，支支吾吾不能作答。程学哪里知道他主子心事？只感老媪生得凶恶，阴阴的不像良善之辈，就说："老人家有话尽管当面动问，公爷的事从不瞒我等。""郎子不瞒尔等，怎知老身不瞒尔等！"老媪已很不耐烦，脸色越发阴冷。程学哼一声："公爷身份尊贵无比，你怎敢乱了上下？""下"字尾音骤停，"啪"一声，左脸便像利刃划了一般，立时红肿起来，辛宁不由把手往脸颊捂。程学被打得火星乱迸，迭声问："谁敢打爷？""啪啪啪"，又挨了三掌，便是程学刚强，也不由直唤"哎哟"。李思玉对面站着，竟未看清老媪是如何出手的，自然毛发上竖，如见鬼魅。

此时，窗外风雨较劲儿疯狂，屋内越见空寂。老媪像咬冰凌一样"咯吱"一句："尔等有兴，不妨留下！"辛宁急忙瞅程学，程学却亢声向老媪一叉手："老人家身怀绝世功夫，在下领教！若不利俺公爷，也绝不敢惜命！"老媪听了，脸上竟有笑意。李思玉拿不准她是怒是喜，一边吩咐着"出去候着"，一边暗递眼色。程学还在犹豫，辛宁已跳出房去。

也就这一句，老媪便不再言语，靠窗坐下，仔细审视李思玉的一双眼，善恶不辨，李思玉虽然脊背冰冷，心头惊慌，也只有强作镇静："不知老人家何事相问，思玉必知无不言。"老媪仿佛不曾听到，也不搭腔。李思玉开始不住自责："哪里避不得雨，偏偏送上门来，不怪人家捡个便宜！"索性也学她装痴作呆，不问不语，等了片刻，人家压根就没问话的意思。老媪一张脸明灭在烛火摇动中，浮一层或深或浅的蓝或黑的光，那双眼便整个深陷其中，极力向上伸出双手捞着想捞的东西，那些东西根本无处逃逸。他明白到这些时便放弃了这种可笑的角力，他眼下只能改变自己，倘若她果真有好男风的胃口，一任相对无语下去，静极生变是不必假设的事情，他不想静等场面难以收拾，只好自己开口："老人家为何避在此处？"话一出口就恨不得扇自己两三个嘴巴子，这个"避"字用得实在是找死，人家不欲见人，你却冒冒失失撞进来，或灭口，或生仇，都不言而喻。果然，老媪咳了一声，李思玉不由冷汗涔涔，屏住了气息等她发作。谁知只这一咳，再无声息，窗外反倒嘈杂起来，那雨飘着风，互不相让。

老媪仍旧一言不发，屋里像坟场一样清静。李思玉已经不打算等下去了，既然脱身基本不可能，只有横下心来："大不了就是一死，男儿有什么好怕的！"看老媪并没有立时取他性命的意思，就一跃而起，大声说："老人家既然识得家严，想来必是思玉的前辈，或是有恩或是有仇，问在生者身上罢了。"老媪听了，猛咳一声："如何问？"李思玉说："思玉与老人家素昧平生，若不是和家严有什么过节，老人家岂能耽搁清修到此？再说，惊扰老人家清修，并非本意，如要怪罪，都在思玉一人，与他人无干。"老媪好像愣了一下，马上呵呵一笑："好聪明的郎子，你父亲哪里比得上你一二分——什么'清修'，不如说老身乌眼鸡似的罢了！"眼神随即柔和许多，问："郎子既通得筝律，老身倒想听听。"李思玉听说，暗暗长吁一口气："到底为那句话，不早说，吓我一跳。"也不推辞，因求秦筝，老媪说声："随老妇来。"起身出门，撑伞往正屋走。程学、辛宁左右牵住死活不放，李思玉责着："她若有恶意，便是不去，难道我们还能打这里逃出去？"二人只得放手。

门在身后关上时，李思玉发现，不可谓不宽敞的屋子摆得跟祠堂似的，墙根下排着四条墨绿缌麻高杌，两厢壁挂了几幅字，正中高几上供着香火、瓜果，便突然想笑，但没敢笑，寻思着俩老媪已是古怪的了，却要敬奉着何等样人，这人一定更古怪得不得了。但他很快看清楚高几上方挂着一幅绢画，已经发黄，一些男男女女穿着本朝衣装，或身披甲胄，或戴席帽，或插花钗；或乘马飞驰，或蒲团打坐，或挥剑提刀，或拈笔凝神；或执牙笏，或挥拂尘，不一而足。心里一惊，恍恍惚惚在哪里见过。

"郎子觉着面善？"背后一声问讯，口音与前两位老媪大是不同。他发现说话的也是一位老妇人，但华服翠饰，全然大家气度。芙蓉教他："你该唤姑妈。"那妇人并不介意，笑着把手摆得哗啦哗啦："他哪里知道什么，倒吓着了。"李思玉遍想诸亲中，并无这样一位姑妈，也不知她算哪一门的亲戚。老妇人指着画问："郎子可认得一二吗？"李思玉见问得奇怪，又举烛仔细分辨，突然变了脸："尔等何人，怎敢将皇姑真容亵渎？"老媪把手指到他鼻头上大骂："智短汉，你何敢对你姑妈不敬！"老妇人摇手："你这龟孙脾气老改不了，也不知皇甫小姐咋受得了。当年幸亏你没有和玉妹子见面，不然，还不把天反了。"听到这里李思玉已明白了大概，这些绝非寻常之辈的人都与皇姑关系不一般。怪不得旁人背地里提及皇姑时都是讳莫如深，原来和山野之人交情不浅。便以手指胡乱摇点了一通，最后落在一处："家严何以在此？"大家一愣，立刻明白过来。老妇人大笑："玉妹子霸王似的人，你的爷老子怎入得她法眼？这是你姑老爷杨大将军。"李思玉恍然大悟："天下文武状元郎，难怪——"想起什么，突然打住。老妇人黑下脸："难怪啥？是你爷老子胡呲，还是有人混账？"李思玉也黑了脸："老人家不该骂起阴世之人。家严在日，每每皇姑坟上祭扫，且再三恳请圣上恩准百年后葬于皇姑陵旁护持，只因圣意难改，才未如愿。"三人听了，面面相觑。芙蓉长叹一声，那老妇人看看她，叹气："可惜，可惜。"不知是在可惜谁。

老妇人说:"画里都是本朝厉害人物,不怪你不认得,他们仗剑天下、行走朝纲时,你还没睁眼呢。你细细看,可认得几人?"李思玉果然又看,发现其中一人眉眼神似皇甫芙蓉,就说了,没想到皇甫芙蓉苦笑一下:"若有'苦命图',只怕有呢!"老媪怒气冲冲:"好好的,提这闲话做什么?你去吧!"骂得李思玉摸门不着。老妇人埋怨她:"看吓着人家孩子——皇甫小姐真是个傻女子,多少年了,还想不开,难道天底下就只有一个杨兄弟好?"老媪分明还在生气,恶狠狠撵李思玉出去。

事情变得越来越奇妙,李思玉根本回不过神来,虽然觉得这些人行事平生见所未见,但他已隐隐感觉到有些真相正浮出水面,而她们必是水下托举者。

天亮的时候,程学、辛宁还在东厢房睡觉,李思玉已悄悄踱出院子。雨后的山野气象清旷,白烟梳拢着青草,山风于岭间舒展筋骨。他看得有些呆了:"原来有这等好去处。"

沿着流水,在山云吞吐的山垭口,一杆酒旗斜挑出来。环顾四周,竟也有几间茅舍,屋前屋后种着几畦青菜,一个老儿正卷着袖管拔菜,老媪端着竹箕喂鸡,院内堆着已然劈好的木柴。店家不曾想一大早有客,丢下竹箕过来招呼,谁知一看清来人就大声喊老儿:"快,快,杨爷回来了!"老儿并不抬头,嘟囔她:"疯婆子,杨爷早战死了,哪儿又来个杨爷。"老媪知道认错了人,也不待客,一头进店一头叨叨:"杨奶奶是啥人,金枝玉叶哩,万岁爷不敢惹,皇后娘娘都得看着脸色,李迁癞皮狗缠死人,皇甫芙蓉死婆子也没个算计,非要嫁人做小——癞蛤蟆想吃天鹅肉哩!"老儿就笑:"休理这疯婆子!"李思玉一下子明白了皇甫芙蓉乍见之下何以那么古怪,原来将自己错认作杨将军了,可父亲李迁如何也缠死人了?就问:"李迁缠谁?"老儿说:"缠杨奶奶啊,杨爷——"

忽听有人轻叱:"西昭,又犯糊涂了。"老儿老媪欠起身向门外笑:"小奶奶休要着恼,是俺老两口闲嗑牙哩。"分明是皇甫芙蓉的声音:"这是当着郎子,若是哪个好事之徒传将出去,你敢担待,还是老身能担待?亏你跟了爷许多年,老了倒不知掂量轻重了——郎子，随老身回去。"果然是皇甫芙蓉，李思玉觉得心里有一个地方长满了草。

回去的路上皇甫芙蓉一个人前面走，不肯回头理睬。李思玉就笑："烦请'小奶奶'跑来找寻，岂不知本爵并无损伤毫发。"皇甫芙蓉听了，咬咬唇："我就知道这俩老奴才口没遮拦。"李思玉乘机说："小奶奶如耐不得山野清旷，记挂杨将军坟冢，本爵当为小奶奶谋划。"皇甫芙蓉狠狠瞪过来："郎子枉生一副杨将军面貌，不及他半分——便是你父李迁，虽然算不得一条好汉，于痴情一项上，也不是寻常男儿比得的。看来其面虽同，偏偏天地悬远，造物弄人！"李思玉想不到有一天在这种地方被一个这样的老婆婆这样骂，还连累亡故多年的父亲，大是不平。

皇甫芙蓉似乎有些不忍，停下来说："不是老身拿腔作势，委实是郎子不该晓得，何况你的皇姑端的何等样人，便是今日，也不见得有人说出个子丑寅卯来，强要说来，免不得唐突伊人。至于老身的来历，郎子还是不晓得的好，不然，牵连诸多君子，老身百年之后，有何面皮去求见杨将军？"李思玉冷笑一声："丈母既是恁般痴情，姓杨的又是恁般行高世人，终究为着皇亲国戚的尊贵无匹，贪一个驸马之位，把丈母闪在这荒郊野外，一曲《风入松》也弹得不成体统，何苦来呢？"

李思玉只觉眼前一晃，左脸颊便挨了一掌，皇甫芙蓉人已走出数步之外，还在嘟嘟嚷嚷着："年貌虽与李将军当年绝似，见识竟然不啻霄壤，怪不得你是李迁的郎子，都不过是空有一副好皮囊！"李思玉跑到她面前站住，气咻咻问："既然我李家没有君子，那位老夫人纵然慈眉善目，到底还是郎子的姑妈。"皇甫芙蓉瞪他一眼："你当她是谁？前朝致仕的礼部尚书包良的夫人，和你皇姑有过金兰之谊，才轮上你唤她姑妈。"包良他是听说过的，致仕还乡是多年前的事，当时父亲李迁还没有过世，皇上准奏是在他一连上了三道奏折之后，后来挟家带口去了南边，再无音讯，谁知道在此邂逅他的家眷。

那位包夫人站在院井朝门楼望，李思玉抢步上前屈膝下跪，口称："姑妈安好！"包夫人呵呵笑着，咂着嘴："好孩子，你父亲当年有这一半文气,驸马之位就不是他杨将军的!"皇甫芙蓉一旁自语:"若能如此,再好不过了!"

李思玉觉察到,皇甫芙蓉在打过他一巴掌后不再为难他了,不但不为难,在用早饭时还留下他来。老媪提到了教琴的事,似乎断定了李思玉不会拒绝。李思玉果真没有拒绝,不仅没有拒绝,听到此事还笑了,他笑的样子让她们觉得难堪,仿佛他已明白了什么,但他什么也没说。

接下来的几天皇甫芙蓉请他教的琴曲,是那曲《风入松》。李思玉依曲谱教授,好像并不对皇甫芙蓉心思,她总是怀疑:"郎子所弹与老身所记大是不同,莫非有差池?"李思玉不以为意:"自幼依谱习学此曲经年,烂熟于心。"皇甫芙蓉若有所思。李思玉低头沉吟良久:"初闻丈母弹筝,只道是兴之所至,不拘琴谱的。只是闻音知心,想来丈母有曹子建人神难通之苦,《风入松》不足以发丈母所发,故借《洛神赋》之意来兴托。"皇甫芙蓉不由脸一红:"哪里懂得什么兴托,连琴谱指法也看不明白。此曲是年轻时听来的,一人原本即兴用埙吹,另一人当时便能用筝弹,因吹者即兴吹,弹者用心弹,谁也不晓得曲谱,甚或并无曲谱可依呢。老身揣摩了数十载,只得些皮毛。"李思玉吃了一惊:"两位老人家究竟何人,恁般了得!可知琴曲化为埙曲,已是极难,如无十分技艺,断不能够,况又依埙律化筝,此人记性怕已独步天下了!"听他这样说,皇甫芙蓉长叹一声。

李思玉见了这种情景,已猜中八九,也不多问,试依《风入松》与曹八斗的文义小心谱度,孰料仅得《风入松》曲谱,难有洛神一二神韵。当下推筝而起,叹道:"三国周瑜善知音律,吴国传有'曲有误,周郎顾',我只道史家夸口,不道本朝前辈果有这般人物。学琴经年,自认无人可比,原来竟是蠢材!"皇甫芙蓉突然流下泪来,哽咽着:"闻音知意,闻音知意!"李思玉隐隐有一种不好的预感,这首《风入松》,一定会是她的送终曲。

西昭过来送果品菜蔬时,正好看见这种不加掩饰的伤心,这是从来没有过的,哪怕在得知爷战死这种噩耗的时候。他问留客的事,老媪就埋怨他："不是你两口子闲磕牙，他就用不着缠人了。"西昭老大不高兴："他生得跟杨爷果真没啥两样，谁分辨恁清！俺伺候爷一辈子，还不许俺念叨？"抬腿走了。

西昭很快就后悔了，他不该负气而去，当时要是再盘桓片刻等老媪来送，李思玉根本没机会问他那么多话，而这直接导致皇甫芙蓉为此送命。

当时皇甫芙蓉就坐在琴前伤神，李思玉苦于不知如何劝慰，扭脸就看见他了，他正从院井经过。李思玉跟随着出院子，问他："你家小奶奶琴弹得如何？"西昭嘴角一撇："那叫弹？鬼叫哩。"李思玉说："《风入松》弹了几十年了。"西昭嘴里发着呲声，一脸不屑："我不晓得啥风啥松，俺爷和奶奶才是高手。"接下来他告诉李思玉的一件事，让李思玉突然意识到了事情的不同寻常。西昭说杨将军战死前皇姑奶奶就病死了，杨将军上战场前还带着一个绢人，这个绢人是仿着皇姑奶奶的样子扎的，后来杨将军战死，绢人的下落没听人说了。他们死后，以前住过的院子一直上着锁，直到家里要变卖宅子回老家去。他开锁进院收拾旧物，发现琴上有一片纸，上面写的字像是奶奶的手迹——"风入松，凤凰仙去凌霄宫"这样的话，后头还有两句："梦不见，木杨萧萧伴晨钟。"因为"风入松"仨字是杨爷过生日在后园亭子里用埙吹的曲子，他就伺候在身边，所以很清楚这件事的前前后后。奶奶当时隔着一个大荷花池坐老远，听爷吹一遍后，当场就取筝仿着弹了。当时正是小奶奶进府圆房的日子，奶奶为这事生气连夜回了洛阳，到死都没有再让爷见她。其实爷到死也没有进小奶奶房里，所以此事府中人等都晓得。

李思玉心里一惊，想起父亲请葬的事，有关正屋供着的画，以及她们提到父亲时的不屑……为什么有关皇姑的事宫里讳莫如深，难道仅因为父亲一厢情愿的请葬？如果说皇姑的死来自对丈夫纳妾的愤怒，如何解释"风入松"中洛神那些凝眸含情的曲意？杨将军临兴以埙吹曲，皇姑若不能心领神会，又怎会迅速以筝弹来？这已非技艺高妙、记性超群所能解释了。

雨在李思玉发愣的时候下得毫无征兆，他被赶来的辛宁拽回院子准备奔进屋。突然，他停下来，院里蓊郁的树在天地昏暗的风雨里发出萧萧之声，像叹息，像咏诵，像……他在院井里出神，泥塑一样。突然，西昭看见伺候了一辈子的爷还是玉树临风，奶奶死后的样子还是伤心欲绝……"爷"，西昭大叫一声，一下子昏厥过去。

　　李思玉似乎未见，大步奔向正屋，再出来时已抱琴在手，琴声就在此时铺向雨里。风雨都疯了，互相大打出手，檐下躲避风雨的群鸟闻声纷纷飞出去，杂着树间的萧萧声、奔涌声，一波叠一波惊叫、惊叫……然后掠出墙外，墙外松涛回环，丝绦轻垂，如晦之色暗得恰到好处，洛神凌波而至，美得灭绝人性，当她转目流精之时，曲子便清越轻扬，怨而不哀，忧而不伤……

　　这一夜，李思玉再没做什么梦。

　　程学一直站在榻旁，等他醒来伸到第二个懒腰才告诉他，皇甫芙蓉要见他，而且已在门外等了很久。

　　李思玉很久以后回忆起这件事，都无法说清皇甫芙蓉说话的样子是否就是当年对杨将军的样子，或者是，或者不是，但这已不重要了，重要的是弹出变调《风入松》的自己，已不是自己。他自己这样认为，皇甫芙蓉应该更甚。

　　她一进屋就没有坐的意思，但她不允许李思玉也站着，她居然敛衽行礼，说："妾当日已明白，可妾委实不甘心！"李思玉一愣，想打断她，但一看她的眼神就决定放弃，那是一个熟悉的人熟悉的模样。父亲，他的父亲看到皇姑陵墓那一刻，也是这样的眼神，他知道有这样眼神的人，已无药可救。他大致明白了这样一个事实：皇姑和父亲李迁同宗，父亲不可救药地爱上了皇姑，可皇姑压根看不上他，也没看上任何一个宗室子弟。就是这样高傲的一个公主，却和出身低微、考取了状元的杨姓男子一见倾心，冲破了艰难险阻，有情人终成眷属。这样的故事千年前或千年后都会不厌其烦地出现、重叠。不同的是，做了驸马的他为了服众，也为了让公主的选择看起来非常正确，频频带兵打仗，最终因战功赫赫封了大将军。但他在战场上遇到了皇甫芙蓉，皇甫芙蓉不可救药地爱上了他。皇甫芙蓉和公主一样任性，她不甘心就这样放手，她救了杨太夫人的命，而这纯粹就是一场华美的阴谋，她如愿了。公主生了大病，大病最终要了她的命。杨将军随后命丧战场。必须要提的是杨将军和李迁长相几乎一样。

能够想象，心气高的皇姑当年嫁心上人时，多少人等着看笑话，他们不相信金枝玉叶嫁草根会有多么幸福，而那些人真的等到了这一天。虽然丈夫并不爱那个女子，也从来没有踏过那间屋，可她不能不将她的尊严敲得粉碎。

李思玉想，可怜的皇姑！女子内心太高贵，伤得最深的，总是自己。

他想问她当年怎样设计了那场阴谋，老媪、包夫人和西昭到底是什么人，如何走到一起，但皇甫芙蓉不打算回答这样的问题，只是又一敛衽，凄然一笑："老身不懂风入松，你皇姑懂！"折身走了。李思玉没有追出去问，当年究竟怎样，谁知道呢，有些人有些事，永远死在了当年，就像《风入松》，是不应该重新回光返照的，死去的只能继续死着它的死，要不是那天的一场大雨，这一切本不该发生。

第二天刚放亮，哭声打扫每一个房间时，李思玉感到了来自这所院落的异常。皇甫芙蓉死了，在自己的床上。

李思玉听说，长叹一声，他认为到了该决定离开的时候了，程学和辛宁当然很高兴。

包夫人坚持送他一程，并告诉他长得像极了杨将军。李思玉点头："杨将军并没有死。"说这句话后他看到了包夫人可怕的眼神，这种眼神让他明白，谁也不可能活着离开这里。包夫人说："郎子想害人不成！"李思玉说："丈母说小侄相貌像极杨将军，杨将军怎么会死。"包夫人听了，长出一口气，脸色略略舒缓："好孩子！你包姑夫去南地听到一件蹊跷事，有个人进山迷路好几天转不出来，后来总算被人搭救。他在山里时原是看到过几间草棚的，还围了栅篱，屋前屋后都是花木果蔬，道是遇上人家了，想要讨口饭吃，不想草棚门口坐着一个男子，唧唧哝哝和一个女子说得不休，极是亲热。那人道是一对夫妻，可怪就怪那男子一身粗布衣，妇人却是满身绫罗。偏那男子生得出奇俊朗，不像寻常田舍翁，那妇人却木雕泥塑的一般，总没有一言半语。那草棚前起一座大坟，坟上不种松柏，不种花草，只种一片杨树，杨树上挂一口钟。你说蹊跷不蹊跷？"

李思玉望着院落里遍植的杨树，叹一声："一个一辈子弹着并无曲谱的琴曲，一个听了一辈子不成曲调的琴曲！好一个'风入松，凤凰仙去凌霄宫；梦不见，木杨萧萧伴晨钟'，人神有情，毕竟可通！"包夫人似乎点了点头，突然又摇了摇头："郎子念叨的啥？"李思玉说："绢扎的，自然说不得话。"包夫人一愣，眼神刀子一样戳过来。李思玉说："小侄看来，那男子必是有大隐情，远遁到不得人见的地方，和心爱之……人厮守，了此一生。"包夫人眼神里的杀气再一次缺钙，她看起来没有截他话头的意思。于是他就继续说下去："小侄以为，男子短褐山居，妻室却衣裳奢华，可见其独自里外操持，其情甚重；门前门后情景，又异于常情，足见能如此者，可谓真丈夫！至于何以如此，至此，小侄不敢妄加揣度，但决非常人，或因难以权衡之事，或因不了之情，不得已弃家绝亲。或是一位将军也未可知，战场诈死，不但瞒过朝廷，旌表门庭，还瞒过亲友，立意绝世，若是如此，只怕伤心过甚致心意早决，绝非一时任性赌气……"

包夫人望着他，似乎想看透他，他没有躲避。

李思玉望一眼山垭口，远处山色云重，掩映了峥嵘之势，又回视依岗傍潭起着的那处院落，还是青石砌墙，还是紫藤翠蔓爬成门楼，白花数点，含烟袅霞……

位 置

一

"还不下车走，等抽啊，你？"司机大胖发现总指挥朝车这边走，掉头冲我低吼，那神情跟一条恶狗差不多，龇着牙，白森森的。我便像受伤的兔子一样扑出去，动作比兔子还专业。

按图行进其实并不复杂，甚至颇为小儿科，问题是我要是和队伍一出发就徒步行进，而不是乘坐交通工具，翻过那座青稞面胡乱掺和香豆粉一样颜色的锟锅山，到达点将台沟小学，脚底也许和剥掉皮毛的兔子差不到哪儿去，就像武用一样龇着已经长不齐整的牙一瘸一拐。但那天早晨的天气真是好得一塌糊涂，太阳像周末睡到自然醒不用出早操，而认真仔细得像解放区小媳妇纳军鞋那样整理着内务的战士，一下子红光满面，肤色清透，压根看不出下午沙尘暴像羊角风一样突然发作，吼得跟狼哭似的，弄得整个返程的路上像枯黄的一张脸根本画不上妆，还浮一层厚厚的底粉。

说实在的，我根本不想参加这样的野营综合演练——不太严格意义上说，简直就是无须安营扎寨的野外综合演练，或者干脆说是野外拉练，当天返回的那种，路线图一成不变、极其安全，像极了初级简易游戏，只要一声"出发"口令，规定程序就开始了。这就是野外课堂教学，指挥专业学员都得锻炼组织指挥能力。"你保障好总指挥就行。"教保参谋黎浦交代我。

我是想保障好总指挥，我一个战士也压根不敢想着图享受坐车，那么多干部都把自己扔在晨光里，我谁呀我坐车？何况我要是知道那辆保障总指挥的车像压路机一样来来回回折磨耐性，我就是被总指挥骂成一堆狗屎，也不在乎是不是狗屎了，怎么说也不能叫蓝娑妮忽悠。蓝娑妮，咋叫咋像懒婆姨，她爹娘真没文化。

那天早上挨总指挥的骂其实比窦娥还冤，六月里不飞雪那就七月里下拳头大冰雹好了，反正能纠结到老天爷。总指挥的迷彩帽，我头天晚饭后就搁到车的副驾驶位置了，而且还搁得端端正正决不偏左偏右哪怕1°角，老天作证大地作证，我做这事从来细心得像缝制儿子远游衣服的慈母，要不是这点能耐，教保科杂七杂八那么多事能不出点小差错？但我从一年前新兵连分下来到现在，该我管的不该我管的他们差不多都交我管了，我管得滴水不漏，要不是有规定或者别的所谓规定，我相信购物报销之类核心的事也不是不可能交给我办，但我懂，那样的事怎么也核心不到我这儿来。

总指挥一开始肯定是想坐车的，要不然他不会发现我在副驾驶座上，那顶迷彩帽肯定也还端端正正，威严且耀眼地端坐着。我能想象晨光从前挡玻璃的位置走下来的时候袅袅婷婷的样子，那样子就像打山花烂漫处洗出一把笑脸来的采莲女孩，清清爽爽美不胜收。但总指挥为什么发那么大的火呢？他平时见人就是笑脸说话，就学富五车似的客气，今天为什么那么骂人呢？不能不承认他是男军人中很会骂人的，如果条例上规定男军人也可以这样开骂的话。司机大胖上气不接下气地找到我，又下气不接上气地推我，我便狂奔得跟看到大红绸布的西班牙斗牛一样，他嘴里还呼哧呼哧往外吐泡泡——我猜那应该是泡泡。那些泡泡吓得我半死，我站住不走了，死活不走了。我个子很大，要是插到哪里，相信就会像百年老树那样根深叶茂到哪里，那树铁定不会是垂杨柳之类没定性的家伙，就是花和尚来了也没脾气，多亏了这种拗脾气爹娘才送我参军，虽说他们十二分舍不得庄稼地头我这个壮得不能再壮的劳力。司机大胖是个新提的二级士官，在我背后活像老牛拉车似的，两条细胳膊蚂蚱一样死命往前冲，头冲得更不要命，几乎是用头当钻头全速拧。后来司机大胖不拧了，泡泡吐得像离膛的子弹，骂："你这个新兵蛋子脑子里就是装狗屎啊，臭完自己还臭别人是吧，你咋不动动狗屎脑子啊，军人谁不把帽子顶头上啊，就是不顶头上也不能撂到放屁的地方啊，放屁的地方能搁吗？不能搁啊，搁了帽子还是帽子吗？你这新兵蛋子啥规矩不懂，你咋就不搁操作台上？那地方多好啊，又亮堂又风光，你当谁的帽子都有这待遇吗？新兵蛋子啥规矩不懂！总指挥逮不着你把我差点骂死，骂死你知道吗？那滋味跟砍了头还得全副武装跑五公里，听懂了吧新兵蛋子！"

我总算听明白了，那帽子搁的不是地方，搁的不是地方就得让人骂新兵蛋子。"龟！"我在心里唾了一口。

司机大胖骂了一声"龟"。"这都是总指挥骂我的话，我现在转发你！"拍拍手跑回车里，他总算没有再逼我顶缸，因为这时候总指挥已经站到队伍前面去了，身后是一长串的迷彩队伍整装待发，头顶上的太阳爬行得如饥似渴。我只看见他朝后拼命仰着脖子，要不是有个喉结小人得志似的楔在那里，任谁也弄不清下巴和脖子的分水岭到底在哪儿。他很快伸出准备就绪的右手，好像打算捞一把空中的什么东西，然后迅速朝前一推，那俩字便惊慌失措连滚带爬了："出发。"

我找自己的水壶时，蓝娑妮尖着声儿喊我，我就瞧着已经开始蠕动的队伍后面那辆越野车，蓝娑妮把脸从车窗里伸出来，脸上笑得寸草不生。她伸出一根白得耀眼的手指戳了一下我，嘴里像是说什么，我把双手握成拳迅速往两腋一提，双腿微弯，右腿同时朝前跳出一大步，节奏感十足地一路小跑，迷彩鞋子胶底便吧嗒吧嗒响。

医生蓝娑妮，哦，她其实是个不错的人，热情，耐心，虽说医术和她的热情耐心比屁也不是。医生蓝娑妮这会儿说得热情热过晨光，她说："你傻啊你，车空着不坐找骂去，找骂去也不看看时候。你真想保障总指挥呀，总指挥哪要你保障，我说你也不看看他前前后后多少人，眼睫毛都能编成吊床！我说你赶紧给我坐上来，别找没趣儿。"我瞅着地面小声说:"总指挥要坐。"医生蓝娑妮说:"你傻啊你,他要坐早就坐了,那么些人想坐也磨不开面子,领导比咱们难。"我想起帽子的事,指不定总指挥那会儿真要坐车出发,没想到让帽子搅没了心情,这会儿要是碰见我,还不往死里骂我。我猜司机大胖肯定出卖我了,他那点儿担当,一准说是我干的,其实那就是我干的,我干的时候他开车门还开得颇不耐烦,说这是啥东西,我说迷彩帽。他说:"啥龟迷彩帽,就是一大檐布帽子,花不了10块钱。"我说:"冤枉,20块钱呢。"他说:"你买亏了,批发市场10块钱两顶。"我不知道批发市场还买得到大檐迷彩帽,就想着下次跟黎参谋建议多买几顶,檐大遮阳,统一配发的迷彩作训帽不顶用。司机大胖摁了摁喇叭,我往后跳了跳,"嘭"一声头磕到车顶,司机大胖哏儿哏儿笑,说:"新兵蛋子,你当你是谁啊?这款被装上统一发过吗?没有,那你戴戴试试。"我想说那领导们戴也不符合条令,最终没说出口,但我的嘴唇明显抖动了一下。我下意识伸出舌头又匆忙收回,像爬墙虎舔到飞虫后收回舌头那样。

  我远远望向校门,发现两个哨兵开始走神了,其中一个朝右上方瞅,根据他仰脸的弧度目测,他的目光应该是在三两株杨树梢头巡逻,那里总有一大群鸟一惊一乍喊喳着什么。喊喳什么我听不懂,可我知道那是一群什么名字的鸟,它们的名字很不让人待见,我不想说,我只能说它们着装清一色黑。这个地方以前是一个不算小的乱坟岗,黎浦有一回值班时告诉我,我当时肯定吓得不轻,因为黎浦嘲笑我的样子像见了诈尸的。听说诈尸这话我叫了一声跑了。叫声比鬼还难听。黎浦第二天带我整理库房时说。黎浦说这话的时候没有幸灾乐祸的嘴脸,跟学员队队长白河池不一样。

  望见哨兵的样子我一蹦就蹦上后座了,嘿嘿直笑。大胖甩过来一句"就你能,新兵蛋子",一踩油门,轰隆一声磕着头往前冲,我的头"嘭"地蹿向车顶。蓝娑妮马上大叫,说:"大胖,你抽风啊,疼死我了。"她揉揉脑袋左边,刚才她跟我说完话朝里让了让,头挨着窗玻璃发短信。

  大门口果然没有等坐车的干部,连封路的临时勤务也撤走了。我问哨兵总指挥是否真的徒步行进，哨兵说他真的带着队伍沿国道朝西走了。蓝娑妮说："放心吧，你。"我就是放心不了，瞅着前座副驾驶位置我有一种预感，总指挥不会真的全程徒步行进，他指不定什么时间还要坐车，因为我看见那顶20块钱大檐迷彩帽像留守儿童一样守望父母归来的路，那父母总归是要回来的。总指挥回来了我怎么办？蓝娑妮说："放心吧你，大胖会知道的。"大胖肯定会得到通知，比如到哪条隧道口等候，或者一直朝哪个方向开，一直开，直到什么桥什么河甚至什么标志性物体。到了那里，该继续开还是原地待命，司机怎么会不知道呢，司机不知道总不至于让总指挥动物狂奔似的追赶汽车吧，那样就太不像话了，简直非常不像话。想到这里我便准备放下心来，至少放下一会儿是一会儿吧。

太阳爬得面红耳赤，我们就沿着国道往西开，这期间封路解除以后的手扶拖拉机、小货车、市郊大巴等各种农用车和公交车，大口吐着白色、黑色或者混合色的烟雾，呛得国道不住声地咳嗽。路两边高高矮矮的树满面风霜，或白或灰的各种混合灰尘往上面像粉墙壁一样刷了一层又一层，密不透气。

副总指挥带着新闻干事穆求是烟尘腾腾从路对面冲过来时，车刚行驶了不到500米，那里是一片青稞地的塄坎，塄坎旁边长着一蓬一蓬差不多齐腰高的蒿子、小榆树，他们或许就被这些疯长的绿油油打乱了组成一个人的主要元素。

穆求是挤在蓝娑妮和我中间，副总指挥往副驾驶位置搁屁股时嗓门儿嘹亮地放了一个长屁，我见大胖的鼻子十分痛苦地往旁边挪了挪，试图找个合适的出口。穆求是就说："司务长带后勤保障车先头走了，中午咱们到达点将台小学吃饭。""废话！"蓝娑妮瞥过来一眼，"咱们从来就在点将台小学吃饭，四年了，我年年都去。"穆求是笑了，他一笑蓝娑妮就转过头去，他毫不在意，说："不一样不一样，跟你去的时候不一样了。"蓝娑妮便故意省略其他部位照准他眼睛看，看到他瞳孔里有一张充满鄙夷的脸便忽闪两下睫毛，这样会很容易冲淡那种表情的杀伤力而迅速隐匿到一种女性的沉静后面。她的睫毛很好看，毛茸茸黑压压。穆求是显然准确及时地接收到了这种沉静，连我都感觉到了他周身细胞立刻活力四射，我想他说不定就会把这种活力四射的样子一股脑倾巢出动，但他好像沉默了几秒钟，很快又笑起来，说："蓝医生，你还别不信，为了这次拉练，副总指挥带着勤务教研室实地勘察不下三趟，点将台小学打今年年初学生就统一搬到20里外的点将台乡寄宿小学上学，只留下一年级七八个学生和一个校长一名老师，不信你问问副总指挥。"

"我不问，我不问我偏不问！"蓝娑妮嘟了嘴，我突然觉得她任性得近于蛮不讲理。我问穆求是："你说学校只有七八个学生，那还叫学校啊。"穆求是说："不算少了，那种地方，兔子都不拉屎。"副总指挥突然将脖子拧过来，那张脸上的血管被高原紫外线撕扯得丝丝缕缕且呈紫色网络状，犹如蠕动在满是牛羊或者其他动物粪便混浊沟水里的鱼虫，一窝一窝绞在一起。他说："脑挖清着，村主任子尕娃子婆娘是花哈五万买回来子否，买胡尔县和格化县那达女子还得加钱俩。"他是本地人，把我说成脑，把知道、明白等含义说成挖清，夹七夹八不少语气助词，蓝娑妮背地里评价，听他说话像咬风干的羊肉手抓。风干的羊肉手抓没尝过，想必咬得眼珠暴突头痛脸肿都有可能。好在他的话不多，说这话的时候眼尾扫帚似的凌空刮了一下蓝娑妮，蓝娑妮后来跟我说："他啥意思啊，他当我是阿娘一辈子站不到人前，跪前跪后伺候男人啊。"当时蓝娑妮没说什么，好像狠狠掐了穆求是，因为我听到穆求是哎了哎。那声音轻得不比副总指挥的屁股在座位上摩擦出的声音大，但我还是听到了，或许我和他挨得实在太近了。他不敢挤蓝娑妮，就把整个身子甚至手里的照相机都固定到我这厢，我只能跟车门争位置。好在顶篷和窗子的接缝处是个缓慢斜过来的弧面，要不是我个子大，要不是窗子上方有个抓手，要不是那个抓手恰巧卡住我的脸，脸在颠簸时鸡蛋碰石头似的不知死活，弧面以下还是可以挤出两指的位置的，那么我就不至于一直需要把脸像壁虎一样扭曲成麻花贴到弧面上，这样的姿势活生生折磨死我，且不说我骨头架子还不算小，并没有缺钙，柔韧性不咋样，在骨臼里像生了锈的螺丝。我肠子都悔青了，随着队伍徒步行进多好，阳光、空气多好，这个季节山算得上绿，水算得上清，村庄也还不算灰蒙蒙，运气好的话，还能看到三两个养眼的尕妹妹也说不定，为这哪怕祖宗十八代被总指挥挨着个骂，骂得下流成一堆狗粪又能如何。老娘常说骂吧骂吧，又不能长到身上，当大风刮走好了。

"直接开到点将台沟？"大胖问副总指挥，他的意思是说就这样一直拉一帮蹭车的到地方了事？副总指挥没有应声，他觉得直接开到点将台沟不会超过10点，那样的话是不是太早了，徒步行进的队伍最快11点才可能到达，如果一路上不搞野外作业的话。大胖这样问显然觉得保障总指挥的车就这样坐些拉拉杂杂的人开到目的地，且不说自己的工作失去了原有的价值体现，这车根本就没有派的必要。既然没有派的必要，他这一趟的准备岂不成了折腾？他从五天前就开始像干部体检一样检查车的每一个零部件，昨天晚饭后直到就寝前的时间里，他一直擦洗这辆车，里里外外、上上下下，大到轮胎小到脚踏，侍弄得车像准备出嫁的女儿一样光鲜夺目。他认为车在司机看来有难以解释的灵气，就像主人认为狗有灵气一样，甚至可以做到人车合一灵犀相通。既然车保障总指挥，他有必要和车的立场意愿保持一致，即使中途任务改弦更张，他想他和车都该接到正式通知，不至于像现在稀里糊涂就像跟愣头小子裸婚的傻丫头。他想还是应该跟总指挥汇报一下，至少通过黎浦侧面请示请示。但他不能越级请示，我也不够格，何况按规定战士不能用手机，既然没有手机，请示就是其他人的事。

"穆求是，这事得请示总指挥吧？要不人家大胖咋开？"蓝娑妮把问题扔炸弹一样扔向穆求是，我看见穆求是鼻翼朝上迅速掀了掀，好像还轻轻吸气，他瞅见蓝娑妮那双深湖一样的眼睛急忙红了脸，像他这样黑瘦的人能让人看出红了脸并非易事，要不是他眼神闪过一望而知的惶惑或者说是羞涩之类的东西，加上低头的动作，我也不好就判断说这是缘于蓝娑妮那尼斯湖水里奔涌而至的怪兽魔影。穆求是低头的时候其实恨不得咬烂自己的鼻子，像藏狗那样听得见咔 咯咔咯寸草不留的咬合声。蓝娑妮以前嘲笑说他这种掀鼻子的样子很丑很蠢笨，像狗像狼或者别的什么东西，耳朵却压根做不到向后抿，不能向后抿就毫不具备攻击力，毫不具备攻击力还掀啥鼻子啊掀。蓝娑妮有次在饭堂又说他吃肉的嘴脸像饿了至少一年的猪，又丑又傻，断言他小时候或者说参军前根本没吃过猪肉光见过猪跑。这样说直接导致的结果是穆求是当即黑了脸摔了筷子，说："我就是家里穷吃不到肉，那又怎么了，我又没吃你家的肉，你激动啥？"蓝娑妮突然怪异地笑了，说："你吃你吃，往死里吃，再吃也就是一鬼样子。"她指的是穆求是长得又黑又瘦且高，军装穿他身上仿佛晾在干树杈上的床单，毫不威武过人。穆求是这回没生气，坐下来开始长达20秒打雷似的哈哈大笑。饭堂里正在吃和没在吃的人的目光像B超一样蘸满润滑剂迈着四种步伐过来，动作整齐划一。蓝娑妮往外走的时候大声说："傻不傻啊，至于这样啊，不就是答应你给我们门诊部每天倒垃圾桶嘛。"穆求是和他的笑便一下子像太空行走一样，力不从心。

穆求是再抬起头时望了一眼副总指挥，副总指挥像压根就没有听到一样跟大胖说："去点将台沟子路你跑过几回哪？"大胖应声："一二趟吧，两年前。"副总指挥沉吟一下说："那就麻烦了，路子新修过了。"

。

二

穆求是把照相机来来回回摩挲。过一段国道，车便开始往左边小路拐下去。他一直朝前方看，知道蓝娑妮正瞪着那双好看的眼，铁镐一样一下一下死命锄他，他宁可朝渐渐多起来的青稞油菜花土豆地看，像木橛子一样楔进去等待发芽。土坯或者石块、碎砖等混搭垒起来的平顶民房一小簇一小簇甩到路的两边，样貌平常，灰突突像洗不干净的制服，打着褶皱。我突然眼睛酸了酸，蓝娑妮就说："放心吧你。"那款红色手机精致地打开，我瞅见穆求是早有预料似的用肘子轻触了触她，蓝娑妮迅速回了一肘子，用力好像很重，因为她是咬着下嘴唇的。穆求是的上身朝我这边歪了一下，肘子恰巧顶了我的第二根肋巴骨，我的头更加不合时宜朝顶篷接连"嘭"了两声。蓝婆妮定位很准地朝我的头看，我便装作看几无可看的灰突突村庄。这时候从苹果树荫蔽半面土墙的院里走出一个人，头上包一块看不出颜色的腈纶三角巾，驼峰一样的背，穿一双涮成白色的老式胶鞋，扛一把铁锨往地头走。蓝婆妮说当地的男人死懒死懒，不干活不挣钱就会喝烂酒打老婆。穆求是急忙拿脚触他，蓝婆妮不管不顾又加一句："世界上的男人就是死绝单剩这儿一个，我也不嫁。"连我都看到副总指挥太阳穴的不安分，偏蓝婆妮不知装傻还是真的不觉得，她对着已经拨通的电话叫："哎我说黎参谋，你请示请示领导，大胖这车开哪儿啊？"她说这话的时候蹙眉鼓唇，一副忧心如焚的模样，可能黎浦很快请示了总指挥，因为她听到总指挥打雷似的声音差点震破耳膜，她赶紧把手机挪离耳朵，这下子全车人都听到了那边的咆哮和咆哮似的热情问候大家的母亲，说："把指挥车当救护车了是吧？老子不坐还叫龟救护……指挥车！"

　　最后，蓝婆妮把身子往前倾着扶住前座靠椅说："大胖，国家电网北岔道口等总指挥上车。"大胖应声明白。他知道队伍徒步行进的路线和行车路线并不在一条线上，徒步行进走的是直线，从国道拐下来略过大路，直接顺着山脚朝西走，就会走到一片小树林，那儿杂乱无章种着许多小到拇指精细的杨树、榆树，稍粗大的也不过是些胡杨和叫不上名字的野生树木以及低矮灌木丛，还有一条不很忙碌的铁路从不远处通过，另一边是锅盔一样的山包。山上没有树木，队伍应该就是沿着这条铁路线穿过一个小村庄，从小村庄满是灰尘的小道一直走到另一个锅盔前，铁路绕着山往北转个身再折腰朝西铺展开去，队伍便会直线翻过这个叫拉架山的山包，走到山另一边，从山上缓缓下去便到了点将台沟。当地人把那个小村庄叫作"兵马营"。

　　如果大胖知道黎浦所谓的国家电网是横在如糖葫芦一样的绝缘子串上而不是写到牌匾上，他就不会走了那么多冤枉路，到最后还要让双脚坐等四轮。

　　黎浦告诉蓝婆妮说到国家电网等他们，国家电网旁边有一条便道，便道翻过国道就到了兵马营。黎清说总指挥从那儿上车，沿国道拐省道再拐村路进点将台沟。路会越走越窄越来越糟糕，但比起徒步行进的路况宛如天街。也难怪，总指挥的个头跟我比——我跟总指挥的个头差不多，可他比我肩宽比我脚小，重要的是他有近200斤的重量，我猜他的血管里漂浮近一半油花，有那么多肥油颗粒恐怕血已不成为血了。如果不是算得上年轻，如果办公楼里不装电梯，那么严重的三高病照蓝娑妮的话说一准撂趴下。我就猜他不能全程徒步，即使他不咆哮我也没打算全程坐车。咆哮了，那就更不想坐了。且他的骂出类拔萃、空前绝后，他那头、脖子、腰、腿黄河九曲弯似的麻花坐姿肯定会要了我的命，我越来越觉得自己的位置真的不在这儿。不懂得适时离开已不属于自己的位置的人，都没有好下场。

路上的车越来越少，那灰突突的民房也越来越难得一见，路边简陋得不像话的修车补胎打气铺、小饭馆、洗车加水处等灰头土脸毫无姿色地闪过去闪进来。没有人张罗生意，似乎大半还紧闭门窗，偶见地头几个身影被庄稼缓缓吞吐着，一两个匆匆身影奔往茅坑时弓背哈腰，茅坑没有屋顶，随便堆放些土块碎石或者牛羊粪等围起来仅半人高的墙，站起来露腚蹲下去没顶。穆求是睒一眼蓝娑妮，神情怪异，蓝娑妮眼睛机关枪似的左左右右扫射，专注得像给病人包扎伤口，她的情绪似乎没有受到总指挥咆哮的影响，平静，简单。她人真不错，要是诊疗技术好一些，我想她去年那个机会就能把握住。

"是不是这儿啊？"蓝娑妮下巴点着左边正在闪过的构架和构架横担上的绝缘子串。穆求是说："不像啊，才多少构架，国家电网最起码看得到办公楼，看得到大门，大门得有单位牌匾。"蓝娑妮"哦"了声："应该快到了吧？国家电网。"

没有人应她，我觉得大胖似乎有了心事，不知从什么时间开始，也许有半小时或者差一点半小时，他不再说话也不再有表情，左手松松垂在体侧，右手闲闲搁在上面，车少路宽，他这样做也无不可。副总指挥脸一直朝前，嘴上却突然多了一根烟。穆求是掏打火机的速度惊人，他一手护住火苗端向前，火苗燃烧烟丝的位置恰到好处。车里的烟草味顿时四处奔突，穆求是笑说："啥牌子？这么好闻。"副总指挥没吱声。

"这儿像，这儿像，大胖快看。"蓝娑妮轻拍大胖肩膀。一片构架十分出众的托举白花花的绝缘子串，一栋灰色建筑匍匐其间。围墙很高，围墙旁边有一条小路贴着一道小沟通向野树密集处，那里傍着一个高坡。穆求是"嗯"了声说："大胖往前开开，前面应该有大门，看是什么单位。"

一段高墙灰了足有四五百米长，不知道为什么，我老觉得这个地方应该就是黎参谋说的国家电网，构架像，小路像，绝缘子串像，但灰墙上压根没有张嘴巴，不少诸如"生男生女都一样"这样的话。车停下来，墙在眼前拐了90°，一声不吭径直掉头回高坡。

穆求是眉头拱起的疙瘩不成行伍，他把墙外重新扫了一遍。墙外一大片荒地，以前应该是庄稼地，旁边曲折着小沟渠，小沟渠没有水。荒地上胡乱堆一些旧砖、铁丝、碎磁片等，想必是墙内建设时的废弃物。看他朝墙体走了两步，然后又后退两步。我趁机到车下弄直脊柱，屈伸屈伸膝盖骨，一面琢磨着高原上的太阳一露头为什么就像切割机一样切割得脸疼，一面望着路上，路越来越宽。

有个骑摩托车的路过，蓝娑妮把脸伸出窗来，喊声"师傅"，然后问："师傅，这里是不是国家电网啊？"那人手指来路说："往前走，往前走哇。"车便继续往前开，穆求是细脖子黑鹅一样伸出老远，如果不是挡风玻璃，大胖担心他会爬出车去，因为他的头几乎触到了后视镜。这一切穆求是仿佛未见，既没有坐回去，也没有打算坐回去，一左一右手扒前排座椅，身子从两椅间的空隙递出去，像一只大鸟展翅一样。目光掠过一些树，这些树干根部或刷半截子一样颜色或没有刷过颜色，掠过裸露灰黄色的土堆、路基和蜿蜒在其中的小溪模样的干涸沟渠，看到越来越空旷的大片荒野。他从地形判断综合演练拟定的区域应该能看得到铁路，但铁路似乎打一开始就没有出现，或者他就从没有留意？铁路线应该能看到的，如果再开二三公里还看不到，路线有可能走错了，因为参加演练人员背着背包、水壶、挎包，学员按规定携带手中武器，干部携带五四式手枪，以急行军的速度有可能到达貌似国家电网的灰墙位置，到达眼下开进的位置几乎不可能。何况，他了解他们的开进速度。

大胖觉得浑身汗腺已经张牙舞爪奔突得热烘烘，他想再这样开下去他会越来越慌，要是徒步行进的队伍老不见指挥车到达指定位置，延误行军速度，且不说总指挥骂起人来花色品种齐全，他一个指挥车司机怎么说都是失职。军人失职祖宗八代都抬不起头，他听老辈人都这么说。他目光斜一下副总指挥，副总指挥的 07 式夏迷彩作训服崭新妥帖，也不知他在思考什么。他似乎对车里的气氛毫无感觉，两手交叉抱到胸前，弓起上身。大胖想他勘察过几趟演练路线，演练路线来回也就不足 20 公里，怎么也应该有句话，省得无头苍蝇似的。但副总指挥压根就没有说话的意思，一任车开开停停，好脾气地坐在那里不吱一声。

　　宽大的道路终于在望见零散在路边的几处破败的水泥矮墙前出现了一座小桥，车是在开下了一段缓坡后停下来的，因为大家都看到了桥下面有条铁路穿越而过。我和大胖都松了一口气，有铁路就好，队伍不是沿着铁路开进的吗，既然沿着铁路开进总会等到的。大胖咧开嘴大笑，说：「就是嘛，就是嘛，我以前见过这座桥，见过水泥墙。」蓝娑妮突然说：「傻了吧你，你当他们都是飞毛腿导弹啊。」话没听完我就记起来了，从灰墙构架到此地里程表显示已超过五公里，队伍无论如何也走不到这里，除非插翅，我知道他们现在都没有翅膀，以后也不大可能会有。大胖瞅着方向盘，心里一定非常恼火，手握成拳头抬到半空想重重砸下去，却发现拳头和穆求是的下巴进行了实战，穆求是的下巴显然不敌重火力狙击，随着一声"哦"或者"呃"和"咔"之类模拟痛苦的惨叫，大鸟终于收起翅膀坠落下来。蓝娑妮已经调整出异常职业的医生眼神——这一点我很佩服。她像 X 光一样把目光摁向下巴，很快像摘听诊器一样利索地把手一挥说："没事没事，离命远着呢。"穆求是知道没事儿，下巴咔出的那一声来自上下牙齿碰撞，其实不是疼是酸，但心里分明且疼且酸。

　　蓝娑妮好像没有意识到穆求是和大胖着急，见有路过的人就下车去问路，回来说："人家说还在前头。""我怎么觉着不靠谱啊，要不咱往前再开开？"大胖拿不定主意，觉得副总指挥应该发话了就望向他。蓝娑妮马上说："是啊，是啊，穆求是，你不是和副总指挥勘察过路线嘛？"穆求是暗叫一声苦，他其实从来没有说过勘察路线的话，蓝娑妮这样说不是敲山震虎就是记性太差，但他不能把自己拎得太清，那样的话就是指责副总指挥工作不力或者方位勘察不明，他猜副总指挥至今没给出建设性意见说不定他也判明不了行车位置，判明不了就不说话，不说话就是最好的说话。他苦了一会儿脸就舒展开了，他想到指挥车上一定会放一份路线图，因为综合演练说到底最后简单到了按图行进，既然按图行进，行军路线图是一定要有的。他就问大胖，大胖一拍脑袋说："总指挥骂得对，我这脑袋也让驴踢了。"从车门内侧取出一个蓝色的文件夹，文件夹里果然夹几张打印纸，一份《2006级毕业学员野外综合演练实施》。穆求是看到附件里标注《2006级毕业学员野外综合演练行军路线计划图》时的神情喜鹊登枝似的。按照地图标注，他们判定所在的位置差不多快到达一座颇有名气的寺院了，这意味着他们偏离指定路线至少七八公里，队伍绝无可能在这一带出现。

我说："怪不得民房都望得见了，像要进县城似的。"大胖说："这会儿睡醒了是吧，全国都解放了。"我不服气跟他急，说："睡龟啊睡，我这会儿撂下油锅捞上来就是十八街麻花了。"蓝娑妮说："那个老乡真是的，告诉我国家电网还得往前开，再开就开到寺院里了。"穆求是说："县里怕是有，老乡不知道咱找哪个。"蓝娑妮说："屁吧，国家电网，你白痴当大家都弱智啊。"我想国家电网指定不是一个具体单位。大胖问怎么走，穆求是说往回开："我觉得那一墙构架应该就是。"蓝娑妮突然举着文件夹朝他头上打了一下，说："你们要永远相信女性的直觉，我没有上过军事地形学课，也不是指挥专业毕业，可我就是觉得那里就是国家电网了，你死脑筋，非要找到牌匾才算，来来回回折腾人。"又哏儿哏儿笑出声来，迷彩帽拿到右手上当芭蕉扇挥，挥了两下帽子转到左手上举到车窗上方，正好遮阳。

车掉头往回开，轻松空气在车里快速流动，我的脖子却疼得抽筋似的，紧紧扭到车窗抓手处，随着刹车起动或者颠簸，头和脸就会撞上去再弹回来，然后下一次撞击带着惯性的迅猛，我听得到颈椎在一次一次碰向抓手时发出的一种咯吱咯吱的声音，仿佛颈椎会在又一波连续撞击后折断。头有些晕，喉咙干渴，上车时就拧开盖子的一瓶矿泉水还在手里，我不敢喝，我想水流进去的管道一定已经挤压变形了。这样过了不知多久，听见大胖不停摁着喇叭，大概路上的车多了起来，我看不到，我压在那里只能俯视下方的车窗，但我不想扭动哪怕一点点脖子好看清外面的情况，我只能看到蓝娑妮那个方向，但穆求是的头刚好像活塞一样堵在瓶口。他在赶时间，我懂他的担心，但副总指挥显然气定神闲，我听到他说句不带方言味道的话，他说保到位即保胜利，保胜利即保安全。屁话，我心里想，我想大胖心里也会这样骂。没想到蓝娑妮说："大胖，大胖看你这汗淌得，没事儿的，总指挥心眼儿蛮善，不会太跟你过不去，再说又不是你的错，没人通知你这车怎么开呀。"应该是穆求是有阻止的眼神或者动作，因为她突然大了声喊："干吗？老不让我说啊你，人家大胖有任务，误事儿谁保人家啊。就是你这种囊松太多了，吃闲饭捣闲话整能人做大梦，连指挥车都指挥不到位，教学还能到位呀，怪不得学院要撤销，我看早撤早好。"

车里突然静得可怕，谁都听得出她的话里有话，指桑骂槐，桑是穆求是，槐是副总指挥。我相信她应该没有这层意思，虽然副总指挥像个泥胎似的，一任大家急得火烧火燎不为所动，非但不为所动，还说出那样的话显然不合适，可他分管教学这是谁都明白的。所以穆求是不知如何接这个话，蜷紧四肢，恨不得像乌龟一样能把头缩回身体里去，以躲避之后的山摇地动和雷鸣电闪。应该说大胖和我一样很觉解气，可能大胖更感激她，她真的是个好人。可大胖却说："蓝医生您别这么说，我挨收拾我活该，这么大的事谁叫我没请示汇报自作主张呢。"他的话仿佛不愿领情，我猜这家伙是怕蹚浑水或者真的自责，要是前者，他一战士这样取舍很是无奈，说到底蓝娑妮也在副总指挥领导下。蓝娑妮不说话，可能没想到大胖这么回复她，所以她要让自己镇静下来。

大家在等副总指挥的发作，都认为他的发作在情理之中，何况蓝娑妮一路上像学扎针的新手朝他手背上的静脉血管作一次又一次进攻，毫无底线。我想穆求是说不定想为她说点儿什么，看得出他喜欢蓝娑妮，他喜欢蓝娑妮的事学院乌鸦都看得出来。

一只小鸟发了疯似的俯冲过来，"嘭"一声在挡风玻璃上盖个章子，大胖右手紧急一拐，汽车冲过路牙子发着嘎声停下。一棵拇指精细的杨树折断，断茬参差在白灰涂抹处。那只鸟儿飞下国道，肝肠寸断。大胖飞快下车，前前后后检查一遍，而后骂着人家妈就回到车上，手往额头抹了一把汗。这回蓝娑妮一言不发，眼睛往窗户外面望，外面的太阳一大把一大把往外狂甩发着炽光的钢钉。她已戴回迷彩帽，舒舒服服靠在座椅上，汽车往回开时就已用不着遮阳了。太阳找到我时找不到我的脸，我的脸在抓手处露着狰狞。我怀疑我会不会下车后还能直立行走，千万别回到我们的老祖先茹毛饮血的模样。我的腰酸疼得厉害，像骨头碎裂成大大小小的尖刺深深扎入肉中，稍一动就会要了命。我的右腿得不时狠狠掐一把，才能相信没有掐到车门上。小鸟兴许把发着白光的挡风玻璃当作了什么，否则不会那么不要命地送死，受苦的是我，汽车那么紧急制动一下，我几乎送了命去。我默默祈祷快些到达，我能想到和队伍快步如飞或者不见得快步如飞的时候，我一定会幸福得像花儿一样开得傻头傻脑，太阳照下来，四肢恨不得唱起歌儿来，我快乐得要流泪。男人就得到太阳下去，到风雨里去，到一切和苟且、回避无关的地方去，活得磊落活得野性，多好。

可眼下我只能蜷伏得像一条跛了四条腿、毫无办法的病狗，垂着头吐着舌头，眼巴巴等着荒原的呼唤。

继续前进的时候没有人再出声，穆求是腰佝偻着小心摆弄照相机，他似乎在等合适的时机说合适的话，也许不是。大胖背挺得像一棵箭杆杨树，目不斜视，双手都放在了方向盘上自如地交换。他怕是这车里觉得最没必要开口说什么的人，眼下他只想把车顺利开到指定位置，刚才那一虚惊到现在还不能平静，要是刹车慢一点儿，路牙边不是树而是车或是人，那祸就闯大了，且闯得毫无意义。好不容易走出深山老林里的茅草屋，茅草屋里有他的瘸子父亲和瞎子母亲，他们都仗着他养老。他不甘心被打回原形，甚至连原形还不如，背着处分，所以他不想再节外生枝。

　　副总指挥说话了，副总指挥咳嗽一声终于说话了，穆求是立时停手挺直后背，神情严肃。副总指挥说话的语气里没有特别的味道，他说："害人啊，这只鸟。"穆求是明显愣了愣，之后笑得沟壑纵横地点头附和。

三

　　黎浦打蓝娑妮的手机，蓝娑妮这才调整一下身体。不知黎浦那头说些什么话，她"哦哦"几声后就乜斜一眼穆求是，问："我们的具体位置。"她这回没问大胖，没问大胖直接问穆求是，意味着她对大胖那句话还是放心里去了。穆求是仔细研究了地图后说："离3号铁路隧道口2公里左右。""离3号铁路隧道口2公里左右。"蓝娑妮对着话筒重复。黎浦可能沉吟了一小会儿说："那好，我们到3号铁路隧道口北面会合。"大胖没等黎浦挂掉电话就叫起来："3号隧道口在另一条乡间公路上，直线距离2公里，我们拐到乡间公路要穿过刘家堡，刘家堡的路破得像块抹布，怎么走？就到构架等多好，车直接到，反正他们要穿过国道。"穆求是说："地图上没有标识构架，车好办，只管踩油门就是。"大胖实在忍不住，拍打着方向盘迭声喊："说得轻巧，你开开试试？"副总指挥猛然喝道："卡码吭有，开车。"大胖不再吱声，嘴噘得像个拴驴桩子。

　　能镇住大胖的只有副总指挥。其他人说到底多少要仰他鼻息。但大胖有些怕蓝娑妮，因为蓝娑妮一直再没和他搭话，他不时偷偷抬头瞅后视镜。由于我不得不将脸歪向左边，所以除了副驾驶位置差不多是盲区外，汽车不加重我的疼痛时我注意到其他人的一举一动十分容易。

　　要前往3号隧道口。汽车滑下国道后拐入一条乡间公路，像一条细腰带的乡间公路仅容一辆小汽车通过，但分明新修不久，水泥路平平整整棱角分明。油菜土豆之类叶子搭叶子比着长，青稞穗抽出二指多高，一个个张着嘴吐纳好闻的空气。

汽车开得出奇平稳，走到刘家堡时道路出奇好。一切看起来都出乎意料的顺利，要是不出意外，5分钟后就会到达指定位置。可村庄还没出去，副总指挥的担心变成了现实。我们听到一声近似二踢脚的炮响后，汽车还往前开出去七八米。"停车！检查！"大家听到一声吼叫。副总指挥紫红色网络状的血管刹那间变成黑紫色，他从车上一跃而下，直奔车后。吼叫、开门、跳车几乎相差不到一秒。大胖本能地把手从方向盘上滑落，脸色苍白。蓝娑妮也跳下车，我却是被穆求是撞下去的。他一定是情急下车，没等我把身体痛不欲生地弄平展就打开了车门，我便脸朝下滚落地上，他的一只脚就是在那时踏上我的腰椎的，我感觉自己像那只爆了的内胎。

右侧的后轮胎爆了，穆求是手忙脚乱地帮着大胖，查看爆胎、传递工具、取备胎、换胎，副总指挥围着车前前后后检查，还是蓝娑妮最先发现我不对劲，鼻子淌血，上唇破个小口，沙石灰尘凝在伤处，她取出酒精药棉擦拭。她的手也许很轻，但我感觉不到这些。我是扶着车门慢慢站起来的，腰疼得像开足马力勤奋工作的一把死心眼儿风钻。我一声不吭，我以为一路上都是这样疼过来的，这样的疼痛之上再加上一些疼痛也不会死。我觉得我当时还能忍住，能不能照样忍着翻越拉架山到达点将台沟，我心里没数。

蓝娑妮问我能不能忍，她声音很轻，可能怕副总指挥听到。我点点头，她松了口气。

这时候刘家堡的男男女女围上来，不少人好奇想看偌大的军车如何被千斤顶顶离地面。有人上来问能帮啥忙，要啥工具回家可以取。几个妇女嘻嘻笑着，低头快速交流着什么，其中一个走过来张开一口牙要蓝娑妮看，可能害了牙疼，半个脸都肿了——她们认得蓝娑妮印着红十字的白色袖标。臭气加上生葱味儿打得蓝娑妮直往后退，赶紧说她不是牙医，更主要的是她还有任务赶时间不能出诊。但那个妇女不相信她的话坚持要她看，还说疼了一晚上连片止痛药都没吃。坚持到最后那个妇女拽住副总指挥又张开一口牙，副总指挥只好交代蓝娑妮给她几片牙痛安，蓝娑妮老实说没有，拉练准备的都是跌打损伤类药，最多有三板阿司匹林。副总指挥说那就给阿司匹林吧。蓝娑妮就去车上药箱里取药，身后跟上来好几个年纪大的阿奶也要阿司匹林，蓝娑妮看了看手里的药又看了看副总指挥，牙一咬，三板阿司匹林悉数散了出去。

就在蓝娑妮发药的时候，黎浦又打电话过来询问具体位置，蓝娑妮想都没想说车胎爆了在刘家堡修理。黎浦的电话挂得很干脆，干脆得让蓝娑妮立刻感觉到了不祥，就像大地震来临之前的小震。果不其然，一分钟后，最多也就一分钟，黎浦的电话再次拨进来，总指挥的声音低沉、阴冷，说："驾驶员接电话。"蓝娑妮手打着战儿把电话递给正满头大汗的大胖，大胖听到"总指挥"三个字时，背一下子挺成了箭杆杨。扬声器并没有打开，周围声音嘈杂，可站旁边的人都听得见总指挥的骂声，那是越过母亲直奔奶奶的强烈问候，最后一句话其实就是规定到达3号隧道口北的时间。最后一个字："滚！"

他们最终没有滚，而且很快到达了指定位置。他们在望见3号隧道口时就望见了紧贴铁路路基旁一条土路上的一面红旗，红旗在山脚下红成一个太阳，太阳下着迷彩服的学员或坐或立。我没有望见总指挥，我只见黎浦手里挥舞一面小红旗。黎浦是一个行动迅速的人，做事干练，这时候他的脸在旗子后一闪一闪。大胖把方向盘突然猛力向右打，车轰隆隆地就爬上一条满是碎石子的便道，那条便道直通路基后的土路。我们谁都没有看见有这条便道。大胖这会儿和车里任何人根本不交一语，包括副总指挥，我感觉他快哭出来了。当他满脸水道地爬上坡时，一下子就跳了下去，像弃机跳伞的飞行员。我望见总指挥肥硕的背影远在一堆干树枝旁边，他在和几个干部说些什么，他们均挺直后背五指并拢紧贴大腿两侧。蓝娑妮一言不发开车门，临下车的最后一秒钟，她的右臂突然长出半尺多，我还没有看清楚，挡风玻璃前的一团东西便被她一把捞出去。穆求是紧跟着下车，他这回没再推着我一起滚出去，而是从左侧下去的。就是在这个时候，一直望着总指挥背影的大胖突然冲过来龇牙低吼一句："还不下车走，等抽啊你？"我就像受伤的兔子一样扑出去。

可是我没有想到我不是兔子，我的腰椎让我在扑出去的刹那眼前一片漆黑，黎浦后来告诉我当时我差不多是滚出车的，把大胖砸倒且砸出个嘴啃地。在我不省人事的时候，黎浦第一个到达，总指挥和那几个干部大步飞奔过来。我难以想象总指挥那么胖的身体如何能飞。但他不但飞了，而且没有骂我。后来听说蓝娑妮就在地上给我做了检查，她居然摸得出我的第几节腰椎受了多重的伤。可就在大胖准备拉我返程的时候我醒了，醒来第一句话就说：“我能行，我想到点将台沟。”"行你个龟，你当你是打不死的英雄，临牺牲还要交上来一份入党申请书？你小子少给老子搞非战斗减员。"总指挥骂人，雷霆万钧、气势磅礴，我也就立马偃旗息鼓寒声不起了。就在我吃力地打算上车的时候，总指挥突然吼一声："你小子就这样滚蛋了？"我赶紧转身敬礼。总指挥瞪着我不说话，过了好一会儿，手臂往上用力一挥。"前进！"人已出去了好几步远。人已出去好几步远的总指挥转了一下头，冲站在车前发愣的我骂："你小子还不滚过来！"我声音洪亮，大声应个"是"，提起步子赶上去。

土路走了不到一公里，开始朝拉架山进发。经过兵马营时，路狭窄得像随意甩下的一根破麻绳。太阳是一个烘干机，空气里仿佛到处都是像火石一样冒着火星的干燥。如果说身后的土路是板结了的湖区，那么这里便是一塘有涟漪的湖水，只不过湖水由厚厚的黄土形成，黄土像被筛子细细筛过，捏在手上细滑如粉。没有风，即使过路的微风也没有，但脚却像陷在泥泞的沼泽地里，需要缓缓落下去缓缓提上来，土太厚了，厚得他们能走出漫天烟尘，这些烟尘让他们的脸宛如未入窑烧制的泥坯子。

"帽子呢？我的帽子！"总指挥想起他的大檐迷彩帽，问身后的我。我说："蓝医生戴走了。"然后遥指一下跟在队伍尾巴上的蓝娑妮。蓝娑妮正将那顶帽子戴得像傣家姑娘，只是背后少一只背篓。我很不想这话由我嘴里说出来，倒不是我怕总指挥冲我大骂，主要是不想蓝娑妮挨骂，她那么好的一个人，那么照顾我，我是不该以怨报德的。我的腰椎可能没有像她报告总指挥的那么严重，她这么说只有一个解释，想让我回去休息，觉得毫无价值的演练纯粹就是折腾。

她显然并不知道从车里捞走的那顶帽子是总指挥的，我敢打赌她要是知道决计不会戴的，哪怕脸被烤成东坡肘子。

现在那顶帽子戴在她的头上，像刺刀一样扎着总指挥，我猜。

我奇怪总指挥为什么只瞟了一眼就不再瞟了，他交代白河池说，进入兵马营队伍要有队形，要有形象，要有歌声。他没有骂我也没骂其他任何人，他声调正常。于是队伍里就唱起《打靶归来》。他竟然笑起来，骂白河池他娘，说："你这是给老子捣乱啊，仗没打就唱凯旋歌。"白河池于是也笑骂区队长学员："你这是给老子捣乱啊，仗没打就唱凯旋歌。"区队长学员赶紧换一首《团结就是力量》，总指挥哈哈大笑，边笑巴掌便照白河池脑后匀砍，说："你给老子走走看，你给老子走走看。"白河池果然踏着节奏走路，很快就气喘吁吁尘土飞扬，便照着区队长学员屁股上就是一脚。

更奇怪的是，疼得我畏畏缩缩的腰病不知何时毫无察觉地消失了，且消失得干脆彻底，差不多都记不起疼痛的感觉了，好像做了一场午梦。总指挥说："你小子就是命贱，坐一回车坐得差点儿闹出来非战斗减员。"我想问总指挥是怎么知道我能好得了，就敢答应我随队前进的。可我没敢问，张张嘴咽口唾沫。我发誓我咽唾沫声音不大，可总指挥好像脑后有双眼，立马用指头点着我额头说："老子步行你小子不要想着坐车溜。礼敬得像个军人，那就当个军人用，老子还就不信了！"末了又加了一句："男人得靠摔打。"

我不知道他最后这句话是不是有所指，但我真的没在队伍里看到副总指挥的影子，他打算将车坐到底了，也许需要一个人押车到达目的地，也许总指挥临时决定全程徒步，带车的事指派给他，或者他回程徒步？后来证明我的猜测是对的。

可这时我不知道，烟尘呛进肺部许多人开始咳嗽，总指挥命令队伍不再唱歌减少说话。穆求是把帽檐扭到脑后，精力充沛地前前后后奔跑，不停抓拍镜头，咔咔调整焦距，或蹲或立或远或近。眼看他跑到队伍最前面，眨眼已跳进旁边的沟里，想看他如何爬上来他已到眼前。偶尔见镜头假公济私地对准蓝娑妮，蓝娑妮像个神秘侠客的样子把帽檐往下一拉，镜头立刻转向其他人。我猜穆求是根本没有希望，正如白天鹅怎么也不会对黑蛤蟆感兴趣。蓝娑妮长得就是他梦寐以求的样子，我听说这是他在一次老乡聚会上微酸后当着一桌子人的面说的，说的时候眼神迷离得像维特的少年时代。但他不是蓝娑妮梦寐以求的样子，蓝娑妮的追求者少说也有一个加强排。蓝娑妮并不是一个漂亮得足以惊艳的女子，但她有她的特点，用穆求是的话说就是很有味道，让人很舒服的味道。

拉架山看起来真的不高。爬到半山腰时我回头望了望，我回头主要想望蓝娑妮是否跟上了队伍。我发现从兵马营开始已经是在爬山了，山势缓得几乎觉察不到，及突然站立脚下时其实该叫山头了。我们是走直线向上爬，队伍则走 S 路，很大的几个 S 路，所以我要不是照顾总指挥，到山顶时他们最多到山半腰。总指挥呼吸沉重得可怕，走不了三四米就要站下喘气，快到山顶时几乎每一米都要休息。我是看着他的脸由白变红再变成紫色的，我担心他随时都会休克或者血管爆裂。其实也用不着我照顾总指挥，白河池保障得十分到位，他寸步不离左右，我想要是总指挥同意或者他足够壮健，没准他有心把总指挥背上山去。

白河池不停说笑话，虽然他的体力不至于好到爬山如履平地。我也就是在这个时候听到副总指挥的故事，我才知道副总指挥的兵龄比总指挥多四五年，在副营位置上六年，正营位置上干过七年，今年底就满三十年军龄退休。他说副总指挥其实很二龟的，要不是九年前的那场车祸，会很二龟到底。他那时是学员队队长，优秀预提干部，军事素质好得要命。他的优秀是把比他还二龟的学员硬整成优秀学员，他的做法很冒险，跑五公里越野时他追着最后几名落单的跑，一边跑一边用外腰带狠狠抽他们屁股。据说上散打课时有个学员怕疼不肯压腿，叉开双腿屁股撅得老高，教员再骂一点儿用没有，他走过去前后看了一会儿，就命令两个学员帮他活动身体，然后暗暗使个眼色，俩学员心领神会，一边拽一只胳膊，就在那个学员觉得大难临头时，副总指挥抬起一只脚毫不留情踩下去，整个操场马上听到一声狼一样的号哭，号哭之后是尖锐的大骂，骂着他的名字和他的母亲。

那件事后那个学员的屁股不再撅得老高了。

可九年前正准备开会研究他提副团职的事，学院的一次常规野营综合拉练让这件事滞后了六七年。那次运兵车在不该出事的地段出事了，路基下是一条不太深的河，但河里布满动辄十吨左右重的巨石，车正好翻到一块巨石上然后二次跌进河里，当场死了两名学员。他当时就坐在出事车的副驾驶座上，负责押车。他在医院住了半个月，头上缝了七针，腰椎受轻伤，轻微脑震荡。出院后他被降职降衔，这意味着他倒回到副营的位置上，从副营开始干起。

从那以后他变得沉默寡言胆小怕事，坐车很少说话，除非有必要。有人说他每年过年都给死去的俩学员家里寄钱，一直到现在。他们在家里都是独生子。

怪不得他吓成那样。我想起他在刘家堡听到爆胎声音突然发出的吼叫，我相信当时车里每个人都被这声吼叫吓到，要不然穆求是踏上我的腰椎会有感觉的，可他到现在都没有为这件事说点什么，好像根本就没有发生过。可我知道他应该是有感觉的，因为到达会合地点时他没再从我这边车门下去，而是选择了蓝姿妮那边。或者这是我的错觉，也有可能他看到了我龇着白牙使劲吸气，觉得行动会不方便，那是疼痛的表示。

四

总指挥站在山顶上的时候太阳闪闪发光，他大口大口喘气，这时候队伍也陆续上来，他就骂了句："这是啥龟山，整个一个鬼剃头！"白河池立刻爆发大笑附和，我就觉得他这个人跟应声虫似的，总指挥放个屁都会被他夸成一款香奈儿5号，我想。但这座山和这一带的山一样确实很像鬼剃头，没有一棵树，草也长得有气无力不成体系，还没长高就憔悴不堪。

点将台小学的前面是一条很深很宽很长的沟，一条窄窄的路将沟分为一左一右。左边的沟底浅浅趴着一片水，水上漂浮着烂草和树叶之类说不清到底是什么的东西，猪、羊和一些扑棱着翅膀的鸡总会来这里，它们一不留神就滑下去然后膘肥体壮地漂上来，所以沟里的水总是常年臭不可闻。天气好的时候，它们会四处窜。右边的沟底有一口井，据说以前周围的村民都会来这里挑水，现在不怎么来了，有些人家开始在自家院里打井，那样的井水要干净得多。蓝娑妮居然兴致勃勃要下沟看看井，她说她们老家也吃井水，她是吃井水长大的，井水很甜。总指挥让我陪她，我求之不得。可那口井十分不争气，井很脏，水和左边沟底的水颜色差不多。蓝娑妮说："这水怎么吃啊，吃了要拉肚子。"然后皱紧眉头往回走。

从那条窄窄的路往学校走，就见穆求是站在门口望他们，蓝娑妮说："你看多危险多危险啊。"我们知道她指的是学校前面的沟，那沟脏水淹得死牲畜，人绝难幸免。穆求是就说："是啊是啊。"

有几个农妇正坐在自家草垛上晒太阳，手里或纳鞋底或做着其他什么活计，悠闲地说着什么话，想笑的时候都是眯缝着眼不出声。蓝娑妮进校门的时候回头望了望，好像说了句什么我没有听清楚，穆求是的话我是听清了的，他说："位置决定心态。"然后我就猜蓝娑妮可能想起了路上听副总指挥说起这里人买媳妇的事。

学生放学回家吃午饭，学校里到处是迷彩颜色。学校不大，一幢两层教学楼，楼前种着毛桃、松树、枸杞和不知名的树，大大小小的枝叶深覆。四周砌一圈红砖，有一尺多高。战友在东面宽出一砖的拐弯处支着家伙齐全的野炊灶具，司务长热气腾腾地跑来跑去，一会儿指导切菜的注意刀工，一会儿掀开锅盖把自己朦胧在白烟和香雾之中。红砖前方有一根细高的圆形杆子栽到土里，所以我们一进来就看见这根杆子，一点也不高耸入云的样子。

蓝娑妮跑过去和司务长说着什么，司务长就指灶台左边地下，那里有两个不算小的蓄水罐。

总指挥这会儿正坐在离杆子五六米远的一棵大树下，副总指挥和白河池也在，阳光便颇为艰难地巡行在树叶之上，零打碎敲在树叶之下。他们前面的塑料方桌上摆满红的绿的黄的水果和至少三种饮料，黎浦和一个战士抱着一个花皮大西瓜准备切。总指挥一言不发，手里的几页纸翻得心浮气躁。副总指挥也一言不发，抽烟抽得波澜不惊，只有白河池忽无忽有地低笑，那笑声很诡谲，不过他的笑从来就没有爽朗过。

就在我接过那个切瓜战士手里的托盘端到方桌前时，我见教研室主任小跑着过来，那是个和穆求是一样黑瘦的高个子男人，三十多岁。他跑到总指挥跟前停了下来且弯了腰，因为总指挥的口气很不满意。总指挥先问组织了什么课目，教研室主任汇报说正在组织实施中队搜索战斗。总指挥又问采取什么战法，他回答说采取外围绕封控、拉网搜索、分片搜索、夹板搜索、围控捕歼……总指挥手一扬，那几页纸便到了教研室主任的迷彩鞋上，他马上住口立正。总指挥的眼皮像把电锯一样锯了他好几秒钟，然后说："你动动脑子，把情况想得复杂些，灵活些，随时随地出难题考查，不停改变战法，要体现出一个变字，变你知道吧？别把演练搞得跟演戏一样还搞龟脚本！学员不是演员，咱们也不是彩排，要营造实战氛围，实战你知道吧？将来他们下部队，谁知道谁执行什么战斗。"总指挥这回没骂出他的常规水平，他通常总要攻击人家脑袋里的填充物和脑袋外部受到何种武器何种程度的重创。但他最后又撂一句："不整出花样不开饭，饿着。"

我这才注意到一进门右边有一小片闲地，闲地上没有种花草，像是新平整出来的样子，显然没有平整得很像样子，高高低低地堆放着锟锅模样的土包。我想他们可能想整出操场的。学员在这块闲地上演练，半人高的墙上出现不少张很点将台沟的脸往院里张望，都在笑，笑得自由自在。

小跑回来的教研室主任把教员们召集到一块，准备传达指示，突然滚过来一声炸雷："别整些没意义的，赶紧进入情况！"教研室主任耸耸肩压低声音迅速说几句话，便面向学员高声宣布，说："5名越狱重刑犯在我友邻分队的围追堵截下，有3名窜入点将台沟内，去向不明，上级命令我模拟中队仔细排查搜索，一班在翻越拉架山的山路上选择适当位置实施设伏，二班和三班在通往点将台乡的土路上设卡堵截。"

队伍迅速到位。他又指挥说："战斗中1名重刑犯驾车强行冲卡，1名向山路逃窜，1名持枪拒捕，回窜入点将台沟小学内。3名扮演重刑犯的学员开始进入情况。"

我觉得要是笑出来肯定挨骂，怪不得刚才进校门的时候没留意到那块闲地，那会儿他们连这种动静还搞不出来。我专心保障总指挥，离一拃近，耳朵里没法不灌进战斗进程。教研室主任的声音很大，他不停地调遣兵力设置障碍，说冲卡犯罪分子被击毙……学校里学生正在上课，犯罪分子挟持一名小学生……负隅顽抗……外围封控，解救人质。

总指挥喝完半瓶饮料后把它扔给司务长，交代生活垃圾要妥善处理，又笑骂一声："这个主任，脑子没叫驴踢！"白河池很配合地笑说："还是领导指挥得力，他们哪有实战经验，都是照猫画虎空对空讲课，不教出些空对空的二愣子才怪。"总指挥叹了一口气，缓缓说："这话说得到位。"说完这话眼神便一下子深远起来。白河池突然笑了一声，这笑声足以让总指挥拉回目光对着他骂，白河池似乎等的就是这种骂，他转过脸跟忙碌的黎浦和司务长说："领导真是有才，啥叫兵不血刃？根本就用不着刃，那次抓捕……"话没说完低头又笑，这回笑出一串嘿嘿嘿来。黎浦明白他又要逗总指挥开心，便不吭气，司务长不知是故意还是真不知道，走过来认真问："咋不用刃啊，队长。"白河池又嘿嘿一会儿才说："好多年了，那次领导带人抓捕一名闹事分子，那狗东西躲进他姑妈家羊圈里，他姑父也是个能折腾事儿的，七大姑八大姨吆喝出来一群人堵门口，领导带人好话说了一车皮不管用，就准备冲进去抓人。人群前面突然站出来清一色娘们儿，男人们都退到后面了，他奶奶的跟咱玩战略战术。那些娘们儿跳着脚骂，还动手动脚推搡咱们。在场的官兵见这阵势都挠头，又不敢还手，又不会骂。任务得完成啊，要是抓捕失败事儿可就大了。咱领导关键时候显神勇啊，袖子一捋腰一叉嘴一张，那些娘们儿一下子败下阵来。闹事分子想跳墙逃跑，被早就埋伏在那里的官兵逮个正着。"说到这里嘿嘿嘿变成了哏儿哏儿。司务长好像明白过来似的跟着不出声笑。总指挥哈哈大笑着，说："啥话到你小子嘴里要多难听有多难听……那些娘们儿还真骂不过我，我骂得有道理啊，不瞎诈唬。"

"是不是该开饭了？"副总指挥看看表说。

我找到蓝娑妮是在二楼，她正隔了窗子往教室里望，因为两层楼的教室几乎都上了锁，只有一间教室大敞着门，里面六张桌子，准确地说课桌只有四张，其他一张当讲桌，最后面靠墙的角上摆着另一张，桌上分门别类堆放两摞作业本。除了讲桌，没有一张像桌子的模样，它们全都像扔进了饿十天半个月的猪圈遭遇过一场不堪回首的疯狂抢夺一样，桌腿或用小碎砖块或用石头垫稳当，不至于倾覆。虽然如此，教室还应该算得上干净，桌子上整齐摆着各自的课本和铅笔盒。讲台用砖加高的，讲台左边角落里垒着一个炉子，炉子没有炭火，却有一把和桌子差不多年代的水壶。门右边地上堆放一尺多高的作业本、演草纸和一些铅笔橡皮。这应该是学院赠送的礼物，赠送的礼物还有两袋米两袋面和一桶菜籽油，在我们进校门时正看见战士们从车上搬下来，现在一定在哪间房子里锁着。

蓝娑妮发现二楼靠近楼梯的一间阳面小房子里有说话声音，门上写着校长办公室，正对门也有一间小房子，应该算是老师办公室吧。我告诉她开饭了得下去吃，她已经把手搁在虚掩着的门上敲了两下，那门仿佛早就等着那样的声音，说话戛然而止，出来一个颇具乡土气息的黑但不瘦的男人。一张打得很开的笑脸迎面而来。那男人50岁上下。蓝娑妮知道当地的男人看不出年龄，他们的皮肤和副总指挥具有一个谱系的特征，像这样的村落尤甚，似乎他们就从来不曾年轻过或者拥有很朝气蓬勃的那种年轻。这样说可能不够确切，他们或许有过青春岁月的，但不是都市定义的那种青春，而是少不更事的鲁莽和粗放。一看到这样的脸蓝娑妮就没觉出好感，她不无礼貌地敷衍说："不好意思打扰了，我随便看看。"说这话的时候她的余光往他身后扫了一下，还有两个也看不出年轻但同样很黑很有乡土气息的男人坐在沙发上，沙发的颜色很暗，房间里弥漫着劣质烟草的味道。那俩男人也朝她笑过来，说："进来坐坐，进来坐坐。"蓝娑妮没有进去坐坐，她想起穆求是说村主任在学校坐了一上午，大概有什么事要研究，要不然怎么会到了饭点儿还不回家。她想着就觉扰了人家谈正事，于是真诚地说："不进去了，你们谈正事。"然后就下楼。我当然没有进去的必要，我感觉开门的是老师，沙发上戴一顶灰不拉几旧帽子的是村主任，因为另一个没什么特征但明显黑瘦枯干的男人手里端着一个粗瓷杯子，声音很大地吸溜吸溜喝水，他应该是校长。

下到最后一阶楼梯时穆求是上楼，一见我们就笑了，说："开饭啦。"然后和我们一起出来。

饭菜已经满满当当摆到塑料桌上，有手抓羊肉、白条、炒肉肠、羊肉盖被、卤羊脖子、羊肉糊茄、羊蹄筋、羊肉粉汤等羊肉系列，还有酸汤肥牛、洋芋酿皮等，主食准备了揪面片和拉面，另有馍馍、锅盔。"大胖和炊事班战士去吃。"总指挥说，"自己搬块砖坐。"我只好留下来。总指挥说主任呢，有人答和学员吃。"给我喊过来，喊过来坐，教员去组织就餐妥了。"白河池欠欠身说："要不我去组织吧。"总指挥骂了声："你给我坐着别动——才收拾他几句就不敢往我跟前来，比老师们面皮都薄。"白河池说："领导，你说这回学院撤了玩龟事这可咋整，偌大个院子花红柳绿跟疗养院似的，可惜了。"蓝婆妮正嚼一小段羊蹄盘，扑哧一声笑出一口白花花来。白河池想起来了，就嘻嘻地笑个不住。一桌子人于是都停下筷子笑瞅穆求是，穆求是一脸茫然。

教研室主任是在大家的笑声停止时过来的，他坐的位置没有一片树叶遮蔽，所以他不必像大家一样摘掉作训帽。蓝婆妮说："有顶大檐帽在车里，要不给你戴吧。"她没看见穆求是带有阻止的眼神，于是她继续说："挺管用的，比作训帽。"不知是教研室主任没有听到还是听到了佯装没听到，这会儿他专心致志啃手抓，不像白河池一口肉一口生大蒜。蓝婆妮本来想提醒他凡到外面吃肉，生大蒜是一定要吃的，防拉肚子，但看他吃得心无旁骛狼吞虎咽就不打算说了。大概啃到第二根手抓时，他腾出一只手伸向抽纸然后擦拭几下，摸出手机接听，紧接着突然停止咀嚼，他说："领导，校长说给他们两个馍馍吃，他们还没有吃饭。""啊？"好像总指挥发着这样的声音抬起头，有两秒钟吧，也许三秒，又哦着点头，说："这多不好，忘了人家了，你去叫他们下来。"教研室主任放下手抓就要起身，总指挥将下巴点一下我："他去。"

我不知道别人怎么想这事，反正他们跟着我下楼的时候那种急匆匆的脚步让我不能不生出些不屑，可我还是礼貌地喊声报告，然后说出领导邀请的话，虽然总指挥根本没说"请"这个字。那个戴帽子的村主任和校长好像还互瞟了一眼，黑老师连声说："好好好……"三个人很快起身、锁门。我发现总指挥对面摆上了三张小板凳，就是教室里学生坐的那种。

　　消灭掉手抓、肉肠、羊脖子、白条后又喝了一碗浓稠的羊肉粉汤，之后他们一人抓一个馍馍细嚼慢咽，村主任还打了两到三个响亮的饱嗝。在他们狼吞虎咽的时候总指挥就开始说笑话，他爆料说："白河池在中队当司务长时就不是个好东西，鬼见愁。有个主管早想给他剪毛，一天三顿点名要白河池给他做，三天后这小子吃不住了就闪人，领导很快发现，派人去找，这小子一路小跑一边提着裤腰一边一个劲儿说：'对不起，对不起，蹲茅坑了，肚子拉稀水水，我现在就做现在就做。'主管赶紧拉住说：'司务长啊，拉肚子就休息休息，别人做别人做。'你说这小子是不是一肚子坏水水啊。"说着哈哈大笑。白河池又是很长的一串嘻嘻嘻，然后也凑趣爆了总指挥的料，说："总指挥有次执勤的时候遇到一个阿娘，阿娘取笑他水桶腰还扎外腰带，总指挥一句话就呛得阿娘栽跟头，说：'那你为啥还抹化妆品？'"话没说完一桌人爆笑，总指挥大笑说："栽赃陷害栽赃陷害，老子没说那话，那话没水平没水平，老子说的是你长成那样还不回家。"

　　这时候学生陆陆续续上学来，都抱那根杆子怯生生朝他们瞅，胆大些的鼻涕流到嘴边也就小手一抹，嘻嘻笑着跑来跑去。总指挥看着笑了一会儿想端些肉但肉已经基本见底，便一手端一盘子水果过去，学生们立刻把他围到中间，穆求是把照相机捧得跟打算宣读圣旨似的，绕着杆子拍得闪闪烁烁。蓝娑妮想跟过去，白河池嫌她影响镜头画面，就把她一拨拉说："你去干啥？"蓝娑妮呛他说："你干的还少啊。"白河池愣了一下，立刻推旁边的黎浦说："红旗呢？录音机呢？该升旗了吧。"黎浦没有应声，副总指挥却咳了一声，白河池才发现推错了人，脸就红一红。

校长亲自组织学生列队，三名学员迈着队列步伐护旗，升旗。学生们十分清澈地眼望红旗在渐起的风中缓缓升高，然后停住，就瞧学员们哗啦哗啦地变换队形。后来教研室主任跟总指挥汇报说："能不能把旗子赠送学校？"总指挥说"好"，那面崭新的红旗就被校长收去。

揪面片已经下锅马上就要盛到碗里，一阵狂风打着圈子向院内猛冲进来，草、纸片、塑料之类搅和到风里一下子灰了整个天，空中好像充满了吹哨子声和疾驰的力量。校长提议到他办公室坐会儿，可以在那里消停消停等揪面片吃。于是大家一起涌进楼去，部队收拢到避风处。

蓝娑妮原本不想去，她受不了那种烟熏火燎的空气，更不用说那么狭窄且光线暗淡的一间小屋子，待在里面难受，她更愿意听听乡村老师上课。但白河池说："你搞卫勤保障的，领导到哪儿你跟到哪儿。"蓝娑妮说："我只负责参演人员医疗救护和防疫工作，又不是专职保健医生。"白河池不同意，说："你说你说，总指挥算不算参演人员？副总指挥算不算参演人员？指挥导调、政治工作和后勤保障三个职能机构主要领导全部在位，这里就是你的工作，你的位置就在这儿。"蓝娑妮一时想不出更能说出口的理由。

黎浦取上来一串纸杯，我跑进来添水时听村主任说："刚才你们学员演练的地方一直闲置着，想请领导拨一笔款子，买一些健身器材，好让村民们锻炼身体。"

纸杯里的水溢到桌子上，总指挥瞅了我一眼，最多就瞅一眼，我想他已经看到了我的心，因为白河池此时似乎笑出一点儿前奏，就像弹拨了一小下弦马上松手的那种。他把手指在桌子上弹了弹，朝黎浦说："我记得咱们库房里还有一些训练器材，七成新，你回去好好翻翻，哪天派辆车给学校拉过来。还有秋千架、篮球架、足球、篮球都找出来，送给学生体育课用。哦，你打个请示上来，我帮忙协调。"村主任还想说什么，他把身体向后靠了靠说："下次我们来还会给学校赠送更多东西。"村主任就不想再说什么了。后来黎浦出门后轻声骂了句："他妈的，当我们是慈善机构。"穆求是又说位置决定心态之类的话。白河池突然说:"学院撤了后,我们可咋整啊?"

总指挥站到队伍前讲了一通话,风逼着他几次需要背一下脸才能呼吸,如果不这样,蓝娑妮告诉他说风会冲进嘴和鼻孔,把肺吹得像热气球一样。副总指挥带队伍徒步返回,他的脚底也打了泡,和白河池的一样。

冷 槐

一

　　回头看看，真的没谁推，语诗就是没有办法停下来。

　　就这样走，一直朝前走，但怎么走也走不畅快，就像冻僵的双腿一下一下在雪地上打洞，那些雪深得没过膝盖骨，有一层冻硬的雪壳薄薄地覆盖在上面，冷风只好转着圈子冰冷地呼啸，像扇巴掌似的。奶奶似乎就从来没有回头，打语诗看见奶奶站到一树一树的青白色槐花下遥遥招呼起——招呼的声音压根听不见，但她明白就是叫她跟着走，至于去哪里做什么语诗没能听见，好像奶奶也没说起过，但这并不重要。奶奶的头发在脑后挽了一个髻儿，用一根像筷子似的东西簪着，一些没有挹好的头发蓬草一样飞舞在荒野的黑夜里。黑夜里有几颗星星。语诗后来很纳闷，纳闷她当时为何还是能看清楚奶奶日见稀薄的髻和那些枯涩乱发，一跳一跳的。语诗记得很久没有见过奶奶了，但那一身夜一样颜色夜一样宽大的布褂子、大裆裤子以及绑腿总还是熟悉的，那对以前叫唤着疼现在再疼也不叫唤的盈握的小脚走得很快，语诗总也跟不上。总也跟不上的语诗大声叫着："等等我，奶奶，奶奶，等等。"奶奶顿了顿，也只顿一顿，好像还叹了一口气，其实那口气没有叹完，便以更快的速度继续走去，脸一直朝着前方。

奶奶走路的姿势越加有力，咯噔咯噔的声音语诗是听不到的，但语诗知道那声音肯定很响，就像她记得的样子，每一脚抬起都像锥子一样扎向地面。语诗开始生气了，拼全力扯破了喉咙一个劲儿喊叫。

谁在扯她的手，很用力，还发着喔喔的声音，一种怪异的感觉哗然撕开了睡意，语诗睁开眼，一下子看到床头上磨砂灯罩透出的光满屋子乱窜。热汗黏糊糊溻在身上，揉皱了棉布睡衣。才凌晨2点刚过一点儿，她父亲已经又一次醒了，朝语诗侧过整个脸，他的眼神是望的样子，望过来的眼睛好像又望向别处，空荡荡，又搅拌着很稠的糨糊，薅草一样薅着她的手指，一个一个地薅，几乎腹语地说："去，看看去，你奶奶门口站着。"语诗望望闭紧的卧室门，灯光影影绰绰蠕动到上面，要么动一动，要么纹丝不动，恐惧一下子便打得她屏住气息。睡在父亲另一侧的姐姐语文也醒了，爬下床找尿壶，说："爸啊爸啊，您说说活的人好不好，奶奶走多少年了——这大半夜的老提那边的人干什么，怪瘆人的。"

半壶尿提在手上，隔着奶白色塑料外壳，语诗能感觉到父亲的温热，那些温热的液体里应该有各种药物和药物的残渣，一大半也说不定。已经尿第二次了，两小时后还有第三次，再隔两小时还有第四次，天亮前至少还要接两次尿，父亲睡不着觉的时候差不多一小时左右一次。天亮前母亲不太会进来帮忙，她也年纪大了，要睡一晚囫囵觉才有精神在白天里帮两个女儿，于是俩女儿的觉便会睡得缺胳膊少腿儿。自打父亲患上老年痴呆症以后，夜晚一直就像土木结构的房屋被地震摇碎成一片废墟，很难找出供片刻呼吸的舒适掩体，每天从天黑忙到天黑。

语诗准备往卫生间走。"让你奶奶进来暖和暖和，外头冷。"父亲轻拍着枕头又开了口，声音很大，吓得语诗触摸门上的手几乎和身体同时往后猛弹一下，已经困倦得晴空万里的双眼刹那间愤怒了，回头便没有好声气，叫着："半夜三更吧嗒吧嗒什么啊，还不睡觉！能不能不提死人！"

语诗洗尿壶的时候，蓦地感觉到有股寒到心里的东西从后脑勺沿着脊梁骨一路凉飕飕地窜下来，她便看着从壶嘴慢慢流进便池的水，溅起小小的泡沫发出断断续续的声音。那些声音听起来更为怪异，仿佛从幽深处发出来长一声短一声的喟然叹息或者呻吟，夜晚顿时好像也跟着长一声短一声喟然叹息和呻吟起来。她想起刚才那个梦，父亲就像通了灵似的说到梦里的人，头发梢便一根根跟新兵站军姿一样僵硬。胡乱冲洗一下尿壶便赶紧奔卧室，掩门时语诗突然红了红脸，就是奶奶真的站在门外，别人也就算了，她是不应该觉得怕的，怕成那样实在过分。

　　语文正伏在父亲的耳边说话，父亲抹了一把又一把眼泪跟她诉苦，说："我吧嗒吧嗒不睡觉，我想睡啊，睡不着嘛。"语文说："对呀对呀，看可亲的亲爹多明白，睡着觉都比我们醒着时候清楚，都是语诗胡说八道，明天不给她饭吃。"父亲望望窗户，又望望语文，咂了咂嘴，细线条似的眼睛眨巴几下，终于串起关系转折的句子，说："不能不让吃饭，饿坏了咋办？骂她几句就行了，你这人心太狠了。"说这话时他抬手往语文肩上拍一拍，语文马上矮下身子，佯装疼痛喊着："可亲的亲爹，我错了我改了不行嘛，伟大领袖毛主席都说过知错就改还是好同志，您最听伟大领袖毛主席的话了。"语诗很佩服语文，总有办法让父亲尽快安静。

　　父亲终于不再大声说话了，在枕上若有所思，其实谁也弄不懂他是思了还是没有思，或者在思他最敬重的伟大领袖毛主席也未可知。

　　语文瞟一眼语诗说："睡吧睡吧，明天你还得赶早上班呢，愣啥神。"语诗"哦"了声把被子拉至下巴，翻了个身。床头柜上蓝色磨砂玻璃灯罩发着蓝色的暗光，就在父亲的左边跳动。语诗端详着渐渐安静的父亲。他的身体显然比生病前胖了许多，因为一次腮腺手术的缘故，左边嘴角稍稍歪向一边，但正好拉紧了面部的皮肤，七十多岁的人其实没有几条像样的皱纹，睡在旁边的语文倒显得苍老不少，语文也还没到苍老的年纪，近几个月她真的太累了，她不像语诗那样还有上班这样的正常秩序，她早几年就下岗了。柔软的棉睡衣刚洗过，泛着太阳的味道，紫色的花纹被蓝光描摹得颇有几分鬼魅，语诗想起曾经看到过的一部恐怖电影里的一个镜头，人躺在棺材里的情形就是这个样子。她的心直哆嗦，后悔不该这样想象自己父亲，父亲其实长得太像奶奶了。爷爷什么样子没有见过，听母亲说，她当年刚嫁到父亲家没多久爷爷就殁了，得了很要命的一种病。爷爷的家规很严，父亲小时候很怕他的，怕到听爷爷进院子的脚步声或轻咳声就想跪下，反正爷爷教训儿子用的家法一成不变。

奶奶是在语诗中考前殁了的，喉癌发现时已经喂不进一滴水。那时她离开语诗回到老家不到一年，得了那种病，奶奶活活饿死了。听母亲说奶奶咽最后一口气前说了一句话，其实那是回光返照。母亲还有姑姑守在跟前，那句话不可能是说给姑姑的，因为奶奶对姑姑说话从来没有好声气。奶奶说语诗脾气犟，要让着她些才好。母亲带回那句话时语诗已经考上了高中，之后又考上了大学，大学毕业时部队一个军校招她去了。父亲说："你奶奶没有白疼你，她最疼的是你，你争气，她在那边也高兴，昨晚还托梦回来哩。"语诗心里清楚她在奶奶心里的分量和奶奶在她心里的分量，这曾让语文很是不平。母亲也很不平，母亲的不平显然是因为她不能像奶奶那样在语诗心里压秤，母亲的身份抵不过一个死了二三十年的人，语诗知道，父亲也知道。知道母亲的不平后父亲没有说话，中元、下元节时总会早早吩咐语诗："天冷了，给你奶奶送点钱买房子置地吧。"语诗不吭声，语诗总是不吭声，不吭声的语诗照例换一身便装买一袋子冥界需要的一应用物，常常还带来两根白蜡烛，几块上好的糕点，数个洗干净的水果，以及整盒的烟整瓶的酒。母亲总会念叨一番，诸如她爷爷是托了她奶奶的福，要对她奶奶好些别跟活着时那样不管不问之类的话。父亲这个时候通常会长叹一声说："要是活着就好了！"

"要是活着就好了"，语诗重复这句话时心口疼得抽筋，父亲懂她，懂她对奶奶的好，可这有什么用，奶奶没了，父亲痴呆了。

"你说爸爸咋老提奶奶呀？是不是……"天快亮时，语文拥着被子叹气，这是今夜接的最后一次尿，寒冷把温热的淡黄色液体吹起一层白雾。语诗不说话，也不知道说什么话才好，她瞅瞅父亲再瞅瞅语文。父亲眨巴着眼睛瞅瞅语诗再瞅瞅门，其实他什么也没瞅，因为他突然笑出声来，像刚听到一个让人喷饭的笑话后还在延续那种喷饭的感觉和喷饭的分解动作。他边咳着声儿嘿嘿笑，边伸手往空中乱指一通,说:"你说有意思不有意思,你奶奶把娥儿骂个臭死,蒜拌槐花都不会做,手跟脚一样笨。"娥儿是父亲唯一的妹妹,长年侍弄着瘫子丈夫和家里一群活蹦乱跳的鸡以及地里几亩花生和苞米红薯,三个女儿都嫁到外村里了,儿子打工不回家,等到回家里来就抱了一个差不多一岁的女儿,后面还跟着一个年轻的女人,女人的肚子隆得老高。娥儿认为这就是她的孙女和儿媳妇,伺弄孙女和马上临盆的儿媳妇是天经地义的事,村里各家的婆婆不都是这样子嘛。于是,娥儿越来越累,也就越来越瘦,何况瘫子丈夫年轻的时候就是个骑着一辆除了铃儿不响其余零部件全都响的自行车,走村串户混吃混喝的人,现在躺床上理所当然吆喝娥儿跑进跑出伺候,腿脚稍慢一慢,瘫子丈夫便破口大骂,大骂之后就想法子使唤娥儿,使唤着娥儿嘴里还不住声儿夹枪带棍地唠叨。娥儿从小就老实,娥儿从来不叫苦,老实又够吃苦的娥儿挨奶奶的骂最多,算起来奶奶骂她还是和她老实有关,老实人总是不够伶俐。母亲说奶奶得病后心情烦躁,娥儿被骂的时候越发多了。奶奶从来不骂母亲,应该不全为她是儿媳妇,以及专门抛下家和家里那一群个头错落有致嗷嗷待哺的孩子,专门回来伺候她的缘故,老实说,母亲一向很会察言观色揣度着小心说话。母亲私下说娥儿不像奶奶的孩子,奶奶一辈子刚强不输人,哪怕她的婆婆是全村最难缠的瞎子婆婆,哪怕爷爷也不懂得护着她,她默默伺候默默受苦,从不肯像别人家的媳妇一样背地里埋怨不休或者明里打公骂婆,而娥儿挨了骂就会大张着嘴嗷嗷哭,哭了后便跟母亲和父亲大倒苦水。那年院门外有几树槐花开得特别盛,一树一树密密匝匝的青白色小花儿探过墙头,墙头上栽着次第开了红色紫色或淡粉色花朵的指甲花和仙人掌。奶奶许是在一次阵痛后从窗户上望见了那些云一样的白,或是闻到了白花跑出来的甜味儿也说不定,奶奶就叫娥儿搬梯子上树捋几把花下来。这些花,掺一小把新打的小麦粉细细揉匀,上屉子蒸熟,捣一些蒜泥拌一拌就能吃了,口感细滑味道甜丝丝。奶奶吃是不能拌蒜泥的,蒜泥烧心辣喉咙,芝麻焙干和着糖或盐一处擀细撒进去吃才相宜。这样的变通娥儿想不到,想不到的娥儿依旧拌蒜泥,蒜泥又捣得像戈壁滩上的石子大大小小黏糊不到一处。奶奶真生气了,把娥儿骂得蹲到东屋窗下的石榴树根上喔喔哭。

娥儿总是哭，总是挨骂，说起来也不全因她老实。县里的医生们压根就不再会诊，他们放弃治疗奶奶，奶奶只有躺回家里等日子，等那永远不再疼痛的日子到来。奶奶瘦得脱了形，就像活骷髅，骨头包在松松垮垮打着褶皱的皮下，被疼痛经常扭曲得打战。眼睛凹成了两眼枯井，夜里疼得睡不着觉就一直洞开着，娥儿起夜时一骨碌爬起，就迷迷糊糊瞅到黑夜里的黑洞在眼前晃荡，深不见底，发着长一声短一声的呻吟。奶奶一向坚强，很难听到这样的呻吟，但呻吟的次数越来越多，也越来越让人心碎。娥儿害怕了，害怕的娥儿不敢在夜里睁开眼，直至有一天夜里她隐约听见呻吟中的声音里有了"喝水"的含混呼唤。她想叫醒邻屋睡的母亲，但母亲值夜的时候很多，她的嫂子在值夜时从来没有叫醒过她。娥儿犹豫了一会儿，只好大着胆子起身抹黑倒水，暖壶碰着了柜角发着嘭嘭的声音，奶奶就骂娥儿点灯，当灯光翻腾到奶奶脸上来，娥儿尖叫一声扔下水杯，水杯碎裂的声音让娥儿从床边跳开时又发出更加尖利的叫声。叫声招来了邻屋的母亲，母亲看到奶奶用力捶床哑着声儿叫娥儿滚，滚回她自己家去。

娥儿滚了，是连夜滚的，抹着泪往她家走去，她家离奶奶家二里不到。语诗想娥儿姑姑走的时候心里说不定轻松得不得了，这从她滚了之后，直到奶奶再次昏厥派人送去口信才磨磨蹭蹭带了表弟海儿来就知道。海儿只有3岁，带了海儿来母亲就知道她不打算再留下来，如果她生不如死的母亲这次还死不成。奶奶真的闯过来了，因这件事情娥儿姑姑又挨了骂。奶奶虚弱的胳膊肘儿支着床，眼睛瞪过去，娥儿姑姑紧抱海儿不放手，一步步往门口退，动作迟疑方向一丝不乱。倒是海儿不说话，只在她娘怀里用力扭屁股蹬腿，挣着奔她外婆床头，娥儿姑姑照他屁股狠狠拍，好像还暗暗掐了那么一下，因为海儿突然尖着声儿哭了，姑姑便边拍边咬牙切齿闷声儿骂着这孩子："踢腾啥踢腾啥。"

姑姑拖海儿回家的时候，海儿像小树一样栽到院子里不肯走，直到姑姑鹰爪一样拧了他的小屁股好几下后，才哼哼着拿脏手揉搓着眼睛走了，走的时候往里屋的最深处盯了好几眼。他出院子后还抱着一株槐树喊着"外婆外婆",恰好被他奶奶拾柴火回来看见。海儿的哼哼和娥儿的脚步再也听不到后,奶奶才叹了一声,重重的。母亲一勺一勺喂她水喝时,发现奶奶几近干枯的眼窝几滴凉泪宛在。

那时语诗的大伯老婆高芝还没有死,语诗叫她大伯母,他们已经从后院搬到村西生产队菜园子东边新屋子里住了,那屋子带着很大的院子,院墙新土夯得很高,溜墙根种了一圈的麻。大伯十分惧内,村里人都是知道的,所以,在奶奶呻吟的次数越来越多后,大伯到东院老屋转一圈儿的周期便从五六天一次递减到十天半个月一次。二十年后,当语诗走进他的东屋,他第一件事便是抱着他母亲的遗像泪流满面,他这辈子便注定只能跟在最光耀门楣的侄女旁边落几滴老泪,喊声:"娘啊,语诗看您来了。"这种情景语诗从来没有放到心里,她压根就没有去想他的大伯悔恨和演戏的成分哪个更多一些,不管哪个更多都不重要了,语诗只关注最爱她的奶奶已经不在了,而且跟大伯是有关系的,准确地说是跟他和他老婆高芝有很大关系的,虽然不能说奶奶的病就是中了谁的蛊。语诗和奶奶的感情所有人都知道,或者说奶奶对语诗的偏心让她其他九个孙子孙女感到的冷落甚过村西头的荒坟,可有什么办法呢,奶奶就是疼语诗。语诗五六岁时母亲带着另外三个女儿跟丈夫远走西北一年,这一年里语诗越发成了奶奶唯一的依靠,虽然语诗只会在暮色四合时横躺奶奶怀里或和奶奶一起坐院里的小竹凳上望西墙头出神,直至什么也看不见了,奶奶才会叹声气抱起已熟睡的语诗进屋,把她和她的孙女送进黑漆漆的床上,如豆的煤油灯光很少点亮过东屋。其实西墙那里真的没什么可看的,依西靠南盖的一间厨房是在母亲回来后才有的,那时的厨房是在东墙下,很老很旧,风箱的声音像村戏团里唱哑嗓子的四狗。大水缸坐在厨房外面,南墙下的压水井也是后来才有的。西面墙根堆着冬天烧饭烤火还没有用完的玉米秆、芝麻秆和麦秸之类,一株香椿树在暮春时舒展开不少的叶片。

语诗总是支气管不好,听奶奶说母亲没有带走她,全因为她的气管病,父亲工作的地方地势很高气候很冷,语诗是受不了的,正好陪奶奶。这个理由语诗从来不肯相信,就像不相信母亲真的能在她和语文之间一碗水端平。奶奶没有去的原因据说是她不愿荒了几亩自留地，还有老屋和院里一只下蛋下得正起劲的老母鸡。老母鸡是不能不要的，语诗的气管炎靠了她的宝贝才除掉老根儿的。母亲说她是去后院茅房的路上生下语诗的，就在西窗下面，这种堪称灾难的出生差点要了语诗的命，她就一直咳嗽，小气管里听得到拉风箱的声音，中药西药、住院出院成了语诗8岁前的生活全部。在语诗会走路时村里老中医给他开了方子：香椿叶煎鸡蛋，生喝热鸡蛋。所谓热鸡蛋即母鸡刚下到窝里的蛋，握到手心里还很温热。蛋壳先得磕破一个小口，嘴对着小口把温热的蛋清、蛋黄刺溜刺溜吸出来，然后一路送进喉咙，直抵肚腹。语诗长大后还有喝生鸡蛋的欲望，但商家卖的鸡蛋要么很腥要么差点孵得出小鸡来，实在不能入口。不能入口还在其次，入口前的美妙也不复存在了，比如每天总有不少的时间老往老母鸡的屁股眼儿看，看它什么时候挤出热乎乎的蛋来，然后跑离老母鸡的视线后将蛋内诸物一股脑抽进肚里。那只老母鸡性格不大靠谱，很少能规规矩矩把蛋下到窝里，经常是玩到哪儿迷迷糊糊下到哪儿了，下蛋后就不管不顾或者边下着蛋边咯哒咯哒咯咯哒疯玩。于是乎，语诗就常常跟在这只迷糊的老母鸡后面或潜行或奔跑，单等她突然站住脚屁股上的毛突然开始竖起，然后一个小小的白被顶出毛外，语诗就知道下手的时候到了。她得快，一等小小的白变成大大的白，她就得迅速把小手往逐渐变圆的白的下方一摊，鸡蛋噗地落到手心。她得赶紧转身跑开，颇为马大哈的老母鸡也不是永远没有责任感的，有人胆敢明火执仗地抢蛋它还是会抖毛竖喙不依不饶的。语诗记得老母鸡将喙啄到肉上的疼，她是决计不敢再涉险的。那次语诗的手慢一点儿，鸡蛋下到了地上，抓蛋的小手还在空中，老母鸡回头一下子看到了，它像突然发现拐卖它的孩子们的人犯，张牙舞爪蹿上来疯了似的狂啄了一口，语诗跳脚大哭。后来奶奶告诉她，取蛋时不能让母鸡看到，母鸡也懂护犊的，就像奶奶也不许别的孩子哪怕是大伯或姑姑家的孩子欺负语诗一样。

语诗不太懂护犊之类的话，她只知道奶奶一天到晚冷着脸不笑，忙完家里忙地里，语诗便在奶奶没身到烟草地或高粱地、苞米地里锄草时，坐在地头啃着奶奶放在炉灰里烤得焦黄焦黄的红薯或者苞米穗，有时还会有一小块细面搭着红薯面或苞米面蒸成的花卷。语诗边吃这些东西边拔地头的茅草、荠菜花、灯笼草等，时不时抬头望望日头的位置以确定什么时候奶奶可以收工回家。奶奶是教过她这些的，奶奶教她的时候总是说："邮递员该来村里了，你爸会不会有信会不会寄钱，鸡是不是该喂了，你舅爷可能快来了。"语诗不太关心奶奶的关心，她只关心一到天黑她只能和奶奶守着一院的空落落和一屋的空落落，还有等不到天亮的黑乎乎。这时候她就想着外爷外婆和舅舅们在干什么，他们家总是热腾腾的，像一盆暖阳。屋后那么多地雷一样的屎壳郎洞，屎壳郎挺不住可着劲儿灌进去的水，慢慢爬出来，她们只需守住洞口，尽可一网打尽，运气好的话，半天能捉到不少。她会在村里演戏时坐到大舅的肩膀上看，大舅个子很高，但很瘦。小姨她是想不起来的，有时候还颇会瞧不起，这倒未必全因为小姨不会背着她村东村西逛或捉蚂蚱。小姨常背语文，还给语文梳辫子，把大红绒线绳子一圈圈捆扎辫梢，语文便甩动辫子，蜻蜓一样漂亮得不像话，语诗装得不以为意但心里十分羡慕。小姨学习不好且太懒，那么大的人了嘴馋得不像个做姨的，总和语诗抢吃的喝的。

　　语诗一脑子的想法只有等到奶奶肯送她去时才成行，奶奶不会放她一个人走。其实外婆家就在村后头的大坑边，夏天时塘里总是粉粉地开满了荷花，从奶奶家朝北穿过大队部，再过一条慢下坡的土路，拐个弯走一会儿就到了。但奶奶总说："等等吧，等你舅爷来了再说，他家的苹果很大很甜，还有他家的花生可能收过了，新收的花生很香很甜，吃起来嘴巴一圈儿白色的沫。"语诗只好等，等到奶奶从庄稼层次不清的叶片里钻出来，一绺一绺的蓬发乱七八糟贴伏在布满热汗的脸上、嘴角、脖颈，然后举着串在细草秆上的蚂蚱朝语诗笑，或者坐语诗身边，边吃玉米面冷窝头边教语诗编草秆，有时候样子像鸟，有时候像船，更多的时候像笸箩和篓。

　　舅爷没有来，但三表叔终于来了，带来了他家的苹果，苹果没有奶奶说的那么大，红还是红的，香味儿透着甜。语诗最多的时候能一口气吃两三个，剩下的奶奶会塞进盛玉米或麦子的缸里一个个埋藏起来，她是一个都不会吃的，语诗知道，而大伯家和姑姑娥儿家的孩子瞅见了，会哭着闹着躺地上打滚儿要吃，奶奶有法儿不让她们看到。但三表叔没有带花生来，他说下次带来，一定。但语诗明白他带不来的，大伯说他们那地方的一条河发大水了，舅爷家的花生地就在河边，都让水淹了，大水退后什么都不剩了。

大舅赶集回村路过奶奶家，语诗趴他背上不肯下来，大舅便说了声："婶啊，俺可带走了，您嫌寡的时候俺再送回来。"奶奶笑得秋阳似的，说："大侄子，看说哪里话，外孙女看她外爷外婆天经地义啊——这孩子在我跟前没礼数惯了，脾气又倔，别惹老亲家生气。"奶奶把埋在面缸麦缸里的苹果以及柿饼之类好吃的尽数掏出来，盛到柳条篮里，"哗啦"，语诗又倒回麦缸里去，拽了大舅就走，她要是带到北院里，小姨早晚会偷偷摸摸吃完的。

小姨也不大喜欢语诗，语诗不像语文会从家里拿糖果给她吃。

外婆家住在荷塘边的高坎上，构树结满了核桃大小鲜红的构桃果子，语诗通常会攀折如柔荑一般的枝丫，就像伙同玩伴们或持棍子或挑竹竿，抡断会摁喉咙疙瘩的七奶家长到墙外的杏枝，其实上面没有一个泛黄或行将泛黄且根本看不出近几天有泛黄趋势的杏子，大大小小的杏子青得望一眼就酸涩至牙根。但外婆家门口的构桃却红得招人喜爱，甜在绿得幽幽的影子里让人舌根生津。语诗攀在树上一颗一颗咬着吃，像饱蘸鲜红水彩的大号画笔从嘴角一路吧嗒吧嗒散落衣襟，小姨仰头望上去会急得越发结巴，跺脚喊："俺家的构……桃你吃……吃得怪美！"

这时候外婆眼睛准会从纳的鞋底子上拽过来，含着笑说："谁让你吃恁胖，笨得连个小妮儿都不如。"

二

埋到南地是奶奶生前知道的，爷爷等在那儿多年了，虽然她对爷爷绝少回忆，但命定她在归宿地上无可选择，而这些并不代表奶奶不想到另外一个世界与爷爷相逢。且不说爷爷总归是她另一个世界的亲人，即使他在活着时对奶奶不管不问，奶奶在噙着眼泪穿过地垄，被混浊得发霉发冷的落日拖向虎啸庄娘家讨粮食的路上，饿得两眼发黑死命抓住苞谷地里得坏疽病乌炭一样的苞谷往嘴里塞，最后差点噎死，舅爷大多留她住娘家半天，爷爷为此还暴跳如雷，爷爷仍不失为一个好人——他的口碑是有的，村里人都说爷爷真是一个好心人，为人公正廉洁不贪大小便宜。新中国刚成立那会儿爷爷当着村干部，主持分配充公后的地主富农们的家产以回归劳苦大众，原该分给他一张地主婆用的镂花顶罩拔步大床和几袋米面，他压根不往家里拿，在回家的路上尽数分给了其他劳苦大众，虽然那些收获意外之财的劳苦大众远不像他家里米无一粒面无半钵。他那可怜的妻儿艰难吞咽又干又糙的糠麸时眼珠暴突，他大体是看不到的，看到了又能怎样，他自己不也是一样要吞咽那些根本吞咽不了的劳什子？语诗一直不觉得爷爷是个好男人，不管老婆孩子受苦只图落好名声的男人真的不应该算是男人，何况是好男人呢！所以，语诗对从没见面且永远不会见面的爷爷没有好感，甚至颇为反感。她埋怨爷爷给了奶奶那么多的苦，后来他死了又撂下一大堆的苦孩子让奶奶继续受更多的苦。

　　自打奶奶埋进南地，坟头开始不一样起来，村里人都说那里的蒿子长得最盛，是奶奶还一直在伺候这家人。更奇的是，那里在三五年后居然长出一棵槐树来，又过了三五年，离已长得十分葳蕤高大的槐树一步之遥又生出一棵槐树来，不到三年，两棵树和着一坟的野蒿便把那一片荒凉点缀得葱茏且卓尔不群，每到青青白白的槐花雨一样落下来的时候，坟头便会生动起来，路过的人大多会赞叹：看那坟……人家子孙差不到哪儿去的！后来父母回到村里上坟，母亲瞅着坟墓上的蓬勃阵势咂嘴念叨："娘，我们以后也要回来守着您，瞧您多会打理家院，跟活着时一样一样。"语诗一直深信种在院外的几树槐花都跟了奶奶去，因为奶奶过世不久房子卖了人，买房人原是冲着这房子住过像爸那样吃皇粮的人，住过那样人的房子是吉宅，但他们住进去并没有好运，日子过得一日不如一日，找了看风水的来，那人说他们这家人命薄运蹇承受不住。据说说这话时风水先生是瞅着院外枯死的几株槐树说的。

父亲越来越不愿意活动,吃饭这样的事都不利索了,筷子扎到碗里叮当叮当胡乱戳戳,就是不肯往嘴里送,面条米饭种饭一样满桌子都是。母亲通常皱紧眉头说:"老伴呀,你啥时候才能站起来自己走路啊,像以前,多好。"父亲瞅瞅母亲,瞅瞅语文或者语诗,像瞅房子里随便一个物件一个飞过窗口的鸟儿的神情,而后重重叹息起来,语文将脸儿凑到父亲鼻子上笑得声音乱蹦,问:"可亲的亲爹呀,想到啥好事儿啊?"父亲空空地望向她背后慢慢腾腾说:"没想啥呀,能想啥呀。"语文像明白了似的"哦"了声,她要是知道下句话出口后会让她的小腿青紫好几天,她怕是不会说或者不会那样说,她当时没一点儿预感地绽着一脸儿的笑那样说了:"我不相信嘛,可亲的最聪明的亲爹咋会没想啥呢?想啥的人都没您这没想啥的聪明!""嘭","哎呀",语诗和母亲从厨房跑进来看到语文坐到地板上捂着小腿,父亲瞪她的眼神就像瞪一个杀人犯,手往腿上乱敲着说:"踢死你都不亏,就你能!"是语文的话触醒了父亲某一根神经还是有一根神经尚不曾混乱?也许这种饶舌的话父亲根本就转不过弯?还是感觉到了转弯很费劲?无论如何,就这突然间,父亲睁开眼睛毫不费力抬腿往语文腿上踢,力量之大令语文坐到地上还朝后仰了仰,仰了以后终于没有躺倒。语诗体会到那了种疼痛之外的愤怒。语文一个劲儿笑着说"可亲的亲爹呀""我是你亲女儿啊""踢亲女儿你不心疼"之类的话,语诗打心眼里除了佩服,只有佩服,她想她以前做不到,现在也不能说就做得到,她不及语文。

她挨过父亲那一踢是在三十多年前,其实还有语文,那一脚把她和语文踢到了外婆家,姐妹俩一起骂过父亲,说他一年到头探家回来一次,还抱着出生不久的小妹站院子用脚卷我们,是非不分,他以后不要再回来了。这些话当然被外婆说了一顿,外婆不会说太狠的话,所以外爷就在家里做主,一个家庭的格局总会是这样的,但凡有一方好说话些,权力就等于下放了,尝到权力行使感觉的一方,无论如何也不大愿意主动放弃行使。其实那件事情源于语诗和语文的一次吵嘴,姐妹俩年龄挨得太近,语诗个性又强,凡事总要争个头儿。这是街坊们的公论,亲戚们也都这样说。吵嘴是因了一件花褂子该谁穿,这件事原本没有可讨论性的,那是母亲做给语文的,语诗也有一件,但语诗不喜欢自己那件的花色,她那件是白底蓝月季花的绵绸褂子,语诗看中语文的那件,那是自己最喜欢的颜色和图案,淡粉底子很衬语诗粉白的肤色,飞舞的蝴蝶高高低低随意穿梭,几片槐花似的图案散落其中,就像语诗望向树梢的眼神。母亲或许觉得好看的应该先做给老大才对,因为外公外婆生了她十几年后才生舅舅和小姨的,一应用物就是大的穿了才轮到小的。但语诗不这样想,她是被奶奶呵护大的,除非她不想要了,否则一无例外都该是她的。这件事打一开始就是个错误,但母亲没有觉察或者压根就以为用不着觉察。语文后来说她跟妹妹动手是觉得语诗实在太过强梁了,吃着碗里的还要霸占锅里的。

　　语诗跟语文吵嘴的时候就站在西墙新盖的厨房前,喘着粗气,浑身战栗。她还从来没有这样吃过大亏,肚子里的词汇争先恐后往外爬却失去了该有的队形,它们排列起来就是乌合之众匆匆忙忙赤膊上阵,最强有力最尖端的武器就是打架。但语文不只嘴皮子了得,体质也明显好过语诗许多。当动手成为必然而语诗吃亏也成为必然时,奶奶站出来拉架。她几乎是一路小跑过来的,她或许一直就在一旁观战,看着语诗脸蛋憋成似熟透石榴籽的颜色,听凭语文劈头盖脸像瓢泼大雨浇得沟满壑满地不可收拾一样捶她,显得非常可怜,心疼得跳脚却毫无办法。她横在俩人中间,但俩人谁也不听劝,她的儿子抬起脚飞向她们的小屁股时奶奶没能喝住。姐妹俩一路眼泪逃向长着构桃树的外婆家。小姨兑盆热水还试试水温迭声喊语文洗脸,就在她的小镜子前无比小心梳语文的辫子直到梳得黑亮,还在辫梢扎个大红的蝴蝶花,红得心疼。语诗干黄的头发乱成一蓬草,一绺一绺粘在左一道右一道揉搓脏了的脸颊上,像极了常来村里讨饭的脏婆子的女儿。好像外婆给小姨使过眼色,好像小姨根本没想理会,总之,晚饭后奶奶来领俩孙女时语诗就是那个样子,奶奶看看语文又看看语诗,啥话也没有说,背起语诗就走了,因为小姨说要留语文两天。

　　语诗爬到奶奶的背上听着咯噔咯噔的声音,她觉得小姨嫌她越来越明显了。表叔没有带来花生的那次去外婆家,现在想起来外婆后来让大舅带她回奶奶那里也是小姨的撺掇。外婆家院里有一架秋千,是大舅绑的,语诗常坐在上面荡悠,大舅总是托住她的腰托得恰到好处,平稳推送至最高处然后猛然放开,不像小姨拉住单边的绳索像拔河一样拧着劲往前拖,秋千麻花似的以先顺时针后逆时针的方向快速转动,语诗就得赶紧把头迅速往后仰出去,抓绳子的双手同时火速挪开,身体蹲下来,然后合抱大树一样搂住越拧越紧的麻花绳索,否则她的手和头会拧进麻花里,勒出许多血印子。大舅推她时,她坐在踏板上不费力气便能够像蜻蜓一样将双腿并拢翘向天,然后再指向地,哈哈大笑,像戏里秀才高中后跨马游街呼啸着狂风似的大笑,于是她就看到墙外邻居婆婆像虾弯着腰佝偻在院里端着大簸箕扬苞谷壳儿,看到她家的孙女一下一下咣咣捣石头蒜臼里的什么东西。邻居婆婆的孙女听到语诗的笑声好像还抬头望了一下,语诗仿佛还感觉到了小姨在柴火垛边递过来的眼风里裹挟的大把大把蒺藜。

  外婆让大舅带语诗走,是在奶奶来接语诗但语诗不肯跟她走的三天之后。三天前的下午太阳还很高,奶奶来时包了一手帕炒熟的花生和烤得焦黄焦黄透着香甜味儿的两条红薯,说是新收的花生和很绵的紫心红薯。语诗收了东西却不肯跟奶奶走,奶奶没有为难她,说那你再玩两天吧,再玩两天奶奶还来接你,要听你外公外婆的话,听你舅听你姨的话,别耍性子。但外婆说奶奶走出她家后悄悄抹了眼圈,邻居婆婆告诉她的。语诗知道奶奶很刚强,刚强到十年后喉癌发作时疼得几天吃不下一口饭,还在三伏天为伯母家蒸出几大屉白面馍馍,大伯一家没人问过她病痛,一如爷爷从来不管嫁到他家里来她是否吃过几口饱饭。语诗当时心里有那么一点儿不忍,也只是不忍了一下,很快便忘了,就像忘记去年伙着大伯家的老二猫进生产队里的番茄地挨看园子的骂一样快。其实她知道看园子骂的一定不是语诗,他是冲着大伯家老二骂的,老二听出他的骂声是有特指就不服气,说进番茄地的不是她一个,看园子的为什么骂她娘不骂语诗的娘?但她也是知道她娘的不孝尽人皆知的,尽人皆知的不孝媳妇人人得而诛之,何况挨了几声骂啊。奶奶一直跟语诗她娘过生活,语诗娘和语诗爸又是出了名的孝顺，语诗走在路上甩打着手并不冲谁笑，小孩们竟不轻易欺负，小孩们自然都得了大人们的暗示或明示。

现在回想起来，语诗觉得再没有其他事比想起那次奶奶抹眼泪更让她心里拧着疼了。那个下午的阳光原本清清淡淡，像一锅翻滚得毫无形状的面疙瘩。奶奶拐过高坡后，光线越加模糊，没有热气，也没有层次，就那么犹犹豫豫隐退进荒草后面，宛如摔破头又失声的死狗。她知道她的自私大过不懂事，虽说她那时才五六岁。可她很怕太阳落下山去，太阳落下山后她就投入了孤单，孤单像流泪的月亮。但太阳终究要落下山去，太阳落下山去后的屋子和奶奶一样常常拉着一张脸没生气，她得摸黑进屋，设法爬到床上缩到床里或者另一头睡，不管有没有睡意，然后，奶奶会关好院门闩紧房门，一阵窸窸窣窣后把自己也搁进被窝来，反手将语诗撂在被子外面的胳膊或腿脚轻轻压到被子里来，或者掖掖被角什么的，做这一切时一向悄然无声，惊动不到夜晚的黑和黑的夜晚，不像外婆时不时笑眯眯地向人望，能望出全身的温暖，而奶奶永远不会，奶奶永远没有能把人拥抱起来的目光。奶奶大概很难有笑脸，母亲说听说奶奶刚嫁给爷爷时笑过一回，她及她娘家老老少少被太奶奶骂了个遍，然后奶奶再没有笑过，应该也没有什么可以放松去笑的事。末了又说："好在还生了你爸。"

奶奶一定很伤心，语诗明白，但当时她实在明白不了多少，如果知道奶奶把她看得那么重要，而奶奶一个人的日子有多么落寞孤寂，她不会让奶奶流泪而去。但奶奶只是包了煮熟的花生和焦黄的红薯来，和外婆清清淡淡谈天间随意问了语诗想不想跟她回去，就像问一件无可无不可的物件一样。小姨后来居然当面让她滚回她家去，说："你奶奶巴不得把你塞俺……家，一个人想吃……啥做啥……想去哪儿抬屁股就能走，多好。外甥女是舅舅家的狗——吃完就走。""我不是狗啊，我吃完就不走。"语诗叉着小腰和小姨正儿八经地吵，眼里满是狡黠。小姨突然指着她打雷一样大笑。

"你真不……是狗，是吗……吗？俺咋不知道哇。"小姨笑到快要笑不出来的时候才说，"怪不得……得哩。"语诗气得心突突直跳，她要是有力气，小姨笑的样子实在可以招致一些痛打的。她只能请外婆做主，就像通常和亲戚家的姐妹们吵完架后找奶奶做主一样，奶奶通常会狠狠骂她们一顿，让她们以后再不敢招惹她，她毕竟身子骨弱，受不得些微气的啊。但好脾气的外婆没有抬头，安安静静继续纳着永远纳不完的厚厚的带毛边的鞋底，半天才咕噜了一声："可不就是舅舅家的狗嘛。"说完，拖着长长白线的大粗针往头发上一抿，只在嘴角扫一抹笑意，看不出立场的笑意。语诗悚然一惊，不再说什么，想小姨是不是恶人先告状了？

　　语诗不知道大舅和小姨吵架的结果是自己被送走，这不是她找大舅诉苦的初衷。那天大舅骂小姨的阵势委实吓得她躲进里屋不敢出来。小姨顶嘴的后果是双颊红肿了好几天。她很快被送回，理由只有一个：你奶奶想你了。

　　奶奶是在刚挑着两大桶水走下井台时看见他们的。井台下面还有好几层台阶，大青石铺得坑坑洼洼很不规则，潮湿的苔藓长得很密实，差不多在各种鞋底的踩踏下已变成深深浅浅的草垫了，每一脚踏上去，水就会从脚底喷溅出来，发出噗叽噗叽的声音。奶奶很小心地斜着身子往下走，扎着黑色绑腿，穿尖口黑布小鞋的小脚扎到青石台阶上如锥子一样颤颤巍巍，围了两道铁箍的木桶便打秋千似的剧烈摇晃起来，如果不是大舅几乎蹿着步子跳上去，把扁担挪向自己厚实的肩膀，奶奶扭伤的腰会在夜里哼醒语诗的。奶奶攥紧语诗的手往家里走，与其说是攥，不如说抱更准确。太阳像蛋黄一样从西边一路抹着过来，蜻蜓开始贴着地面低低飞舞直到院墙外，发亮的翅膀晶莹泛光。墙头上露出成捆新捡拾的干树枝，还有落脚的几只麻雀一会儿上一会儿下地啄。瞅着扎堆似的在斜阳里游弋着的翅膀，语诗仰起脸望向奶奶，奶奶花白的头发一丝丝发着亮光，她便觉得眼睛也跟着亮起来，就笑了笑，奶奶也瞅她笑一下。

　　"她简直和咱娘一模一样，不会张嘴大声笑，不会抱怨，还有走路的姿势也一样。"父亲和母亲说起这话时脸上总是露着笑，就像他总说语诗吃饭从不挑食和他一样好养活。"就是性子不随和。"母亲慢悠悠补了一句，"咱娘跟谁都没红过脸，也听不到跟谁高过声儿。"母亲还没忘记语诗争花褂子的事，因为她后来跟姑姑娥儿说："这孩子让咱娘惯的了，姐妹几个就她跟谁也不一样。""一人一个样儿嘛，一龙生九子，九子还不同呢。"姑姑娥儿的话听不出的倾向性，娥儿的话通常都没有明显的倾向性，奶奶骂她"没长主心骨"大概就是这样吧。

"你爸把咱们户口都迁到城市了，从今往后咱们也吃皇粮了，你这身子骨会好起来的。"奶奶说着话，眼神跟着活泛起来。语诗问院子里栽有石榴树不，后院也有大枣树吗，蜻蜓也能飞满天吗，沙坑里也长满水浮萍吗。奶奶想了想说，好像那地方一年四季冷得紧，草长得没过人头，得骑牦牛赶集哩。"哦——"语诗不无担忧地说，"奶奶，要不咱们不去吧，还是叫他们走。""他们"指的是母亲和语文，还有刚出生的弟弟。奶奶手里的木梳一下一下梳语诗的长头发，半是自语半是说给语诗，说："那哪儿中啊，都办妥了，留下来也没咱的地了，吃啥呀？"好像轻叹了一声，轻叹之后把木梳停在空中愣了一回，想起什么似的笑了一声，说："小妮子家离了土坷垃不好吗？将来读书好了风刮不着雨洒不着，哪像你奶奶熬一辈子熬出个啥呀？俺小妮儿就是个读书的料，奶奶要享上你的福哩。"说着拿指头肚儿戳了语诗后脑勺一下，补了句："往后给奶奶两口热饭，也不白疼你一场。"说完又嘿嘿笑。

语诗知道坡他奶奶就这样给奶奶说过，还说："仨月看大，三岁看老，别看你二孙女身子骨弱，那可是个吃皇禄的态儿，有本事，有主心骨，你就等着享福吧——你看你老了老了还叫儿子弄成城里人，孙女又孝顺，看你命多好！"奶奶总是笑一下，叹一声："但愿有这命吧，谁知道还能不能等到……"奶奶早以为福分那是上辈子或者下辈子的事，她这辈子就是受苦来的，现在有人伸过来一只手，敲敲她的天灵盖，咂咂嘴说"看你命多好"，真是稀奇。她宁愿对此深信不疑，既然享儿子和孙女的福是人之常情。"唉，但愿有这命吧，城里人……咱家坟头上的蒿子该动了！"她有两次拿袖子擦额头上的汗，实际上却是飞快擦去一年到头泛着赤红色的眼角向外直流的眼泪。

语诗的心颤了一下。

奶奶的眼角总是不见好，语诗后来知道那是角膜炎，但当时村里的老中医怎么也治不好，奶奶的眼睛迎风就流泪，以至于眼角常有小口子张着嘴。小姨不喜欢吃奶奶做的饭，她说她见奶奶用大铁勺搅锅底时还拿手擦眼睛，她怕什么东西会落到锅里，不干净。小姨是背着语诗跟语文说的，她们通常背着她说很多体己话，比如奶奶偏心语诗，比如父亲寄回多少钱多少好东西，等等。那个时候语诗也上了村里的小学，语文刚升上二年级，小姨升初二。语诗是在下课去找语文借橡皮时听到那番话的。当时，小姨和语文就斜站在教室门口，小姨叮嘱语文时还不住咂嘴："那饭不能吃，真的，吃下肚要长……长钩虫哟，尾巴上打着勾，宝塔糖打……打都打不下来，一窝一窝生，猪娃儿似的，肚子里长得密密麻麻到处都是，哎哟哟，可瘆人啦，长顺他……他爹就是肠子……肠子拧劲儿疼死的——你瞅语诗，以前小脸儿黄蜡蜡的，俺琢磨着十有八九——"

她就那样叽里呱啦说个没完，越说越急，越急结巴得越厉害，语诗弄不明白她干吗不会慢腾些呢。慢腾腾说保不定就没了口吃毛病。

"长顺他爹得的是绞肠痧，俺以前肚里有虫，早打干净了，跟俺奶奶不相干！"语诗突然接上她的话大声说，然后看着她们像被电流猛打了的样子觉得非常解气，她们那一通疾风暴雨般的废话原来压根就像落到冰河里跛了三条腿的瘦狗。她目不转睛瞪着她们，然后，她将那曾经蜡黄眼下粉嫩粉嫩的小脸一扬，刮大风一样笑起来。

其实语诗已经气得像"嘭"一声炸开锅的爆米花，但她却冲着她的小姨和她的亲姐姐的脸拉长声儿大笑——这种神气的潜台词是，如果以前她们不明白何谓无地自容甚至无休止梦魇，那么语诗就要在此种劫难之上加之诸多轻蔑。反正小姨像一只剥落尽羽毛的秃尾巴鸟，摸着浑身的粗皮糙肉，在寒风里潦倒不堪。语文扳着语诗的肩膀摇晃，说："俺没说奶奶，谁都没说奶奶。"语诗瞪她的眼神像随时扑上去就能咬穿人家脖子一样凶狠，脸一绷，突然转身走开，嘟嘟囔囔说："奶奶不是你奶奶嘛，奶奶不是你奶奶嘛。"她知道语文暗地里也抱怨奶奶偏心，偏心自己，可母亲向着语文呀，小姨也向着语文呀，她们都说语文最懂事最善良干活最卖力气，其实他们不知道语文和她打起架来一点都不懂事不善良，真的不惜力气，几乎是手脚一齐上下左右毫不讲情分和招式地乱扑腾，仗着高她半个头和身体结实。打完架后语诗通常浑身酸疼，鼻孔淌血，嘴角淌血，脸上脖子上被指甲抓挠得血痕赫然。

语文威胁她："敢跟奶奶告状，俺逮条蛇搁你被窝里！""你敢！"语诗一脸的粉红猛地一下子成土黄色了，猝然站住……只有一两秒吧，或许更短。然后，她浑身哆嗦瞪住语文，拼命控制住自己，免得失声痛哭，但语文还是看到她紧绷的嘴角嚅动了几下，上唇狠狠咬住下唇。语文以为她会哭天抹泪去告状，但她没有。她从牙缝里撕扯出三个字：不告状。说完她就走了，转身的时候身体似乎在发抖。

半年前语诗肚子里差不多就像小姨说的那样，蛔虫们长得很快，很多，一绺一绺的相互纠结缠绕，她害怕，怕得什么也不能做不想做，哪儿也不去也去不了，吃饭、喝水、睡觉、解手，一概忍着，全忍着。她哪儿都不去，一天到晚只是把屁股死死压到小板凳上，后背紧紧靠住堂屋的山墙根，她怕屁股稍一挪离板凳的挤压，一肚子的虫子就会顺着裤腿连滚带爬吱吱哇哇往下飞跑。她之所以如此不肯吃东西，或想借此饿死那些胃口越来越大的虫子，虽然肚子疼得要命。她还拒绝吃宝塔糖，她见过虫子出来后半死不活或活蹦乱跳的样子，但这并没有什么用，肚子非但还疼且较之以前更甚。以致后来她很快消瘦到脱了人形，奶奶抱着她日夜啜泣。最后还是村里老中医救了她一命，一举歼灭了虫巢，他用的药品只有一样：砒霜。直至30年后，了解中医药理一二的语诗仍叹服老中医的医术高超得不可思议，甚至颇为诡异，更确切地说是叹服老中医的医术更多还是惊叹老中医的胆量更多，语诗已经不能计算清楚了。她惊讶的是，当时一没打B超二少CT透视，一个乡村先生何以算准了她肚子里有多少虫子，该吃下去多少剧毒药就能使虫子一条不漏地全面崩盘而不至于祸及人命。吃下砒霜后语诗一天天白胖起来，白胖后的她气色出奇地好，奶奶逢人就说："语诗越长出落得越齐整。"这以后，细长条形肉乎乎的软体动物诸如黄鳝、蛇、蚯蚓什么的，语诗是不能见的，见到那些东西她会从里到外不舒服，这是她的死穴，语文是知道的。

三

"语诗语诗,爸爸吐血了!"语文捏着话筒尖锐大叫。"吵啥吵,你吵啥吵!"父亲从躺椅上扭过头来,目光鞭子一样抽向语文,鲜红的血喷向电视屏、柜子、地板,而后散开分作或大或小不规则的形状。

语诗上气不接下气从单位往医院跑,父亲和他的轮椅正被推出CT室且嘴角凝结着血渍,语文以最易破解的表情告诉她,什么也别问。于是语诗望见母亲从走廊的另一头快速摇过来,手里提一个大号塑料袋,袋里装着塑料盆、卷纸以及毛巾牙膏之类的东西。语文说:"你陪妈推爸回病房,呼吸科72床,我取药。"说着并没有马上把轮椅交给语诗,而是直挺挺地站在父亲的后面,似乎还没完全说完需要说的话,或者那些是需要说的但还不能立刻说。然后,一甩头俯身像一枝花簌簌摇晃到父亲鼻子下面说:"病房有厕所,可亲的亲爹忍一会儿啊。""这孩子狗屁不通,滚吧——滚吧!"父亲想把右胳膊向上扬,试了几下最终没能抬起就无力垂下去,瞪语文的眼神一片黑灯瞎火。语文转身离开时似乎叹了一声。母亲哄着父亲说:"这孩子不会说话,咱别跟她一样,咱去病房厕所视察视察。"

父亲在他混沌的时候仍不容别人以待混沌人的方式说混沌话,语诗感慨,但她眼下的感慨较之吃惊已显得微不足道,所以她瞟了母亲一眼,发现母亲似也朝语文去的方向扫了一下,暗淡无光地一闪,然后像是默认了语文"不会说话"的说法,就像对一个熟悉不过的邻居发表了寻常的看法那样,又重复一声"视察视察",就扶住轮椅朝电梯走。谁也猜不出来,那暗淡无光的一闪究竟想到了什么。语诗读懂了语文笨拙的伎俩。母亲的敏感就像雪原上偶尔的一痕鸿爪,在爆冷之后赫然闪烁,并被日头的清光擦拭得更亮。她压根就不相信一点儿没有缝隙的天衣会存在。语诗不知道母亲是否仔细端详过语文掩饰时的惯常表情。随之,母亲又是一声叹气,似有似无,但是可以肯定，母亲在掩饰她的敏感，打十年前就一直掩饰，一个人生活在掩饰敏感中而没有发疯，说明她要么理智出格要么很固执。但母亲显然是另外一种组合：固执，多疑。

"我得回去伺候咱娘，咱娘可怜，可怜……"摩挲母亲只有皱纹的脸，父亲像个痴情得令人心疼的书生，邻床的那个眼底血红的愣头青却笑得像一条咳嗽的流浪狗。

语文姐妹时常将头凑一起低语，或在走廊的尽头，或到晾着床单的楼梯间，或在去灌开水的路上……母亲的眉头便从早到晚皱着。语文有一回看到母亲径直往医生办公室走，她尾随过去，到晚上和妹妹守夜时就愁肠百结，说："你看，我就说妈老疑心我们瞒着她什么，今天她自己去问主治大夫咱爸的病情。"语诗没说话。妈是有预感的，且不说她姐妹背地里鬼鬼祟祟交头接耳，就冲父亲那一大口鲜血，病情也不可能会轻，何况近些日子漱口时父亲常会噎得一口气提不上来，好几回吓得母女们面如土色，边敲背捶胸边呼天抢地直着声音喊叫。"大夫说咱爸肺上长几个水泡。"语文舒了一口气，"好在我跟大夫有言在先，人家能理解。"说完，望着睡熟张口呼吸的父亲又叹了一声："可怜的爸爸！"神情凄怆。语诗心想，等着吧，母亲是不会相信的。她知道那天语文并没有立即取药，她是躲起来哭去了，直至浑身酸软声音干裂这才排队取药。刚才在CT室里小刘医生盯住影像问她："你父亲得过什么病？"语文觉得他的问话充满了不祥之兆，这种不祥之兆来自眼前不确定的答案之外的众多疑问，于是她远远说起，从十年前说起，说到最初被诊断为右肾癌，医生断言三个月的生命存活期限，但化疗保守治疗半年后回家仍然健步如飞；说到两年前右腮腺切除手术的大夫技术如何高超，术中检验为初期癌症而医生按照中期进行了周边组织切除，数日后的切片检验证实了医生的前瞻性决断非常英明，随后有一个月的放疗；说到去年切除右肾囊肿几乎送了命，那些囊肿切下来差不多有小半脸盆的样子，肾脏便小得可怜。小刘医生保持了足够大的耐心听她叽叽咕咕说完，最后狠狠点了下头说："怪不得，看着就不像原发病灶，应该是从哪里来的。"很快，小刘医生就给出了初诊结果："双肺叶多发性转移瘤。"

检查结果没有给母亲看，母亲从来也不要求看，十年前就是这样。……她究竟是觉得大家共守一个秘密而她并不在其中，还是明了不给她说或不能说的艰难？或者她就是想让自己的希望延续得更长久一些，哪怕这个期限可能突然肝肠寸断而无可捡拾。但她心里必然上百次断定这是个秘密，这个秘密的核心该是何等不寒而栗！她宁愿不知道这样的核心，宁愿阅读每一个守秘者的表情和他们神秘的暗号。

但这次语诗显然是对的，因为第二天查完房后母亲征询着她的两个女儿："要不给你爸转肿瘤科吧？"她的大女儿可能猝不及防，因为她给父亲喂药的手突然停到空中，目不转睛朝她妹妹明明白白地抓过去，说："行吗……不见得行啊……问问大夫？"语诗理也不理她的抓挠，望着她母亲一字一顿说："又不是肿瘤，没必要再折腾病人。"她把"折腾"两个字咬得很清楚，很清楚地甩出来她的反感。她觉得她的母亲一直按自己的想法指挥病人指挥家人，甚至指挥医生们制订治疗方案，她一直在说父亲的脑子还会恢复，父亲还是能健步如飞，只要一遍一遍地把父亲送进医院，一遍一遍送到医生手里，医院总会有办法的。她打电话告诉儿子："哪怕砸锅卖铁也要给你爸治病，治病。"打电话叫回出嫁的女儿："都回来吧。"大女儿的女儿马上高考，二女儿的女儿明年高考，但没用，出了钱的没时间得赔时间，有时间没出钱的还得赔时间，她会安排外孙女们说："小孩子都是女婿家的人，姓别人的姓氏，他们肯定会管的。"

通常这种时候语诗都会沉默，她是军人，军人不能像语文那样自由来去，她想找护工，但母亲反对得毫无余地，说不找，谁来都不如自己的孩子照顾得贴心贴肺。她宁可找亲戚，但亲戚往往一月半月就飞快离开，她还得赔着笑好吃好喝好用前后伺候，送路费，送护理费，送东送西，算下来比请护工贵多了，还不说要承人家人情，不好意思让亲戚帮家务，她发现自己更累了。后来干脆亲戚也不叫了，可能再也叫不来了，他们会在他们有事的时候无处不在，可在你有事的时候就会杳如黄鹤。

语文后来责怪语诗不该那样说话，说母亲不容易，说母亲伺候奶奶那会儿就她一个人，不也好好给奶奶送了终？那会儿大伯到奶奶房门口站一站就走，姑姑娥儿又心不在焉，要不是母亲孝顺，奶奶早就不在了。

语诗知道这种话无可反驳，她想她要是奶奶一准不会让孩子们破釜沉舟地守她，虽然希望很多像母亲那样的孩子伺候她并端屎端尿日夜待候在病榻前，可她知道那样是不晓事的，孩子们不能纯粹得像游侠那样东游西逛，用不着考虑工作考虑下一代教育考虑金钱，只要略一张嘴，一切都可以掌控。她知道孩子们挣扎得艰难，放下一切蜂拥而来与病人同憔悴共愁苦，这样的孝她会不安的，她不愿孩子们像她以前那样苦不堪言。这些苦不堪言孩子们不能说，一出口就是逆子，天大的逆子，但她心里透亮！

坡长到22岁还说不下一房媳妇是因了他奶奶的病，奶奶说坡他奶奶见天只想着治她的病，治了五年越治越重，直到亲戚们再也不肯借她钱了，她就卖了那两间破草房，还有他儿子的一头耕牛，家里只要有物什卖得出几角钱，她都会拿出去。后来再也没有东西卖了，她就望着儿女们哭天抹泪，说："给钱哪给钱哪，要看着你娘死啊，白生了你们，喂头猪也能卖出钱来。"坡说："都没钱了，能卖的都卖了。"坡他奶奶捶腿顿足，骂他没良心："拉棍要饭的也有人可怜，我连他们都不如了。"奶奶是看着她没了的，死的时候家里报丧的人连做样子号两声都号不出来。奶奶常说坡他奶奶不晓事，不该这样，死了连个念想都没有留下。

语诗很多时候觉得母亲并不理解人，这样说也许有失公允，但母亲说起"理解"二字，理论上头头是道，甚至见解不无深刻，但真要照她这种"理解"模式去做，立刻就会发现，一切都不是那么回事。也许，母亲也很矛盾吧，或者很孤独很害怕吧，语诗想，她自己也一样矛盾，因为她往往发现有母亲的日子可以当当孩子，而不是别人给她当孩子，她更愿意享受当孩子的感觉。这种感觉有时候也很不舒服，比如明明不堪重负而被迫负重，最后总是弄得腰酸脖子疼痛，母亲就会说，权当锻炼锻炼嘛，别恁娇气。语诗就开始气不打一处来，经常会气呼呼不说话，偶然也会回嘴说，都老胳膊老腿儿快解甲归田了，锻炼哪门子啊锻炼！母亲肯定不高兴，这种话听了谁都会不高兴！所以语诗常常觉得和母亲压根无法交流。

住进医院一周多，主治医生拿不出有效的治疗方案，甚至不再开药了，每天输液瓶里吊的都是营养药，父亲虚弱得再也不能接受化疗。近几天语文其实一直在权衡，要不要告诉母亲真相，什么时间才合适，医生说父亲也就三四个月光景，最长不过半年，没有治疗的必要了。这样的宣判冷酷且现实，失去父亲且永远失去，她早有准备，她想她十年前已经天塌地陷过了，她和她的妹妹弟弟们的泪流过了十年。她母亲并没有做精神上必要的准备，就像摇曳在月朗风清里的荷花，遇到疾风暴雨便立刻花容无色、哀鸿遍野，竟已不堪入目了，至于会发生什么事情用不着想象。谁来说，如何说，说到什么程度？语文找语诗商量时好像吃了黄连。语诗想都没想或者早就想好了方案，立刻说："让大夫去说吧，没什么遮遮掩掩的，清楚、直白、冷静，这方面他们是特长生。"大概语诗说这话时不该有的利索让语文感觉到了不爽，就皱了眉头，慢条斯理说："好吗？不好吧，妈会受不了的。""真相无情，谎话是麻药。"语诗说得啃黄瓜一样。

语诗这样的方案语文深以为然，她就是下不了决心，她知道她遇事远没有妹妹冷静，而这样的冷静在她看来近乎冷酷。母亲背后常念叨，说语诗和她从不碎碎念地唠东叨西，或像语文那样知冷知热得近乎婆婆妈妈，她喜欢这样的婆婆妈妈的感觉，她宁可语诗给钱给物比拉家常的时候少很多，只要能听她碎碎念或念经似的倒倒苦水哭诉委屈说说心里话——诸如父亲不会嘘寒问暖似她这般月貌花容枉付与锅台烟熏，诸如她聪明能干如勤劳的母鸡但凡有工作一定干得风生水起，诸如……但语诗的心总和她隔着一层，那也许是一层薄雾，也许是心包膜。语文觉得她看不懂妹妹的时候总是很多，她那些不言不语或突然的谈天说地究竟哪个离心距离更近一些？那么大的人了，还能于稠人广众中坐父亲的腿上，神情安然出一脸的嬉笑和烂漫，她不记得她几时有这样的神情面向母亲，她回答母亲的问话时掩饰不住的敷衍、不耐烦较之沉默或严肃庄重应该更为真实。从什么时候开始，语诗的眼神冷得像开在坟头上的青得发着白颜色的花一样，语文的记忆已经模糊不清，渐趋无痕。

表叔打语诗电话的频率这几天接近整点报时。语文说母亲已经不大接他的电话了，他老提在奶奶坟边建房子的事情，他给大家挨个打，老弟不胜其烦，已将他列入黑名单。说完，语文叹了一声："心是好心，就是……"语诗问："建什么房子，他没提啊，他就是说父亲的病重，该把有些事提前预备了。"语文说："他知道你的脾气……他以为妈给你说了……其实他早提议父亲百年之后的房子……"

"房子？妈还住呢，跟他什么相干？"语诗冷笑一声，"这些人……想什么呢！"语文说："不是那样，父亲总是提回老家伺候奶奶的话，母亲也想百年后叶落归根，不想爬烟囱走。表叔就认真了，他认真负责得像接到委任状一样跑大伯家好几趟，说好了在奶奶坟边建几间房子，那些房子用于我们以后回去拜祭暂住。父母百年后埋到爷爷奶奶坟边——那块地属大伯家的，所以不妨事。至于平时，房子由大伯家随便一个没房子的孩子住进去，一看房子二看坟。"

"住房子的都有了，赶紧盖呀，还等什么！"语诗突然一笑。语文一时没回过神来，喊了声说："且不说到底那房子盖得有无必要的话，这些钱可不是小数字，父亲的病要花费多少，还要花多少花到什么程度谁知道啊，老家的人没一个分担哪怕一分一厘，还不都得我们出？当我们家有比尔·盖茨？这是其一。占用的地该给大伯补贴多少，补贴到什么时候怎么补贴，这是个无底洞。土葬压根不能大鸣大放去做，到时候招摇得人人皆知，这事一告一个准，政府有明文规定的，这是其二。父亲将来是回去等着那一天还是那天之后再回去？前者我们不能做，后者的麻烦更大，飞机不许载火车不让上租车没人拉……这个表叔，真是……"

"都知道啊！"语诗懒洋洋地摆弄她的杯子，不再说话。她低头凝视，这是一个泛着青光的白色细瓷杯子，衬在她柔荑一样的手上，宛若正在散落的槐花，精细、纯粹、遥远。有一瞬间，她神情落寞几近忧伤，但很快慢慢直起身子说："姐，坟有了，我们还有爸，是吧？"语文一愣，很快意会过来，泪流满面。语诗想到了奶奶的坟以及坟上的槐树。大伯家的老二电话里说："村里的宅基地划过了生产队原来的菜园。菜园上建了新房，连那些番茄地和种西瓜、烟叶的好几亩地都人声鼎沸得打鸡骂鸭了。奶奶的坟被南、北和东面的人家包围，两棵槐树即使不能合抱也差不多可以盛夏纳凉了——要不是长在坟上。"语诗突然被悲凉击得粉身碎骨，过了很久才"哦"一声，觉得自己像唱了无数遍招魂曲以后终于回归肉身的魂魄一样，在哀号声中立足不稳少不得飘飘荡荡。她想到这个比喻时先想到了奶奶的坟以及父亲的叶落归根，那些院落早已没有了，那株石榴树和房后那棵歪脖大枣树在卖给人家时被砍作他用了，院外几棵曾经开着一树一树青白色小花的槐树，也在未能成为大材时作为房屋檩条或者檩条以外的材料卖了，大伯的气管拉着穿堂风样的呼啸说："没卖好价钱，那种树……"语诗知道事情不是那回事，大舅说他找人谈好了更高的价出售房子连同树木，大伯怪他外姓人多管闲事，上门吵了一架后，奶奶的房子和树木就以挥泪大甩卖的方式换了主子。钱到父亲手里时，母亲哭了一场。

　　表叔的电话再一次给语诗整点报时，语诗说："您年纪大了，这种事，心操不了，我们做儿女的，会考虑的。"表叔长长地"哦"了声，用像四狗那样哑的声音说："那就好，你们放心，这事没问题，俺跟你伯说妥了，料一备好转眼就开工，泥瓦匠现成有，费不了几个钱。""那就好。"语诗学着他的口气说，"这事您和伯办，又不是外人，哪有办不好的？那你们受累了，就备料盖吧，手里有几个钱就掂量着用，我爸用钱多，也周转不来贴补你们。""啊？"语诗听到电话里踢里踏拉刮擦着电磁波的回声时有一秒钟的冷笑，一秒钟之后声音像劈了叉似的说："表叔，那就这样吧，我得赶紧去医院，人手倒不开啊，谢谢您啊，挂了啊。"手机随着手臂划出一道优美的弧线，被放到病床右边的柜子上。父亲还在嘟囔着："我得回去伺候你奶奶，可怜。"语诗把父亲的手拽到脸颊轻轻叹，她都听得到自己沉积在身体某个角落的悲伤发出咣当咣当的声音："爸，您想奶奶了，我也想！"她想大声哭出来，眼泪冲出约束之后原本顺流而下，谁知发现嘴角突然鼓起来包住下唇成沧海桑田之势，便只好临时改道，却依旧溃不成军。语诗发现"想奶奶"三个字是心中不可轻易发出声的词汇,它精细、纯粹,不可触碰。

语诗几天后仍不能理解,久不肯说话久不睁眼视物的父亲突然开口,说:"槐树,槐树开花。"含混,但很坚定。那个愣头青从洗手间稀里哗啦一阵出来笑得哏儿哏儿响,说:"从你家老爷子一住进来,我就知道那病是没法治了,不是道鬼就是说槐,俩字都是鬼啊——这是墓地啊,怪瘆人的。"语诗瞅他一眼,他便觉得他在那对瞳仁里立刻印出流浪狗的样子,就有些气恼,想说你谁啊谁啊,话还在东拉西扯组合中,那个头发整齐得跟栽培技术十分优良的树种一样的头一昂,甩刀子般亮出刀锋,一下一下画出几个字:"这——是——墓地。""是"字画得狠狠的,几乎听到血流的声音。她接着说:"能自己走着出去就是人,否则,都叫鬼,或者半人半鬼,跟傀字一样,是人是鬼到最后都需要墓地或者骨灰盒!""啊——"愣头青说不出话了,或者,他没能想出来拿什么话回敬那个带刀女侍卫更有力而不至于再受重创!到晚上的时候,愣头青朝老是磨牙不好好睡觉的父亲说:"睡吧,老爷子,睡着就看得到槐树开花了。"父亲像没听到一样用心磨牙,磨得吱扭吱扭,然后突然咳嗽一声,被他的俩女儿半抱着折起身时,他的脸涨成了紫红色,吐出两口痰后就急促喘气,呼噜呼噜的,像扛两根椽子过河。

当兵前他真的扛着两根椽子过河去集市上卖,也就是那次,他的一只脚让河底的石头绊了一下,石头没能绊倒他,但一下子从肩上滑下来的椽子重重砸向他的胳膊,他"哎"一声就蜷缩到没膝的河水里。后来,邻村过河的认出了他,等大伯找了人救出他来时,他已在水里战栗了几乎三个小时。要不是年轻,要不是武装部的人好心,他断过茬的胳膊根本无法通过体检顺利当兵,现在他应该还在那个槐树院里摘着石榴、打着大红枣,或者呼噜呼噜吸着用报纸或者粗纸卷成的草烟,还有可能是水烟。他不会到海拔这么高的地方当兵,不会支边有那个接近铀接近测量计量的特殊工作,那个工作让他吃了太多的射线,他甚至为了多挣几十元钱的劳保冒险吃了更多的射线。那些射线蛰伏进身体里像蛇一样在冬眠期后喷着毒汁四处流窜,先攻击肾脏,折向胰腺,现在又迅速转战肺部,不知道下一个作战方案会指向哪里疯狂扫荡。他蹲在雪山背阴处，活像飞不动的老鹰气息奄奄，粗粝的大风挥着鞭子相当粗暴地抽过来，可怜的父亲连眼睛里的木讷都行将尽失，他已经疲惫不堪，他已经搞不清楚正放弃着的自卫或者闪避，只是本能地挪动一点儿以期保护，但没有什么能够保护他，他便在四面旋转的寒流夹击下跳动着瞳孔里最后一点光。

"可怜的父亲，谁来救他！"语诗呻吟一声，泪水突然大颗大颗夺路奔跑。

要不是那个人唱歌，要不是那个人的歌唱得深情，父亲是不会突然想走几步，走得前心后背湿漉漉的，语文在给他擦背时他还一个劲儿说："好听，好听，好听……"

母亲吃完晚饭刚走，海儿的电话撂下不长时间，语诗去楼下取药回来，就在这当儿，66 床，对，就是 66 床——67 床还有两天就出院，近几天输完液睡一个下午觉就回家了——就是那个瘦小但说起话来就笑得满口白牙的白净男人，吐字总是 h 和 f、n 和 l 分不大清的中年男人，一个人在轻声哼歌，病房门虚掩着。不久，歌声顺着楼道取道 68-69、70-71，直奔 72。那是一首老歌，老军歌《小白杨》。也许病房不该有这样的喜悦，也许喜悦不该是唱这首歌时应有的感情，也许白净男人的歌喉不会宽厚成一池水，开满莲花的一池水。父亲睁了眼，还左右晃了晃脖子，大概躺得太久了，一动不动地躺得太久了——以前还会自己翻身调整睡姿，现在已经不会了。亏得愣头青没心没肺的笑提醒了两姐妹，他说："这歌太老了，老掉牙了。"两人突然意识到，父亲会为这歌声活动一下腿脚。

事实上父亲是被两姐妹半抱半推着蹭着地板行动的，中间仅隔两间病房，他们走了差不多 20 分钟。接下来的半小时对他对歌者来说都意义非常，他们都相信——主要是歌者，72 床用一种呆滞的神情听着他的两个泣不成声的女儿的没有节拍的掌声，说明他赠给了他们多么大的喜悦，这种无与伦比的善良唱暖了这个老兵心里清冷着的槐树，以及槐树记忆里冰冷的人。

父亲听歌的神情，像一株槐树，有云一样的白……

那塘水

一

表妹水灵让我吓一大跳,是在那一年的夏天,老父亲催我好歹回老家一趟的那年夏天。患老年综合性痴呆症的老父说第三次的时候我就知道非去不可了。

"你还是得去,带着你姑姑家表妹一起去,穿上军装。"爸爸嘴里含含混混,眼睛并不看我,挥着还算灵便的右手,满屋奔走的阳光到下午这个时候都蹦蹦跳跳起来,像爸爸的记忆。爸爸其实想说让我去看看姑姑和她的女儿,可他开始萎缩的大脑绕不了那么多弯弯,但心里一定是清楚的,妈妈和我都这样以为。

妈妈坐在爸爸面前,把一双手搁在爸爸的左手和左手臂上来来回回地揉搓,爸爸的手便如妈妈一年到头用的齿槽几乎不再起伏的搓板一样,当然,这样的搓板早在我们离开老家四五年后就不见了——爸爸那只手最近稍一触碰就喊疼,脑血栓运行的轨道真的无法改变。妈妈的眼睛被强光挤成三角形状了。其实这样说不完全正确,妈妈的眼睛早年当然不会是三角形,据说她年轻时在她们村里是数得着的俊俏闺女,眼睛又大又圆,像村东头那池水塘,一年到头莹莹亮着,晃晕了村里的小伙子,奇怪的是没一个人敢造次。记得我9岁前那池水塘里的莲花开得最盛，塘里的水也比村西头那池水塘清洌，虽然村西水塘在夏天里一天到晚更像煮开了的锅呲呲腾着热气，男男女女挤破了头似的把自己像饺子一样整个撂进去涮涮搓搓再稀里哗啦爬上岸，那塘水也就和饺子汤差不多稠了。村东的水塘却像千年修炼千年孤独的洞窟，幽冷且寂然。

当然，9岁后我就离开了那片水塘和水塘里的荷花，妈妈生了我们四个姐妹一个弟弟后，眼神就不再清洌不再莹莹亮了，也没有一个女儿的眼睛像她以前那么好看，更不用说老弟了，他那双眼像爸爸，只能聚光的那种。

"那是老坑，锅底坑，有年头了。"妈妈有一回说，"跟一口大铁锅一样的底儿，能把人的魂儿吸进去。"

说这话时妈妈瞅着我，就像现在替爸爸瞅着我一样。我还是把到嘴边儿的话咕噜噜踢回去了。我知道妈妈瞅一会儿准会说："听你爸的话，回老家看看，穿军装。"妈妈说话向来说一句是一句，只给终极决定，不听建议。

我想说单位离不开，工作离不开，好多事儿都叠加在一起，忙得喘不过气更加离不开，何况路上穿军装不方便，单位也要求节假日尽量着便装。

最终没有说出来也就不用再说出来了，这些年我早就学会了隐忍，隐忍就是一言不发，就是把自己蜷曲成初始化状态。父母面前一万个理由都不是理由。

我不再说出来还有一个理由，爸爸脑子不再好使后，女儿女婿们差不多成了云山雾树，"老家"二字似乎是永远不能格式化的文件，是那种加了密的文件。还有一个人也是加了密的。

"带加加一起去吧，他放着假。"妈妈又甩过来一个加密文件。加加是八岁的小侄子，他和他妈妈小丽一直住在家里啃老。弟弟的工作像极了云游四方的僧人，一年到头不归巢，不归巢的弟弟没有办法像别的男人那样把老婆孩子伺候得像花儿一样幸福，但这种幸福一点儿没少，甚或更多，那是爸爸妈妈一起爱岗敬业的业绩，直到爸爸住院治病，加加和他妈妈才清醒地认识到自己本来就不该是花儿。清醒后的加加妈带着加加住回到自己的家里。

"算了吧,他妈妈见天闲得学鸟叫,又没有工作——"我的回应显然太急了,在以后的十天里我后悔得揪头发,大把大把地揪。妈妈说:"那你把小丽也带上吧,省得你弟弟闹心。"

"为了不让弟弟闹心,那就让姐姐闹心吧。"小丽是弟媳妇,这句话我无论如何都不敢出口。山还没开始爬,背上就压了一口锅。

再不情愿,还是三个人一起上的火车,只不过我那一身戎装离开妈妈的视线后就改成一身红装,我不想惹眼。"穿军装多精神啊!二姐,我们想穿,有钱没处买去。"小丽摸着那对耳环,表情怪异。"这就叫身在福中不知福。"我漫应着。她还不算太笨,听着话里的话,眨巴眨巴那双瞳仁永远睁不圆、焦距老是调不精确的眼睛,转头和加加嬉闹,她似乎总是没心没肺的样子,其实我知道她的心计并不比谁少,跟着父母混吃混喝还不算,蹭几个大姑子也不含糊,谁都没办法。

"二姐,咱谁也不认得,咋找啊?"怎么说都不算排列合理的五官被小丽拧得更为分崩离析。下火车转汽车,一直到现在站到乡陌小道上,小丽大概感觉到这次的蹭游可能不会跟以前无数次的蹭游一样心花怒放其乐无穷。就在她们身后几步远的地方蹲着一座破旧庙宇,像耗尽了所有力气不知姓甚名谁的荒村僻店的老人,披头散发,满脸皱纹,奄奄一息。傍晚的太阳像发着臭气的蛋黄满地打滚,我忽然生出了一种悲凉,悲凉感来自奶奶,照片都已久远得灰黄的奶奶,早在我上高中前就不再在冬日里让我抱着她冰凉的三寸金莲睡觉,她去另一个世界找我从没见过面的爷爷了。奶奶患的是食道癌,听妈妈说她到最后连一滴水都咽不下去了,活活饿啊疼啊,最后在被折磨成一把骨头架子的时候吐尽了最后一口气。那时我正远在一个叫221的地方心游万仞读着书,心里平静得只想着每天的饭大姐再也不要煮红萝卜了,那是难吃得让人连说上几句冷嘲热讽的话都没有心绪的食物。红萝卜能减肥,吃得越多越好。大姐总能利用我们的无知,以及生活并不怎么样却噜噜噜将肥嘟嘟的肉长得满身都是,梦想着一夜之间苗条得像邻居家姓詹的阿姨一样的想法。于是,红萝卜成了大姐最善意的欺骗，一直到父母从这里奔丧回去。所以奶奶去世我连一滴眼泪都没有掉，我比小丽更没心没肺。后来妈妈告诉我，奶奶在回光返照时，留在世上的最后一句话竟是关于我的，她交代妈妈说别难为老二，她性子倔。即使那句话，仍不能使我鼻子哪怕酸那么一酸。

"二姑，二姑！"加加惊恐万状瞪着我，我的表情可能吓坏了他，他以为一向坚不可摧的二姑也像他一样不知在天黑下来前该往哪里去。这让人觉得强大真的很累，我也是个女人啊，我抹了一把泪水。

"小兔兔！"加加突然发现了从破庙里蹿出去的一条小灰影子，人便像兔子一样离开小路。"傻孩子回来！"小丽丢下手里的拉杆箱惊慌失措追过去，我说："我进庙里等你们，快点回来，天黑前还要丈量几里路，没车。"我不知道小丽听见了不曾，拖起她的拉杆箱进破庙。加加已经8岁了，跟着老人和他妈妈长大，总像没有断奶的样子。我隆重警告多次："你的父亲影响力再不介入进来，你将来不是娶儿媳妇，是嫁儿子。""没办法。"弟弟叹气的样子一直没有创意，"没办法，他生的啥样子我掌控不了，他长成啥样子也随大家便。"叹气后的话还是像机关干部刚练习队列新加的第四种步伐时一样，刹那间就能攫住人的笑的能力。

庙里的佛龛跟远远望它一样不甚齐整。屋内仅有供桌一张，烂草蒲团三片，遍地蛛网鼠粪，一无可坐之处。推开后门，庙后居然另有一番天地：有小小一片干干净净白地，像三五天前有人打理过似的；半池横塘水环着老藤半架，星星点点雾一样开着小花，有白有紫，还有几片黄颜色的，旁边斜出的两株石榴，上挂几粒小小红石榴，石榴树下有两张石凳，飞落薄薄的灰尘，两三朵石榴花在灰尘里，像刚被风碰下来，火红火红的不见消瘦。料不到这个去处还有野趣儿，我颇为吃惊，记不得童年几时到过这里，只知道9岁离开时大人们说姑姑嫁在庙西，日子过得不错。奶奶就生一个姑娘，听妈妈说奶奶生命走进倒计时的那段日子，姑姑压根不能到奶奶跟前，部分原因或是病痛影响吧。用爸爸的话说是姑姑心眼儿实不活泛。但妈妈说姑姑是惦记她后河里的花生该刨了却只能荒在地里。姑姑打小儿就胆子小，奶奶瘦成骷髅的样子在黑夜的灯影儿里着实可怖，可怖的奶奶有大把的时间睡不着觉,姑姑有大把的时间因为奶奶的可怖睡不着觉,头发开始大把大把掉,行动也越来越不活泛,话也越来越不会说了,最后姑姑是被奶奶骂走的,骂走的十天后奶奶就再也骂不出声儿了,在一个黑夜里走了。"走的时候咯噔咯噔的,跟她没病时候的样子一模一样。"妈妈说。

"走路的姿势一个样子,你跟你奶奶。"父母总喜欢看我转身走开的背影,然后找机会再告诉我,"看着很有劲儿,咯噔咯噔的,天生当兵的料儿,不像其他孩子多少都有些内外八字。"我知道这些,我和奶奶在一张床上睡,直到我 14 岁,10 岁前我蜷伏到奶奶的怀里,后来就睡,用脚头替奶奶暖脚,奶奶的脚像一件古董。遇到村里有红白喜事,奶奶也只带我一个人,韭菜汪着青绿,我下筷子很快。那个时候我总不能抬头,我知道奶奶瞪过来的眼神像一孔黑洞。奶奶总说:"你打小身子就弱,多吃肉才不会长不过其他人。"那时谁家里蒸一个白面馍馍,我会牙龈得比白面馍馍还要白地慢慢咬完一条街的目光,才算结束。我吃肉自然是妄想了。

奶奶死了,我应该哭,可我那时始终没有哭过。

我应该还是会哭的吧,在像山逼过来的蓝色阴影里,我打量着正在啃草的几只野兔,突然想起好一阵子没见小丽和加加了,她们会不会跑迷路了啊。

二

水灵的出现就是吓人来的,但当时我不知道她就是水灵,她长相风云突变,叫人记不得小时候那个拖着长长鼻涕、小脸皱得粗砂纸一样的好哭妹。她是在我踮脚从石榴树梢远望的时候出现的,那时我在薄暮里焦急等小丽和加加的样子,像一只发着叽叽叫声四处觅食的瘦老鼠。

"这是谁家的俊妮儿,又不参禅又不打坐,眼看天儿快黑下来了,等孤魂野鬼出来拉去做媳妇不成?到俺家里喝个茶啥的吧。"像炸雷滚过一样的豫西口音，吓得我脑后勺差不多要咬牙切齿起来，还当是四十多岁的村里大嫂，才练成这种穿透力极强的原生态调门。她大概才瞟见我的行李，大叫一声，喊着："乖乖，还是外乡客啊，这是谁家的客啊，咋没来个人接去啊？"我彻底被她的大嗓门儿搞得像猛然撬开的啤酒瓶一样，想着怕是疯人院跑出来的吧，训练场上千人的口令也不过如此，以为谁喊不出来咋？我就喊给大嫂你看看。这样想的时候，丹田里的气流争先恐后的，我剜过去一眼。也就剜了一眼，我无法不笑出声来。我知道我笑得很不得体，但我就是忍不住。我不是笑那个挑一副木箱子的壮汉，他看样子也就一站大脚的，这会儿歇了担子蹲一旁。我不知道拥有炸雷那种调门的居然是一个很年轻的女孩儿，看上去也就二十岁左右，长得还不错，甚至可以说蛮漂亮的那种。

她好像也愣怔了一下，押了押衣角，那是一件质地看上去和主人差不多的白色泡泡衫，下摆一圈儿同色蕾丝边，人显得月塘荷叶似的，轻轻拍一拍，都会滴答出水珠来。我说："小妹妹谢谢啦，我等两个人，不敢就走。"那女孩儿点着头说："这样啊，那是要等的。俺家反正也不远了，陪你等吧。"我说："我们又不认识，谁也不欠谁，用不着这样的。"女孩儿笑了一下，说声"一时半晌也不打紧"，就一屁股在我对面坐下。站大脚的不耐烦起来，说回去还要走夜路。女孩儿敛了笑瞪起眼睛喊："咋了咋了，都是热络络邻村熟脸儿，俺娘跟婶子搭伴儿赶庙会来着，劳动你个力气好意思撂挑子啊叔。"壮汉也笑了，说："俺回去得赶夜路啊。"叭，女孩儿扔他怀里半盒烟说："赶夜路咋了，又不是上京赶考立等着中状元去，急哪门子啊。叔你抽根烟别急，谁家里没个难事儿，俺陪姐姐坐一会儿你就吵吵，越老越不待见人哪。"壮汉嘴笨说不过，索性寻块平展的白地盘腿坐着过过烟瘾。

那女孩子一口一个姐姐嘴巴很甜，问："姐姐这是到哪儿去？"我告诉她走个亲戚，不想天晚了。那女孩子笑道："方圆百里没有俺不识得的，任他是谁，姐姐只要说出个姓甚名谁，俺一准带着你找到他门里头。"这样的人真是少见了，我心里很是纳闷，说话高声吆气的，心眼儿怎会这样实。女孩儿的眼睛忽闪得像一把扫帚，这样的眼睛会说话，我心里搜索这样一双眼睛在哪里见过，不然不会这样熟悉，望一眼根本就没法忽略。

她好像忽然想起什么，说："姐是城里人，城里人喝墨水多，那些琴哪书哪都解得明白，不比俺外头看着像个人，没念几年书，想念经都念不得。"她说这话的时候眼神突然空空荡荡，就像枪声密集的靶场突然一片死寂。我不知道她的一片死寂究竟为什么，也不想猜度，我只尽量把目光撕扯橡皮筋一样抻得老长老长，长得足以把那对母子的疯狂捆得皮开肉绽。也不看看什么地方，也不看看什么时间，那只该死的兔子有什么好，加加少不更事就算了，你小丽30出头的成熟女人也装得了嫩啊？女人一旦想装嫩，那真是不再嫩了。眼前这个女孩儿，嫩得掐出水儿来，人家压根就不用装。小丽瘦过黑过就不记得她还嫩过，当年在弟弟见过面的女孩子里面，她是最不起眼的，她最终能成为我的弟媳妇是因为爸爸的坚持，爸爸一直说她长得不错不错很不错。我们都知道爸爸的眼里谁都不错，只要五官别错位得太离谱了，哪怕没什么能力没什么学历没像样儿的工作也是不错，有家族遗传性白发或者总也睁不圆的眼睛，也可以不错，就像小丽一样。

"姐的亲戚是谁啊？"女孩儿不再沉默。

我说："找姑姑。"那女孩儿把腿一拍，大笑一声说："可好了可好了，可是法号了空的姑子？这真是大水冲了龙王庙，咋不早说哩？她就在前头庵里修行，跟俺是换帖儿姐妹，常来常往的。俺俩还有个朋友叫水翠的，跟俺一个排行，平常她不大在家，好弄个棍棒啥的，明儿是她生日，俺正约了空师父会一处，明天一起去凑热闹哩。"我笑出声来说："不是姑子是姑姑。"女孩儿好像没听见，只管问："姐姐咋称呼？"我问她说："妹妹咋称呼？"女孩儿仰了仰脸，笑嘻嘻说："爹娘吃了没文化亏了，给我起名儿也图那个，指望俺学个闺女样儿，念念书上个大学，俺哪是那块料？说来笑死人，还想靠着俺光耀门楣哩，要俺学学亲戚家的孩子们不当泥腿子，给俺起名都学人家水翠妈。可她们——已经没了，俺成了独苗。"我从不曾见过如此心无芥蒂的人，不禁望着她纳闷，想想自己什么时候也曾天真过烂漫过心无芥蒂过。应该是有这个时候的,只是在什么时候不经意把天真丢到什么地方去了。上小学时肯定是有的,中学里跟男生还打过架,敢和男生打架的女生应该可爱得一塌糊涂吧?大学时想象白马或者黑马一类的王子不知从哪里来,但肯定会带我到幸福世界直到天荒地老永不分离,最差也有个萧史一样的吹箫男引来传说中的凤凰,驮着我呼啸而去,而我也像当年的弄玉决绝得和任何人都不辞而别。之后呢,再之后呢,我不是一天一天很不一样的风光嘛,我不是把自己抽得像陀螺一样全速运转嘛,没有时间停下来问问自己,自己还可爱吗,还很女人吗?我又开始头疼起来。

她伸手往来处遥点一下,说:"俺家离这儿八九里地,山窝窝里头,苏家湾,住着三四十户人家。姐姐到亲戚家后去俺家玩几天,俺给你杀鸡宰羊温酒招待。"

到底她没说出自己名姓,我不知道她是故意的还是话说得鱼跃龙门一样挂一漏万了,总之我不再问,名字也就是一符号,知道了能怎样,不知道了又如何。

天等黑了还等不到他们母子,我心里像长草一样不安起来,就想着他们是不是一脚踩空了什么洞啊穴的,或者让人抢去做了压寨夫人了?她那个长相精雕细刻了扔到人群里让巨齿耙子搂都搂不着的,只是为什么连手机都不打一个。手机拨打出去,一首弱智得一塌糊涂的曲子打她背囊里"嘭"出,我头上"噌噌"冒着鬼火:手机都往背囊扔,真是笨家伙!

"麻烦你替我看看包,一会儿就回来。"我除了托付两个萍水相逢且可能在我离开后溜之乎也的本乡人之外别无选择,我总不能拖着几个箱子在黑夜里飞舞吧。

四野黑乎乎一片,到哪里去寻?她站起说:"姐姐是外乡人,人找不来,连自己也丢了。不如先回庵堂歇歇脚,回头俺叔送了东西回来再等。"

这话肯定是实在话。她也是个聪明的女子。我当然得说诸如"扰搅你们,这千万使不得!"之类的话。何况我也看出那被她喊作叔的男人拿眼剜一次又一次,一次比一次狠且黯然直至默然不语。谦让的结果是她和她叔拖起箱子我拎手提包踩着暮霭仔细绕了一两个土坡，最后摸到一处庙宇的门，那门上的红漆像年老色衰久了又长起老年斑的一张脸。一个小尼姑挑着风灯出来开门，恍若回到了唐朝，我在光影儿里望见起脊的殿堂和影影绰绰的飞檐，嗅得到淡远得面目模糊的唐朝匠人们汗水的味道。女孩儿一头笑着说："你父天一擦黑就上门，禅也不打了，经也不念了，留着精神头学鬼叫吗？"一头去前面引路。小尼姑笑道："苏施主说笑呢，师父打坐三个时辰了。"就叫那壮汉在门里歇了挑担。壮汉折身没进漆黑一团里，女孩儿后头喊："着不见人别回来啊。"我低声说："他未必肯吧，你看他那会儿着急回家的——"小尼姑走在前头甩过来话："谁敢啊，何施主打个喷嚏能淹他家祖坟。"我才知道她姓何。

我一直担心小丽母子的去向，她们再不招人喜欢，总是我带出来的人吧，还是两条人命吧，完璧归赵总是要有的。但这些着急总归是没有用的，姓何的女孩儿带着我见她的佛门朋友。了空师傅应该是庵里的住持吧。

佛堂上闪着青光，不够明亮的光线像一把粗齿梳子一样梳理着黑夜。蒲团上一个尼姑背对门口打坐。姓何女子孩子般叫了一声，见不答应，便站在门外，低声朝我喃喃："她不理人时，任天王老子来都不管事。"看得出她怕了空，也许这样说不准确，或者可以说她很尊敬了空吧，我有些意外，姓何的女孩儿大大咧咧且颇有脾气，大大咧咧且颇有脾气的女孩儿不大会留意别人的情绪，她有自己的思维方式。至刚易折，了空是折断女孩儿的反思维吗？不知道过了多久，了空终于慢慢起身，话说得冷冷的，像巴掌一样扫着我的两颊，来来回回。她说："到底还要说多少回，你什么时候放心里去？不拘什么来路只管引来，这又不是客店！"那一双生得很好看的眼睛水一样澄清，说话一板一眼。我心想：草间村落庵堂，也居然有这样的人物。何姓女孩儿一个劲儿笑，边笑边说带我来的原因。

了空听了，不错眼儿瞅我，缓缓引我们到净室喝茶。何姓女孩儿说："了空姐姐，水翠姐明儿过生，咱搭个伴儿吧？钱俺替你准备好了。"了空不吭声，仿佛问的是别人，与她是无关的。我有些纳闷，了空这样年轻长得又这样出众，有什么过不去的坎儿偏偏剃度遁空门，我当然很难免俗地想到感情或和感情有关的事，女人是为感情活着的动物。我的直觉总是很正确的，虽然常常是毫无道理的判断，了空一定读过不少的书。但我真的无法对此有任何心思揣摩，我只想到小丽母子。我不停地拿眼神往山门方向瞟，指望壮汉突然领着她母子奔驰而来且说："喏，人等来了，俺可算该回家了。"于是他把黑夜踏得咕咚咕咚地响。

就在我愣神的时候，了空问："施主如何称呼？"我随口说："师父俗家如何称呼？"这种问话显然很不合适，但何姓女孩儿居然接过话茬，说："俗家名儿叫新新，家里有的是钱，她研究生没毕业时她爹做生意亏了，想不开就喝药走了，她娘见天疯疯傻傻，啥药都吃了屁事不顶，她就送她娘回老家来找偏方治，没承想乡里光棍老来胡缠，她娘跟着她爹走后她就削发当了尼姑。"了空的脸像雪里冻僵的虫子，说："何施主天性淳厚，不晓得人世险恶，施主不该欺她老实人！"我吃了一惊，到底心虚，揣度着她的话想说师父此话从何说起，了空的笑像寒夜里的老屋："更不可欺瞒方外人！"我见她这样说话，除了分外小心别无选择。好在何姓女孩儿帮腔："哎呀呀都怪我，我只顾吧嗒吧嗒的啥都忘了，这姐姐也问我来着，我——"了空哼了一声，说："她压根用不着你帮腔，她虽不至于见人说人话，见鬼说鬼话，见着人鬼不说话，可是她自己该说自己的，哪要人再问啊！我问她并不潦草，她回答我却潦草得不得了，要么心里有事，要么心里有鬼。"

"就是有事啊！"何姓女孩儿有些失惊，说，"老乡姐姐还有个弟媳妇和小侄子路上玩耍没起来，俺叫人等去了。""锅里留些儿饭吧。"了空就叫人做了斋饭，留了一些在锅里。

了空的净室在一丛石榴树前面，清净素雅，了无半点尘俗气。房子里许多线装书摆放得各得其所，窗子下面那张宽阔的茶几旧得像一幅《清明上河图》，许是主人好洁，老漆剥落后反露出黄杨木的质地，在烛光下泛着油油的亮。我瞟见蝇头小楷写成的许多诗稿时，就瞟见了那些线装书里挤压了王摩诘和苏东坡，黄卷佛灯却少见。

天黑透的时候月光跑来照亮，吃完斋饭后望向升起来的新月，眼前风物便漂洗得如美人倚栏一样妖娆婀娜，想起火车上看的一本闲书上的话：万恶万善，都被你摆弄得颇具诗情，岂不唐突了天地！眼前风物太切题了，这话说出口就不显得酸腐气了。了空扫我一眼，我发现她几乎都是拿眼角扫人的，边扫边说得漫不经心："施主心中有诗情，看处处便有诗情，与月色无干，也算不得唐突天地。"我突然想笑，便笑了一下。了空又扫我一眼，我只笑不说话，眼望那些线装书，心想："这话你是不用说了，我其实不想唐突佛门，你胸中有了诗，看万物便有了情，万物并非自有情，我自无情，其实是师父有情。"了空一定是明白了我的笑，轻"哦"了也不追着问，了空真是一个难得的女性。

何姓女孩儿一旁坐着，像摆在沙滩上的鱼，大口大口喘气就是游不回水里去，就有些不耐烦地把了空大袖子一扯，说："月儿好好地挂在那儿，碍你俩哪根腿筋疼，只管拿人家闲磨牙！俺问你，明儿去是不去？"了空说："红白事与出家人无干。"何姓女孩儿一把甩开手，说："你早说呀！叫俺大老远摸黑来。"我一直察言观色，就斟酌着说："三位交往日子久了，妹妹应懂得师父的。"何姓女孩儿赌气说："咱交人家，人家眼皮高，不交咱。"了空突然向我调整一下眼神的角度，叹息说："施主其实慧根不浅，与佛门蛮有缘。今晚就在此歇息。"转身出去，也不搭理何姓女孩儿。

何姓女孩儿也不介意，不介意的她倒笑嘻嘻地一个劲儿拍大腿，说："姐姐是个有缘人，俺就没见过她留人住这儿，俺可算沾了姐姐的光。"一边说一边亲自收拾被褥，瞟见我坐在灯下若有所思，想了想劝解说："了空也打发出去人找去了，不妨事。"我哪里放得下心？以小丽的诡谲，要是迷路也早想办法回到破庙找我了，找人是不能满世界像无头苍蝇一样乱撞的，最聪明的办法就是守在原地。她们母子一定是在哪里遇到了不能返回破庙的事情，这么想着就暗暗责怪自己大意。

有个小尼姑站门外说："师父请何施主过去说话。"何姓女孩儿问："你师父有啥事不一搭儿说了，回头又来折腾人？"小尼姑好脾气地笑一下，只说："施主去了不就知道了。"

三

到佛堂上的何姓女孩儿冲了空吆喝："你这是啥事儿哟，也不怕怠慢了客人！"灯影里的了空扔过来一个粉色纸袋子，袋子上印着一堆英文字母，她当然看不懂，她没有读过多少书，家里不供养是借口，主要是她一捧起书本就头疼，疼得头发揪下来一把一把的。她伸手扯出来一个黑塑料袋，塑料袋里赫然一身崭新军装，一看就知道是面料很好的那种，腰身收得新潮，衣服上除了五颜六色的牌子，还有个拇指宽的暗绿小布条，上印了俩字：江阴，这俩字她是认得的，那是人的名字。"忠厚人自有忠厚人的可恨之处，你竟看不出物主就是身边之人？"了空好看的眼因惊诧略睁开了不少，也只睁了一睁，叹了口气说了壮汉在破庙守人不着，俩老尼姑寻到水翠村口捡拾到这些物事交差的话。何姓女孩儿惊得瞪圆双眼一蹦三尺高，喊："老天爷，她是特务？"了空说："又胡乱拉扯了。"何姓女孩儿说："常日里唠起来，特务们有这种能耐，电影里特务们都长着三头六臂，穿着这种衣服，又紧身又好看，跟浆过的一样，能耐得很，想咔嚓谁就咔嚓谁，见了面，也就是一个鼻子两只眼儿，没啥两样儿！"了空蹙蹙眉，说："也未必见得就是，前头看她年纪轻轻极有城府，就料她不是寻常百姓，这会儿寻到这个，不由人不生疑。她要是堂堂正正的军官，藏着掖着何来？这个江阴是不是她还难说。她说的亲戚走失也难说。"

"抬举江阴了。"我应声闪入。何姓女孩儿闻声跳将起来，不住眼儿打量我。了空依旧冷冷地说："小小庵堂，叫施主委屈了！"我将眼把袋子一瞟，就是小丽手里提走的那只，她给我她的拉杆箱皮毛无伤，我就一个衣服袋子让她提着，就给扔在了水翠村口，真是压根指望不得的人。心里冒着的火长了脚似的四处腾挪。"拿袋子的人呢？"小丽母子绝非超然物外的人。何姓女孩儿忍不住了，说："姐姐真有意思，这是谁的东西还没闹明白哩就问俺要人，你那人是不是真有还是难说——"

"你看着我，说我是特务，你见过特务有往这穷地方弄情报的？"我看着她突然想笑，眼下却笑不出来。人真是奇怪，女人间的信任越加峰回路转，奇险无比。"不就是一套新式军装嘛，不就是新式军装遗落在村口嘛，设备尚未安装试运，便判决死刑，早了吧！"

那身军装穿在身上真是再合适不过，女军人总能穿出灵气穿出韵味。军装就像军人的魂，谁的魂附着谁的身，任何人牵不去仿不了。

我的魂附上我的体，凌乱了她们的目光，但我不知道何姓女孩儿为什么呆瞪了两眼不说话。了空说话了："你是江阴？""微服私访我真的够不上！"我的不耐烦我想了空听出来了。了空说："施主用不着烦恼，没有人不相信你，凡事都有因果，施主一开始如实相告，何来许多烦恼？烦恼本是心生。"我瞅了瞅何姓女孩儿，想说："我哪里有说自己的空儿？"

看见衣袋我就知道小丽母子出事了，而且已经出在离此不算太近的地方，我不知道她们现在如何，我已经乱了方寸。我想报警，但我无论如何都不知道向谁报。

我穿着军装离开佛堂，何姓女孩儿脚跟脚地追出来喊："是表姐吧？俺是水灵。""我知道你是水灵。"我停住脚步说，"你说过你和水翠排行。"或许是我说话像冰峰一样冷得瑟缩，何水灵"哦"了声，"哦"字尾音拖得很长，眉毛差不多挑到我的鼻子上，说："表姐知道了还——"话没说下去，我猜她一定是怪我不挑明。其实我是刚刚接通了记忆，是她看我穿着军装时的眼神提醒了我，那种眼神在十七八年前就有，那时她很小很小。在爸爸带我们一家彻底搬离老屋时，姑姑抱着她来送，蠕到姑姑怀里的她就是用了这样的眼神看我，我记得我一个劲儿说："水灵水灵，好好念书，念好书找姐姐去。"她就很听话地把泪水抹花了小脸。但她没好好念书，也没有找我去，是我找她来了，准确地说是我奉父命找她来了。我苦笑了一下。

"表姐别着急，嫂子和侄子出不了大事，俺保管还你个囫囵的出来，眼下你得睡觉。"水灵一直跟到净室，说，"表姐吃皇粮的人，今儿打着立木腿听了空讲二愣子话，这就是肚量！俺说句话姐可别见怪，嫂子咋就敢往那地儿走？这地儿又不知根知底。"我当时没顾上品她的话，想起来品时已是第二天在水翠家里了，已根本用不着品。想来水灵比小丽聪明百倍，小丽是只有小聪明的，只有小聪明的人应该叫作傻，她的倔或者叫一根筋能把死人气得打滚。水灵说："姐，别怪了空，她是脸冷心热，人是很好的，她连夜派人出去找嫂子。"

水灵别看大炮一样的嗓门，面对面聊起来每句话条条在理，她一个劲儿跟我说："俺这小地方啥时候来过有头有脸儿的人，你这衣服俺在电视上看到也是看个大眼儿，谁承望一蹦就到眼跟前儿？姐姐寻常忙得头不是头脚不是脚，俺打电话都是俺舅舅接听，舅舅说姐姐家都回不了几回，部队上的人，由不得自专。俺娘走的时候姐让舅舅寄那么些钱都收到了，城里哪一天不花钱能中？咱家里其实用不着的，现如今就剩俺了，家里吃的用的现放着哩。"我想说我不知道姑姑走的事儿，也从没有寄过什么钱，最终我没有说。我暗骂自己虚伪，为什么非要死活撑啊，到底撑着能有什么好？简单的事弄得复杂那也叫笨——父亲脑子不好使后老家的事再也没人提起，其实我们谁也没有想起来问。父亲为我圆过多少次场，我是再也无从知道了。

子夜时候我和窗外的月亮一样大睁着眼，树或者花的影儿喘着气爬得窗棂密密麻麻。水灵的呼吸均匀得不得了，我蹑着手脚开门出去。远远数声犬吠错落着，草间的虫不住声儿鸣叫，远山近树，仿佛都浸在月中，便是佛殿经堂，也笼在烟水里。我想，那塘水不是也很清嘛，还种着密密匝匝的荷花，在荷叶间常有数只鸭子出出进进，发着清香的叫声引来更多的鸭子扑腾扑腾往水里扎猛子。

树梢叶片簌簌起来，仿佛拨动起一两声儿的琴。分明是曹孟德《短歌行》，却如何单单化他"对酒当歌，人生几何？譬如朝露，去日苦多"和"月明星稀，乌鹊南飞。绕树三匝，何枝可依"句？且演化得清风朗月、佛心道骨，全无曹孟德建功立业志向。我循着声音找过去，竟在佛堂后看见小小一处园子种着数株石榴，石榴树下影影绰绰有一个人抚琴。不是别人，居然是了空。

琴弹到这个份儿上就不是琴谱能捆得了手脚的，可见这个庵里了空真是一个魂儿，一个出世的魂。她听见我的脚步声推琴而起，虽然我很拿捏落脚的力量了，可是深夜最能捕捉一切。我听得见心里那根弦仍在云水间穿行，只是澎湃的浪头打翻了我。我说："如此良夜，《高山流水》之趣想必另有一番天地。"了空应了声："应该是吧。"她没有犹疑在左首坐了，只有心中有定数的人才会淡定如此。她左手挑出，我右手反抹，一曲《高山流水》未经彩排便华丽转身。

一曲已毕，了空凝目望琴呢喃说："怪不得子期升天，伯牙抚琴无趣，'知音'二字叫英雄气短，想来不无道理。"我说："你胸中有情，参禅悟道并非真性情，如何？"

"好！"水灵笑嘻嘻跑来一手拉一个说，"啥叫投缘，这就叫投缘！闲常时听了空捣鼓这东西，光觉着心里舒坦，闹不明白啥，方圆百里没一个中用的，连水翠见多识广也说不出个子丑寅卯。姐来了，听得明白倒腾得来，赶明儿教教俺！"

了空进净室后亲自取出一套茶具来，一一摆在案头。我见那是大大小小一堆茶盅，大者如拳头，小者如核桃，一色地光莹润亮。一眼就看得出她的精致难得，取在手上把玩时，见淡灰底上居然散着数片粉色莲花瓣，连连称奇。了空说："一块顽石如此也算不得稀罕，偏偏有二十四块一般花色的石料磨就此物，就是人间珍品了。"我听她说得奇特，把二十四个茶盅一一细看，觉得任何词汇在它面前都贫瘠得打着皱褶蹙着眉头。水灵说："俺和她多少年头的朋友了，都见不上莲花盅一回，今儿倒舍得拿出来吃茶。"了空说："这套莲花石盅共有二十四个，抚琴品茶，人间极品。当年师父遗赠，曾说茶具是本师祖所传，师祖又得自师师祖，如此传到师父已不知几代，从未试用。并非莲花盅难得，是配得上用莲花盅品茗的人难得。师父再三告诫，既是莲花传奇，当遇值得的人，否则莲花不开。"我听出一身汗，起身说："我哪里配啊？"了空笑一下说："这个地方没有出过什么有头脸的人，你是女人，你是头一个打拼在男人堆里为家乡露脸的女人，你一没靠谁二没找谁靠，我知道，跟音乐做伴的女人不是浊品！"

了空说这话的时候肃穆得像一块玉雕。

水灵眼里湿得拧出水来，说："了空也是好人。"了空说："方外人说不上好不好，大不了诵经礼佛、参禅悟道。"水灵说："经有千人去念，说不定有九百人胡念；道有万人去悟，总有九千人瞎悟。释迦佛、四方菩萨、八大金刚、五百罗汉，算是明白的，天下宝刹千千万，天下僧尼万万千，几人成佛几人得道啊？"吓得了空瞪大双眼说："离经叛道的话，你从哪里听的？"水灵笑得花枝乱颤，说："经也好道也好，闲常时念念也就罢了，要是动不动念经，跟老木头一样，有啥意思？漫说莲花盅，就是搬来'桃花庄''杏花坡'，也是死眯瞪眼。"了空话说得很淡："你不是方外人，如何晓得佛家清静。"水灵说："书俺没念几天，不懂得那些经文，可要是只会摇破头晃破脑坐穿蒲团咬烂佛珠，压根对不住佛祖。"我惊讶得咬唇笑起来，对了空说："我这表妹有禅心有慧根。"了空说："可惜不是空门中人。"

四

正对着庵门是一条黄泥路逶迤往西，横峰侧岭，灵山秀水，点化得此处绿枝碧树，云容雾态，烟霞灿人，虽说早已是红褪秋黄季节，此地依旧清气盈心、翠谷容锦，又与南方迥异。我惦记着水灵说还我个"圆圆囵囵的人"，便陪她去水翠家。小丽母子肯定是要找的，但水灵说得信誓旦旦不由人不信，何况这个丫头昨晚和了空的辩论让人无法不刮目相看。

周家集真的不近，快到中午的时候才走到。过了一座青石板桥，便是进村的路，俨然是另一番天地。村里路曲曲折折，一色青砖铺成，干干净净的，像一张素净的脸。

背上的汗落下去又腾地蹿起来。从我身边蹭过去一辆黑色本田雅阁，车体灰蒙蒙像西北随便一个小镇，我就想这是谁家的或者谁家的远客。看得出后备厢物产丰富，车在拐弯时闷叫着甩屁股。

水灵嘴一鼓说："水翠婆子家来人了，那是她女婿，听说还没有过门。女婿是一个煤矿小老板,姓啥不知道,光知道他家祖祖辈辈都做着煤矿生意,有好几处房子,还有好几辆车,每回来都是大包小包,好吃的好玩的好用的尽着水翠姐要,就冲这一件,水翠姐才应允了这人。今儿来给水翠姐过生日。"

水翠家的大门很高很宽,那辆车径直开进去了,熟门熟路的。进门是一堵影壁墙,墙上画着一幅很鲜艳的"富贵牡丹"和"金童送宝",四个角还勾着肥绿叶片上挂着黄灿灿珠宝的树。

转过影壁墙,赫然一座庭院。正面修着小小滴水檐门楼,门楼右首青藤掩映出另一个小门。院里几个人正忙着往房子里搬东西。一辆本田雅阁就像一个超市,品种齐全。打小门走出一个生得齐齐整整、穿蟹青色连衣裙的女孩儿上上下下打量我和水灵,转脸就朝搬东西的人喊:"都打着立木腿是咋啦?东西搬不完谁也拿不到钱,要是弄坏一星半点,卖你亲爹亲娘都赔不起。"水灵笑着照她脸上一拧:"死闺女,一张嘴不肯饶人,看谁敢娶你回去!"又笑向我说:"这是水翠姐的助理,跟水翠姐贴心贴肺的香香妹子。"香香却一躲,龇着牙揉脸,说:"谁搁得住你这没轻没重往死里掐?上回拧得肉疼了好几天哩!"

小门里并不见卧房,竟是一带砌着青砖的高墙,墙头上种了一溜儿的矮花椒树和仙人掌,毒刺竞突。正面开了一门,仅容一人侧身而过。我突然想起孔圣人为防家贼盗卖东西,也开着这样的偏门。水翠更聪明许多,想着翻墙入内出外也不无可能,居然动了这么个乖巧心思。

说不定墙里也种呢,我想着侧身进了门,门内果然遍植花椒树,只有一条窄窄的曲折小径。人打中间穿过不得不躬身曲颈小心再小心才过得了花椒林,花椒林的尽头就是两间新砌的青砖瓦房。门槛外站着一个女孩儿,有20岁吧,也许更长一些也说不定,眉眼很像一个叫周迅的明星。

水翠朝我点点头,笑得很端的样子,说:"这位姐姐眉头自带几分灵气,一定不是咱们山里人,咋称呼?"水灵刚想说话我便开口了,说:"就是看看了空师傅,不巧她忙着不能够过来给妹子过生,就打发我们来尽尽心。"水翠"喊"一声说:"这人就是古怪得很!"又冲我一笑,说:"都是自家姐妹,说啥过不过生的外气话。姐是不知道啊,她见天总是见不着人,一个破庵堂有啥可忙的。我一年有半年回不来,回来了她还只是忙,再忙有水灵妹子忙吗?"

香香唤她说:"周大爷打发人来几趟了,说是马老板带的寿礼请你过去过目,怕你有不喜欢的,马老板说了立马就回去换,只要你放个话儿。"水翠伴嗔一声说:"你这人没看看嘛,贵客坐着茶没喝到嘴里咋就走去?"又向我说:"乡下丫头到底是乡下丫头,当助理也没有眉眼高低,说话没有规矩,水灵妹子就不说了,叫姐姐笑话去!"我并不搭腔,心想着现在的女孩子真是不得了,没有不明白的道理没有明白不了的道理。水灵已经忙不迭地说:"都不是外人,忙你的去,这里有俺照应着。"水翠这才笑容可掬起来,说:"妹子,千万别让姐姐走去,俺应个景儿就来。"一步三回头,离开前交代香香留下待客。

香香端了一小碗东西走到窗外喂鸟,水灵就请我去她家。我大声说:"水翠走时再三说不能放咱走,说去应个景儿就来,怕已经准备下寿酒什么的,不好拂了人家好意。"香香在外听见哼一声,冷得能结出冰凌子来。水灵知道水翠压根没有留客意思,坐坐无妨,不见得备有寿宴,见表姐老实,心里着实过意不去。陪着坐了一两个小时,哪里有水翠的影儿?连香香都不打照面。水灵只得又说:"姐姐到俺那儿,俺杀鸡宰羊招待。"我大声笑说:"妹妹说这话是见外了,水翠这里跟你那里是一样的,她忙着来不了,我们也用不着客气,抄抄她这里什么都有了。"作势起身动手翻检箱柜。

香香在门外听见,这还得了!一步蹦进房中,见我手扶着柜门就急忙跳过来一推,喊着:"弄啥弄啥,这是弄啥哩!"水灵怕我吃亏,反手一拨拉,香香居然后退数步后往后一仰,摔了个仰八叉,等她爬得起来,脸早气得青成刚摘下的菜瓜了,一边往水灵怀里撞来一边骂着龟孙一类的大大小小动物,主要是爬行类的动物。水灵的身手让我大吃一惊,她捏拳往香香膝窝里一揣,只听"哎哟"一声,人已重重栽下,左腮蹭在地上,立时渗出点点血珠。水灵并没有赶上去打。

香香肯定没有吃过这样的亏，没有吃过亏的她血气翻涌着骂人，骂的话实在很原生态。

水翠应该不是恰好回来，她一准听见了哭闹声，因为这里离她爹娘的房子只有一墙之隔。水翠黑着脸说："水灵妹子，能耐了！"香香扑过来抱住腿号啕大哭："水翠姐呀，俺不中用，没能耐为你护家护院，外人欺负到咱们头上来了！"水翠冷冷笑着，话像从牙缝里拧着腰肢出来的样子，说："哪里是外人，都是自家人！"说得水灵脸红得像煮成三分熟的竹节虾，吭哧着说："欺人也不是她这种欺法，好歹客人还在呢，这不是打咱们姐妹脸嘛。水翠姐也该教教你的助理。"水灵真是个老实人，我乜斜水翠一眼。香香冷不防暗暗使绊子要绊水灵，水灵往后一仰，急忙忙左手一撑地，竟然稳稳站住了，那张粉脸一下子像点着的柴草一般，合着身子就来扑打香香。水翠轻轻伸脚踢过去，就那么不动声色的一抬脚，水灵横着身子往花椒树林里奔。

这不是下毒手了嘛，这是欺负人欺负得太过分了吧！但水翠就是下了毒手就是欺负人很过分，那又怎么样？水灵横着身子往死亡里奔的时候我的眼前闪着一道白光，然后水翠眼睁睁看到我手里的一个豁了几个口子的陶瓷杯子碎在一株碗口粗的花椒树下，那株树生生地开裂为白森森两半。水翠的脸苍白得像地窖里过了一个冬天的红薯发出的芽。她瞪视那株花椒树约有一盏茶工夫，然后扑倒在我的脚下高呼着"不知千岁驾到罪该万死"的话。我突然想到了她三年前失疯的故事。记得父亲还能讲故事的时候讲过很绝似的一个，那个故事充满了超能量的内容。父亲一生不曾有过超能量的事，但他的故事通常发出凛然的侠气。他会这样讲我的故事——

水翠的话直如平地炸雷，唬得香香呆痴痴双眼暴突，一定会先弄乱头发，然后直了声摇她主人说："你是糊涂了，哪儿有啥千岁？"水翠会恨得牙根儿发痒，喝着："公主殿下、护山王驾前，还不快跪下请罪！"香香听如此说吓得半死，当即磕头如同捣蒜一样跟着发疯喊："奴才该死奴才该死，求公主千岁大人大量，饶了奴才有眼无珠！"她们的一问一答弄得一家人都会筛糠似的哆哆嗦嗦爬了一地。

肯定先是水灵于心不忍，要过去搀水翠，我比她早跨前一步扶她起来，半是得意半是捉弄说："不知者不为过，犯不着和毛孩子太过认真，我就不和她们计较，要是计较起来，恐怕你到来时就没有恶人先告状了。"仅凭弹杯救人，不说水翠了，没有人不信的，香香可能惊得裆里湿了一大片。

水翠亲自去闺房里取来最好的银盅点上香茗双手奉上，然后侍立一旁。我笑得很无辜很天真对水翠说："你也坐吧。"她到底也不敢坐。水灵一定发现水翠在我面前全然没有平日半分伶俐，就软了心肠，一边暗拉我的衣袖一边频频挤眼。我佯装不觉，口里说："不是我多嘴，底下人不晓事打打闹闹，你也值得使出毒手？不怕失了身份啊。"水翠嗫嗫说："姐姐身手实实仿了夜来一个女蟊贼，就当是一伙的了，这才——"

我听的当儿水灵脸上突然笑出花儿来，突然炸开遮蔽了所有的表情。"她现在哪里？"水灵问得那么急切，像祥林嫂捉到随便一个孩子当阿毛认。水翠说："就关在后院。"水灵拍着巴掌喊着："哎呀，啥小蟊贼，是俺嫂子跟小侄子，孩子小没到过乡下觉着哪里都好玩，俺嫂子跟着跟着就都迷路了——咋撞到姐姐手里了？"水翠慌忙说："真是还有个毛孩子，大水冲了龙王庙，俺这就亲自去请。"拔腿出门的时候拿眼撩了一下香香。

水灵笑呵呵地说："姐姐，妹儿咋样？俺说囫囫囵囵变出个活人来，就不诳你！"我漫应着，像嚼了口尚未熟透的阳桃，唇角黄黄绿绿的汁液很是难看，蹿进鼻腔里的气味更如菜窖里放置了两季的红薯发出的气味。我不知道小丽为什么落她手里，但我分明感到了来自水翠以及她助理香香的鄙薄。她们脸上恭谨有加，心里未必没有下视我的意思。想到这里，拧了双眉。

喝过两道茶的时间，小丽和加加才走进来，小丽的脚显然有伤，她是扶着门框顿了片刻或许核准过我后才跨进门槛的。加加一见我就扑过来说："姑姑，你可来了！"眼泪像堰塞湖刹那间疏浚开去。水翠黄着脸呆如村头的枯树一样大气儿不敢出。饶是水灵大大咧咧惯了，也不由纳闷："水翠姐平日里说一不二，远近百里路过周家集不得绕道儿走,见俺表姐咋也呆傻起来?"转念一想:"是了,把嫂子折腾成这样儿,还不知道表姐咋发落她哩。"

后来水灵再想起当时的情景很是佩服我,说:"姐姐要是骂骂水翠也是应该的,谁叫她们私设公堂草菅人命啊,可姐姐一上来问都不问只管骂侄子,水翠姐也只有为嫂子为她自己开脱,说她们是人生地不熟走迷了路,误打误撞进她们家的,是她自己不问青红皂白胡乱怪罪人的,这件事糊里糊涂也算过去了。"我知道水灵也存着疑惑,但她多少相信了水翠一开始给出的理由,如果是那样的话,我们没上船就在码头上搁浅了,像秋刀鱼一样大口大口喘着气,压根回不到海里去,烧烤架早已支在那里了。

这种事决不能发生,至少不能发生在我身上。我父亲的小说逻辑又给了我能量,故事里的公主俯身挽起了跪拜的水翠,瞪着加加说:"不是水翠小姐肚大量宽为你求情,决计饶你不得。这一顿打权且给你计下,回去后再算账——水翠小姐见笑了,今儿来得匆匆不曾备得寿礼,来日一定补上。"好事的水灵拊掌大笑,连声喊:"好了好了,这就好了,还说啥外气的话?表姐是俺姐姐,了空又是俺姐,水翠自然也该是咱姐姐,一家人不说两家话!"一手扯一个要焚香结拜。助理香香极是机灵,立刻飞跑出去,片刻回来便备好了香案,地上铺了三个锦垫。我心里老大的不情愿,耐不住水灵心肠极热不容分辩,便勉强拜了拜。

片刻间,周家上上下下都已知道当朝皇帝女儿、皇封护山王驾在府中,这还了得?周老爷携着一家大小并女婿马老板前来叩见,弄得公主如坐针毡。茶未吃半盅,公主便推说公务在身不便久留,要起身告辞。水翠自然不能让她空手而去,用绢子包了数十两金银相送,说:"千岁出门在外,身上少不了黄白之物,千万收下。"

那公主(也就是我)离开后周老爷要追去,水翠叹了声:"罢了,她就是这个脾气,要来就来,要去便去,天王老子都奈何不得,今儿能为儿过生,也是咱周家几辈子有积德!"说一句瞥一眼马老板,马老板脸上越发觉得光彩,对水翠敬畏得不得了,回头就催逼那个黄脸老婆赶快签字赶快走人了事。

曲终人散后,香香大惑不解,问水翠说:"水灵平日里也不见得有多大主意,今儿冷不丁抖搂出个公主来,跟玩把戏一样!"水翠啐她脸上说:"你当她是哪一个?寻常公主哪有本事一会儿说封王就封王,一会儿想出宫就出宫?便是真封王真出宫,有她这身手的?"香香脑子像打散成了蛋清,更奇怪了,说:"她身子没咋动窝就打折咱家花椒树,你恁大能耐都制不住她,不知道她是哪路妖怪,使的啥障眼法?我是看不出来。"水翠"哼"一声说:"轮到你看出门道,她就不是她了。"

"啊?"香香顿感通身上下奇寒无匹。平日常听水翠念叨,当今江湖中有个大魔头,奇门邪道的手法令江湖无数英雄吃尽苦头,千里杀人、空手取命,一如探囊取物,奇的是并无多少人识得真面目。如今居然在府中现身,自己冒冒失失又与她手下争执,身家性命在她一念之间,真正奇险无比。只不知水翠咋认出行藏来。水翠不说,反骂她多事。于是香香明白了,她一定在公主跟前栽过跟头,不然,断不会失魂落魄成这副嘴脸的。

五

我们到姑姑家里时天没有下雨,下雨是后来的事。小丽差点弄丢了加加也差点弄丢了自己,被人家水翠当贼一样拿住,捆到柴草棚里关了一夜,加加饿得要死她硬是没一点办法,心里把自己骂成烂肉,直骂发的什么癫。"这是哪里啊?这是公园还是小区院子里啊?敢像老萝卜发新芽愣充小的啊,二姐那么好面子的人可是丢了大人了。"加加可怜得就是一只小虫子。她想起加加的哭声心里就疼,像被人一下一下揪着大腿内侧那一片肉,那里揪着最疼,疼得人跳,疼得谁都敢骂。她老老实实牵着加加跟在我后面走,不说累,虽然到水灵家的路不算得近。我问过水灵:"锅底坑还在不在?"水灵问:"哪个锅底坑啊?在哪里呀?"我着急是必然的,想姑姑没有嫁到外村,村里应该还有坑的,坑里还是会有水的,至于荷花和鸭子是否还有,没人知道。

　　姑姑家挤在山坳里面,那里翠蔓蒙络着数十户人家,小小街面尽头,一湾清浅塘水后赫然现出一座青藤门楼,这在北方农村是很少见的,更别说环塘窄窄一条石子路自街面直达门前了。院里种了不少山竹松萝和枝蔓叶条盘起来的葡萄架,更有一条苔径、数椽瓦舍。水灵显然悄没声地已打发了人回来告诉,这会儿一进院就炸着声儿喊:"红玉,红玉!"一个和水灵差不多年纪的女孩子打后院跑出来,边跑边嘻嘻地笑:"来了来了!可回来了!"看见几个生脸,又急忙把手里一把小葱背到身后,唇角一掩,两眼看着脚面,就粉了两腮。水灵一头进屋一头催问:"饭做中了没有?都饿透气了!"红玉折身往后院边跑边说:"中了中了!"

　　房子盖得很宽敞,青砖结构,四面粉墙只有两溜儿木头圈椅,椅上新刷过的漆,紫红色的,透着亮光,沿墙同色条几上的花瓶里枝枝杈杈插满红红黄黄的山果。加加跑上来就抓山果,我想拦时已来不及。他的手太快了,山果到他嘴里的同时花瓶和花瓶里的水吱里哇啦喊叫着就倾下来。小丽攥着吓傻的加加不住声安慰说:"没啥大不了,孩子别怕,孩子别吓着了。"我一下子扯过加加大声说:"都这么大了,能吓着他什么,一个男孩子从小要懂得为自己的行为负责,长大了才懂得担当,才会像个男人——加加,跟水灵姑姑道歉。"加加肯定被我吓唬住了,再也不敢瞅小丽,他知道他二姑脸黑时眼里根本没有别人,包括他妈。要是平时,小丽一定会半玩笑半认真帮他儿子说话,但现在她没有说话的资格,我这样想她也会这样想。加加说对不起的时候眼里含着泪,我说:"忍住,男人生来是不掉眼泪的。"

　　水灵吃饭的时候跟我说:"说给姐姐,姐姐不见得信,爹娘前后脚走后,屋里地里就忙着俺。忙了也罢了,日子过得憋闷死人。"我懂她的意思,说:"我看你这样能干又懂事,只忙忙田地真是可惜,眼下城里找工作都要个学历,也不管乌龟王八能不能一锅烩了,烩得很不像样子。你书读得少,总会有别的出路的,不像了空有间庵堂就成。"

　　说着话红玉搬进屋一张四方桌,随后进进出出几回,眨眼间桌上摆满了六七碗菜，都是些整鸡整鸭整鹅，焖得红亮透油、香气腾腾，更有一坛子米酒，四大碗面条。馋得小丽和加加恨不得将它们都收拾到肚里去。便是我，大半天跑了几十里地，庵里用的米粥顶不上一两个小时，早已是手打肚里伸将出来了，这会儿便不用等水灵招呼，吃将起来风卷残云地撕去了大半只鸡。看得水灵心疼，说："看忍了多大的饥，看忍了多大的饥。"

我们刚吃过饭，屋里忽地一暗，紧跟着门外亮了亮，很快闪起了炸雷，雷声自北滚向南面，又滚向北去了。不多一会儿，天空像人打翻了水缸一样泼下雨来，落在藤架上、地上发出爆响，屋里一下子凉了。水灵看小丽母子有些乏了，便带他们到东耳房休息，打衣柜里抱了一床簇新五彩被来，看着他们合了眼，才掩上门退出来。红玉陪我喝米酒，水灵怕吵着了他们，就请我们转移到西耳房。西耳房是红玉的卧房。

三个人推杯换盏起来，不知几时外面大雨已变得淅淅沥沥。我于是知道了红玉就是邻居家的女孩子，书念得少，进城跟人打了半年工，又当了几个月保姆，还是回来了。我想她或是念着家里的那塘荷花和那塘不种荷花的水坑，家乡像魂儿一样牵着她的心，她真的很不喜欢闻不到青味的草，看不到一直就在那里的水塘。

我记忆中的水塘是近二十年前的样子。它现在在哪里？雨还零零星星霰似的飘落，水灵问起父亲的病，我便有一搭没一搭地说，说家里人都被拖得基本说不上幸福指数了，能健康着就是福，只是担心母亲再这样下去是否还能健康，毕竟七十多的人了，折腾不起。水灵不再说话。

庵里打发人来问，水灵才想起忘了告诉了空，害得了空放心不下，专派人摸黑来。水灵收拾起许多时新果子叫来人带去，又狠狠交代了一阵，回过头就埋怨红玉说："你呀你，俺吃多了，你也不知道瞎弄啥哩，庵里又该逮着俺怪——门也不上，鸡也不喂，羊也不圈，鱼塘也不看，要是贼进来了俺先打你屁股。"红玉不待听完，跳起来飞跑出去，水灵后面喊："当心磕着。"我说："你也算挨少林寺不远，多少观摩三两下还怕什么蟊贼不蟊贼！"水灵说："姐姐不知道，远远近近总有几个大白天蒙头大睡、黑了摸人家门的，偷不着啥东西光会恶心人。"她自己也披了衣提盏风灯出去察看。

看着水灵忙忙碌碌我就想起了大观园里的贾探春，可人家文化高志向大，就是倒退几百年水灵的优势也是少得可怜。

我不知道怎么帮水灵。我突然想起父亲要我回老家来的用意，他老人家难道一直希望我能为她做点什么？我不知道水灵是否需要帮助，我又能帮她什么。

我站在院子里听水灵在屋里笑，说着："好睡性啊大侄子，日头都晒住屁股了！"之后是加加的唧哝："还早呢，人家再睡会儿。"水灵一屁股坐在床沿推他，还是笑得没心没肺，说："做贼还早哩！可怜见儿的多少日子没睡个囫囵觉，身子粘住床就睡转圈儿！"

红玉进来的时候我们都在睡觉。她甩搭着手做好了早饭，隔着窗子喊："中了中了，饭凉了。"

小丽终于蓬着头出来了，见是清清淡淡几样腌咸菜和豆粥饭就回头喊："儿子啊，雨停了，咱们看姑姑家里的鱼塘去。"加加应声："好唉！""好"字说在屋里，"唉"字还在半空找地方落脚，人已扑到饭桌。

真是没教养，我只有生气，吃过亏了还不长记性。怪加加似乎没多少道理，小丽迷糊着眼到院里拧了几圈还在洗脸。了空又打发人来请的时候我说："咱们走吧，了空师父等着急要怪咱们了，她比不得水灵这里。"加加跺脚喊："不去不去。"小丽也一脸水珠子蹭来说："要不这样吧，我们在水灵这儿吧，加加喜欢鱼塘。他还喜欢人家鹅人家得给呀。"我真的不明白父亲当初为什么相中这么一个笨家伙。提起了鹅小丽低头去擦脸，她明白我已经知道她母子为什么被人家当贼拿了。加加先撑兔子后捉大白鹅，最后养鹅的人跳着脚大声喝骂着扭他们走了。

小丽心里矮得像藏身黑暗中的一孔黑洞。

夜来下了一场秋雨，天地越发澄澈，路上景致比着来时如同浆洗过一般，寒气却少不得透过衫袖来。

到了庵里，了空早站在了经堂前，一见我们回来，点头说："这回可算逢到了故交了!"我笑一声说:"逢故交事小,蒙尊友开恩放人事大!"了空"哼"一声:"关俺啥事!"拧身进了经堂。我知道她认了真,就笑着跟进去扯住衣袖赔不是。了空说:"你明明看出来的,还要那么说,可见是有心欺人!"我叹声说:"这我知道,我见了就知道了。"其实我很明白,了空像村东头的锅底坑,水翠就是村西头的那塘水。做这种比较时我冷然吃了一惊,水灵该是什么呢?

说话的当儿,水灵和小丽在外面说话,说:"你也别嫌弃,还都是崭新的没上过身的。"小丽抖开她送的一个大养料袋子一看,尽是些花花绿绿的衣鞋帽子,有绸子的,有棉布的,更有许多新削的陀螺,忍不住笑将起来,就拿进去给我看。了空说:"我当多大的事,又不急着走,值得这等火烧火燎的!"水灵笑了,说:"啥也没有比穿衣关紧,姐姐出家人都想得到,俺反倒不实诚,由着头回见面的侄子长一片短一片地叫人笑话去!"说着,也不管小丽脸色,把加加拽一旁试衣去了。

我瞅了空,了空说她总是这个脾气,恨不得肠子借给人去用,至于还不还都在其次。我说她比我强。了空看我一眼,想了想,说:"只要听任心走的方向走下去,没有谁比谁强,也没有笑话不笑话。"好一个听任心走的方向,我知道我未必做得到,但我会努力做到。

禅房那边她们一阵嚷嚷声、撕拽声,我还道出了什么事,便伸过头看究竟。红玉笑嘻嘻跑过来拍手说:"水灵姐把嫂子打扮得跟一枝花似的,嫂子脸皮还怪薄,不敢出来哩!"我不以为意,想她什么时候脸皮会薄,她可是最不知道脸皮薄的人。

被水灵推推搡搡的小丽低着头满脸阴沉,后面跟着加加,妆饰一新。水灵说:"姐姐们看看,人长得花骨朵儿一般,稍稍拾掇拾掇就叫雁儿摔跟头鱼儿呛水死,就是画儿上美人儿瞧见了也臊得打墙上打滚儿栽下来!"我和了空看眼前一片花团锦簇,便扑哧一声笑将起来。小丽三下两下撕扯身上的衣服,满脸通红,嘴里说:"如何如何?"我说:"像妖怪,没品位,你还死犟,你当你们村野有什么稀罕东西只管拿来糟践人!"小丽脚一跺,回头又撕扯加加身上的衣服,加加吓得尖声叫妈妈。红玉说:"就是妖怪,也是花妖!"

水灵脸通红地望着小丽说:"嫂子别吓着孩子,都怪俺拾急慌忙走急了,忘了先问问嫂子啥喜好,倒惹得嫂子侄子生气。要是不急着走,也不嫌俺县里东西不时髦,回头红玉去县里保准能捎回来。"又问我啥喜好。小丽抢着说:"破地方有什么东西上得了身的。"我不想理她,去塑料袋里拎出一条长裙说:"还是妹妹记性好,不用问就知道。"拉着她去净室。

小丽喊:"二姐,那条裙子去年流行过了,颜色也不对。"我对加加说:"男子汉动不动就哭,值得呀?人家用心送来的东西只该多谢,再若蜂糖罐里挑蜂糖,是不知好歹了!"小丽终于不吭声了,她总是一根筋走到底,其实没有启程就错了,错在方向根本就不对。水灵高兴得跟什么似的,连连说:"姐姐外气了,姐姐外气了!"

了空想留我在庵里住下来,怕水灵多心,就跟我商量,我就找水灵商量。水灵说:"那我就请嫂子和侄子回去,他们怕住不惯这里的,姐姐尽管放心。"我知道小丽压根没想到这次的蹭游会是这样令人后悔,但也只好这样了,我没有走的意思他们也只有等,好在水灵的鱼塘还有些意思,不至于太无趣儿。

了空跟我研究琴谱,偶尔也留心经文,我跟着她参禅打坐。初时只是觉着好玩,后来居然能心沉气静。其间水翠数回来访,并未能够谋上一面,后来便打发人先来探看,我或者早早出门,或推说不在。了空原本轻视黄翠娥为人,倒不以为意。水灵知道后怕拂了姐妹脸面,少不得劝说两句,我不说话,劝得次数多了,我不得不甩出话说:"水翠是水翠,我就是我!"水灵十分聪明的人只有给自己不安,并不再劝什么了。暗里跟了空说:"心里结怨了,这咋弄?"了空说:"存口热气暖暖身子吧!"

数日后下了一夜的雨,天亮时又不见放晴,水翠听说我留在庵里,以为我不再外出,就又来找我。但那天我还是出门了,下雨天阴湿清冷,水灵那里的坛子黄焖小鸡和烧兔血最好,还有她自己酿的陈酒,味道醇厚。一大早,我就跟着水灵辞了了空去姑姑家。水翠来时,只有了空在庵里。水翠惯了她待人不甚亲热,坐一坐就要走去。忽然瞥见桌案上摆着一个白瓷细颈瓶,瓶子边一个玉镯子,便凑近细观，口中啧啧称奇，说："你这庵里啥时候出了宝贝？"了空说："你当是宝贝，我看着不过顽石。"水翠赶紧说："你要不稀罕，俺可拿走了，你想要啥，赶明儿叫人送过来。"了空看她一眼，冷笑着说："偌大个周家宅第，还稀罕我这小庵里的东西？这是人家送的，再好也送不得你，别处寻去。"水翠不禁纳闷说："这东西有钱没处买，谁肯拿来送人？俺不信。"了空说："那就是偷来的！"水翠笑道："妹子好大的气性，俺啥时候说你偷的？只是这东西咱这种地方寻不来的，俺打量着该不是水灵妮子送来的？想她有俩东西不假，和你也有些子交情，但还不到拿宝贝送人的份儿，再说她也压根送不出了。该不是军官送的？"了空说："知道了还问啥。"水翠听她一口应承，心里酸酸的，脸上讪讪一笑说："妹子好福气！"怔怔坐一盏茶工夫，这才起身走了。

　　我在水灵家里没有再见到那塘水，在其他地方也再没有见到，后来水灵说她家里养鱼的水塘应该就是以前的水塘，只是从来没有测过是不是锅底坑。至于村西头的水塘听说已经填埋了，填埋后的水塘已经建成村委会。

　　父亲的小说还在写，加着密码，我知道和我的版本不一样。他希望我像他的世界里的千岁或者什么大人物无所不能，救一切于水火，但我只想看看水塘或者奶奶的坟头，但奶奶的坟头种着水稻，长势很好的一大片稻田。

朝日葵花

太阳火急火燎地腾身而起，一大堆碎金属前后脚哗啦啦泼出来，诗云好像听到了裹挟着乱七八糟的尖叫。她用那双很好看的眼睛看了看天，就冲向学校对面那家川菜馆，冲过马路的时候往身后紧急瞟了一眼，像一只饥饿难耐的老鼠。老鼠的样子并不美，何况是奔向米仓的一只饿鼠，这种时候她可不想被不断拥出校门的同学看到，尤其不能让校草子曰看到。完美女生处处要完美哦，她想。她是用不着担心水嫩皮肤被晒黑的，17岁，那是一个女孩子美不胜收的季节，即使在高原这种美丽屠宰场里。

这家店里的鱼香肉丝很够味，不像十字路口过去500米的那一家，盛到盘子里的菜从色泽到味道简直让人为语言粗暴找到了合理的借口。诗云找个靠门口的位置坐下，她实在受不了后厨里的油烟味，感觉差不多像看到语文老师那张紫外线长年照顾下碎锦一样的脸。等饭的工夫里，她想小仪到底为什么请假，昨天放学的时候她还像庄稼地里的益虫那样，把小细胳膊搭向三班那瘦条儿男生肩上，嚣张得很，该不是为躲避今天下午的物理测试吧。物理老师严厉得和伏地魔差不多，他总会在月考之前搞一次测试，测试很弱智，也令人崩溃。但你不能不承认他的种种弱智和反复崩溃手段，的确给他的学生带来了不少自信，那是来自考场上的优越感，他带的每一个毕业班总能让这个省重点高中里的重点高中，变成每一名学生家长失去控制的疯狂期待，真让人完全不理解的是这种期待从未落空。这也就是为什么生活要求不高的妈妈还愿意包车送女儿上学的原因,虽然没过两天她又说动另一个学生的家长联合包车,费用一家一半。那个学生,就是七班的龅牙。龅牙的名字叫温暖,长得一点儿都不温暖,这源自他的一颗龅牙拱门一样把上唇左上方弄得山峦起伏。龅牙长成那样还雄姿英发立志报考军校。"军人有什么好,我就不当。"诗云很不屑的样子。这种不屑说到底也是一种优越感,就像极地根本用不着羡慕冰天雪地一样。她故意气温暖说:"我爸爸是军校教员,教习军官的老师,比咱们班主任拽吧?那又怎么样?真不怎么样,板寸头儿,穿休闲装也跟混到人民群众队伍里的便衣一样,怎么看都十二分不休闲。"

想到龅牙,诗云的情绪远不如店外的阳光那样明媚。他那上唇茸毛已经很是摇曳了,放到人堆里也算有一定的规模了,诗云却不肯正眼看他。不正眼看他也并不全怪诗云,温暖的话少得几近于姥姥家那张搁置地下室的旧橱柜,只在托运时吱扭吱扭。他总是很正点坐到车后排等诗云,一言不发,诗云也从没往后座扫一下的一闪念,她认为他们之间就是合作关系,合作关系是用不着非合作意愿的,直至船到码头车到站,该谁付钱谁付钱这种事并不要谁提醒。通常是付钱的付钱,不付钱的下车走人,打招呼也是跟司机之间的事。这种不交一语在今天早上结束。温暖来到诗云面前时,诗云正一身热气腾腾下楼来,他死死瞪住诗云的样子就像离水很久的鱼,鼓着腮大口喘气,喷出的热气弄得诗云眼睫毛下了霜一样。他跺脚说:"司机好像没来啊,咋办哪?咋办哪?"诗云朝左右张望着,薄寒中的停车场泛着灰尘的气味,气味证实了温暖的话。诗云现在想想,过去的这个早晨实在是倒霉透顶,她说:"那就往前走走打车呗,这一段路太偏,车少。"于是她带着张皇的温暖,像妈妈拖着个会甩清水鼻涕的孩子一样站到了路边,胳膊像旗子一样,飘摇过不知多少辆车的疾驰后,终于有辆车肯载他们了。他们的气息还来不及调匀,司机像突然想起什么,冲他们说:"我要去出租行交车,不能载你们了。"诗云心里骂声脏话,喝住准备下车的温暖,说:"叔叔,拜托,那就拉一段吧,拉一段好打车,这里不好打车。"司机没说话,把他们载了大概两三站地的距离就卸人。又是等又要等,等到有车把他们第二次卸下来时，第一节课过去了近10分钟。

"这个笨熊，大大的笨熊！还想当军人，啊呸吧，我谢谢他了！"诗云又捏一下裤袋，都是一些零钱，饮料只好省了。

"呀，咋了，五班美眉的男朋友把妹去了？玩怨妇妆啊，让人当备胎啦？"店里进来了三个学生，两男一女，穿着肥大得没样儿的蓝黄条尼龙校服。女生经过诗云对面时大声笑着说，惹得那俩男生"噢噢"叫唤。女生是七班的孙璇，画着微醺的薰衣草眼妆，像被人捣了好几通老拳似的。诗云轻盈地起身朝孙璇望过来，用一只手遥点她的一头黄发，右上唇往脸颊上方拧过去发着哂哂声，说："多久没有补染过了，是吧妞儿？瞧，这发尾干燥得很拉风噢，像一捏就碎的稻草人，你也不算太老，咋就这么不小心哪，把自己弄得欧巴桑一样，要知道没有光泽的头发和没有弹性的皮肤一样噢！试试 j. f. Lazartigue 滋润护理发膜。别嫌贵，你这款不行的，才十几块啊，我家的狗狗整理毛发都不用的。人长得抱歉不是你的错，吓着雷锋叔叔可是你的不对啊，妞儿！"

诗云的口气显然像一枚拧开的催泪弹咝咝冒着白烟，店里发出爆米花一样的笑声。

老板娘端来鱼香肉丝放在她们中间，瞟一眼孙璇。那张小脸已经像极了刚出锅的竹节虾，脸上的笑便毫无收回的意思。老板娘推着她往那俩正盯着菜谱商量的男生对面一摁，说："听一上午课不累呀不饿呀，还有精神打立木腿逗嘴皮子呀？快吃完饭回班里写作业去，你们高三谁晚上熬夜不熬到天亮，再不赶早点儿睡觉，高考还有半年多，到时候还不都成一群小老头小老太太哪。"孙璇铆足劲儿蹿起来，老板娘又摁下去。俩男生朝诗云那里瞅瞅，回头俩脑袋又凑一处悄悄说着不知道什么事的事，然后再瞅诗云，之后发出哏儿哏儿的轻笑，其中一个说："喂——我们俩要的担担面，你要什么？"孙璇眼睛一瞪，冲诗云突然一笑，声音抽着个儿蹦起来，说："是啊是啊，这么漂亮的美眉也得有龅牙那样帅的'班草'来吓人呀，你看龅牙多配你啊，你们真是郎才女貌天仙——呸！"说到最后一个字，唾沫像开了瓶盖的啤酒，拉网式的动作无法不精准命中那盘鱼香肉丝和正吃鱼香肉丝的人。

班主任给诗云的爸爸尤教员打电话的事诗云晚上才知道。尤教员当时正在训练场上散打课，半个月了，学员们的脑筋怎么都拉不到理想状态，状态不理想很容易在对抗性训练中受伤。那些学员被尤教员组织起来，每个人前后左右间隔两米，坐地上一对一互相压腿，屠宰场一样的叫唤声甚或哭骂声让班主任在电话那头皱眉，他尽量把教鞭削成粉笔一样短、客观而又客观地传递着怒火，没多久，尤教员和他握在手里的电话已经狼烟四起。

诗云呼噜呼噜喝完最后一口蛋汤准备起身，洗碗收碗的事她是从不管，那是爸妈的事儿，她的任务只有一个：复习。尤教员搁下筷子朝她注视着，停止了呼吸，他一面站起身，一面在给自己火上浇油，以便保持住旺盛的怒火让性格越加毛躁，烧一烧这个惹事的女儿。他这样做的时候其实并没多少把握。

"为什么打人？都这么大了还打架斗殴，你是女孩子啊！"一出口他就觉得应该换她妈妈谈话才合适，关键时刻他的口才并不能帮他，靠存储的怒火寿命可没有多长。

"什么，爸爸你说什么？"诗云把脚步停在了房门口问。她妈妈易经正在厨房往水槽里放热水，在流水的声音中，她听到尤教员说了什么，但也许没能听清。尤教员这样想时诗云瞪着眼睛朝上翻了一下，然后大步走来摇他爸的肩头，说："给点钱吧，爸爸，我都快穷死了，下周跳舞的服装要买的，请老师教舞蹈要酬谢的，还有还有……让我再想想——"

"咋了，高三了还演节目？老子给你们老师打电话，咋搞的！"尤教员一下子急了，掏出电话秋风扫落叶一样翻找名单，其实他根本用不着这样，在已接来电里就有班主任的号码，那是下午的事，以他的通话概率根本不可能覆盖掉。诗云合身扑向尤教员也扑向手机，尖声喊叫着："爸爸啊，爸爸啊，你傻啊，九个人哪，又不是我一个跳，你这不是不给我面子嘛，你也是当老师的，你想让你们班落后啊！"尤教员说："老子不带班，学员由学员队干部管——老子以后也不带班。"这句实属废话,刚才火上浇的分明是水嘛,连半点儿酒精都不含。尤教员很是泄气,他总是零打碎敲敲打不到主要问题上,在诗云很叛逆的时候他除了吼就是挥拳动手,不只没有任何作用,有一阵子还弄得父女俩都放出声要断绝关系。断绝关系是气话,但他的教育失败是事实,虽然他非常不情愿承认这样的现实。

这会儿他就叫着:"易经,易经,你来管管你女儿吧,看你把她惯成啥样子!""砰",电视机嗡着声儿闪烁一大片雪花后定格在中央七台,那里一支队伍正徒步行进,兵们脸上画得跟南美土著人一样。他把自己深埋进沙发里,把遥控板弄得咔咔作响。

易经穿一件水粉色的绉绸睡衣,外面是印着葵花的淡黄色围裙。她摘下长至臂肘的淡黄橡胶手套和围裙撂到餐桌上,然后端起杯子喝水,一小口一小口。她做这一切的时候好像根本没有听见丈夫的呼唤。易经喝过三四口水后才用呈抛物线状的眼神往这边瞟,也就一瞟,诗云心里就颤悠了颤悠,她心里根本不在乎父亲的怒火,但不能不在乎母亲从容得要死的声音,那种从容近乎冷酷。她一直都认为妈妈的心不在她这里,也似乎不在父亲那里,至于在哪里她也不明白,但她相信父亲也明白不到哪里去。她有时闹不明白,像父亲这样的男人怎么会娶到母亲,或者说母亲怎么会嫁给父亲,说到底他们就不是一类人,压根分属于两个世界。她问过大姨,大姨说:"一家女百家求,你姥姥第一眼就没瞧上你父亲,他太瘦了,太瘦的男人担不了一个家,可你舅舅得急性阑尾炎疼得背过气时你父亲恰好就来了,住院,做手术,日夜护理,大冬天里骑辆飞鸽自行车送饭,耳朵长冻疮,你妈妈,还有你姥姥,不用说你舅舅了,一家人真是感动。"

易经欠身坐沙发上幽幽说:"云云,说吧。"

"噢……那个贱女——嘴贱人更贱!"诗云想起中午那盘鱼香肉丝和孙璇的样子身体就冒白烟。也就在那啤酒样的飞沫笼罩过来时,诗云闭上眼,眼皮后面暗紫色的气流汹涌而来。这时孙璇不该翻滚着眼睛看她的鼻尖,说:"怎么样,和'班草'恋爱很 High 是吧?"假睫毛像蝴蝶翅膀扇起,扇起,扇得那俩男生往诗云脸上觑一眼又一眼,觑得诗云迅速如一只鱼鹰。孙璇精致的妆容上现出了细小但很鲜艳的五指掌印，也就是一眨眼工夫，那盘鱼香肉丝紧步跟上如发膜一样倾倒在那头干枯的长发上。大概猝不及防，孙璇好半天才开始号叫，她摇晃着自己的头像洗过澡的小狗，在口袋里拼命掏面巾纸，胡乱摸一顿，摸到了，滑脱了，又摸到了。俩男生不知所措的样子，至今想来仍令诗云很是无语，她没想到两个男生会说："大姐，大姐，消消气吧。"但那语调似乎并不含有让人消气的意味，擦着孙璇身边往外走时，他们上身朝一边弯成大虾似的，很怕她顺头发而下的肉丝笋丝之类弄脏了校服，虽然他们的校服并不见得有多干净。

"你必须向孙璇道歉——我想知道，你什么时候学会用这种最疯狂的办法解决同学之间的矛盾啊？"

"我靠，这是她嘴贱招来的——"

"那个字什么意思？"

尤教员说云云："你女孩子说这种脏话，跟谁学的？"

"家里有专家，还用得着跟谁学！"易经颇不耐烦，"咱家养的是女儿。"

"咋了，哪个男人说话不带话把子啊，都跟你一样，还是不是男人了！再说老子也没教云云，你别怪老子头上，老子不认账。""叭"，啃了一半的苹果朝前面一扑，在茶几边上弹了一弹，沿着果盘陀螺一样滚了半个圆，又弹回来落到沙发前的腈纶地毡上，挑衅般结结实实砸向尤教员的右脚，这双赤裸的脚发着汗脚的酸臭气味。

"嘣"，尤教员捞起脚前那半个苹果狠狠朝电视屏幕砸过去，嘴里骂着"操"或者"靠"之类的词组，从沙发上腾起身冲向洗手间，然后哗哗冲水的声音和木门撞向门框的冲击波如约而至。屏幕上，一个战士的手臂撕开葵花一样的伤，镜头旋即移到了一个涂面军官的脸颊上，正在训话的军官很滑稽地围着这朵葵花前后左右瞄准。

"操！"诗云好像说了这个词，易经应该是没有听见，她也许并没有盯着电视，因为她跟着就进了洗手间，随手关起了门。

诗云并没有像一只受惊吓的小狗那样，尤教员一直反对家里养宠物，诗云无从知晓小狗的表情会是什么。她只知道家里真是乱了套了，不计大事小情，她的父母总归有争吵的理由。这样乱打大板实在对妈妈不够公正，妈妈总是在争吵中越来越平静，而越来越平静并不能用冷静来解释，她只隐约感觉这种冷静让人害怕，究竟最坏结果会在哪里等着父亲，她不知道。父亲显然有所觉察，但他很难控制自己的毛躁情绪，这种情绪连诗云都为他感到不安全。父亲应该还算是个不坏的人吧，但你真的无法预料他上一刻的幽默感是否会被下一刻的暴跳如雷格式化，且是彻底格式化。一个女人，即使是强势的女人，也不见得能吃得消，反正她自己越来越冷漠，肯定不会像小时候那样吓得像落入冰洞的小狗，永远不会了。

诗云这样想的时候，洗手间里有了动静，还是她爸爸的声音："你少把责任往老子身上推，老子没让她骂人，她有学校有朋友，为啥一定是受老子影响？我好的她咋不学？她咋不学！"

不知易经说些什么，尤教员说的每一个字却像加了压往耳膜上撞："为了她老子推掉多少应酬，为啥你说话的时候老子就得闭嘴？老子以后再不管了，你能你就教育好了。"诗云甚至知道他说这些话时像醉汉一样手足狂舞，脑袋使劲儿一上一下磕碰，渐渐松弛的眼袋和似乎毫无支撑能力的上眼皮猛地往两边一撩，又一撩，手边的随便什么东西都会被他乾坤大挪移。

妈妈出来时，诗云毫无悬念地从她脸上又见证到爸爸的独门绝技——激活人类所有坏情绪于一瞬。

诗云凑上前，近于耳语："我爸爸是不是精神有毛病啊？"

"别胡说，他们学校快撤了。"易经用警告似的尖利目光瞪过来，说道。

"要是我真的疯了，也是她们逼的，跟我有什么关系！"尤教员独自一人坐办公室想，"我为这个家心都操碎了，一个不领情两个不买账，气死我了，我真是气死了。"

这一段日子学校里没有人疯简直不可能，尤教员甚至还能感觉到来自训练场凌乱不堪的气息，那些气息前无古人的清晰，还有等距离但根据透视规则呈现出的射击轨道。这种让人来气的情绪从春季一开学就澎湃不息，直至有些传言具体到细节。院校编制体制调整改革似乎像上膛的子弹发着咔咔声，用有的人的话说，这次恐怕真的是狼来了！

本来尤教员是不太在乎的，教员嘛，到哪里不是教学生？又不是行政干部还占人什么位子。只是他还没有想好离开这里后会去哪里，或者去哪里才不至于太委屈自己，年岁渐长的自己毕竟不像刚毕业那会儿那样，年轻得像早市上鲜绿鲜绿滴着水珠儿的菠菜叶儿，炒炸熘蒸煮甚或开水锅里稍事过一过水凉拌都能吃，这里的朋友和从小养成的气场像本地的羊肉手抓一样攥着他，他压根不想挣脱。对了，还有女儿，有可能的话他要为她留一条可退的路。还有易经，一份体面的工作和工作带来的个人价值，把一个女人膨胀得实在不像话，爬天跪地伺候老公的那一套好传统丢得没剩啥了。"老子怕她个球，工资高咋了？老子也有工资，又没花她一分钱！"其实说这话的时候他不无心虚，房子，装修，车，家里大宗的开销，没有人认为他真的可以应付，何况他差不多就是吃软饭的主儿。易经就是真的愿意随他天涯海角，做个全职太太，他恐怕第一个跳出来反对，以后都靠他的话，想一想都能把人吓个半死。

下午的散打课上得筋疲力尽，他想来想去都不明白，那些学员为什么会笨到连对抗都搞得跟表演似的。怎么能是表演呢？那表演实在让人背过气去，说准确些就是猴子们凑一处挠痒痒。课间休息的时候，部办公室的宋体地下党接头似的踱来跟他说："尤教员，你们咋办哪这回？咱们这学校铁定保不住了，其实上回保住都是烧了高香。"

什么叫"你们"？显然是把自己摘干净的话，这个宋体，这个非现役，这个签了三年合同的军营跑龙套的！尤教员心中承受着被人贩子卖到深山立马入洞房的痛苦，暗骂句"去你的"，但还是把喝进喉咙里的那口水咕噜咽下去，说："有啥消息没？"

"留十一所，三所升格大学，两所改士官，其他留六所，'撤并升改'方案里咱这儿属撤，可能改成训练基地，也就是为各位爷儿牵牵马打打杂。"

"人呢人呢，有啥分配方向？"

"可能是蓉城，听说他们买了好几百亩地搞扩建工程。"

"什么时间启动？三年五年？"

"找女人上床生孩子也用不着那么久！"宋体诧异尤教员已是二十多年老兵了，还问这么弱智的问题，暗叹命不好，一个要能力没能力、要学历没学历的人肩头还扛着那么多星星人五人六的，自己好赖科班出身，说到底却不过是军营里的临时工。

"那……是吧。"尤教员像学生听化学老师讲苯在催化剂存在下与液溴反应一样仔细认真，但最终却解释不了苯酚与溴水反应不用加热的原因。

"尤教员，尤教员，树挪死人挪活，谁都不可能先知先觉，以你的实力到哪儿不都得列队欢迎呀！"宋体离开时笑得像格桑花，摇曳，忍耐，却一点儿也不夺目。

"啊，这个混蛋！"休息起来后，尤教员大骂宋体，"混蛋！"

"他讲'你们'的语气，以及说那些列队欢迎之类挨耳光的话，我就该知道他是怎么个人了。可是我的妈妈哟，我怎么会搞得糟成这个样子？我怎么会问他那些荒唐透顶的荒唐话？我竟然笨到这种程度，就连宋体那样身份的人也看我笑话。"

临近下班，天气像一个很大的贮水气囊。尤教员在办公楼下等通勤车时，杨浦打电话过来说："龙升御厨 305 房间，等你啊。"杨浦是直属支队的支队长，指挥专业八五届的同学，猴儿一样精。

没有理由不去，杨浦这人很会吃很会玩在其次，主要是为人仗义。这句话是易经说的，他们是高中同桌。

那天晚上的饭吃到很晚，中间易经来电话问过在哪儿几点回来，正好杨浦端着酒杯靠到了他身边。杨浦这个人做人很周到，一桌十来个人不少还是上级领导，他居然还能照顾到老同学。尤教员其实很能理解的，即使他不来敬酒。易经后来再打过来电话说："你能早还是早些吧，云云明天考——"后面的话被左边那个助理员的敬酒声淹没了，助理员说："您教过我，我在您的课上获您表扬，那句话我到现在都记得清清楚楚，我跟我媳妇说，别看我现在搞后勤，上军校那会儿散打老师夸过我动作反应能力特强，如果我愿意拿个散打冠军什么的也不是不可能的。"尤教员已经记不起他的名字，他教过的学生记不得名字的总比记得的多，他知道军校师生关系完全取决于学员的人品，说到底技术职务即便干到了副师副军，也还是一介教员，完全不能够和行政官员比一星半点，还是坐大巴车还是吃大锅饭还是听任哪怕是营连职管理干部的管理。行政干部干到了同等级别，那就真是官员，那就真是首长，跟你握个手你都得双掌捧着，人家先抽走然后你才能放下手，进他办公室门都得正正规规打报告敬礼，不叫坐你就得老老实实站得笔直。上个月全校军事考核时，训练处那个走路鼻孔冲天的处长不是来了嘛，黑着脸来到室外考场，看他的老师们一个个趴到脏得像抹布一样的棉垫子上呼哧呼哧做俯卧撑，然后喘息未定老天拔地奔驰到三公里越野起跑线，末了还不忘跟昔日的老教授们插科打诨，说："以前我是您的学生您说我听，现在我是您的领导您听我说，人生真是什么什么风云突变或者三十年河东河西什么的，谁算得定谁将来啊哈哈哈……"

这种混账话说的人多了，老教员们也生不来气。

易经第三次打过来电话时尤教员已经醉了，醉了的尤教员越喝越爽快越喝越勇猛，最后还是杨浦摁住了酒杯说："下次吧，下次我们兄弟好好喝，还是我请你。"

"为啥你……请老子？老子请……你。"尤教员划拉一下手，眼皮坚强不屈地从眼角处挑了挑，和手臂同时垂下来，头搁在脖子上软得像花旦们的水袖，只有嘴巴像嚼口香糖一样咕嘟咕嘟翻腾着。

杨浦说："走吧，我送你。"拽起胳膊肘儿往外走。

"不要你……你送，老子自己走。"尤教员抡起胳膊不肯起身。

"晚了易经担心。"

"理她个屁，老子就不理她，她能拿老子咋样？一天到晚装神弄鬼吓唬谁？老子不是吓大的！"

杨浦听着越来越不像话，给助理员使眼色，助理员显然十分理解领导意图，半搡半拖把正骂骂咧咧的尤教员硬是弄走了。

尤教员感觉自己的错误似乎总是连环一样，是在第二天醒来的时候，易经和诗云已经走了，他应该比她们起得更早些赶上坐通勤车才对，今天上午学校有个会要开。他口渴得要命，记得半夜是喝过水的，大桶大桶的水很可口，比当地老百姓家熬的淬茶还香甜。头很疼，应该不是感冒，他想起和杨浦喝过酒的。手机呢，手机在哪里，他摸枕头下面，没有，摸身子两边，没有，他就不得不撑起身子下床来找。啊，脚掌疼了一下，一股热的东西黏黏的，滑向脚后跟。他低头一看，床前几片透明的东西闪着尖利的光，他打开床头灯，那些尖利的光迅速放大，他就看到了玻璃杯的碎片。他不记得易经给他端过水，诗云更不可能了，这个没良心的孩子枉他好吃好喝记挂。"老子喝醉躺沟里也别指望她会伸手拉一把，不上脚踹几下就算十分孝顺了。哎，90后的孩子，白眼狼！"

客厅里的光满屋子乱跳。怎么满地滚着碗筷以及水果？水果有的像菊花一样扁平着脸，像是被谁拿脚用力狠狠踏过一样，腈纶地毯俨然成了一个很大的调色盘，乳白或鸭青色的果肉变成了褐色，汁液半干着粘住一切小飞虫或者灰尘。几个小时前，这屋里绝对发生过一场不大不小的战斗。身经百战的尤教员立刻想到了"酒后无德"四个字。

已经8∶03了，会议是8∶50开始。军人的快速反应使尤教员在8∶47赶到办公室更换军装，这还包括等候出租车和下车付钱等找零的时间，要知道他家距离学校还是不算近的。

直至杨浦打来电话他终于连通了记忆，那是在午饭前10分钟左右。电话里杨浦的声音有些闷，说："你没问题吧？"尤教员说："能有啥问题，不就是几杯酒嘛，还当回事！今天我请你。"杨浦似乎沉默了几秒，问："易经没有怪我吧？那么晚又让你喝那么……"

他没往下说。尤教员知道他想说什么。他肯定不是关注他喝了酒易经会不会不高兴，当然这会有，但不是最关心的，他关心的肯定是易经因此有无安全之忧。就说："这个狗松，贼心不死哇！她怪你干啥，我又不吃她喝她的，谁离了谁不能过啊。"

这回沉默的时间应该很长，尤教员大约觉得对方已经挂了电话时杨浦突然嘿嘿笑了两声，说："找个和你般配的女人吧，像日本婆娘，或者在拐卖到深山后又被解救出来的女人里挑一个也不错的。要不，我来给你找个大学在校女生，马上就要毕业那样的，保管你满意。"

"你什么意思杨浦？"尤教员支棱起耳朵，牙开始咬得咯吱咯吱地响。

"你懂我的意思。也许你需要的是个经历过剥削压迫或根本就不想奋斗的普通女人，这种女人只要有个安定的家或者有人肯当ATM机就感激涕零了，你举起枪她一准投降。那样很好啊，你可以痛痛快快地出门喝酒没人敢吱哇吱哇，你喝醉了想骂谁就骂谁，想打谁就打得了谁，日子照样过，我们常常可以坐坐，坐到天亮压根不用担心——我想说你只需掏腰包和提供不大的房子，就有一个加强连的女人排队。"

"去你的加强连，少跟老子吱哇吱哇，回头等着易经剥你皮抽你筋喝你胡虏血！"

尤教员再马大哈，还是听得出杨浦的苦心。

院校编制体制调整改革方案的具体细节也许子虚乌有，但谁都明白绝非空穴来风。解放军早几年已经完成这套改革，武警部队院校众多，几乎一个省总队就有一个军校，像普及九年义务教育一样抛撒着胡椒面。杨浦跟尤教员私下说过："跟首长参观解放军院校后，感觉咱这儿就跟幼儿园差不多，通共一个专业还缺胳膊少腿。以前是办中专，后来办大专，现在办本科，教员还是那个教员，理念还是那个理念，弄一群基层领导去办学，说起来是本科是研究生，都是咋糊弄的谁不明白呀，我还是在读研究生呢，一年到头不知道谁是我的老师，说实在的，咱都觉着寒碜！院校该是咋样就得是咋样，撤吧，塞翁失马，焉知非福！"

"你这狗松站着说话不腰疼是不是？撤了老子去哪儿，去你家你要哇？"

"该去哪儿去哪儿，你做饭菜很了得，回家伺候大小女同志的胃，让她们幸福得像花儿一样不好吗？"

"放屁，老子奴隶啊，老子伺候她们谁伺候老子！"

杨浦不高兴了，说："你大老爷们养家糊口——"

"别放屁，啥年代了还讲这个，谁规定男人就得养家糊口？"

"你——好好好，让易经养家，你糊口好了。"

"老子有工资，老子不吃软饭！"

"切，就你？"杨浦这话没有说出口并不是照顾他老同学的面子，实在是照顾易经的面子。他知道易经很不容易。一个女人最大的不幸不是丈夫的背叛，而是嫁一个根据他的需要频繁置换妻子性别的男人，这样的女人注定苦得沉寂累得尴尬。

诗云放学到家时天已经黑下来了，外面很冷，她一想到回家就万分泄气，她不愿想马桶边爸爸呕吐的秽物以及那些乱七八糟东西里散发出来的难闻气味，那些气味能把墙角隔年的死苍蝇呛出眼泪来。房子还狼藉得像刚刚遭受暴打的镇关西，但房子没事。房子里的人真是活受罪。诗云低骂声脏话："什么爸爸，垃圾！"

易经已经回来了，独自一人把厨房煎炒得温暖起来，诗云一下子觉得还是家好，家里有个妈妈真好。爸爸举着破抹布、小刷子，提着塑料桶，蹲地毡上刷了又刷，这里那里忙着用力擦，一会儿左一会儿右一会儿前一会儿后，胳膊伸得老长，伸到茶几底下，伸到沙发后面，不停地转动着身体，头上开始蒸腾着热气。

诗云把书包撂沙发上后拐进洗脸间，尤教员追着屁股过来，瞅到女儿眼皮上"咦"了声说："没礼貌，回来也不打声招呼，没看到你老爸撅屁股忙嘛。"轻轻在女儿额角用指尖弹了一下。

"干吗你，酒疯还没发够啊！"诗云把湿淋淋的毛巾往洗脸池里一甩，拧着头瞪他爸。

"谁发酒疯了，是你妈说的吗？老子就喝了一口杯的互助头曲，都没让你杨伯伯送。你看你老爸给你买啥来？"尤教员手一扬，赫然一个小硬塑料瓶子：粉色，圆柱体。

温水溢满洗脸池时，诗云就把脸浸到水里，左右来来回回摆动着头像鱼一样，末了用干毛巾揩干净，这才漫不经心说："搞没搞错，不懂就别乱花钱，给我钱我买去，还嫌我脸上痘痘冒得少啊，保湿喷雾我只用甘菊型的,这个玫瑰型的给我妈用去。"

"你这孩子,我哪知道这些乱七八糟的,以后教教你老爸。"

诗云听说,瞅到他脸上说:"怎么着,有危机感了,怕我妈抛弃你啊?哈,晚了,皮儿都耷拉下来了,拉拉皮儿还行,抹啥都浪费!"

"别胡说!"尤教员凑近洗脸池上方大镜子,说,"你妈啥心不操,家里家外还不是忙我一个人,老爸能不老嘛。"

诗云看到妈妈站到他们身后,就拽拽她爸的衣角。易经说:"吃饭。"

当诗云把一大盘子酸辣土豆丝尽数倾进胃里之后,开始大声讲述这一天学校里的事情,准确地说是她班里的事情。她说她们跳舞的四个女生今天气得要命,另外五个男生非常自私地为他们又新加不少的动作耍酷,那意味着舞台上更多的时间里女生当定了可怜的绿叶。更可恨原先商定好的女生穿黑色裙装男生穿白色西服,因男生执意穿黑色女生只好改成白色,末了诗云翘起上唇做个鄙薄状说:"男人其实很没主见,很白痴。"又说在公交车上遇到一班的一个男生,是校草,长得像克隆过的小猪——尤教员瞪大眼说:"长得猪样还用克隆?"校什么草?诗云就翻着眼睛说:"小猪是罗志祥啊,爸,他多帅气呀,学校最漂亮的女生叫校花,最帅气的男生当然就是校草啦——他忘记带学生卡了,哇,好几个女生找零钱给他,他谁都不瞟一眼,临下车冲我眨眼问欢旦哪个班的。"尤教员紧张问:"你告诉他了?这个小流氓!"诗云急得脸颊落上花瓣大声叫着:"我不许你这样说人家——我当然用不着告诉他了,一个年级的,谁不知道谁啊,他那是跟我搭讪。"易经嘴角一丝微笑,像风里的云一样轻盈滑过,但还是被诗云捉到了,母女同心,诗云一下子低下头。之后,她说30路车上永远那么挤,她根本挤不上,只好徒步走过十字路口坐86路车回来,总会耽误不少时间,比龅牙晚一二十分钟是常事。小仪妈很喜欢她,今天让小仪带俩酸菜包子到学校送给她吃。同桌像极了庞龙,也是那么矮粗那么一副黑框眼镜,长得不帅气但笑起来蛮喜庆。龅牙现在像一条三条腿的狗,跟她跟得特别紧,不少人认为他们在恋爱，她气咻咻跟那些人说："你们要相信我还是有审美观的，别侮辱我好不好。"这是她那天为什么打孙璇的原因。

"都是学生，一天到晚想啥呢！"尤教员很是听不下去，"现在的孩子太成熟了，我那会儿——"

"你那会儿不好好学习，隔三岔五被爷爷暴打，考试卷都贴到了客厅，大学考不上只好送去当兵，你第一学历也就一破中专。"

"谁告诉你的？"尤教员朝易经看去。

"我奶奶说的，不假吧？"诗云眼里闪烁着一种东西。

诗云得知父亲想让她上军校是元旦后。那天从姥姥家吃完晚饭回来，下了一整天的雪还在飘落，空气像冻成了冰坨子似的。停在雪里的车预热了好久她和易经才能坐进去。

诗云后来想，他们离开姥姥家后车开得非常小心，谁都听得见车轮驮着他们蜗行时像夜哭郎哭闹声般的声音，零下十几度的寒冷下雪花没法轻柔落地，它们被车流反复碾轧后异常瓷实，构成了极为危险的冻雪路，车速是不可能提起来的。尤教员不停拍打方向盘，骂着那些把车开成模特走秀一般的人，或者跟在后面一个劲儿摁喇叭。易经母女的心便毛毛躁躁无法梳理。

也就在尤教员对着从左侧滑行而过的车严重问候过人家老母后，他踩了一下刹车，可能是想让左侧的车尽量快地超过去。可是路太滑了，刹车点得不够缓，车头突然摆了一下，两辆车便紧紧靠着膀子速滑向高高的路牙子，最后便像花样体操运动员一样并肩站住。尤教员不再继续那连续不断的碎碎骂，受的惊吓显然不同寻常，他呻吟一声"车完了"，就突然嘭嘭拍打操作台喊："等吃大餐呀，还不下去看看！"

易经没说话，她担心的不是车子，而是老公，从他发作时的强度看他似乎没事。她拉着尖叫着的诗云打开车门走下来，车速并不快，人应该没有受伤，只是受了惊，但车就很难说了。那是一辆城市越野车，自己这辆富康根本就是鸡蛋碰石头。尤教员觉得第一年新车应该买全险，以后就没有那个必要了，有个强制险足够应付了。

易经就这么攥着女儿下了车向车尾去检查，她听见车尾扫向城市越野车时声音更大一些。她们"咚"地关上车门还没有转过身，一辆摩托车擦着她们疾驰而过。诗云大叫着扑倒在雪地上，易经紧跟着也倒下。

两辆车上的人都跑下来看，易经已经捂着胳膊肘儿爬起来了，一瘸一拐扑向女儿。尤教员先她一步抢上去抱起女儿，诗云血流满面，哭声凄厉。城市越野车上坐着夫妻俩，一个说："摩托车真混蛋，都没有停下来看看人咋样了。"另一个说："哪能停啊，停下来就是事儿，大过节的谁想惹事儿？"易经想检查诗云的伤势，尤教员把她猛地一推，生气地说："滚滚滚，一边去！都怪你不小心连带云云，不是你死活拽着她下车，哪儿来的祸事！"张皇问那辆摩托车的牌号。一个说："跑得跟奔丧似的看不大清，好像是0816，不不，应该是1964。"另一个回忆说："是0219吧。谁都记不得青A还是青B或者C什么的。"尤教员赶紧掏出手机通知朋友查询，电话里朋友一个劲儿问到底是哪个号，相差太大了，再说打头字母记不准更没法查了。

鼻子处有股热流不住淌，诗云就用手指一抹，车灯下满手的鲜血，就吓得跳脚大哭喊妈妈。易经提醒丈夫赶紧送女儿去医院检查，尤教员举着手机突然转过头大喊："滚一边儿去，老子用不着你吱哇吱哇。"城市越野车上男的说："我送你们去。"女的也过来帮忙，还搡了易经一把，问："要不你也检查检查，没事儿最好。"易经摇摇头，她刚才被摩托车尾扫着了肋骨，现在开始疼了。

必要的检查等到的结果是，诗云什么事儿没有，头部，肋骨，四肢，都安然无恙，只是倒地时鼻子朝下撞了坚硬冰面，眼下鼻血已经止住了。那夫妇俩催促易经也做做检查，尤教员说："算了吧，看着都没事。"那男的跟女的低声说句什么话，女的朝易经这边看，然后走过来说："还是查查吧，有些伤不一定看得出来。你们要是没带现金的话，我们出就是了。"

当易经等到结果，得知她有一根肋骨出现骨裂时，她一点也没有感到惊讶。医生叮嘱她："你得卧床休息最少一星期，之后20天别劳累过度，别做太多的家务活儿，别——总之注意休息注意营养。"给她开了几粒安眠药帮助睡眠。

也就在第三天晚上，尤教员看着易经喝完最后一口排骨汤时，说他想让诗云上军校，一个人的身体素质太重要了，军校有良好的生活环境和科学的运动安排，会让诗云跟霸王花们一样健康，还有她不够讲卫生也是个方面，尤其是军校毕业后根本用不着愁找工作，多好啊。

"不行。"易经回答得毫不迟疑，"诗云根本不想上，我也不同意。"

"为啥？这么好的条件别人想上还上不了！你总知道方教员吧，孩子高考填报志愿时觉得分数很不错，犟得不行非要上地方大学，同济大学毕业，怎么样？到现在还不是在家等着找工作嘛，老方一天到晚看着上火着急。"

"要是为随便一份工作，她现在根本不用这么辛苦学习到凌晨，以她的成绩从现在开始蒙头大睡，闭着眼就能考到那个分数。"

"你一没钱二没权，给不了她一份好工作。再说上这种军校咋了，她将来好歹也是军官。"

"第二次就业呢？第二次就业时专业很受限，学历不过硬……"

"你啥意思？"

"你不也面临第二次就业啊？"

"混蛋！"

又一个玻璃杯或瓷杯子壮烈牺牲了！诗云趴在门外想，下次应该给爸爸买一个抗击打能力超强的钢材杯子，厚度至少5厘米才可以。要是那样的话，地板也得换，木头系列或地砖系列的一概不行。哦，家具都得换，起码得像装甲车那样结实才好，砸不坏打不穿。千万不能安装易碎品，就像洗脸间那面镜子，更新换代的速度一点儿不比月亮圆得慢。反正她和妈妈的玻璃瓶装护肤油从来不放洗脸台上，自从那次他发脾气，把瓶装护肤油当手雷一股脑投掷出去，导致它们全军覆没后，它们便被安全转移到柜子或者抽屉里，随用随取，随取随用。

第三节课课间休息龅牙找到诗云班里来时，诗云正喝着一罐果汁。诗云赶紧走出来悄悄说："你想死啊，有事发短信好了。"

"不……不是，校草叫我来，给你这个。"手心一摊，一张彩色大头照被他捏出汗来。照片上校草酷到杀死人的眼神令诗云差点发出尖锐的叫声，她一把将照片夺过来拿面巾纸细心擦拭，发现背后还有一串阿拉伯数字，数字后飞舞着十几个字："美女，我的名字其实叫子曰。"

"哇，噢来噢来噢来噢来……"诗云感觉全世界的花都在开放，都在为她开放和歌唱，眼睛里的一切全都那么明媚和可爱，明媚得要死，可爱得要死，就连最后一节课上语文老师碎锦一样的脸和她一点儿都不生动有趣的讲授都显得那么电力十足。

快下课时诗云一再告诫自己要女生一些，或许他就在门外等着，或者在校门口等着，不不，他那么酷的帅哥，应该远远站到人群外才对哦。头发，头发还好哦，早晨才洗过的还夹过直的，为这挨了爸爸不少骂。衣服，唉，这个校长古板得要死，别的学校的高三年级谁还穿校服啊，人人都像只大口袋。不过也好哦，大家都一样。那么，接下来该用哪种方式和他见面？扭扭捏捏？大胆靠拢？诗云咬破指尖也没想出最佳方案，直到下课铃声响起。她突然想笑自己太"唐朝思想"了，男生这种生物也是不断进化的，何况校草级帅哥肯定是见过大世面的，阅人无数后看到那么俗套的方法，说不定会把自己误会成烂俗的胭脂女哦。

这样想的时候，小仪推她胳膊问："换个地方吃还是昨天那家？"诗云说："我今天不想吃饭，你快去吧。"小仪说："哪里不舒服，是不是该准备'面包'了？""可能吧。"诗云想催她快走，她可不想这么早就让小仪羡慕得喷血，要知道校草级帅哥可不是随便哪一个女生都可以得到大头照的哦，何况不仅有照片，还有手机号码，还给自己起名字，那名字仿佛贾公子和薛美人"金玉良缘"那样用意深远。

但校草子曰没有在教室门口等，也没有在校门口或人群之外等，也就是说校草子曰根本就没有出现在这些地方。诗云站在碎金属一样尖利的正午阳光下等到眼发黑，终于相信这一次的痴等实在笨得可以。到下午上最后一节体育课时，饿得发晕的感觉袭来，她甚至掏了掏口袋想找出哪怕半块糖或者米花什么的，但是什么也没有找到，那里干净得像日本鬼子扫荡过的村庄。她后悔错过和小仪共进午餐，小仪吃饭像极了古代淑女，那么缓慢那么仔细。

但是，放学的路上诗云还是怀着一种稍感茫然且十分紧张的心情，怎么也控制不住想想都不够现实的幻想，幻想校草子曰突然出现在面前，歪着头酷酷地问：“欢旦是哪个班的啊？”或者他会等在她下车的那一站，一见她就递过来一杯热饮，说：“喝口热的吧，女孩子需要喝热的。”诗云觉得那一刻，奇寒的冬天一定会和赤道搅拌在一起调出最温暖的感觉，那一刻他是王子，她就是公主。诗云呆呆坐公交车上望着窗外，窗外已是流光溢彩。她又环视车内，心想说不定又碰巧能见到校草子曰，但这天他终究没有和她坐一辆车。

吃饭的时候诗云头脑里乱七八糟，觉得很饿了却没能咽下去多少，觉得吃不吃也无所谓，不像上体育课那会儿可以吞下一头牦牛。

易经瞅她想说什么却没有说出来，没有说出来是因为尤教员突然把筷子重重蹾饭桌上，隆重地叹了口气骂声"混蛋"，就像开唱前的"噔噔——呛"。母女俩没有人抬头望过去，她们知道望不望都一样，他都会发牢骚说怪话的，他的脸色是不会佯装的，一望而知。尤教员的演讲通常是孤独地开场热闹非凡地收场的，今天也不例外。他愤愤说："这么大年纪重新去生地方打拼，受不了那个气，我想还是自主择业算了，用不着两头不见太阳天天赶通勤上班，干半辈子了该换一种活法了。"说完望着易经，易经没有说话，认真地捡拾碗里的米粒。突如其来的万里无云波澜不惊让诗云有些恐惧，就像恐惧风暴行将来到前的安静，这是她从小就培训过的洞察力。她认为这种洞察力实在是拜当教员的父亲所赐。

她怕这样的场面，她急于要改变这种安静，就说："那好啊好啊，省得以后解馋还得下馆子，爸爸主厨就好了——是不是啊妈妈？"尤教员冷哼一声说："想得倒美！老子又不是奴隶凭啥就该烟熏火燎受苦？想吃自己做——这几天忙完家里又忙家外，连出去应酬都得先把饭做好了才能走，人不知足鬼都怕！""医生不是要我妈休息嘛。"诗云急忙为易经辩护。尤教员就说:"你妈妈也真是的,你叫混蛋摩托挂了都没事,她咋就一碰便不成了,瓷人呀?咱俩跟前弱不禁风,到你姥姥家干得热火朝天屁事没有。"

尤教员唠唠叨叨到底惹火了易经,她的脸色于灯光下白得发青,她的眼睛越来越小也就越来越冷酷。尤教员相信他十分熟悉这种表情。这种表情表达了一个明显不过的意思,就是他应该尽快从她们面前消失且尽可能不要再出现,她肯定不会为此打一个寻找电话。这比泼妇式的歇斯底里大骂其实更令人绝望。尤教员从足底升起彻骨寒意,蹿到心头时便变成一大堆的愤怒。他对她是那么好,从来没有一个女人享受过他的这种好。他对她始终忠诚,他买的衣裙既选最贵的,也选最好的,他连女人的小吊带衫都给她买,到最后买来了一堆仇恨,他何苦!

桌子猛然被掀起来,盆里的汤倾向易经,易经猝不及防。之后听见尤教员炸雷一样的暴怒,吼声"老子不伺候了",摔门而去,那声炸雷就跟着他一起在楼梯上翻滚而下。

易经说声"学习去",诗云默然进了自己屋子,再次端着杯子到客厅里的烧水器下接满水时她发现,饭厅已经黑了灯。从卧室门缝里漏出来一线光,她便像小天鹅一样收紧翅膀且支棱起脖子,她妈妈易经正在流泪——无声的、她从小就熟悉的属于妈妈的悲伤方式。

杨浦给易经打电话问:"你不同意云云上军校是吧,有什么考虑让我也学习学习。"

"是的。"易经不作解释。

"让我猜猜看——你不是反对云云上军校,是反对她上公主班对吧?你觉得那是大专,云云上得委屈,以云云的成绩。"

"没错。"易经承认,杨浦的目光总是能抵达她心灵的最深处。

"你听我说,你心气儿高,可孩子们有的选吗?你瞅老尤和我,都是中专学历,不也当领导当团长嘛,一个人以后的发展关键看能力,能力不强就是博士后有屁——对不起——有啥用啊。"

"现在和以前不一样,我在银行的朋友说他们招大学毕业生时非一本根本不予考虑，门票都拿不到谁给你施展能力的平台？我不希望第二次就业时是大把光彩燃烧后剩下来的灰烬。"

"你指我还是老尤？我不想争副师位置了，粥少僧多，一个字累，两个字心累，我等明年月月高考完就考虑转业，不会考虑自主择业。男人嘛，他的价值不完全在家里。至于老尤，他还不像我，他一个教员清水衙门高原上苦了二十多年图什么？不就是混够日子给孩子留条退路？这是待遇或者就是扎根高原扎出来的福利，只要政策不变，云云也好月月也罢，社会就业压力这么大，能考上一流军校最好，考上一流的大学也让她们上，凡事都有别的可能，不可预知因素我们掌控不了，要是上个二本三本，那还真不如就上公主班公子班哩，出来至少有个保障，何苦让她们没起步就栽跟头，女孩子没了自信挺不好，你说呢？"

易经没说话，没说话的易经觉得她的坚持孤独得像雪峰上的雪莲，但她明白那应该是朝日葵花才对。

"我跟老尤说了，蓉城那边不行我找找人，能选过去最好，年富力强不适合自主择业养老。"

"是啊，脱下军装往人堆里一扎也就一老头儿老太太，午睡没醒就到了黄昏，黄昏离天黑也就眨眼工夫，人没走心先走了。"

"哈哈哈……精辟！"杨浦真是开心，和易经这样的女人聊天就是一种享受，准确说是一种附带学习，她总是锦心绣口全无烟火气尽失风尘气。不像月月妈对自己的胃和舌根这样的人体器官很不严格要求，用易经的说话逻辑，她是没当妈妈先当大妈了。

可是，娶易经当老婆是需要勇气的，她给男人的压力太大了，如果你不能化压力为动力，那就只能以越来越快的速度下垂。没有男人会心甘情愿下垂，也很少有男人真的能够化压力为动力，可能会多一些威力，不停暴躁的威力。

当然，老尤是宁可拳头砸向石头也决不会朝向易经的，他是真爱易经，现在很少有男人对老婆那样忠诚、用心。可他们根本就不是一路人，真的不是。杨浦心里明白，他更明白院校编制体制调整改革对尤教员意味着什么，他那样的教员没有多少优势被蓉城看中，学历、专业、职称、学术研究，都不行，他在如幼儿园规模的军校里已是秃山荒岭，春满人间的时候凑合着栽花植树随季顺节招摇，但根浅风寒无力过冬，总也难成一窗荫翳。升格后的大学学府精英如鲫翰墨拂袖，凭他三吼两跳根本上不了台面，说要找人通融也是安慰易经的话。

一两天以后，尤教员坐在办公室里敲键盘，房子里静得出奇，他在试着谈关于激烈对抗中的自我保护问题。这篇论文他必须写，还必须保证在核心期刊上发表，他需要发表，他的副教授职称明年任期到了，他要续任就得有论文，但他没有——四年前晋升职称时英语是靠了他档案里的一本全军院校育才银奖证书通过的，通过的分数只需要40分，论文是和别人合写的，因为他要晋升职称，第一作者的署名人家慷慨让给他了。这样的副教授并不只他一人，有个教研室主任的手下历尽艰难险阻开发成功一个软件并最终获得一个科学进步奖，那个主任并不汗颜自己像买菜插队一样插进了开发人的行列里，顺利完成高级职称的华丽转身。有个行政干得实在找不到位置干脆套改技术职称的干部，不知道使用了什么战略战术竟然也顺风顺水声名鹊起，俨然专家自居，育才银奖、优秀教员等等，他像一个获奖专业户那样赚得盆满钵满。尤教员自认为老老实实授课、认认真真做人，最终会有收获，却没想到以他的年龄打对抗比赛，他根本不是年轻人的对手。他已经是个老头儿了，他根本无法和年轻人相比，他们有原封未动的体力和耐力，而他没有，力气大不如前，运动激烈就会两腿发抖甚至跟灌了铅一样重。

尤教员忽然一阵悲痛，冬天的室外课转入室内，明年开春后再转向室外，但明年会在哪里上室外课，而自己又会在哪里干着啥呢？想到了所有的美好一大把一大把像蒿草一样突然一跳就跳进了荒凉。他原以为那么多的时光是可以悠然自得度过的，喝着一杯一杯的各种酒或干脆大碗大碗撕着牛羊肉，看着黄昏蹦向黑暗，有时候他真觉得就这样闭着眼睛一天天过下去还是很好的，钱要挣多少才叫多，房子要多大才叫宽敞，天知道！他现在有房子有车有老婆有孩子，一个男人的成功因素他全有了。可是2012没有带走世界，他的世界已是一片黑暗。他意识到二十多年来其实没什么东西可以从这里带到哪里或留下来，为了军人这个称谓，那么多的日子里他究竟做了些什么？

尤教员想给妻子说说话，易经在电话那边说："有事吗？没事我先挂了，忙呢。"他胸腔里软得吹弹可破的那个角落突然有寒风吹过，他"哦"了一声就挂了，望着电脑保护程序上滚动的字发呆，那是一句："遵守保密纪律！"

诗云今天很沮丧，她给易经打电话说："妈妈，我这次英语月考成绩落后了，我的答题卡涂串行了。""那意味着什么？"易经的问题冷淡得近于恼怒。诗云说："英语成绩班里垫底了，妈妈。"说完后她像守候在洞口的老鼠一样倾听动静，易经的呼吸声沉重起来，她就知道妈妈的失望像黄河之水绵绵不绝，她准备好了回去领受杖责，那些杖刑像腊月里冻裂的伤口突然又浸到高过45℃的水盆里一样，痒得痛，痛着痒，她不知道妈妈的心到底给她的是痛还是痒。她总是冷得吓人不给人自我安慰的机会，不像爸爸，遇到这样的事肯定会是一堆毫无逻辑的追问或斥责，那些骂声让人顿时释然，原来弥漫的负疚感烟消云散，而追问的琐碎和不着边际又使这种释然加倍放大。有时想想，妈妈没有明确量出的高度只能仰视，爸爸精确的方向反而不见路程。

后面两节课诗云的脑子基本上就是一个通道，风声大作却空空荡荡。也就在这个时候校草子曰出现了，他嘴角一丝坏坏的笑，车站上大片太阳裹着他，头发像刺猬一样一根一根清晰可辨，显然抹过不少特硬啫哩水，很可能用吹风机特别打理过。从诗云意识到扫来的目光开始，校草子曰就以这种表情演绎着尾生般的痴样，虽然他肯定不知道尾生抱柱的故事，那个故事很动人也很古老。

"欢旦不高兴的样子很雷人哟！"他突然笑出声来。

这样相见真是雷人，诗云暗暗叹气，她想过见面的各种可能，每一种可能里都没有这种模式。也许他就是这样子远远地瞄，但她肯定不愿意他的瞄因她的灰心丧气出现一片狼藉的辨认乱码而无法修改。但现在已经无法修改了。

"哦,是吗,对不起哦。"诗云的平静弄乱了他的酷,他分明有些微慌,努力想将慌张吞咽下去,一张嘴压进来大股暖阳,可还是设法说出了话。

"再雷人也是欢旦哦!是不是月考没有发挥好?"校草子曰一语中的,用"没有发挥好"而没有选择说"没考好",诗云眼里一下子跑出来不少神采,就说:"是啊是啊,简直对不起自己,英语答题卡都能涂串行——外语本来是最不应该出状况的。"

"哦,谁都会粗心,下次注意就是了。你比我好多了,我有次考试少交两张卷子,整整四道大题60分,郁闷死了。"

"是吗?后来呢?"

"当然垫底儿了。爸爸跟我说男子汉被几十名男生女生压在下面,丢不丢人!当然丢人了,从那以后我胸口不太闷了。"

"为什么?"

"上面压的人少了啊!嘿嘿。"

校草子曰笑起来的样子可以杀死人,诗云暖暖地想,她发现他很善解人意,能激活人类所有美好情绪于一瞬,这和做教官的父亲拥有的能量一模一样,不过父亲是一枚激活世界大战的按钮。

"你是怎么做到的?我的意思是说不再垫底儿。"诗云怯怯的声音连自己都感到了羞愧。

"当然得从生活点滴注意啦——比如书桌自己整理,衣服不能脱哪儿撂哪儿,床铺像床铺才对——有本书上说整理生活就是整理未来。当然啦,你们女生是没有这么垃圾的。"

"哦——"

诗云低头把齐眉刘海儿垂下来,她的脸一定很红。

整理生活就是整理未来,诗云觉得说这句话的人太有才了,校草子曰简直就是周瑜!怎么会想起周瑜来呢?她知道他是妈妈少女时的偶像,妈妈很会画画,画了好几本历史上的男男女女包括卫玠潘岳嵇康这样美得草木失色的男人,但没有一张画像属于周瑜。她开始不明白妈妈为什么这样,后来她似乎懂了,那是要藏在心里的,模样一旦有形心便会失形,这是妈妈说的,很玄。但周瑜真是男人中的极品,帅得那么要命又那么有才，还娶了美得一塌糊涂连见过大世面的曹操都惦记得不行的超级美女小乔。诗云想妈妈羡慕小乔肯定胜过男人羡慕周瑜，你说那时东吴有多少美女去学琴，就为了能让周郎瞟那么一眼啊，"曲有误"，人家周郎才会"顾"一下下的哦，想不到周瑜那么雄才大略，音乐方面还超级棒啊。一定是个够有味儿的极品男人，诗云想，爸爸是比不了人家周瑜一根小脚趾噢，恐怕在妈妈心里会这么想吧。

校草子曰是周瑜的话，自己岂不就是小乔呀！这么想的时候诗云像朵葵花一样张脸朝向日光。眼神很快黯然神伤，快得像忘记解题的公式一样。连答题卡都能涂得串行，怎么和人家迷倒众男生的小乔比啊，人家小乔和周瑜是有共同语言的，也是很有才的噢，诗云叹了一声。

失败感空前绝后。

诗云没有告诉尤教员答题卡涂串行的事，易经更不会，但尤教员的忧愁一点儿没少，他一直在为学校的前途碎碎念。领导在开会的时候生了气，说这一阵儿有一些问题太不像话了，有的人就是大象屁股推不动、老虎屁股摸不得、猴子屁股坐不住，然后对三个"屁股"进行不点名批评，详解种种姿态，比如有大象屁股的人具体特征是闷坐办公室打禅一样工作不做问题不想，有老虎屁股的人特征是领导没批评他先跳起来辩护自己攻击他人，有猴子屁股的人特征是坐不住串办公室穷聊瞎吹指点院校前途，简直一盘散沙溃不成军。

尤教员其实根本不用多那个心，他自认工作认真态度端正，坐办公室打游戏听电话想心事，哪一种屁股特征都挨不上，他只是喜欢随大流发发牢骚说说怪话而已，院校前途谁不忧虑？二十多年的感情了，一枯枝一落叶都像是自己家里长出来的。楼顶乌鸦水边飞雀，二十多年了，对这里也熟悉得无所不知，寒暑假里那些穿橄榄绿衣服的人很少的时候，它们也神情凄怆鸣叫悲凉。一旦军号声催得人头攒动，连顽石冻土都渐次温润，不用说年轻得像刚抽条的柳枝一样的学员，排成队伍有序行进，就是那些教室那些操场包括那些靶墙下滚烫的弹壳，也都热情奔放得要命。一个个军人像火球一样滚动来滚动去，热气腾腾，杀气腾腾。

宋体说他总要三年一次三年一次地为合同的事打洞，根本无法安心研究工作，更不用说有些建树了，还不如早死早超生，或者托成女人找个好人家嫁了。

说这话时宋体像背好了讲稿，也不管尤教员眉心的疙瘩拧得如何层峦叠嶂。末了尤教员瞪到他鼻子上又亲切问候起人家老母："你赶紧给老子滚蛋！你这种混蛋货到哪儿都是卖国贼！"尤教员几乎是大声吼叫，愤怒得像护崽的老虎一样眼珠子都是血一样红。宋体先是像手机震动似的颤抖了一下，然后迅速退到安全地带，样子很滑稽地翻滚着脸上的五颜六色，张了张嘴眼瞅着老虎咬合的力量无与伦比，也就真的像蛋的形状滚动出门，滚出门的宋体立刻体会到了羞辱的滋味，且很难说它会不会像蓬草一样疾长直至成为永久疤痕，他不想以后的日子不停翻检伤口的愈合情况，于是他马上折回去横到门口说："要卖也得能卖出去，您说呢尤教员？"不等尤教员眼珠子巴掌一样抡过来就飞走了，且很快消失在楼梯处，他知道尤教员的脾气属于酒精型，一点就着，但很快就会因燃料不足消失于无形，等到再遇到你时也许根本就想不起来，或许想起来时会骂句"混蛋小子"之类归属轻嗔系列的话。

但这次宋体想得太年轻化，这句话的锋利程度足以给尤教员的心造成贯通伤。他本来一直试图把心摁住平静下来，但不行。哪怕用尖刀把自己捣成肉臊子，那也不过是自己跟自己过不去，没有人愿意别人的手伸到自己的腹腔里手舞足蹈，即便只是伸一下也不行。他的额头上渗出了汗珠子，他像傻瓜一样被人刚刚敲打着脑袋瓜子说："你没什么用了，搭着卖也没有好价钱了。"敲打他的人用他不可限量的前程和青春活力彻底撕碎了他的希望，或者说是幻想吧。四十多的人还存有幻想真该下地狱去受苦。

易经电话里说："我要出差几天，云云学习要抓紧。"尤教员问到哪里出差，易经说没说他听得模糊，便又追问一次，易经没挂电话已经在跟别人说话了，好像是和熟人寒暄，声音清清爽爽、亮亮堂堂。

  没有易经的日子诗云很少跟他说话，放学回来把书包往书桌下一搁，梳头，洗脸，洗手，仔细擦护肤油，然后坐到饭桌前，此时冒热气的饭菜已被尤教员摆弄齐全，她只需要捻双筷子吃就妥了，之后她把碗筷收进洗槽后回屋，关门的声音轻且认真。诗云乖得像安琪儿，再听不到她在里面突然大喊"谁闲啊倒杯水喝呀"。易经的电话通常是在晚饭后打过来的，尤教员接过来想多说几句，易经通常问过诗云的情况后就挂了，遇到诗云出来上厕所接听，易经便会聊到诗云说"我得写作业"了才挂断。尤教员既恼怒又寒心，不知道什么时候开始易经已经与他无话可说了，即便他找碴再闹，她除了眼神越来越冷酷外，几乎一言不发。这种漠然更激起他万丈怒火，那就喝酒吧，那就买醉吧，其实这样高频率的醉态出镜他是迫不得已，他知道她烦这个但他还要继续，他要麻醉自己，他要引起她的注意，她对他太不像一个妻子了。以前他们也吵也闹，她有时也能大声怒吼成为左邻右舍的谈资，女人们会告诉她们男人说："你看，她不是也那样吗？"男人们通常会在遇到尤教员时说："女人挣钱多会爬到男人头上撒尿，你受苦啊。"这个时候尤教员的眼像被勾拳揣得金星四溅。易经曾经说她不想自己是泼妇，是他性情变幻无常和脾气粗鲁、毫无修养逼的，简直就是逼良为娼。

  那年冬天很冷，风声像很多发动机一起吼叫。诗云馋着火锅的味道，一家人开车到离家并不太远的叫辣翻天的火锅店吃饭。没到饭点儿，只有服务员们围在柜台前说说笑笑，不见食客。他们坐到靠窗的一张桌子上，他和诗云拿着菜单商量半天最终定下来，在火锅咕嘟出肉的香味儿时，易经发现服务生送来的盛蒜泥的碟子四周像老鼠磨牙的道场，每一个大大小小的豁口处都黏黏的，像一堆眼屎。易经就让服务生换碟子，服务生说："碟子里的料都是装好的，换碟子就得换料，换料就得加钱。"易经说："空碟子总有吧？"服务生说："没有。"易经不高兴了，说："你们这是什么服务质量？你要说连筷子都没有我们也好选吃手抓。"

  "你别为难她好不好？"尤教员说，"加钱就加钱，有什么大不了的。"

"这是加钱的事吗?"

"不就是一碟子调料嘛,犯得着不依不饶啊!"

"你站在谁一边说话呀,你不吃?"

"老子就不吃!"尤教员端起一杯茶水扣进嘴里,跳起来冲向门外。身子撞得桌子叮叮咣咣。

最后,诗云挽着妈妈打车去了另一家火锅店,尤教员把车开走了,冷风吹得易经犯了鼻炎,夜里头疼睡不着觉。

现在想想自己也许有胳膊肘儿往外拐的嫌疑,可那时易经也很不给他面子,怪得着他气哼哼拂袖而去吗?那天他也没有吃成饭,拐到姐姐家胡乱扒了几口,吃得没情没绪。

看着诗云越来越乖,尤教员少不了得意,心想孩子是好孩子,平时都叫易经教坏了,她一不在你看孩子要多乖有多乖。上次自己想吃火锅易经拧着劲儿吃面,说是天黑了没必要跑远路,他就忍了,吸溜几根面条还想着那一口味道,到底跑出去吃了,害得他还得叫上一堆朋友共同分担,吃得太晚了第二天拉肚子上不了班。那时他就很烦易经吃饭太随意,诗云想跟他出去吃都还得照顾她的情绪。

诗云安静学习的时候尤教员打开电视,有一个外国人歇斯底里吼着,不知道唱的什么。他想换频道,那支歌的旋律突然像八爪鱼的触手,挠着他众多神经中的某一根。他就听了一会儿,歌词听不懂,那是英文,后来知道那是很有名的《当男人爱上女人》,但他当时不知道。

尤教员睡觉前换的那个频道播动物世界里的角逐规则,一只强壮公狮子带一群妻小雄霸一方,当另一头更为强悍的公狮入侵领地时一场殊死战斗不可避免,最终后来者居上,前面的公狮带着奄奄一息被晚霞吞噬时,他的那群妻小转而便成为入侵者的家眷。也许有悲伤也许很无奈,但这种剧目在动物界里日日上演且常演不衰。

尤教员睡不着了,他想起易经想起他们的婚姻还有势如破竹的院校编制体制调整改革,他突然很想哭,就蒙在被子里咬住枕头哭,直到身体的汗腺累得大口喘粗气。他沉沉睡去,蜷曲着身子像一个刚出生的婴儿。

夜晚很安静，安静得吞灭一切也曝光一切，诗云听到了那扇门后弄出的微弱动静，她那时正和校草子曰发短信，一来一去校草子曰已累倒进入梦乡，诗云还没有睡意。她替父亲悲伤，她是知道一些事情端倪的，只是不忍说出来。母亲易经内心是很看不起父亲尤教员的。说句公道话，父亲的最大毛病就是耳根子软，耳根子软的人真的没办法有自己的主见，他们通常被别人一句话改变行止，比如你那样好的人不该遭遇这些那些等等，他们便会觉得真的是这样那样不公平，于是开始朝给他们这些那些不公平的人大叫大跳或者大闹，或当着一些可能给出不论是否公正评判的人的面，故意做一些他们不会甘于这样那样的境遇还很当家做主很有话语权的样子。似乎很不平的人其实不见得真的很关心他们。闹得鸡飞狗跳战事吃紧的时候，那些人或者怂恿性叫好或给出一些火上浇油的话诸如早就该这样等等，从不嫌事大。最后战火纷飞两败俱伤打扫战场的还是自己，挽回损失还算不错，当挽回的可能性几乎为零时，后悔便像癌症一样疯狂扩散无药可救。诗云认为父亲尤教员就是这样常常打扫战场的人。但母亲易经显然对父亲多年不变的药方产生了抗药性。

诗云这样想的时候瞌睡长驱直入。

小仪发现诗云恋爱的事，是在发现诗云笔袋里校草子曰的大头照，还有大头照后面的留言的时候。诗云的笔袋是一只淡蓝色的小狗，毛茸茸的，易经初见时还说她们小时候好像就没有女生过，裤子上打补丁都是时尚，属于女孩子的游戏也就是踢毽子跳皮筋玩旮旯捉迷藏。说到这里她就长叹一声，大了也不像女人。

小仪告诉诗云："校草子曰长得够帅，可交女朋友也够滥，你知道师大附中和十四中的校花跟他好过，孙璇也在追求。"诗云说："好男孩谁都爱，没人爱就不是校草。"诗云又说他对她很好，很关心她，在她很无助的时候。小仪瞪眼说："你是不是缺爱啊，爸妈还对咱们好呢。"诗云说："那不一样啊，他说他会永远爱我一个人。"小仪突然想笑，就笑了一声，想说："这样的糊涂话你也信？"她没说出来是因为她发现诗云说到校草子曰时眼睛很亮,她就知道再多说也枉然。恋爱中的女孩儿没有一个智商高的,包括她自己。

周三的体育课调到了周二,因为周二那天语文老师有事请假。于是操场上有三个班一起上体育课,一律是高三年级的。校草子曰、诗云、孙璇都看到了对方。诗云从孙璇眼里读出了恨,就知道校草子曰对自己有多好,孙璇同学就会有多恨,心里竟升腾起得意来,那是获胜方的得意,孙璇显然是明白的,于是她就直勾勾往诗云脸上勾过来,校草子曰分明也看得出来。

放学路上诗云就问校草子曰:"我俩要是再打起来你怎么办?"校草子曰笑得像一棵风里的树,说:"那我就跑啊。"诗云没有说话,他的回答显然不是她期待中的。校草子曰又笑了,这回笑得更响,说:"你啊,小女生,我肯定会一辈子保护你的,但她肯定是打不过你的,既然她肯定打不过你,我留下也没意义,看女生打架也不像话啊。"

这还像话,诗云喜滋滋地想。

回家显然晚了点儿,尤教员已经坐在饭桌前等她了,几盘菜均用碟子倒扣着,余温尚在。

一直到洗碗筷时尤教员没说一句话,眼神有些木呆呆的。诗云望向父亲时一下子闻到了衰老的气味,像需要晾晒太阳的被褥,她想起母亲已经三天没有来过电话了。

诗云被作业压得只能骂骂带课老师们的狠心肠,她坐在书本和演草纸堆的乱七八糟里开始骂校长没人性时,尤教员被歌曲裹挟着推门进来,问得小心翼翼:"帮老爸听听,这歌唱的啥?"诗云头没抬一下就嘟囔:"when the man love the woman。""啥啥啥?"尤教员压根不明白。诗云这才拿眼翻他爸爸说:"搞笑不爸爸,你也听这种歌啊,当男人爱上女人,获过奥斯卡奖的。"尤教员这才听懂了,听懂后的尤教员挠挠后脑勺没说话出去了。

尤教员真是难为情,但他马上开始赞叹,好音乐跟心走得最近,你看,词儿听不懂也觉出是那个味儿。"好音乐跟心走得最近"这句话一出口,尤教员简直佩服自己,就是个诗人或者深具诗人天分。谁说军人做不了诗人,军人的生活就是诗嘛,诗不见得就一定是花花草草、莺莺燕燕,也可以是钢枪汗水摸爬滚打嘛,不然指挥专业学员还安排基础课学习?心有多大舞台就有多大。

心有多大舞台真的会有多大吗?尤教员发现自己很长时间以来一直被类似问题困扰着,越来越重的失败感汹涌而至。他应该早一些面对去留问题的,每年年底干部转业名额下来前他和别人无一例外都感到恐慌,有时恐慌到茶饭无心夜不安枕,直至尘埃落定万事大吉,他才像爬了一趟地狱一般喘一口匀气,年复一年年年如此,他怎么就没有想过换一种活法呢?换一种活法不见得就会死,这是杨浦的话。

他应该早一点和杨浦推心置腹的,他知道他有些看法还是有用的。这个个子矮胖面色沧桑的同学加战友,和他的妻子,一个声如洪钟的女人,还有易经,都是中学同学。那时杨浦和他的妻子同班一年了还叫不上她的名字,见过第一面就在心里刻上的字就是易经,但他不是易经希望的样子,易经还是很中意海拔高一些的男人,长相拿得出手的,她这个看法原封不动遗传给了诗云,诗云自己都说她就是外貌协会的。易经选择尤教员还基于她的弟弟被他关键时刻援过手,那次援手等于救了弟弟一命。这一点尤教员并不肯承认,承认了这个核心原因等于降低了个人魅力指数,他宁可说是两情相悦。虽然尤教员时不时拿她弟弟的事以救世主自居。

尤教员拨了电话,发现杨浦在训练场搞冬训。电话一接通杨浦就哈哈大笑,说:"我知道你会打电话来的,正有个好消息告诉你,省体育中心需要一个散打教练,我告诉他们你的情况,人家很感兴趣,索要你的简历,你好好准备一下过两天我派人来取。""好好"俩字他特别用重音加强效果。

他可能听到尤教员在咽口水,这很容易理解,像他这种年纪的男人应该正是年富力强干事业的时候,而在这个年纪让他自主择业坐家里煎煎炒炒、洗衣拖地,那还不跟杀人一样?他不禁想到自己也要在这个年纪离开,想到这个他就神伤,神伤时候他就特别理解尤教员。院校编制体制调整改革方案肯定要考虑两种人的使用:有造诣的学科学术带头人,可塑性强的年轻人。除此而外,打包走人。尤教员不属于后者，更不可能蹭上前者，所以他铁定走人。像年轻教员或有望向基层交流任职，而尤教员这把年纪这种职级的老同志，基层庙小如何敬奉他这种不是大神的大神？

杨浦这样想其实意会错了尤教员，他一直需要一个定位，但杨浦这样说时他就感到自己怎么看怎么就是拍卖啊，这把年纪了还搔首弄姿、倚门卖笑，想想就要哭，混大半辈子沦落到此好像一场梦，更准确说是一场噩梦。

但杨浦不这样想，他说："男人嘛，要拿得起放得下，再轰轰烈烈到头来都要归于平淡，平平淡淡才是真，别的，都假——易经什么时候回来？"

"快了吧，应该快了。"尤教员的无助连杨浦都听得出来，他就想他们怎么了，易经怎么了？

易经回来了，是在两天后，那天雪下得很大。下雪不冷化雪冷，尤教员说："要是明天回来可就冻惨了。"易经没有说话，问诗云补课了没有，她找的复习资料寄到了没有。尤教员说："你走后云云可乖了，吃完饭门一关就写作业复习功课，根本就不用操心。""是吗？"易经瞅他一眼，"那就是你教女有方！""你"字压得那么低摆明是不信任，尤教员听得出来，听出来后尤教员有些恼火，说："你啥意思，你有方你别出差啊，还让我这无方的操心干吗？我一个大男人一下班就往厨房里烟熏火燎地忙活，伺候完她吃饭再洗衣收拾屋子，你说你一个女人当得像个女人吗？"尤教员越说越生气，越生气越觉委屈，到后来把围裙往地上一摔，围裙便像失重的蝴蝶一样一头栽倒到花丛里呻吟。

"你就闹吧你！"易经冷冷的语气轻飘飘的让人听不出情绪。

"我闹？我是该闹了，这种日子根本就不是人过的！""咚"，门在他身后摇摇晃晃，下楼的脚步急促且凌乱不堪。易经系围裙进厨房做饭，锅台，洗槽，一尘不染；地板与操作台角落，电冰箱把手，微波炉内壁，油垢深深浅浅。电冰箱冷冻抽屉外挂着冰柱，她就知道冰箱门一定曾洞开过不少时间。说过多少回了他还是一如既往，他总是猛烈关门，门在他转身后或没有转身时就像弹簧一样在关合处或根本就没有到关合处再痛快敞开，他压根不会瞟一眼直到易经发现后冰箱里已是一片狼藉。

易经心里的火像点燃的天然气一样燎着，直至诗云放学进门。诗云小鹤一样搂住妈妈的脖子狠狠亲一口，说："世上只有妈妈好，没妈的孩子像根草。"然后夸张地奔向拉杆箱，那里有她的期待。

吃饭的时候易经问她的学习，诗云却说："那件双排扣棉衣蛮潮的，送我哈。"易经一口米裹到腮帮子没说话，诗云盯着电视喊妈妈："你那款眼霜做广告了，等着哈，马上涨价，明天快去买一管恐怕还来得及。"

"吃饭，写作业！"易经显然并无兴趣。

诗云好像突然才发现尤教员不在家，扭脸瞅易经的眼神很警惕，问："你不会今晚又跟我挤吧？我写作业很晚的，耽误你睡觉不好吧。"

"写你的作业去！"易经站起来收拾饭桌。

杨浦来电话找尤教员，易经接听的。杨浦有些兴奋说："回来了？哪天赏我个脸给你接风。"他这个人掩饰情绪的功夫一流，但易经总能听得出来，听出来的易经淡淡回了一句："再说吧。"杨浦热情不减说："不能再说，再说有很大不确定性，我这个周末就安排，还是吃火锅吗？我知道一家新开张的，吃的人多，得提前订，算我巴结领导。"易经噗一声笑了，说："你想安排就安排吧，我就不愿意你们喝酒。"听得清杨浦在电话里拍大腿，他高兴的时候总喜欢拍大腿，他说："我明白，我办事你放心就好。"易经嗯了声挂掉电话自语："这心能放哪里啊。"

电话又响起来，易经已经开始洗脸，诗云拉开门喊："吵得让人抓狂，谁啊这么烦。"

是杨浦，他笑出声来说："对不起对不起，想起一件事需要请示，冒昧了。"但口气里没有一点冒昧的意思，他提起省体育中心接收尤教员的事，末了说："老尤是不是有啥想法，要是不中意再考虑别的地方。"易经听了不说话，她不说话的可能性不外乎两个，一不想听二不好做主。但杨浦怎么也没有想到易经想的却是另一件事，这件事在回来后的第四个晚上险些要了她的命。

易经后来想起事情发生之前虽然有些思想准备，但真要发生的时候她才发现那些思想准备简直就不是什么准备，或者说就没有任何准备。她头一回觉得尤教员的呼噜声不那么令人讨厌。

那天晚上她被尤教员的呼噜声吵得耳根发疼，他的面部似乎就是一个扩音器且质量检验完全达标，呼啸的声音比哪天都响亮有力。她走到客厅准备吃药，她知道安眠药的副作用，但她不想每一个夜晚都瞪眼等天亮，天亮之后的头疼恶心以及乏力等症状会像连续剧一样折磨她到天黑，然后又会是一个等待天亮的过程，如此循环往复恶性穿梭，她已经觉得睡眠像原野上的风车一样需要比堂·吉诃德更痴妄的能力才可以对付。夜晚的月光像女人光滑的脊背，客厅沙发上撂着诗云的袜子。这孩子，总是乱丢东西，上军校或许能养成一些好习惯呢。她想尤教员说的也许有些道理，温暖不是也巴望上军校吗？

这样想着捡拾起袜子，袜子上的汗味差点熏得易经栽跟头，于是顺手撂进脚盆里，想想诗云的衬衣也不干净了应该一起洗洗，反正在药劲发挥前还有点时间，听呼噜还不如干点活。诗云的门被推开后窗帘的厚度遮蔽了女人光滑的背，易经一下子就发现了很亮的一束光，那束光来自枕边。是 MP4 吧，这孩子，瞌睡太大了。易经像以往一样拿在手上准备关机，忽然觉得有些异样，手一碰，屏幕嘭地错开了。是一款手机，不是她中考后尤教员买的那款，那款没有这样的手感和重量。易经的神经立刻从四面八方马不停蹄进行大会师。她的手开始有些发抖，可怕的预感如钱塘潮水如期而至，而她就在潮水的正前方，眼睁睁看着那排山倒海的巨浪，无能为力。她不想看什么，但她的手根本不听使唤，她打开了手机里的飞信，长达数十页的对话易经还没有翻看就先感到了一阵眩晕。是一对一的对话，对方只有手机号没有显示名字，可见和诗云的熟悉以及密切程度。拥有这个号码的人是记在心里的。

"在干什么呀？"

"你猜哈，笨笨？"

"偷看你啊，嘻嘻……"

"想看就看呗，还扮贼哦？好像谁没看过谁似的！"

……

"肚子还疼吗？要不要我过来啊？"

"不疼了，照你说的喝红糖水呗……这样喝会不会胖？"

"应该不会吧，我妈喝的时间不短，一个月总有六七天，你们女人好麻烦……"

……

哎呀，这是什么？易经一下子坐到地上，她的身体仿佛刹那间患了软骨病，头在转圈，一圈一圈地转，开始还能听见心脏蹦着跳，后来越转越快，越快越忘了身体在哪里，她在哪里，她的手指尖到小臂直至头皮一截一截麻上去，最后，头猛然触到床柜门把手时疼了一下，也只是像蜂蜇了一下，随后便什么也不知道了。

是月光还是寒冷，易经到底独自晕厥独自醒来，没有人知道，夜静得可怕。她感到虚弱，非常非常虚弱，身下是寒冷的，她分明感觉到自己在瑟瑟抖动，后背很冷。眼前先是有大块大块的乌云飘舞，但是这些乌云不久就散开去，眼角有热热的东西流出来，流向太阳穴，流至耳根，再到脖子而后是后脑勺。她不出声地流泪，独自一个人的泪水像被人甩到孤岛后看着船一点点变小离去，最后被浩渺到令人绝望的海水吞没。

她觉得一切都完了，她所有的光环和所有的信心崩塌得那样彻底和无可修复。她终于不得不相信基因遗传的可怕，说到底是尤教员的不良基因，让牡丹的美最终打回到狗尾巴草的原始状态，这是不可改变的，哪怕你付出多么呕心沥血的努力，有什么用？这又有什么用！诗云就这样完成了她堕落的过程，十七岁，她还只有十七岁啊，以后的路已经不同了，她不再拥有希望的期待，也不再拥有很有期待的希望，她会在怎样的阴影里终结已不再是学生的中学时代？她不敢想下去，她希望自己在今晚之前死掉，什么也不知道，什么也不必知道。但一切晚了，晚得她就是想死都来不及了，不想知道的都知道了，她连打诗云的心都没有了。她只有后悔，后悔不该那么信任孩子，不该出差，她原本可以像母鸡一样，小鸡没有孵化出来前用温暖的翅膀一动不动守护，最好守护到也成为母鸡，那才是好母亲，才是一个母亲的成功，她无憾了。什么也来不及了。易经用力撕拽头发，用拳头狠狠捶打自己。

她不能告诉任何人包括丈夫，他要是知道这一切，他只会埋怨，只会疯狂地埋怨她或者打死诗云然后自杀，这是他处理棘手事情的方法，根本不用演算。她挣扎起来疯子一般找诗云的书包、翻检诗云的衣袋，她一遍一遍出来进去。

诗云肯定早就醒来了，醒来的她肯定发现了手机的去处，她翻来覆去，没有说话，或者正盘算着如何说话。这个夜晚的可怕诗云是后来才意识到的，当时她只想着要回手机然后依旧上学，大不了还给校草子曰算了，那是他的手机。她想得太简单了，其实事情还真是简单得几乎如一张尚未完工的风景画——但她估计不到她的母亲正处于生不如死的炼狱。

诗云最后起床找到她母亲，她母亲蜷缩在客厅的地毯上，神情绝望。诗云冲过去说："给我手机。"易经没有说话，眼神里的悲伤堆积如山。"给我手机。"诗云冷得像块千年未化的冰。

尤教员终于被闹铃搞醒，被搞醒后的他发现了家里的不同寻常。他杵着大肚子过来说："神经病，一大早干啥呢？"推着诗云说："还不上学愣啥神儿。"易经哼出声来："她——不用再上学了。""发生了啥事儿啊？"尤教员慌了神。

诗云因为尤教员的介入只好赶紧上学去了，她知道再耗下去手机是决计要不过来的，她妈妈看她的眼神差不多有生吞活剥之势。她其实不敢再要手机了，屋里的气氛使她不寒而栗，她逃也似的离开还有一个原因，她父亲已经开始怀疑事情的恶劣性了。"真是一对老古董，"诗云很不高兴，"不就是谈恋爱嘛，现在的中学生哪个不谈啊。"想到恋爱她就很是泄气，暗叹自己运背，刚开始谈就被捉到活证，也不知道她妈妈怎么就这么快发现了。易经总有女巫一样的透视性，毫无办法。

一上午的课像绝缘材料压根就不导电，她用小仪的手机不停给校草子曰发短信，她怕他再打电话或发什么短信，她母亲就会像黑洞一样全部吸纳。下课的时候校草子曰跑过来说："手机咋被你妈发现了？"诗云就说："短信发到瞌睡就睡了。"他们开始盘算各种易经有可能如何处理此事的可能性，诗云说："反正我们也没有做什么，怕什么。"校草子曰说："是不用怕。"他说这话的语气有些怪，不像平时那样中气十足。

校草子曰的中气不足是有预见性的。他从厕所出来时电话响了，是一个陌生号码，这不奇怪，通常都是小女生们的傻不拉叽，但他没想到是小女生的家长，一个情绪异常激动的强悍母亲。她问了许多，比如他们的关系和关系的亲密程度，详尽到他们恋爱的时间和相处的方式，他不知道她究竟想知道什么。不过很快就明白了"你对我女儿做了什么"具体所指的特定含义。也许她根本就不相信他说的一切孩子们的相爱方式，她是成人，成人有成人的恐怖想象，因为她马上就说要报警要把他弄到教养所或者劳教所里，在他恳求放过他并一再起誓决不会如何如何后，她突然狠狠说："你要记住这些，从今开始你不许关机不许不接听电话，直至我证实你的话可信，否则，你不用参加高考了。"又说："你的手机想要走也行，找我！"

校草子曰彻底崩溃了，他不停埋怨自己，他为什么要把自己搅到无边的恐慌和黑暗中来，他本来是带着光环的，像男神一样啊，他刚才是那样战战兢兢表白他的纯粹和简单，而人家妈妈不但不领情，还只一句话就打闷了他所有的自信，人家妈妈说："你当你是哪根草？你自己的未来充满了变数，以你现在根本不配对一个女孩子说爱，爱是责任不是冲动！"他一下子就觉得自己很无能，校草又怎样，还不是像抹布一样被人家弃之如敝屣？

诗云最终是被易经吓回家的，她本来不敢回家的，她下午放学后一直陪着校草子曰在大街上走，校草子曰告诉她一切，然后就一直慌慌张张说怎么办怎么办，样子和温暖说咋办时一模一样。"现在的男孩子咋都这样女啊。"诗云颇觉失望地想。这时易经的电话打来了，易经的情绪稳定一些了，只是口气坚硬如千年冻土。她说："诗云在你身边别说你不知道，你告诉她马上回来，三十分钟内不到家我马上报警，四十分钟内公安人员会找到你或你家里调查此事。"然后就挂了电话。校草子曰的眼神如遇鬼魅，他说："你赶快回去吧，要快。"

诗云又开始拽妈妈跟她睡了。

那天回去妈妈的悲痛一望而知，她看见女儿后魂魄倏然归位。妈妈已经一天没有喝一口水进一粒米了，憔悴得让她相信伍子胥一夜愁白头的故事。诗云眼里的泪最终流在了妈妈的手上，虽然觉得大人的思路奇诡且吓人。她说校草子曰哥哥般呵护她对她好，她从来没有感受过——因为她母亲没有生一个哥哥给她，除了哥哥和属于哥哥的呵护她什么也没有要。她以为妈妈不在乎任何人包括女儿，而爸爸从没有给过她安全感，她需要有人对她好，所以她只会考虑和校草子曰以后的相处方式以不影响学习为主，至于高考前杜绝来往的严令她需要时间慢慢来，她不许易经再那样对待校草子曰。最后还强调说："请妈妈相信自己的女儿其实不傻！"易经说声"我的傻女儿"后就给校草子曰拨了电话，同时打开了免提，同样的严令她要校草子曰一句明确表态，诗云听到对方凌乱的声音就知道他会说什么了，他的答复迅速且坚定得一丝不乱："我会做到的阿姨，我不会再和诗云来往，再不会了，绝不！"

诗云真愤怒了，她说："想不到他这样垃圾，想马上见到他大骂一通。"易经说："真能解气也好啊，可这根本没有必要，女儿你要记住，葵花只有朝着太阳才会开得炫目。"

朝日葵花，诗云就朝太阳望过去，虽然有些清冷，仍然感到了暖洋洋。

深　树

一

　　这跟我有什么关系，即使他永远打下去，打下去。桑杰揉搓着头发，头发其实刚露出头皮，像割过的韭菜地一样整整齐齐地一茬新。他把脑袋歪向窗台，眼角向窗台明显超过90°角瞥去。那里摆放着一小盆冬青，冬青半死不活地从装着双框铝合金的玻璃外面龇牙咧嘴往里掏阳光。他把水杯里的隔夜茶倾进花盆，干裂得大张着嘴的花土咕噜咕噜吞咽着，像弥留于万里沙漠的行者一点儿黑线突然蹿进了眼里的那样，即使模糊，保不定就能活蹦乱跳滚出死亡。男人干这活就是不在行，你瞅人家隔壁办公室坐着的俩女教员，杜鹃海纳养得跟人一样鲜嫩，在高原上花开得此起彼伏美不胜收，也不知道哪里拜的师求得了什么真传，反正养什么都健康向上茁壮成长。和这样一个上班就会跟游戏较劲儿、下班拧着脖子直奔通勤车的同事坐对面，真不能指望什么，连唾沫星子都不会记得飞向花盆，冬青还能活得这样苟延残喘，不错了。桑杰将目光往电脑上忙于血拼的吴世汉身上扫了一下，也就一下，血往头上可劲儿涌。屏幕上战事正酣，天上地下山头沟渠大将军似的调兵遣将指挥若定。其实吴世汉也并非全天候血战到底，有时候做个课件或者搞个教案什么的，只是桑杰去北京学习了三个月回来，青海的气候太不养人了，也就三两天的时间，人便卷得像片秋后树叶似的，浑身上下，摸哪儿哪儿一准沙沙作响，白花花的皮儿扬得雪一样热闹。其实北京的气候也真不怎么样，风的力道足可以伤筋动骨，但那里起码不缺氧吧，桑杰体会到缺氧后便觉得氧气实在太重要了。他看到吴世汉见天瞪着两眼虚拟战争还跟他学习走之前那样专注便很失望，一个战术教员板板的身条儿才几年工夫就风云突变得不像样子，腰里的游泳圈一环扣一环，怪不得他越来越不愿意站到队伍前了，人高马大的男子汉偏偏镇不住学员，可见人的威信真不能由身高决定。

以前咋没觉着呢？桑杰被轰炸机的声音搅得闹心的时候夏天走了进来，一只手挂着桌角唤他的名字："刚回来啊，氧气作用，容光焕发嘛。"然后就叮叮咣咣拖过一把椅子坐吴世汉旁边，小眼睛盯向屏幕，接着把手指杵上去小鸡啄米似的指指点点，笑得沟壑纵横，说："这些通通吃定就完胜了，方正笨得要死，整不过先闪了，其他俩笨松也快了。""嘿，他不闪谁闪？"吴世汉很是得意，嘴角像炸开的爆米花。夏天教孙子兵法，是军事理论教研室的，指点多方游戏跟玩儿一样。桑杰突然问夏天："你昨晚没回家？"吴世汉像游魂附体似的唧哝，显然有些刻意提醒夏天，就说他顺手帮忙打扫了办公室卫生。夏天心领神会地哦了声，漫应一声："也就顺手。"桑杰大笑一下，说："顺手个屁，脏得像猪圈，一上班啥都没干，净跟拖布抹布较劲儿了。"夏天腮帮子红了红就瞅吴世汉，吴世汉愣着眼发会儿呆，嗫嚅说："人家帮忙大概扫扫，可以了。"桑杰又大笑，往夏天肩上一拍，学着范伟的声调："谢谢啊！"说完谢谢又笑，自己都觉得笑得诡异。夏天这才又哦了声。桑杰显然是故意的，早晨一进办公室，办公桌还是那张办公桌，电脑还是那台电脑，偏偏像久没人气儿的样子，空气里呛的都是土腥味儿。桑杰弯腰弓背踮脚伸颈忙活好一阵，办公室一尘不染，焕然一新时吴世汉才摇摆着粗腿上楼来，手里夹一块面包，包面包的纸渗着油腻。桑杰故意说："吴教员辛苦了，办公室卫生维持得不错啊。"吴世汉把面包撂桌子上哦了声说："昨晚夏天留校，肯定是他进来浇花时顺手打扫的。"桑杰恨不得朝他越来越肥胖的脸再捶出两块面包来。看见他的发型，桑杰便说："遭难了？开学的时候还是那样吧。"桑杰比量着两耳往后的位置。"嗯，三天两头警容风纪检查，不是长了就是长了，干脆剃光算了，省得闹心。你还别说，媳妇说好看。"桑杰点头说："那是你头型好，像我这种小时候奶奶怀里抱着睡的，后脑勺溜儿尖，剃这种头就出不了门。"吴世汉哼哼着，不知是太受用了还是心里原就这么想过才剃光的，反正咕嘟着嘴开机，输入密码，弹出游戏，恶战开始。桑杰对他实在没脾气，平心而论吴世汉人缘还是不错的，总有几个烟友赌友玩友聚一处神侃，神侃倒也罢了，还弄一番轰轰烈烈气象。这时候，总是桑杰夹起资料去图书馆找清静。今天还是如此。

"完了完了，大学者又气跑了！"桑杰的背影渐渐淹没于楼道的深处，夏天的笑便如蹦了气阀的高压锅，尖起嗓门儿往上蹿，后面拖着如彗星尾巴一样宏大且烫人的气团。吴世汉轻哼一声："老大不小的人了，迷三倒四的，整出名堂我就服他。"夏天应声说："我也服他。""服"字说得稍微有点儿凌乱，吴世汉分明听出些味道，想说什么，手一直摁住鼠标像摁住高烧三天且新跛着一条腿的狗，顿了顿，嘟囔了句什么夏天没有听清楚，却听见了衣服撕碎时裂纹一条条各自散开的绝情。

"马上给我关闭游戏，办公！"教研室主任丁浩身体横在门框下，声音一下炸开了，那就是夏天听到的令人绝望的裂纹。看见夏天，丁浩更不想稍降辞色，也难怪，夏天一向的性格很有些游山逛水，除了进院部领导办公室喊报告，其他地方进进出出俨然免费如厕或蛇行蟹走于跳蚤市场什么的，进进出出也就罢了，还要摇动唇舌折腾出些动静来，搞得不少人火冒三丈一忍再忍，再忍便不肯忍下去，丁浩现在就不肯再忍了，脸色漆黑一片，像从太空船上用力一跃而出时恰逢积攒过来的宇宙射线。丁浩瞅都不瞅夏天，只往桑杰坐的地方扫一眼，就说："桑杰教员呢？军校，是军人的学校，军人就得有军人的样子，是学校就得讲究学养，这人有人样校有校规，人要脸树要皮，别让领导们大会小会骂成狗屎一堆，都一堆狗屎了还往革命队伍里晃荡，八辈子祖宗都跟着丢脸！"丁浩骂人和喝凉水一样，技术职称不高,骂街级别封顶,夏天像坐到已经启动了的高压电椅上,到底吭不出声来:人家收拾人家下属,又没提名又不道姓,开场还亮了嗓子,你能说啥?办公时间乱串办公室是学院明令禁止的,明令禁止的事说破天去总不占理,聪明之举是闭上嘴,最聪明之举还是闭上嘴,当然不能傻二叔一样杵着让人指桑骂槐当孙子训,只能开溜,但溜也要溜得有尊严,不能像踩断尾巴的老鼠一样去得灰头土脸还发着叽叽的怪叫,那不是军事教员的形象。这样想的时候吴世汉闷闷出声了,说:"桑杰带电话了啊,问问不就知道了?又没跟我说,我哪儿知道。"高!乾坤挪移大法!夏天暗暗叫好,别看吴世汉平时不吭不哈,进几个子儿还真叫人栽跟头儿。丁浩大声喊——说是喊,差不多像是从嗓子眼儿里直线扯出来的,硬邦邦不打弯儿,说:"当然得问,这回用不着我问,苟副院长那里五道金牌候着哩。打电话叫桑杰回来,五分钟,就五分钟,必须回来。"丁浩有化解吴世汉乾坤挪移大法的招数,很显然,吴世汉一板斧子砍完也没脾气。丁浩呼喊时夏天的手机可着劲儿吹着冲锋号铿锵铿锵亮相了,他摸出来捂到耳朵上就说:"找我呀,我就来,等着啊,等着啊。"啊字像披着破布的乞丐掀着夏天的小肚皮出门去,从丁浩身边经过时肚皮猛地伸出手来挠了一下,也许是抓吧,反正丁浩的胃溃疡又提醒了一下主人,轻微提醒了一下。丁浩像是拧干的水草被活生生甩到戈壁滩,呲呲吁着气,两眼望着走去的夏天跟吴世汉说:"脑袋好使也干蛋,不装东西干净得跟太平间一样。"

　　但是桑杰回来的时候丁浩却告诉他:"苟副院长一个人背着手上楼来转,办公室挨个地瞅,悄没声地,像蛇一样,你不在位,吴教员在位了还不如不在位,等着吧,有人等到看大戏哩。"桑杰知道这个"有人"指的是隔壁的隔壁的那个叫魏丽的女教员,教心理学,一大把年纪了瘦得像三九天被收割过丢往野地里冻得硬邦邦的卷心菜根,都成那样了还一个劲儿喊着减肥减肥。看见她,桑杰总想起顺了鲁迅母亲一双手套的杨二嫂。女人年轻时太瘦勉强可以叫作苗条,上了岁数的太瘦那应该是不大靠谱的干巴了。苗条两个字也不是瘦的全部定义,应该是有点曲线什么的吧,即便不满园春色山峦起伏,也大可不必犬牙交错骨肉分离啊，别人的眼球碾得很疼不要紧，自己的健康别出问题才好。她的健康恐怕也已年久失修，不用闻问切，只需一望便知：黄蜡蜡的脸上星罗棋布不少黑色或褐色标点符号以及不规则的云团，每一个符号歪七扭八地爬到像剥经错纬脱了丝的、撂到墙角或床脚的丝袜子，有气无力却显得实力雄厚，所以乍看脸就跟花猫一样不乏套路。

"标绘软件搞得怎么样了？网上对抗没它支撑都干蛋。"丁浩显然为掩饰"像蛇一样"这句话而抬起眼皮，眼皮抬起的时候就瞟见了他血红的眼角，每一根血丝鼓得胀胀的像撑了很多氮气的鱼泡，便有些恻然，说："论说这么重要的软件委任你来开发，院领导也十分重视，部里也十分信任，我也十分骄傲，应该有个相对的安静环境才好，乱哄哄的想干什么都干蛋，是凤凰就不应该当山鸡对待……这个比方可能不对，你明白意思就好了，我为这事找部里找院里反映，领导们意见也不统一，我猜是觉得给你一个人单间办公了，这个口子算是开了，一旦其他人提出同样要求，领导们不好办，希望你能理解。""哦。"桑杰心凉了凉，就像手机充着电突然插座接触不良而柔肠寸断一样，虽然说着"主任能为我想这么周全很好了"，但恰似习惯了水的鱼猛然呛了一大口，怎么想都觉得匪夷所思。想说那就在教研室内部调间办公室。丁浩先他说了："想在教研室内部调整，事情就不大嘛，可你也看见了，能像你坐下来认真整点名堂的并不多，说实在的，他们就是想整，能力有限也干蛋。就拿吴教员说吧，课上得马马虎虎，生活制度坚持得稀里马哈，跟电脑游戏比跟他媳妇都亲热，可你也看见了，他就是一个混字当头，研究研究业务那比杀他还难受，我是干着急啊，说得轻了不知道没听懂还是听懂了装蒜，说重了吧，老同志了，说破了天去多少还得给个面子，我也难哪！"桑杰又哦了声，丁浩叹了口气，说："院校改革形势逼人，想保住院校不被大浪淘沙淘掉，那就得出成果出人才，人才是一个学院的招牌，领导们都急得恨不能一夜间冒出几根大笋子整出几个郎朗来才好，教学设施弄得皇家研究院一样，干蛋！"连说几个"干蛋"后，丁浩的脸分明像太阳晒得有些过火的格桑花，紫得不像话。

桑杰走出办公室好一阵子，耳朵里还敲敲打打的像进了火红的炼钢炉。他无话可说，说了还是干蛋。桑杰突然为也用了这俩字发蒙，站着望向房顶出好一阵子神，狠狠摇了摇头，像守护一夜羊群突然淋了冷雨的藏獒。

吴世汉还在排兵布阵卖力作战，午饭号一吹响，腾起身子就往外走，动作之迅速略可窥见当年一二风范，出了门还不忘扭回头提醒桑杰，开饭了。电脑上的勇士们轰炸机们在指挥官扬长而去后，案头呈报的文件和计划的作战步骤堆积如山。桑杰只望了一眼，眼里很快长出草来，乱蓬蓬的。

二

夏天其实还是很感谢魏丽的，要不是魏丽那次部里民主测评后找部长打抱不平，没准他真成了烂肉端给院领导消毒去了，虽然有人怀疑魏丽其实是在撇清自己，因为她一向长于此道。也就是那次，夏天突然心寒了，心寒之后除了上课索性什么也不研究了。魏丽事后告诉他，说："'在周围充满可能性的时候，对其视而不见是非常困难的事'，这是陀思妥耶夫斯基的话，记住喽！"于是夏天就知道了那个外国人的智慧很有用，他一定也有过很无趣的经历，要知道这种无趣就像拧开水龙头喝水一样简单且真实，在某种意义上看，未尝不让人心寒，这种心寒更像恼火，一如受人重托费尽周折孙子一样赔尽笑脸搞定那件事后，像做了新郎般脚不踮地去告诉人家，摆好姿势等人家喜出望外连声示谢，人家却一脸茫然两眼空洞说："我给你说过吗？"你万分失望还不得不远远说起，娓娓道来半天，人家总算从堆积如山的记忆里扔出来一点儿糠皮儿，还漫不经心地说："哦，也许吧，我也就随便说说。"

夏天知道自己其实不大喜欢絮絮叨叨口若悬河的人，不管男人还是女人，他总认为男人该是山，女人应是水，山稳健、认真、大气、理性，水娴静、善良、幽默、知性，所以第一次见魏丽时很不喜欢这个抠着声带发嗲声的老女同事，那感觉像蛋壳里孵化出一条三角头颅的蛇，徐徐爬过来，居然盘卧到脚面上伸出脑袋，脑袋上还有黏糊糊的东西，颜色有些黄。那次是在她宿舍里见她的。下午刚上班，主任派他去拷贝一份资料，资料在她个人的笔记本电脑上，电脑在她宿舍里土黄色的皮包里。夏天去的时候她窸窸窣窣地到处摸袜子，一边穿鞋子一边说："听说你很有才啊，孙子兵法里有没有天门阵呀？八卦阵是不是真有死门呀？千金易得，一将难求还是一帅难求哇？"父亲做何工作啦、女朋友漂亮不漂亮啦、吃不吃鸡蛋啦……然后又一边拿出手镜仔细察看皱纹，一边唉声叹气皱着眉头絮絮不止，什么睡得不好头痛啦、高原气候太干燥容易生皱纹就得天天贴面膜啦、大S长得不漂亮但很会保养啊、上周领着刚毕业上班的女儿上街被朋友说是姐妹俩啦，等等。夏天心生不快又得哼哼哈哈敷衍，回办公室的路上阳光照得眼睛生疼，脑袋也像是别人的。主任说别得罪她。夏天当然用不着得罪她，不是一个教研室嘛，但后来的事情让夏天明白为什么主任会说那句话以及那句话的分量。新教员上课前试讲，夏天认真备课，自以为讲得天花乱坠，其他几个人与之相比，无疑瓦釜雷鸣之于山雀啄谷。听试讲的多是部里资深教员，大家或沉默或惊奇，一律是夏天预期中的反应。魏丽一言不发，一只手捏成拳头支住左腮，好像蹲踞牦牛背上的细腿蚊子，最后部长把抹布一样的目光抹过去时，她便笑得像豆豉鲮鱼罐头盒上断掉的拉环，夏天后来想起来觉得她当时的笑更像一只蚊子，她的点评听起来如同过期的面膜。魏丽咧一下嘴角，伸一根用久的教鞭一样的指头，往黑板右半部中间稍靠下的位置遥点一下便迅速收回，回头冲坐在最末一排的夏天点一下头，说："有个想法请教夏教员，你说'未战而庙算胜者，得算多也……多算胜，少算不胜'，认为'庙算''多算'达到'胜算'，务要穷尽一切可能和不可能，以期最终成为可能。那样的话，'以戈止武'真的就是达到的终极目标？"夏天记不清当时谁说句："新教员，提这种问题深了吧。"谁都知道魏丽的父亲是孙子兵法研究专家，家学渊源。魏丽这次笑得明显，至少在夏天看来。部长拱了拱眉毛，他经常这样拱，有时候拱得人心躁，说："问题无所谓深浅，夏教员也是军校毕业的，军校毕业的就是军人，是军人就得思考这个问题，至于思考得不成熟甚至不靠谱，也是可以理解的嘛，总比不思考强。"主任周期见部长态度明确，护犊的话再不好出口了，就拿眼睛望他，那眼神让夏天的心柔软且空明，空明时他就说出这些话："'想万全之策，尽万分努力，保万无一失'，这应该是未战之前的'庙算'和'多算'，'算'多，安全就有了保障，有了万无一失的安全，所有祥和和发展当然万无一失啊。国家于发展之时，人民享和平之时，恐怖一词竟然从字典里鬼魅一样蛇游出来，像被打开的潘多拉魔盒，有国际的有国内的，漠视和盲目乐观此种威胁显然属一种终极愚昧。国家反恐专家不久前警告说，恐怖威胁并非空穴来风，而是实实在在的危险。这种形势下的军队使命，必然开始从执行传统意义上的战争任务，向面对多种安全危机、执行多样化任务转变。'以戈'方能'止武'。"

魏丽哦了一声，尾音拖得又长又宽，说："演讲，像演讲一样，夏教员好口才，用兵打仗拿本兵书岂不妥了？"说这话时目光在教室里画了一个不太规整的圆圈，圆圈里的教员有的便胡乱地笑笑。大概主任周期就算再忠厚也不会看不出试讲快成了博士论文答辩，提问者有意使用了五十六种民族以外尚未发掘并予以普及的语言，而部长一根指头伸出来直接奔向右鼻孔，像螺丝钉一样深深地扭了扭，想是收获颇丰，那根手指垂向课桌下面，肯定是弹了弹，因为他的膀子微动了动。周期主任像是横了心要说点什么，夏天已开始抿了抿嘴唇，这是要说话的前奏，主任周期便把心重新捧了起来，听到夏天说："深通兵家妙理烂读兵书，未必就能有完胜把握，赵括、马谡留下千古耻笑，中学课本里选的有啊，魏教授应该知道的吧。你熟读兵书，我熟读兵书，他也懂一些兵家之道，人人都懂得兵法，人人都懂得兵家大忌，人人便都不懂得兵法，也不懂得兵家大忌了，网上演习可以，真要打起仗来，上膛射击——按兵书所示不敢越雷池一步，还不如不要懂。所以，学兵书而学死了兵书，用兵打仗而实在不会用兵打仗，问题在于一个致命的字没有悟到——变，当然了，不是所有人都有这种慧根的，没有这种慧根那是擀面杖吹火。我以为，读兵书不依兵书，晓兵法不搬兵法。虽然人人都师出孙氏,用兵打仗则看将帅妙用了。"

　　夏天那天的话如有神助,这是主任周期跟别人悄悄说的,不住嘴夸他太有才了,书读得多,有思想,就是……周期主任没有说透,夏天也不想知道那个转折后面的意味,心里不无得意,最得意的莫过于看见魏丽松弛的脸皱成了像漏了馅儿的包子。吴世汉用手机录了音播放给他听,其实根本用不着靠录音,夏天如验钞机似的发表一篇又一篇学术研究论文,那些论文像每天饭前播放的军号一样,遑论饥与饱,都会鲫鱼过江似的奔赴饭桌坐定,然后挟起一捆绿肥红瘦马不停蹄摁进去粗声大气占领市场,至于此后便像涌入过季甩卖店的长裤短裙,一个劲儿拼命淘购,便显得相貌平平了。在大多数人将网上或杂志上的文章重新组装或拆卸零部件后,无法组装得像个不计什么东西都可以的东西时,夏天就像一位大师学者了,应该说从那以后谁都对他无可挑剔了。

　　当然,只要有时间,夏天总会在收到稿费的时候请同事吃一回烧土鸡。那是一家离学院七八百米的地方,门面并不起眼,即便在镇上像乱砍滥伐后留下的树桩一样寥寥无几的馆子中,它还是显得灰头土脸毫不起眼。门前的国道一天到晚喇叭声奔走呼号,在太阳沉入崦嵫山的那一刻更像受了惊吓一样怪叫,稠如浓雾的灰尘和着汽车尾气腾空蹿起而又拧着劲儿盘旋,加上风狂妄得不得不想到粗粝这个词的时候,在小馆子里临窗而坐并不是一件愉快的事儿。不愉快的事儿还在后头,主任周期转折后面的话不因夏天不想知道而被格式化,刷新的速度不动声色且像位于床前黑洞洞张着嘴的深井,深得不知有多深,不管你小心不小心,时刻会有东西掉进去,总有一天自己也会咕咚一声,一切都完了。

　　夏天知道那天逞一时之快的后果是在不久以后,他的论文无论发表多少,期刊档次多高,见解如何深刻,学员喜欢他的课就像喜欢看超女快男一样,那又怎样?看看吧,荒郊野外黛青深树里的那点红,哪怕红得如同把人间所有种类的红一股脑儿都煮在里边,那又如何?不是那次部里的民主测评,夏天还不知道投给自己的票会有不称职。

部里的民主测评不是当场统计结果，但统计结果的传言是在呈递院领导之前，因为下班的通勤车就是一架乱了堂·吉诃德先生心智的风车，体格壮硕且可发差不多数千万伏高压电，如果条件允许，方圆百里的供电应该不成问题或许尚有节余。夏天民主测评名次靠后的话第一时间被不知道是谁幸灾乐祸说出来，而后砰一声，像打开纺锤机的爆米花大口袋，大口袋迅速膨胀得像腰围三尺多的大胖子。

魏丽是第二天上班找到部长的。部长泡了一杯铁观音，边大口吸溜吸溜喝茶边哗啦哗啦检视笔筒，那些笔插得凌乱。那是派克，卓尔系列的，那是威迪文，权威系列的，这是英雄吧——拨拉半天却怎么也找不到那支万宝龙，可能是苟副院长那次来顺走的吧。这个苟副院长，说是主管教学的，可课堂训练场跑得太勤快了，弄得他这个部长手忙脚乱，两个副部长也是提起屁股忘了椅子。不过说句公道话，苟副院长跑是跑，但不是一个多事的人，偶尔要交流个别情况外，会上一般不拿意见，除非有什么事惹毛了发一通火，火发得有序且隆重，仿佛已过多次带妆彩排静等着这一刻似的，总让人想起刘备的招牌哭声，应属异曲同工。所以部长还是给他不少面子。

魏丽说："这是妒忌，妒忌，领导一定要主持公道，此风不可长，不可长！"她的语速急促且飞快，日渐深刻的法令纹因为这种爆炸显得越发分明，黑的或褐的"标点符号"努力找寻原来的位置。部长哼哈着继续找他的万宝龙，嘴里还念叨着"怕是搁哪儿忘了吧"。魏丽略顿一顿，挺直了后背，挺直后背的她，面部严肃得像马上就可以听到宣布她出任那个在梦里使她笑得咯咯响的职务，说出来的话像背好的课文："有位名人说过，我愿用十个政客换得一位专家。院校改革我院生存压力空前，想生存就得靠人才，人才使一切不可能变成可能。人才是需要重点保护的，你不能指望他学术研究成果丰硕，人际关系也如鱼得水，不能如鱼得水就有可能挨暗枪中冷炮，这时候人才得靠领导护航，绝不可以——"

"夏天也算个人才？"部长打断的口气颇不耐烦，可能是万宝龙始终下落不明，用食指捣了几下桌子说，"写两篇文章弄几行字儿属个人行为，个人行为不关乎学院的生存发展，再说民主测评结果是怎样就是怎样，他需要自我检讨。"魏丽的眉毛稀稀拉拉得若有若无，虽然画粗了不少，还是滑稽地抻了一下，后背挺得越发笔直，咳嗽两声，部长倒腾笔筒的手便摆了摆——与其说摆不如说甩更确切，说："你不要再说了，我知道这事儿了，就给他评定成称职可以了吧。"

魏丽出门时忘了敬礼。

三

夏天听到的另外一个版本是吴世汉复制来的，他说那天魏丽其实一进部长办公室哭得叽唧叽唧的，像半树老花黄皮腊肉被谁的唾沫误溅上几点儿，便簌簌作梨花带雨般，眼窝里的泪如胡乱挖了几锹的黄汤泥坑，泥坑四周是冰冷的稀泥。用吴世汉的话说，魏丽铺垫好哭相后想说的话便蓬蓬勃勃。魏丽说她兢兢业业为教育事业呕心沥血，历任领导都有共识，同事们也都交口称赞，学院的建设离不开她，学员们喜欢她的课就像老鼠喜欢大米一样，她不能听任何哪怕说她课讲得通俗易懂其实暗指缺乏深度这样的表扬，因为她性格直爽为人耿直做事正直，夏天的民主测评结果多少会有好事者以为是她宣扬的结果，其实她比窦娥冤比李广屈，以前就算了，这次她绝不能容人家倒屎盆子给她……总之哭得部长鼻子发酸喉头发紧，他很担心再听下去他会将民主测评结果报告撕得粉碎，然后手一扬，满天便如鸽子敛去了一样。吴世汉重复完说："当然了，这更接近事实真相。"夏天宁可相信前者，起码魏丽肯定了他是人才，"木秀于林，风必摧之"，总比听起来他像过街老鼠一样好吧。相信了前者，夏天心寒了，教研学术开始撂挑子了，失意的才子比失意的傻子更易心安理得吧。其实那次苟副院长听说夏天的民主测评结果也愤怒了一下，说："胡整！"说完胡整也就没了下文，没了下文的苟副院长依然坐台上讲他的话："作为一个学院，容纳有争议的学术观点，注重培养教学骨干，我坚持任人唯贤，唯才是举，做到人尽其才，才尽其用，与党委一班人确立'出人才就是出政绩'的观念，为人才开绿灯，为人才护航。"诸如此类的话师生们报以热烈掌声，但夏天再也不像当初那样热血沸腾了，热血再也不沸腾的夏天除上课外，不肯再在办公室扫一眼哪怕是一个符号那么简单的事。但他的课讲得还是龙飞凤舞不容置喙。

周期主任也着急过，他发现夏天不对劲儿是夏天最后一次在收发室签收稿费。这年头差不多全世界的人都在往外掏版面费，学院里也就除了他夏天隔三岔五进账，不少人忽悠着他请客，他通常会乐不可支呼三邀五出门小聚。那天下午上班，风刮得地球惊恐不安，差不多千万台发动机一起发动，到处都是慌作一团的声音。经过收发室的时候收发员喊住了夏天，夏天照例在签收簿上签自己名字，不知哪个人一旁咋呼一句："夏教员还请客啊。"夏天数钱的手嗖地往裤袋里一塞，瞪过来，大声地哼了哼，说："你谁呀，凭什么呀，我跟孙子一样爬格子的时候你在哪儿，这跟你挨得着嘛！"本来一前一后和周期走过去的丁浩回头说："人家是善意。"夏天闷声唧哝句什么，头一昂一昂飞步上楼去了，周期倒是听清了他的话："他是病人，并且是心理平衡感很差的病人。"丁浩的脸像翻腾着的犁铧，咕噜噜一阵地皮便纷纷卷向两边，周期拿不准他是听见了还是只看见夏天上楼的样子。"这孩子。"周期故意嘟囔一声。

周期后来找夏天谈过话，可总抵不过事实，事实是每年的优秀教员评选任他如何推荐均无功而返，他有时候想，他得跟部长或者苟副院长谈谈——苟副院长还是很理解教员的，相信他会说句话的，可能不只一句，将一切重新洗牌都有可能。后来周期主任真的去找了，苟副院长说："你了解他多少？"主任摸着略微鼓起的肚子说："我对他的了解可能比任何人都深，从他入校那天起，后来试讲，再后来他头一个独当一面接手这门课，我都有掌握，这孩子……哦，夏教员很有思想，读过很多书，工作很认真很负责，你看他课上得多成功，孙子兵法课什么时候上得出现过这种精彩？没有！学员们每天净盼他的课——这孩子……教员的积极性要是调动起来，嘿，那还不比藏羚羊跑得快跑得带劲啊！说实在的，我在部队摔打二十多年了，也算没吃过羚羊肉也见过羚羊跑吧，对待这样的人等同于普通教员管理和使用显然不合适，不合适就得放下身段修订。"

周期认真得像个新生儿头回看世界一样，说到兴奋处两条又短又粗的眉毛跳舞一样踢踢踏踏。苟副院长一直盯他舞蹈的样子说："还有呢？一起说。""这还不够？"周期有些意外。别看苟副院长会上说话很有逻辑性很会讲，其实私底下交流他多是听者且极少有倾向性的引导，或许这是领导艺术吧。周期坐了近一小时突然得到这种反应令他有些发愣，一时间不知道是往下说还是不说，往下说的话怎么说，如果打住不说那前面说的就失去了意义，失去了意义还不如不说。在周期愣怔的时间里门口轻敲两下，他腾身起来，他知道没有打报告而是这种提醒式的敲门，来人一定是部门以上的领导。部长推门进来了，周期的猜测不错。

推门进来的部长看见周期就笑了，说："噢，汇报工作啊。"这种笑里的责备周期主任是读得懂的，越级汇报工作显然不合程序，不合程序那就是有厚远薄近的意思。周期的局促苟副院长不会看不到，苟副院长说："正想找你商量个事儿。"周期知道该是离开的时候了，就收拾好笔想说领导们谈工作吧，部长的笑从苟副院长脸上像麻花似的又拧过来，说："一会儿到我办公室去，有事。"说这话的时候眼睛掠过周期看着对面的墙，墙上新刷着不见得很环保的涂料，像他那道虚虚的眼神，看似什么也没有，其实场面已经锣鼓喧天了。

周期一直在想部长找他会有什么事儿，最近室内室外课堂管理没人捅什么娄子啊，也没见教员误课，有课上课，没课办公室坐着，军校老师不存在不坐班可以离岗的问题，教研室里不分你是技术五级还是技术十几级，打扫卫生一律不分级，就是学术研究有些黄皮腊肉，那也是……人家没什么动力嘛，按理说马还分个乌骓赤兔，都搁一个槽子里喂养，天鹅也会养成鸡。天鹅有天鹅的养法，鸡有鸡的喂法。这一点他太有想法了，本来也要找部长谈的，但部长总像日理万机的样子，说话的时候一直站着，站着就是不准备耐心听任何人说不感兴趣的事儿，话刚开个头他一准会突然打断，"我知道了"或"好吧就这样吧，以后再说吧，我现在忙个事儿。"然后或抓起电话狂拨或呼呼啦啦翻文件，文件纸一张一张像三四月份的风满世界尖叫。今天的谈话也是这样开始也是这样结束的，周期都有些怀疑部长刚才在苟副院长房中的郑重其事似乎是临时的决定，至于那个决定是一时兴起还是暗示苟副院长训练部的人该向他汇报工作才对，周期想不透也不愿深想，总之他对领导们的心思一向疏于琢磨，此时越发懒得琢磨，只想马上找到夏天。

夏天下课还没有回来，周期路过勤务教研室门口很后悔摆了一下头，也就那么一摆头，丁浩像专候着他似的一下子从椅子上蹦起来，省前散打冠军身手真叫敏捷，周期本能往后闪了闪还是被他捉了进去。丁浩高着声说话，脖子上的青筋像一根根吸饱了血后蠕动着身子用力往外拱的蚯蚓，周期慌忙掩上房门。丁浩喊："你那个二愣子宝贝太不像话了，有那样说话的吗？搁着我头几年的脾气非打他个红白相间不可。"周期听说又是夏天的事，就不吭声了。丁浩也不是第一次告状，平心而论，未必都怪着夏天。丁浩说话其实很伤人，用夏天的话说："他整个一娘们儿，也就是他们教研室的人老实不多事，换别人见天那还不跟打擂台一样啊。"上次说夏天到他办公室长驱直入，如入无人之境不打报告，周期找夏天问了，问得很严肃，夏天说："谁到他办公室去了，我到他办公室抽风啊！"这个"他"咬得很重，周期也不相信夏天去他办公室"抽风"，就说："你不去人家咬你干甚？"夏天"呸"了声说："找吴世汉不行啊，他溜达过来怪我啊，他是銮驾出行人人见了都得三叩九拜山呼万岁啊！"周期愣了愣，一时找不出合适的话回他，只好说："以后不要串办公室，见了老同志礼节礼貌周到些，礼多人不怪嘛。"

丁浩的话像打雷一样、不容周期不仰脸望他，周期好脾气地问："又是啥事惹主任不高兴啊，回头我收拾他。"丁浩咽了口唾沫说："是要好好收拾，牛屁哄哄，毛长！"

丁浩说："按教务安排，今天轮到我和魏教授听夏天的课，下课后我和魏教授鼓励他几句，年轻人嘛给个芝麻当绿豆，真当自己就是个军事指挥家了，胡吹乱侃起来，魏教授是个女同志说话含蓄，说我当散打冠军那会儿谁见谁夸，我还一个劲儿说侥幸，纯属侥幸。二愣子也不傻，赶紧说一堆奉承话，咱也当了几十年兵，哪儿能见彩虹就真当桥上啊，何况活这么大年纪了，夹枪带棒的话还是听得出来，就开玩笑说不许搞个人崇拜，你那二愣子宝贝跟我尥蹶子就跑了，当着魏教授，当着一群学员，这不是不知好歹嘛，我这脸像叫人扇了嘴巴子一样！"说到后来，脸涨得真像刚抽过耳光一样，亮晃晃像淋过雨的隔夜紫茄子。周期一个劲儿怪夏天，年轻人嘴上没毛办事不牢，请丁主任大人大量别跟毛孩子一般见识。丁浩哦哦着鼓起两腮像从腹腔里往外伸手猛抠嗓子眼儿似的，最后嘴巴略一噘，"呸！"痰呈抛物线快速飞往门后塑料筒，或许是内气压强过大，叭，泛着荧光的墙裙结结实实挨了一下，那口恶痰便和墙面如胶似漆了。痰从丁浩嘴里往外飞时，周期的脸颊、鼻头、眼皮处几点凉意，便轻抹一把，也不好闪得太远。

"主任，优质大课评比我还参加不参加？"桑杰挤到门缝里往里瞅，也擦着几滴飞雨，便急忙掩上门。丁浩不理桑杰，指头戳到周期胸口说："他这尻毛病也就你宰相肚里撑得船，要是犯我手里……差点儿叫这二愣子气忘了，优质大课评比谁他奶奶安排的，比赛还分三个等级，哪能按技术职称分哪，说到底都是教员，是骡子是马拉出来一起遛遛，教授咋啦，教授还能成精？有的职称上去了，论能力还不是个尻！"说起优质大课比赛，丁浩的怒火像高压锅拔掉了气阀，接二连三吐了几口大黄痰。周期一边抹脸一边说："那不成了一锅煮了嘛，那不成了大杂烩了嘛，领导有领导的考虑啊，咱还说啥哩。"丁浩听见，最后那口痰没运好气流，噗，吐脚下半口，剩下半口挂在嘴角，瞪大眼说："你呀你呀，都混到这份儿上了还怕啥啊，你就是屁事儿不干躺到年底，谁还能把你怎么样呀。你就是老实，你就是干到将军那一级也就这样儿了！"周期心想：你要是评上了高职就不说这话了，你这老中级讲师和那帮年轻人放一块儿比赛你是磨不开脸啊。昨天教务科发下比赛通知时，主任心里暖了暖，觉得苟副院长人还是不错的，还是肯听进劝的。上周部里往各科室征询意见时，正赶上苟副院长转过来，大家发了不少牢骚，有说往年的一锅煮不公平，评委里有领导有教授，比赛队伍里也有教授，自己讲自己评，年轻教员吃亏。有说高职未必讲得过中职，中职不见得强过初职，论资排辈打分调动不了大家积极性。有说比赛标准太笼统不精细等等。然后再下来的通知就改成了高、中、初三个比赛组,标准不见得有多细化,至少说明领导重视了来自教学第一线的声音。

丁浩的牢骚周期是理解的,他担着一个教研室主任的名头,其实从行政套改技术职称没几年,他的外语考试总是不合格,不合格就没了进园门票,没了进园门票就一直等在门外等开放时间,心痒痒耐不住往园里观风景,越瞅越心焦。加上这两年院校落实编制,高职一直超编,超编了他更没戏了,没戏了再瞅高职们一个个云淡风轻鸟飞鹤翔的样子,休眠火山彻底苏醒了,苏醒过来的火山很壮观,其实再壮观到最后也不过是可怕的死寂和无奈。丁浩现在就很无奈,周期理解。

四

夏天见到周期的时候已是下午上班以后。太阳像把快刀一样切割起床后的心情。每天午觉后从床上爬起来都很艰难,瞌睡像猫一样懒散,走出楼房的一瞬间,就被激光似的高原光线打得体无完肤。

周期打定了主意要鼓励夏天继续教学研究两不误,压根就不想提丁浩的事儿,他知道丁浩心眼儿比针鼻儿还小,多半是他那张破嘴招惹下的,那张破嘴招惹的事还真不少,主要是牢骚怪话成群结队,好在没几个人的口才跟他有一拼,也就没遇到夏天这样的"二愣子",没遇到"二愣子"的丁浩越来越没口德。周期是想问夏天另一件事,那件事儿是午饭后发生的,他进教员宿舍楼休息之前,学员队队长一个人迎着他走过来。当时风和树梢聊得正起劲儿,树梢吭哧吭哧往外抽条儿,春风该绿高原了。学员队长横着身子拦住周期,可能是早就等着他了,反正周期一拐弯他就出现了。学员队队长双腿像斜写的A字母,站在那儿,他略略朝周期探了探身子就笑,笑得像撕咬开锅羊肉一样,周期那时就这么想。学员队队长说:"跟主任建议个事儿好不好?咱是很尊敬教员的,您也是我的老师,了解我,咱啥时候不是盼咐一声赶紧落实的?跟夏教员建个议,以后管理课堂时,干部学员要区别对待,别盯着跟课干部不放,干部还得在学员跟前树个威信,便于学员们的日常管理嘛,您说是不是?""那还用说。"周期已经知道学员队队长的意思。说实在的,这个学员队队长在这个位置上四五年了,人还是很负责的,能说这个话肯定事情有些过火,就截住话头说:"这个事夏教员跟我汇报了,我这几天准备整理一些情况跟学员大队找时间交流交流,有些管理问题很有必要交换意见。"说这话时他心里其实很没底,不知道夏天究竟搞到什么份儿上,但他肯定先在学员队干部面前为自己部下树威,他太清楚教员的地位,不用说别的,有的学员也实在很不像话,四年里学问没啥日新月异,先把看人下菜过河拆桥的本事练得风生水起,一门课考试一结束,曾授过课的教员便形同陌路,教员的心寒得结冰。周期是知道随时随地维护教员课堂权威的,他宁可冒局面不可收拾的未知危险,但他此刻心里很踏实。他喜欢夏天喜欢得不得了,他常想年轻真好,就像抬眼可望见山那边墨一样深的大片大片树,鸟儿在里头随便折腾,想翻筋斗就翻筋斗,想唱歌就唱歌,哪怕翻筋斗摔个跟头跌破点儿皮,唱歌唱得岔了音拐了调儿,又有何妨?年轻嘛,年轻就跟个老江湖一样总会缺点什么。周期这样想的时候就希望自己就是那墨一样深的大片大片树,容得了夏天这只鸟儿的折腾,虽然少不了一些儿噪声什么的,但总归比死一样静寂容易让人兴奋。

"我真想朝那二尻队长屁股上踹,看着他狗啃泥趴地上!"夏天说这话时嘴角向上翘得很高,好像他真的已经一个侧踹动作朝学员队长的屁股上踢了,因为他居然笑出了声,还说:"是昨天下午课上的事儿。"周期把身子塞进椅子里,两手交叠抚到肚子上,神情温和。夏天开始数落学员队队长种种很"二"的表现:"跟课不和学员一起进教室,直接拐教学值班室,一边喷云吐雾一边跟几个队长或教导员聚一处吹牛,神侃海吹够了,离下课时间也差不多了,或瞅着领导来查课了,这才熊一样滚爬进教室。爬来就爬来了吧,手里还带不少'私活',忙'私活'就老老实实忙呗,还猪鼻子插葱,教室里到处溜达,溜达就溜达吧,还溜达到第一排,到这个学员头上搗搗那个耳朵上拧拧,要么抄起手里不知什么东西远距离投掷,你说投掷有准头还罢了,走神的人没打着,倒把专心听课的打得走神,弄得教员学员一起走神，这算什么呀？后来一见他顺着两排课桌的走道溜达过来，我就昂首挺胸迎面赶上去，有眼色的明白了当然就坐回去吧，你猜怎么着，他还硬挤着和我两列火车搞擦肩而过，那么窄的道儿我想修双车道对着开也不容易啊，逼得我没辙儿，反正到悬崖上了，不是你跳下去就是我推你跳下去。""怎么样？"周期已经把手从肚子上搁到了桌上。夏天又笑一声，说："不怎么样，就是搞了敌进我进，敌退我进啊，硬把二尻队长整到讲台上了，然后我就给值班班长示意下课，值班班长按规定整队向我敬礼报告，我按规定还礼宣布下课，之后按规定就走出教室，二尻队长晾在讲台上像总打不着羊的灰太狼，按规定样子很悲剧！"

"噗！"周期终于没能忍住盘桓腹腔好一阵子的笑，这笑原本想留给老婆的。他老婆像是个极灵敏的仪器，稍一触碰就会笑得灿烂像个孩子，且像聊斋里的那个婴宁一样没完没了，可他就是喜欢看老婆这样笑，老婆这样笑的时候他感觉满天的花都在开放，花蕊里塞满花粉，花儿就纷纷飘落在铺满小石子的路上，路上刚被雨洗过，小石子也清清爽爽，然后风轻轻抚过来的时候，落花就左一堆右一堆，漂亮得心里落满了幸福。

夏天仿佛自己骑在牦牛背上，嗅着春天的青草味看着周期，他喜欢看主任这样的笑，很快乐，很简单，暖和得像油菜花盛开时的青海湖畔。他是一个好人，这样的好人还是有的，哪怕是在主任第一次训教夏天时他就是这样想的。那次的训教是在分配到学院后的第三周的试讲，那堂课他准备得非常充分，基本上是使出了之前之后的大半解数，那次不是他一个人试讲，还有桑杰。他记得那是九月份的一个上午，风刮得窗子上的玻璃砰砰响，教室里坐满了教员，当然有院部领导，气氛有严肃的幽默感。几个新教员串场子一样讲完，领导就会让听课人谈看法，通常先问一些对口专业的教研室主任或教员，这些人少不了会从教姿教态以及容易一望而知的时间把握上找突破口，最后当然都会说"新教员嘛，经验不足需要磨炼"等等带有惯例性的话。这样的话在夏天这里并不会例外，所以他就不服，其实桑杰也不服，不过桑杰没有在领导让他们表态时为自己辩驳，只是附和了夏天，因为夏天说教姿教态没有像八股文一样的招式，也用不着一律像狼嗥似的扯着嗓门儿喊就算是军校教员的统一标准，也就是这句话得了个"不够虚心"的评价，桑杰也因为有同党嫌疑而有好一阵子郁闷，陪着夏天试讲了四遍才算通过，到第四遍时两个人都明白了谦虚的重要。而在夏天第一次试讲后，周期关起门来长谈，先肯定他思想，有深度备课很充分，而后提到表态不当引发不对应的评价，没想到夏天一下子就炸了，大叫："他们的评价有什么了不起！"然后挺直了身子，站在主任面前。周期显然被他的尖声高叫惊得有点七荤八素，他睁大了眼睛，抬头注视着夏天的脸有数秒钟。夏天面部轮廓分明，上唇的软毛粗野而漂亮，眼睛毛茸茸的酷似波斯猫，如果是个女人他一定也是个美人胚子。"我再也不管你这种事了！"周期突然大声吼着，这让夏天有点胆战心惊。周期继续嚷："我要是你父母会把你这个混球的肠子打上结，叫你屎都拉不出来！"夏天没有再大叫大嚷，他突然觉得周期心眼儿很不错，让老实人发火，他夏天真是该骂。

现在夏天离周期很近，近得鼻息清晰可辨。他把手插到裤袋里，上唇新刮过的胡子泛着青茬儿。这孩子受委屈了，周期心里有了一种疼，心里有了疼的主任便在"噗"地笑出声后暖暖问他："和丁浩主任——咋回事？"

"我就知道这母鸡不乱打鸣是不符合动物本性的！"夏天去主任对面塑料椅子上坐下，静静看过去，脸上淡淡地笑着。夏天的反应实在出乎周期的意料。这孩子真的心如止水毁了吗？周期的鼻子有些犯酸，没有民主测评前的夏天眼神总是婴孩儿那样清澈，泛着光的额头上像刚洗过澡的春天，看到他从办公室出出进进，新式军装穿在他身上就让人想起雨后疯长的春笋，周期的精神跟着会从心里发出笑声来，暗暗说："瞧，阳光，这就是阳光男孩儿！"现在的夏天似乎一夜间沉闷了许多，沉闷了许多的夏天说："我肯定会尊重他，就冲他以前像个军营男子汉，但尊重是双向的，凭什么垫块砖就当成星光大道闪耀出来的阿宝？当阿宝就当阿宝吧，还对媒体耍大牌，那不是没事儿找抽型嘛！这样说吧，就算我说'成龙第二'这话有夸张的意味吧，那也没什么恶意，谁都听得出来，学员一堆嘛，何况我还真对身怀功夫的男人怀着敬意,您猜他怎么说?'你小子不是啥好鸟儿,别巴结老子!'这是人话吗?我也要脸的人,用得着这样啊?我立马翻脸了,说:'你是哪根儿草啊我要巴结你?能给我破格提升了还是能投我公正一票啊!'这是实在话,实在话就不能算损。那只母鸡!"夏天又骂了一句,脸上泛起微微的红。夏天有个好处,不屑撒谎,周期很欣赏他这一点,对他的话不用怀疑,丁浩的为人也不是一天两天了,周期心里有数。

"这样吧,"主任斟酌一下谨慎开口了,"去道个歉,跌不了你啥份儿。""不行!"夏天回答干脆得像射往钢板上的子弹,脊柱挺得笔直,瞪向主任的目光跟刀子一样发着冷冷的光且铮铮有声,而后塑料座椅吱嘎一声退到墙角的柜子前,人便到了门外,脚步声急促且沉闷,周期的眼神和灰尘厚重的天一样一下子暗了下来。他读得出那种愤怒,如果倒退几年,夏天还会跟他大嚷大叫,只是周期已没有当年骂着把肠子打上结的底气了,他为夏天能做的微乎其微,他甚至对别人的妒忌无能为力。他权力就那么一点儿,想递把伞过去自己都免不了挨雨淋。他文化底子薄,托了头几年政策宽,职称才调到了副高,后来费了吃奶力气勉勉强强续任,心里早已如履薄冰。如履薄冰的他很佩服像夏天这样的人,只要环境宽松,他一定会一飞冲天势不可挡的,就像丑小鸭命定就是白天鹅。

夏天从房间冲向走廊时差点撞到一个人怀里,他眼皮抬都不想抬一下黑着眼就走了。那人急忙贴向墙根迅速闪避,停下脚步往夏天的背影望过去,直到背影在楼梯的光亮处猛然一闪,走廊里感应灯跟着就黑下来,他便若有所思,而后把并不魁伟但不算老态的身体转过来,向洞开的房间探一下头,轻咳一声。周期叹了一声抬起头,暗淡的目光像突然插上了电源,哗哗啦啦从椅子里把自己拔出来,拔得虽然费力但很坚决,背挺得很直,笑嘻嘻说:"院长来了。"院长黄亚东点点头,就把自己送进房间里,往柜子前的塑料椅里安顿下来,然后示意他也坐。院长黄亚东的眼睛亮堂堂,像夜月下坠向湖面的珍珠。"难为小家伙了?"院长黄亚东用一种不可能被误解的神态看着周期,开始把疑问抛过去。

五

今天的天气真是美极了！桑杰站在除草机新割过的草坪上，草坪上三三两两种些高高矮矮的树，风停了几天了，树上的叶子掉下不少。面对着阳光闭上眼睛，眼睛里闪烁着红光，草的青味儿醇厚如陈年老酒，还有沙棘、野杏树、紫丁香以及松枝和各种青草或酽或淡混合的味道。该回办公室了，还要做那个标绘平台软件。桑杰睁开眼，太阳突然黑了一下。"桑杰教员，下午总队来人，部里通知停课打扫室内外卫生。"好像是吴世汉，好像是丁浩，好像是别人叫他吧，桑杰再睁开眼睛，身边是穿白大褂的医务人员，目光投射到白大褂上时，突然发现或蝌蚪或烟尘一样的黑东西飘来飘去，他们的脸近在咫尺却模糊不清。不用说桑杰就知道病真的到了。几个星期前他已经发现眼前的悬浮物越来越多，视力下降得很厉害，他悄悄问过武警医院当医生的战友，战友警告他必须马上休息，不能再像小蝌蚪找妈妈一样在电脑上游来游去，眼睛会瞎的。"那还不是干蛋？"桑杰叹着气想怎么能不游呢？想不游也难哪。为了开发这个软件，他的日子早已像风车似的失速运转，父母是什么时候去看的？带五岁女儿去人民公园滑旱冰的事好像是两个月前答应的吧？他已经记不大清了，记不大清的他真的就像一个小蜗牛一样爬在电脑上。他顾不上吴世汉游戏的干扰了，因为每次丁浩都会提起成果这种字，好像偌大学院的生死存亡净指着他桑杰开发出来的武警作战勤务标绘平台软件，似乎这件事成了定海神针。还不干蛋？还不是一锅烩啊！桑杰很有情绪，对部长，对丁浩，包括吴世汉，偌大个学院怎么就不能找出一半间房子来临时用用？领导那么重视的软件开发怎么就不能有一些实际意义的支持，比如资金，比如帮手，比如时间？拉磨还得给驴喂料呢，买那么多书谁家里也不是开着银行，谁的身体也不是金刚不坏啊。有时候想起来桑杰真的很沮丧。他再也不用费那么大劲儿，干这么多活：上课，打扫卫生，政治学习，课间操，训练，还有没完没了的各种大小会议，躺在床上的桑杰不想再睁开眼睛了，他太累了，累病了。

丁浩来看过两次，确切地说只有一次，另一次是苟副院长带着来的。头一次来桑杰还没有完全清醒，丁浩就对着他的耳朵说："咋整的，跟老子装熊包吓唬老子啊！"神情像对着一架接触不良的麦克风。桑杰磨磨蹭蹭翻过身子，似睁未睁的眼望对面那张床，人影幢幢，绿的白的衣服缝隙里透过来的光很单调。不大好，桑杰把喉头深处的空气调试了一下，看不清。丁浩听清了病情，就急得跟门诊部陈曦主任吆喝："赶紧想办法，最好是三天内，他必须能恢复视力，必须坐到电脑前。"陈曦笑一声，笑声像在鼻孔里挤挤撞撞好久硬被推出来似的，说："好啊，你来试试？你穿我这白大褂，我到黄院长跟前替你请功，三天，准成！"丁浩绿了脸，说："你别寒碜我，这事儿不是玩笑的，他手头有个活儿指望近期忙乎完，院领导很重视，耽误不起。"陈曦这回严肃了，很郑重其事地惊讶了，剜他一眼又一眼，像剜着一只院里蹲踞树杈间开始扑腾的乌鸦，树枝落光了叶子，只剩下花椒树一样的蒺藜挂落一树一地的黑羽毛，说："那你把你的人抬走吧，我要有这本事早上301医院当院长了。"后面的护士哧哧直笑。丁浩说："看你美的，我把病人抬你家去，你媳妇还不把你这松娃子吃了。"陈曦嘿嘿笑着说："我媳妇也就是嘴头子凶煞，其实是豆腐脑心肠，倒是你媳妇见天叫你当沙袋搋，喧乎得很哪。"笑声从病房滚向走廊，又顺着楼梯咯噔咯噔的疾走。跟着笑声滚出去的还有丁浩，他边下楼边笑骂着："你这松娃子嘴头子也凶煞啊！"等人到楼下就骂开了："我呸，尻本事没有跟老子耍嘴皮子一愣一愣的，老子当兵那会儿你还赶着老子叫叔叔哩。"

第二次苟副院长带着他来是在两天之后，来的那天门诊部主任陈曦正打算开转诊单，他准备让桑杰去武警医院住院治疗。苟副院长眉头拧成俩疙瘩不吭声，丁浩沉不住气了，说："这哪能啊，人走了软件开发谁弄啊。"门诊部主任到底发愣了，说："人快瞎了哪急哪缓啊，你们教研室编制不少吧，离了张胖子就要吃带毛的猪不成？"苟副院长瞅一眼桑杰，俯下身子轻声说："真有那么严重，能不能坚持几天啊桑杰教员？有困难跟你丁主任提出来，能解决的领导会考虑的。"这话听起来像是对桑杰说的,又像是问陈曦。陈曦这回不吭声了,脸上的笑很淡,像被风带得晕头转向的云,就那么丝丝缕缕地游着。桑杰只躺了两天,就开始躺不住了,倒不是身体根本没有受什么伤,那天倒下去的地方幸好是在草地上。他还真的着急那个开发的软件,都到关键时候了,哪能真放下就放得下啊,毕竟是自己一个人孤独地煎熬过来的,电脑这个东西,一旦服服帖帖跟定了主人,还是蛮有意思的,现在梦里都是那些东西,别人真还未必能接得过手,接不过手,就指望不了谁来替自己走下去且走得像自己,不能像自己就不能交出手。想到这里就张张嘴,想说那就试试吧。桑杰这个人,当不得别人一句暖胃的话,肚子里再多怨气也顾不得了。陈曦就朝他使眼色,桑杰犹豫了一下,他知道他是一个好人,但还是掠过好人——一个门诊部主任,说:"那就试试吧。"话一出口,笑声就像等在门外,此时一下子涌进来淹没了苟副院长和丁浩,整个病房春天带来的鲜花不分前后地开放得心急火燎。

为这事陈曦把桑杰好一顿数落,说:"就你能啊,这个学院里的人,从年初躺到年尾钱没少拿一分的还少啊,你以为你是蜜蜂只管采花不吃蜜呀,我把这话给你放这儿,活不干有人催,眼瞎了可没人给你当拐杖。"话是这么说,最好的药还是咬牙开了,理疗照样上。

夏天知道这事是在三天后,那天做完课间操,溜达去门诊部看牙,桑杰正爬在病床上看书,手里拿着放大镜,像旧时账房先生一样,样子很滑稽。夏天就笑着走进去,放大镜下的字像刚烘烤好的新鲜面包,桑杰就像啃面包的乞儿,一只手的中指和食指揸成打开的剪刀样子,压住左右书页。看着看着,夏天的笑快速倒退如潮水一样。敛了笑容的夏天走出门时轻轻掩了病房的门,门上乳黄的漆狠狠闪了一下。

夏天遇见魏丽是在门诊部一楼大厅里,她甩着手,高跟鞋踩在水泥地板上咯噔咯噔的,骤听起来那声音好像进了裁缝铺,两条细腿扯得军裤像瘪了嘴的老太太。哦,可怜,夏天想。她其实真的可怜。奔五十的女人,还要炫耀自己的身材,一点也没有意识到这个时候的身材已经是明日黄花了,说老实话,她年轻时候可能也不怎么样,最多称得上苗条。其实对女人来讲，苗条也就是干巴的前期，年轻时候的干巴如果还有个苗条可以对付过去，年纪大了真就干了。既有妇科病，发表的学术论文还咸不咸淡不淡只能倒贴版面费，还要长年累月捏着嗓子发嗲音，要是为了一点面子，魏丽变得虚伪、世俗、唯利是图，你能怪她吗？不错，她总是从年初开始叨唠自己身体这不行了、那不好了、要为学院让出高职的编制啦等等，到年底，哦，差不多十月份以后就闭口不再提了。她不想白白损失一个高级职称，毕竟这在许多人眼里是金饭碗，她魏丽凭什么要损失？不损失就不损失吧，她跟年轻人争讨一些荣誉时几近疯狂，诸如巾帼建功先进个人啦、三八红旗手啦、军队院校育才奖啦什么的，总之，她是既要职称也要荣誉，提出退役的事根本就是闲磕牙，压根什么都不想舍下。

不管怎样，夏天进办公楼的时候还在想，人总要活得有些理想吧，不到五十岁退到家里像汽车一样等着熄火，总是一件让人不愉快的事。

魏丽其实来门诊部没有多大的事，感冒几天了不太利索，门诊部医生小裴开了两板氨咖黄敏胶囊给她。魏丽撇了撇其实已经很瘦的嘴说："我在家吃的都是白加黑或者康泰克什么的，这种药——我家老鼠都不吃。"小裴心里想着：你就像只闹饥荒的老鼠，嘴上却说："药对症就好，不见得好药就治病，你那是伤风感冒，吃这个就成。"魏丽拧紧描过的两条淡眉毛，眉心的川字黑漆漆深邃如沟壑，上眼皮佝偻着，一律朝眉头方向呈30度角侧卧，一双眼便裂变成很壮观的三角形状，嘴唇一皱，哼声"我找你们主任"，非常标准地转了两个九十度角齐步摆臂甩出来。

陈曦好像是没听懂魏丽很铿锵的脚步，正在药房里训斥卫生员，"说几遍了啊，你还老黄瓜刷绿漆，以为自己去年十八今年真十七啊，药摆得跟脸上黄褐斑一样乱，你当你是皇帝女儿身子金贵不得了，别人都丫鬟命替你擦屁股啊，擦就擦吧，你那屁股上净是老皮儿，你不嫌疼我还不愿意啊。"接着是挪动药瓶的声音，魏丽站在门口，脸上颜色像没有煮熟的竹节虾。也难怪陈曦对她不待见，三八节那天全院女干部女战士在二楼会议室庆节日，一桌子的水果花生糖什么的，当然还用纸杯倒满开水，副政委代表院首长主持会议，最后是让大家畅所欲言给院里谈意见说建议，有人就真的很畅所欲言地说有女同志的军地单位基本上都考虑到了细节，比如出操时的公里数男女一个标准，比如用人时触碰到性别便顾虑重重，比如卫生纸应该福利发放或折合成人民币等等。副政委最后把目光送向魏丽时，魏丽笑了一下，那笑很轻淡，就像听了一堆无足轻重或不着边际的建议后那种高高在上的一种不屑，笑了一下的魏丽就一二三很清晰很有见地罗列了几条："一，烹饪技术要提高，好东西做不出好味道，真糟蹋了；二，医疗条件要细化，一感冒就开氨咖黄敏胶囊，一打针就只有青霉素，像我天生青霉素过敏，门诊部为什么不进点儿好药呢？比如吉他霉素先锋霉素，比如头孢氨苄一类的还能管点儿事儿。"也就是这句话惹火了陈曦，陈曦放出话说："还教授呢，屁吧，就这点儿水平，连我家上初中女儿的医学常识都赶不上，怪不得黄皮腊肉长得像闹了八辈子饥荒似的，书都念到狗肚子里了。"话是放出来了，但魏丽不知道，直到药房里的话传出来，她也没闹明白什么地方得罪了陈曦。陈曦在里面的骂一波儿一波儿的，听见魏丽铿锵铿锵走远，这才探出头来笑眯眯啐了一口，朝最东面那间药品库房喊一声："卫生员，你是取药还是造药啊，过来帮我。""唉！"白白净净长着一对月牙儿眉形的卫生员抓着几瓶或紫色或白色包装的盒子飞出来，陈曦笑着喊："小心脚底下，看紧我那几瓶药啊，好药。"急忙接过来摆到药柜里码齐整。

六

优质大课评比很快就要进行，所有教员下午在训练部会议室抽签定顺序，丁浩只好来找苟副院长。苟副院长叹声说："有那么严重吗，连这个事儿都参加不了？那课呢，学员的课呢？"丁浩说："那倒一直没耽误——评比的事不比上普通课，哪一天不开始就像石头坠在心口上一直得悬着，费工费时。"苟副院长明显犹豫了一下，丁浩知道特批这事儿他做不了主，一定得过院长黄亚东那个坎儿。苟副院长是个不肯多事的人，一向谨慎，该他自己做的主还要权衡再三，现在要他去请示院长黄亚东，谈何容易！说心里话，苟副院长有些怯院长黄亚东，院长黄亚东是从别的指挥学院交流过来的。用有的教员的话说："平原地区的大都市历练的和高原城市出来的相比，好处多得不得了，思想多活啊，办校理念多新啊，视野多开阔啊……总之，院长黄亚东的想法，他苟副院长修炼成凌波微步或许才能够追上吧。"丁浩从班车上听到这话的，他不敢学嘴。

　　苟副院长去院长黄亚东办公室是丁浩再次找到他后，因为部长开始责问桑杰不去抽签的事情。部长很不满意，说："他是不是教员？是教员就得参加教学活动，只听过有饿死的，还没有听过有累死的，软件照样加紧开发，正常教学照样进行，优质课评比一个不能少！"大概是真生气了，上眼睑抖抖索索，一个真生气的人闻起来都是生气的，就像一个年老的人闻起来都是老的。当部长把他的眼皮往外四处游动时，他看到了摆在窗下的几盆阔叶树，深绿深绿的颜色可以嗅到灰尘般的气味，像该拿出去晒太阳吹风的柜底旧衣服，于是他就自言自语说："公务员净吃干饭，几盆花都养不好，明天赶回中队上哨去。"丁浩知道他不会给他不带灰尘气味的话，就说："您忙，我做做他工作。"出去准备把唾沫收集收集甩部长门上，一眼看见了吴世汉从操场晒了一身的阳光回来，手里拎着迷彩帽和外腰带，他的呼吸里传来疲倦的气息，像灰尘被汗水裹挟一般的气息，有咸咸的味道。吴世汉告诉他办公室的冬青干死了，想移两枝虎刺来养，不怕旱，看中他办公室的品种了。丁浩气不打一处来，他竭力想抑制住胃部的痉挛以及心里扭曲打结的感觉。他应该早一点关心桑杰的，他知道他对电脑操作的了解很不专业，他知道他花最多的时间四处找老师买资料，他知道电脑病对任何人都很公平，桑杰根本逃无可逃。而面前这个眼神木讷、英俊的平庸男子，和他的电脑游戏、易拉罐、烟灰盒、抽屉里饼干之类，还有几个烟朋牌友，一起晃在眼皮下多年，除了订个饭桌的事儿能插上手，其他的事都要他操心，就这样还动不动隔三岔五请个病假什么的，有时候变个花样儿说班车误了要慢慢找车上班，你还不能催，辘轳一动，任是谁的心都搁在嗓子眼儿，最后像蜗牛一样爬到中午或中午以后进办公室，你还说不了啥，丁浩常会暗里骂着还是不是男人，不想干就走人嘛，月底等到月初发工资，年初等到年底调职晋级，啥事儿都不想耽误。骂归骂，毕竟吴世汉也没啥出格的毛病，有时还会告诉他哪支基金涨跌幅度，他手里真的有些基金。想着这事，口气略软和些就说："就凭你？沙子都会旱死，虎刺养你吧。"说着把腰里钥匙哗啦啦摸索一长串摺他怀里，下到二楼去找苟副院长。

　　吴世汉提着钥匙晃悠悠往办公室走，左边一个办公室的门呼的一声打开，冲出一个人直奔斜对面的男卫生间，吴世汉就在走廊里站住，勾头往里瞅瞅，水箱放水的声音袅袅回响时，夏天抻着上衣下摆奔出来，吴世汉就问他："上次那几个朋友喊几天了，要再聚聚，你看今天下班后咋样？"夏天这才看见他，就一面听着，一面呆呆地望向洞开的办公室，吴世汉耐心等候着，他这个人有足够的耐心，周末休息时候，他能从早上坐到晚上打游戏——下班换便装时花了十五分钟，才把作训服脱下来扔到椅背上、扶手上、电脑桌上，再穿上休闲夹克衫、牛仔裤，他这种人还喜欢穿牛仔裤真是有意思。

　　"有事，去不了，改天吧。"夏天没有犹豫地告诉他，"改天我请他们。"吴世汉哦了声，走了几步又站住说："忙啥呢，好久没见你来指挥作战，方正老赢我，输得都没心思玩儿了。"夏天也哦了声，说："过一阵儿吧。""吧"字还没落音就被门关到里面去了。吴世汉就愣了愣，哼着："到底忙啥呢，优质大课也用不着这样准备吧，跟上京赶考一样！"方正是共同教研室的队列教员，听说他父亲做着房地产生意，家底殷实，他住在市区叫大明宫，最贵的小区，加上父母，还有一个远房表姐，从老家过来专门伺候性情古怪的奶奶，奶奶年轻时候娘家也做过小生意，所以也算养尊处优惯了——方正手里经常会有正版影碟或市面买不来从国外邮购的游戏光盘。吴世汉头几天听他说又玩一个游戏，好像是新式疯狂赛车，便拐到共同教研室。方正很干脆，说："没意思，高手跟高手过招那才过瘾，否则就别玩。"吴世汉脸红得像放过期的番茄。方正黑红皮肤，像个草原上长大的男人，小个子，但很精干。他把黑色的外腰带往腰里一束，略紧了紧，帽檐恰到好处，遮住了他略窄的前额，一边往外匆匆忙忙走一边说："主任后面的课，出去替我锁上门。"吴世汉瞅他咚咚跑下楼去，这才没意思起来，出来时顺手往上抬一抬扶手，门咔嚓锁上了。

　　下午的雨来得很突然，手心里还攥着风，毫无过渡地叭叭叭落了一个小时。这个季节下雨就像吴世汉的花盆里正缺的那口唾沫。学院大门口进来一辆黑色越野车，飞驰过一个个水坑，水坑上满是榆树叶或松树的细针。"总队来人了，好像为考评的事吧。""优质大课还没开始呢，哪有那么快。"窗子上露着几张脸说得纷纷扬扬。魏丽喘着气爬上三楼就在楼道里嘀咕，好像只怕谁听不到，说："这个罗小刚，握个手用那么大力气，当老师是枪杆咋的，真是粗人，做再大的官儿也不行……哎呀，这手疼的，不是看他跟前站着院长，给他个面子，踢他也是白踢。"罗小刚是总队训练处处长，去年刚提的，是这个学院毕业的，他毕业的时候学院还叫学校，中专教育。罗小刚来学院铁定有事，方正坐对面的擒敌教员猜测。方正喊一声，那是副参谋长的车号，罗小刚也是跟班的。副参谋长才请得下来院长黄亚东，毕竟院长黄亚东大小也是副师嘛，罗小刚敢当着参谋长的面喧宾夺主和老师握手？最多点个头儿什么的就不错了，那魏丽也铁定不能越过副参谋长和处长握手的，真要和副参谋长握了手，她魏丽不能把和区区处长握个手满楼道咋呼，这是常识。即使副参谋长要来学院，学院差不多中午该接到了消息吧，接到了消息就不会按兵不动吧，不会按兵不动铁定会通知全院中午擦玻璃拖地板正规办公秩序吧，再不济，室外的树叶也不能由它瞎胡落，落下来不就净等挨骂吗？就算雨来得突然非凡人所能掐算，起码吧，室外地上泼几盆水压压浮尘总可以吧？既然这一切都没有行动，那就是总队压根没这安排，就算临时决定，风吹草动总会有的吧。所以方正断定根本就没来罗小刚，就算来了罗小刚，院长黄亚东也不可能亲自迎接。魏丽真是明日黄花了，连这种事都拿来厚着脸皮炫耀，故事编得漏洞百出。

　　方正的推断还没有停，桑杰扶着丁浩慢慢走过去，丁浩的话也向前滑去，说："有啥过意不去，搭他们闲车快去书城办正事，等班车路过人家也快下班了，反正他们的车也是空着下去——你快点儿换便装，他们去学员队送个东西顶多也就十分钟。"丁浩的嗓门很大，听见桑杰呼隆隆开门的声音。很多人都知道副参谋长的儿子去年考进学院来，人在学员三队，副参谋长的夫人疼儿心切，差不多一个月内总要送来点儿什么，比如袜子啦、洗面奶啦、点心啦之类，有时候自己来，大多时间派司机来办。

魏丽连声叹息，坐在通勤车上一言不发，眼睛望向窗外。树木庄稼迎面奔腾而来，又向后疾驰而去。国道有一段路翻了浆，那是农民浇地浇出来的，没人提前去把水沟里的淤泥挖走，现在就像女人整容失败后的脸，连人脸都称不上了。此外还有村落、加油站、正在开发的新区。不停闪过去的，还有不少农用车嘟嘟嘟冒着的呛肺的柴油黑烟，当然也有和他们差不多或差很多或更新的通勤车，车上的人望着年年一样的窗外，或打盹儿或互相说点儿什么。魏丽凝着神，想自己近五十岁的人了，越混越没意思啦，孩子上大学一走，老公一天到晚约着三五朋友打牌喝酒，真要是脱下军装回到家里，自主择业是不二选择，那以后的日子真是没意思透了。老公以前也是当兵的人，前几年自主择业回到家，因为一无所长，经商又没精明头脑，只有蹲家里伺候孩子，现在孩子上大学走了，魏丽根本看不上他伺候，他乐得自动下岗出去找乐子。魏丽就想着女人这一辈子过得可真快，说老就老了。她打算再干几年退了算了，谁知道遇上院校考评，要是学院不能让她留校，其他院校她没打算去，不要说人家要不要她的话了，她自己都不想临到老了又去新地方重新混，混好混不好都不想再那么累了。学院真的撤了，她肯定打报告走人，可眼下的说法不一，有说还有一两年的时间，既然如此，她何必非要急慌慌去做家庭主妇呢？到撤的时候再走不迟，现在多舒服，虽然她很喜欢做饭。在自己的想象中，魏丽仿佛看到了自己以后的生活，大不了和老公差不多，即使她根本看不起老公现在的样子——她其实一直看不起老公。

她脑子里曾模模糊糊有过一种想法，想开一间铺面，里面经营一些女性服饰。可是那是十年前的想法，现在要她一头扎进去，她未必再有这种胆魄，毕竟天上一日地下一年，她一把年纪了还折腾那个干啥？进货，销售，再进货，再销售，还得和地方税务、卫生、城管等一串衙门打交道赔笑脸，想想都不寒而栗，哪还有心情做生意啊！那剩下的日子是什么呢？打牌、吃饭、逛街、旅游？再以后呢？帮孩子带孩子，带到孩子也上大学走了，是不是就该爬烟囱了？还没想到这一步，魏丽的心情就像她的脸一样灰暗了。人这一辈子真是太快了，魏丽心里难过起来。

　　方正就坐在她对面后一排座，在落日暮色下魏丽满面皱纹，看起来呈现的女巫般的骨瘦如柴和落寞的样子很可怕。他就有些可怜起她来，心想：这么大岁数本来不算老，我小姨和她年纪差不多，人家保养得粉嫩粉嫩跟赵雅芝似的，她真是不容易，把自己折磨得这么显老！女人养颜先养心，小姨老这么说，可见是对的，魏丽就是太计较了，啥都放不下，到头来啥都得放下。想到这话方正自己吃了一惊，想想自己年轻得像雪莲花的颜色，有一大把的青春供自己挥霍，有数不清的可以宽恕的错误等自己去犯，年轻真好，他常常笑出声来，看着渐渐老去的夕阳他从不以为意，一觉醒来明天又可以开始了。现在看着魏丽他有些愣神，想她当年不见得没这样想过，这样想过的她到这把年纪了，活得跟巫婆似的，健康没有了，年轻没有了，心态没有了，那她剩下的是什么？是放了樟脑丸还被虫蛀得千疮百孔的心情了吧？方正泠然一惊，眼睛也往窗外看，看那绚烂的斜阳正拖着浑身亮堂得不像话的光辉往远处那大片大片的树林奔去，进去一截儿消失一截儿，直到最后猛地一头咕咚栽进去。光辉一下子从视线中屏蔽，而那大片大片的树林显得更深了，森林在明天一大早会把太阳一把撸醒推出来，告诉他，去吧，看谁能看透谁！

七

　　主任最近很想唱歌，唱什么都行，比如唱梆子戏或者老一些的军歌都行，《想家的时候》《小白杨》什么都能让他感动。他总想起一个踩着稀烂泥巴走出穷困大山的苦孩子，一步一步走到今天还在穿心爱的军装，当上教研室主任评上高级职称，时不时帮衬帮衬兄弟姐妹们，应该知足了。当年一个车皮拉出来的没剩几个人了，要不是上班时间有规定而且嗓音条件实在不怎么样，真的应该天天歌声嘹亮啊。何况这一阵儿夏天没有再到处乱窜，屁股往办公室一坐，直到吃饭的点儿上才挪出来，该上课上课，该训练训练，别人也没有再来告什么黑状，这真是可喜可贺，心想这孩子人本质没说的，窜得没意思了自然就收心了，浪子还有个回头哩，何况他一直优秀得一塌糊涂啊。部长让院长黄亚东狠狠骂了一顿，听说是自行做主答应地方朋友来学院打靶，他以为枪弹都是自己部里保管，出出进进那跟家里一样方便，院长黄亚东的骂声让他猛然感觉他还是儿子不是家长。通勤车上的消息有各种版本，有的还说院长黄亚东从楼下骂到楼上，从楼上骂到办公室，部长的脸色像切开后煮烂的紫茄子。部长是该骂，掂不出自个儿几斤几两重，主任心里一阵轻快。

丁浩也很开心，头几天苟副院长转述了院长黄亚东的话，院长黄亚东说："软件开发很重要，身体也很重要，要教研室拿出个办法，最好指派人给桑杰教员当助手，保证治疗和工作两不误，优质大课评比就不要参加了，优秀不优秀也不在于上一堂课像拍卖员一锤定得了音的，光凭倾全力准备的一堂优质课评名次，那不是优秀，那是作秀，扯淡！""扯淡"这个词可能不会是院长黄亚东说的，苟副院长对部长搞的优质大课评比方式颇有腹诽，但身为副职，不好一竿子插到底，就是一竿子插到底了，部长不买他的账也是很有可能的，再说这个部长脑子里不知道在想什么事儿，你看着他，他眼珠子轱辘轱辘转别处，这种人不可靠，苟副院长自认为阅人无数，什么人打眼里一过就猜出个八九不离十，他相信自己一直没看走眼过。

于是，丁浩就佯装指派教研室另外一个教员协助桑杰，那吴世汉自然而然就得和那个教员的办公室作调换，吴世汉嫌那间办公室不是阳面采光不好冬天又冷，丁浩就告诉他："这是院长黄亚东的指示，你可以不调走的路只有一条，协助桑杰搞软件开发。"吴世汉很悲剧地皱皱脸，最后勉强点点头。丁浩就望到他脸上说："其实这事对别人来说像天狗吃月亮，对你来说屁都不是，你天天跟电脑打交道，就算是太空飞船也摸索成航空员了，协助操作电脑还不跟过家家一样？完成任务我奖励你。"后面这句话吴世汉压根不相信，一个教研室主任啥也不是，不知道自个儿撂哪处荒郊野外听鬼哭呢，还能有权力奖励谁啊，一年下来也就那几百块钱的办公费，吃到嘴里不是火锅就是家常小炒，好一点儿的饭馆还得掂量掂量，花超的时候大家就分摊。但他前面的话像一枝质地考究的狼毫，软软的柔柔的，从前额开始画到足心，力道拿捏得恰到好处。吴世汉被他前面的话弄得肾上腺皮质激素急增，说："那好吧。这已经很可以了。"丁浩想，他永远不会心急火燎地豪情万丈，仰天长啸。丁浩临出门又交代一句："桑杰眼睛出问题了，不能老盯显示屏看，他指哪儿你打哪儿。"吴世汉又说："那好吧。"

心情大好的丁浩看魏丽黄着脸进来有些诧异。门在她身后上了锁，她拉过塑料椅子靠办公桌很近，近得几乎一跷二郎腿就踢到了桌角。丁浩就找纸杯倒水，然后望着她，她脸上涂了很厚的美白之类的化妆品，但没有用，黑色褐色的花斑赫然，皮肤像拧干的在下水道里洗过的拖把，眉毛画成像冻僵很久的蜈蚣，军装穿在身上像晾晒在干树杈上，没有谁能弄出这种效果，丁浩有些厌烦地拿抹布擦桌子。魏丽长长叹了一声，她总是这样开场的，她说："你老婆从娘家回来了？"丁浩一愣，魏丽用食指轻推了推眼角，鱼尾纹像败落的菊花一样向下拉扯着眼角，眼角便借着地球引力的劲儿倾斜，整张脸就显得像索福克勒斯笔下的悲剧人物。这时的魏丽又叹了一声，很悲剧地望向他微微点头，似乎理解了，说，"你们男人就是活张嘴，真硬气不起来，脾气上来对人家拳打脚踢，打跑了又低声下气求回来，怪不得人家要跟你离婚，这都是自找的！"丁浩终于听明白了，终于听明白后丁浩恨不得照着这张老脸左右开弓，想骂："你这是非婆是不是太闲了，捣是非捣到老子头上了，找死啊你！"话是压住了，火却腾空而起，黑着脸说："一分钱不挣靠我养活，她还踢腾个鸟儿啊，出我这门饿不死算她命大，少她妈跟老子找别扭。"魏丽听着不像话也沉下脸说："看把你能的，养家糊口那是你们男人的责任，老婆能不能挣钱不是主要的，你不尊重人家，人家离开你没错。"丁浩哼一声说:"我就是不尊重她了,看她有能耐敢再吱哇,还抽她。"话不投机,魏丽站起身抻抻军装,撑撑袖子,其实袖子上什么都没有,丁浩知道她为了掩饰尴尬,果然,她撂了句:"你忙吧,我还有事。"咯噔咯噔踩着高跟鞋出去了,一边走一边又叹:"女人经济上一定要独立,否则想离婚都不具备资格。"

丁浩心情让魏丽搞得糟糕透了。老婆真的提出离婚两三个月了,一开始他认为又是唱老调子,不过耍耍性子或者给他颜色看看,过不了几天,他一打电话或到丈母娘家提两瓶好酒买一条好烟这事就妥了,老婆还得乖乖回来。这样的事又不是三次五次,多得连他自己都记不清了,就像家常便饭一样,过几天不弄上一次生活就少点什么。这回好像认真的,两三个月时间再不当回事也太二愣子了吧,时间虽然不是什么,但有时它真能说明什么,尤其是决心。协议书从邮局寄给他了,静候着他签字办手续。丁浩就像挤到风箱里的老鼠,僵那儿了。他压根没想过离婚,压根也没想到没任何经济来源的老婆会和他离婚,按常理推很不符合逻辑呀。存在的就是合理的,丁浩慌了神,他心里才开始想起老婆的种种好来,他知道自己其实很在乎老婆的。这年头拿日子不当日子过的女人还少啊,可老婆就是个绝对可以放心的女人,就是这个女人铁了心要跟他离,可见自己真的是太不像话了。丁浩最近已开始学着反思,什么时候没了大度宽容?情绪自控能力真的太差了?想到后来自己真的一无是处:小心眼儿,暴力倾向,不尊重人不关心人。也真是,这几年让这职称搞得焦头烂额,做梦都是乌七八糟的,说到底还是功夫不深,学术研究像早已生锈的火车吃力地前进,哪像桑杰像烧得正旺的火球只要一点点助力就会耀红半个天?其实这个软件开发出来以后,他丁浩最多是第四作者,前面还有院长黄亚东、副院长、部长,桑杰能不能署名还待定,指望这个软件用于教学、服务部队也说得过去,要说纯粹为这个崇高理想奔命那是扯淡,其实就想靠它拿个科技进步奖什么的晋升高级职称罢了,说出来都是眼泪。是不是该给年轻人让路了?这个想法跳出来时一点儿心理防备都没有,就这么游出来了,好像早就蹲在那里,只是从来忘记扫那么一眼,扫那么一眼时,心里硬硬的钙化的那层外壳已经像鳞片似的落满一地。这种想法是不是该给魏丽也提一提？丁浩犹豫着，他明白院校改革是迟早的事，人才要优化，教学要优化，担负这一切优化的院校更应该被优化，不是人才或不能成为人才的像他和魏丽之流，自动走开或被动走开那是大势所趋，与其被动走去，还不如主动要求，至少离开得会很自尊，这是做个人最起码的精神。还有老婆，和老婆矮一下头又怎么样！他决定下班后直奔丈母娘家，带上孩子。

魏丽心情也好不到哪儿去，本来打算好了和丁浩聊些别的事，谁知刚在边缘敲击一下，鼓声还没听到先破了锣，便很郁闷往楼下走，她想晒晒太阳也许会好点儿。往楼下走的时候几个女孩往楼上走，应该说是跳，她们穿着老式作训服，脸上绽放的笑年轻得有太阳的味道。她们是非现役文职，每个人手里都抱几本大大小小的书，一边走一边轻声说笑，大概是说刚才在图书馆遇到的事。搁以前，魏丽很不屑她们这种廉价的快乐：一个月就那一点儿工资，还是签了合同的，活干得和现役军人一样，上课也只能上辅导课，学员都瞧不起，一年到头穿的就是那种皱皱巴巴的老式作训服，说穿了也就是军营里的二等公民，有啥高兴的？但此时她们的快乐却让魏丽愣了神，她是什么时候弄丢了这种专属女性的可爱？开始的时候应该有的，后来就弄丢了，弄丢了之后的魏丽有一种超越年龄的世故气通过皱纹被强调出来，以前没有皱纹的时候想必是通过别的什么东西吧，但皱纹宛如和她的世故气很匹配，与她的气质配合默契，一点儿也不草率。

可爱是装不出来的，魏丽这回长长叹了一声。走到二楼的时候感觉有个影子闪了一下，她便站住脚往楼道尽头瞅，二楼一半属政治部，一半是院首长们的办公室，黑影闪的位置应该是院长黄亚东办公室，凭感觉那黑影背影很熟悉。她想了一下没想起来，根本没有一丝犹豫就奔进了阴面的那间房子，那间房子住的是公务员。

魏丽再下楼的时候嘴里就开始嘀咕："想干什么！一个愣头青，想当教研室主任还是想破格晋高职，年纪不大鬼不小，把孙子兵法的精髓吸到胃里了，这是三十六计哪一计呀！咔咔咔——咕咚——啊——哟！"魏丽姿势难看地跪倒在一楼水泥地板上。她知道夏天是让院长黄亚东叫进他的办公室，神经一下子崩溃，心绪难平地想：一院之长找小毛孩子干什么？如果是批评，根本用不着他亲自出马，下面一堆很会骂人的各种带长和不带长的大小领导，那是他们的看家本事。如果不是批评又会是什么事？是什么事惊动了这位院长？她就是一边心里想着几种可能，一边说出来一种怨气，腿脚根本就不明白到底听哪一种指挥了，分明还有两层台阶要下，她也就省事忽略一下吧，这一忽略不打紧，细高跟鞋和细腿互相连累着纠缠到了一起，最后拽着一块圆的一块方的两条长积木，发着古怪的声音，像多米诺骨牌咕咚一声迅速趴成木料，一根压着一根。

八

魏丽这次摔得不轻，从地上直接送到门诊部主任陈曦手里，陈曦替她检查的时候认真得就是一名医生，显然不是在药房指桑骂槐的那个人。陈曦说："不碍事，脚踝韧带轻微扭伤，左膝盖擦破一块皮，右膝盖淤紫，两手掌没事，好在地面干净，要是撂到马路上，扎进去些石头玻璃片都有可能，需要休息几天。"魏丽尖声喊着："疼死我了！你再查查，说不定还有内伤。""那是，"陈曦笑了，"我这也就是些氨咖黄敏胶囊和青霉素，更不用说医疗条件了，你这病武警医院都没辙，得专科医院收治，你去请示院长，特批去地方专科医院吧，药费自理你一准没问题，别耽误病了。"魏丽气得没话了，陈曦这个人口舌了得，心肠不见得坏，魏丽心里恼是恼，到底人家是医生。

卫生员捧着药盒来给她处理伤口，陈曦又交代："不能再穿高跟鞋了，那么细的跟用不着吧——这么大年纪了，制式皮鞋就可以了，稳当。"魏丽说："老公用心用意托朋友外地买的，老贵的，不穿了怪可惜的。"陈曦扫一眼牌子，说："这种牌子全国连锁，咱们东大街就有一家专卖，我媳妇也买了两双，半价。"魏丽瞪着眼喊："不会吧，买回来还没有半个月。"陈曦说："这个季节正是甩卖的时候，有时候搁在大筐子里当断码卖更便宜，我看你这号怕就是断码鞋。"说着用戴橡胶手套的手把她脱地上的鞋子提起来，歪头看鞋底，赫然有模糊的圆珠笔字迹。魏丽蜡黄的脸红起来像挂在房檐下风干了一个冬天的紫玉米棒，龇着牙皱眉盯着卫生员，说："轻点轻点，疼死了。""离心脏远着呢！"陈曦甩下这句话走了，他实在听不得这个老女人发嗲。

桑杰的武警作战勤务标绘矢量平台终于完成，完成后的软件很快报到了总队，总队派专人送到了武警总部。在等待评审的时间里桑杰住进了医院眼科，学院奖励他两万块钱。用丁浩的话说："奖得人头往墙上撞。"苟副院长肯定了他的话，说："院长说就要奖得人眼红，奖得人流口水，人才和庸才出的工不一样，拿的酬劳铁定不一样。"也在这个时间里，魏丽听到了另一个消息，夏天的一本《孙子兵法与现代战争思想论》脱稿出版，经费是院首长会议上通过的，当然是院长提议的。据说院首长办公会议上有的常委想法很多，比如部长，他说："不能开这个口子吧，以后要是有人也提出要求怎么办？还能都答应？"黄院长当时是拍了桌子的，大声说："都答应！以后如果有人也研究出这些前沿性的成果，我黄亚东自掏腰包替他出版。"也就是这句话，把说出来的和还没有说出来的意见扔垃圾一样通通扔进了回收站。谁敢说这种话？谁会有这种气魄？除非领导有高瞻远瞩的眼界和吸纳万象的信息量！夏天听说后在周期房子里大声说："几根头发撺出来横冲直撞，脸像新摘的熟成一汪水的草莓。"主任也高兴得像个孩子，有几十分钟吧，在门和桌子之间不停脚地快速丈量，连连说："好啊好啊，这事发生在你身上不算奇迹，不算奇迹。我早看出你小子有这个本事，有一阵子气得我够呛，那是恨铁不成钢啊，谁知道，谁知道你小子悄没声的搞出这么个大手笔，搞得好哇，当你主任脸上有光啊！"边说边停下脚步往夏天胸前擂几下，后来再停下脚步时夏天先把腰弯下去躲了，说："孙子兵法关于如何能够做到全胜、势胜、地胜、术胜的思考，很值得研究。"主任叫声乌拉，喊着："天老爷呀，你说吧，你要啥支持，我砸锅卖铁保障你！"逗得夏天咕噜咕噜倒着气儿笑，笑后说："不用那些，我虽然不是千里马，但黄院长绝对是伯乐，士为知己者死，我夏天没二话！"说这话的时候表情很严肃，眼里有种液体样的东西往外淌，夏天没有刻意去擦，任由这种咸苦的东西一股脑流出去，心里念着：不要再有一丁点儿储量，不要。

主任呆呆望着那流速极快的细瀑。那细瀑使主任想到森林中鲜艳的红的那一点孤独灵魂。他双手下意识环成一个圆形，那圆仿佛就是那些树，可以把那个曾经孤独的灵魂守护得温暖且快活。

梨花满地

一

那天的风满大街狂走，下午刘柳去火车站送主任，感觉自己就像风里的微尘。

高原的太阳哪怕在这种季节里也有毒性，每个人的脸反射出拧得很干涩且毛孔粗糙的那种光。刘柳不够薄的眼皮便拱起三角地带，掩护在瞳孔后面的焦躁火一样腾上腾下：火车快点开啊，哪怕提前七秒八秒也好。主任43码的军用制式黑皮鞋从车厢里面第三次像泥石流一样滑行到门口，用让人发急的声音又瞅向刘柳交代："记住了啊，别傻打电话，长途加漫游——发短信，发短信就妥了。"刘柳习惯性又应一声，脸上表情再一次调整到复杂状态。主任显然很受用，转身回车厢顺手甩出来一句话，像甩掉吃剩的沙枣一样："三个月，就三个月，别跟霜打了好几回外带叫人揍扁的熊样儿，她还能反了天啊！"他这样嘟囔着，火车也嘟嘟囔囔朝东面滑去，那一刻的月台都是舞动的手臂。

还有几小时天才黑，刘柳站在出口就想去哪里打发才好，反正不想回家这么早。踢球去？上大学时候，男生们的运动热情被中国男足的粗重喘息一点点吹得跌跌撞撞，现在也就陪主任操课后二傻子一样去训练场跟着足球没心没肺耗耗热量了。主任的球技超臭还情绪高涨，球在操场滚动时刘柳的火气也在滚动，要永远赞美领导活力四射如同夸父，说那种话时自己都觉得恶心在其次，还被主任骂酸。主任离开的这三个月至少用不着再去操场痛苦奔跑了。刘柳想到这里，心里那口气微松了松，就朝车站广场走，好几张牌子立马杵过来踩破视线，耳朵撞进去很浓的本地方言招揽住店生意。刘柳冷一张脸甩膀子，螃蟹一样横撞，那些人和她们的牌子雪崩一样急忙往两边闪，闪避不及的被他骆驼一样的块头砰砰狠凿，喊哎哟哟的声音夸张且愤怒。刘柳听着广场上的行人聊天，就想到该去看看同住一座城市的父母，他们身体不太好，妈妈的类风湿每年比冬天的寒冷来得都快。到父母住处，要绕到车站广场最南端的一家冬虫夏草专卖店右侧才可以坐公交车，去公交车站的路上刘柳改变了主意，他想到今天送主任出门时娟子用青稞酒一样烈度的口气说："你要是男人就痛快点，别害人！""我害人？"刘柳想起娟子的话心里突然荒凉起来，他不明白她为什么要说出那样一句让心找不到心的话。娟子这两个月有些阴阳怪气，时不时会冒出很不乖巧的情绪，这种情绪会像核弹爆炸之后的几年，连续、要命的杀伤力不找上门来永远无法体会，刘柳也只有在几天前才有察觉。

那天是周三，主任派刘柳去售后服务中心修教研室的电脑主板，中午的太阳不够均匀地照到街上，人的表情看上去就像丹霞地貌一样。电子城东进站口站着个人，一把粉色小阳伞强势地发着炽烈的光，撑伞的是一个女子，背着脸在听手机，一袭咖啡色针织镂空披肩松松地垂下来，同色流苏款款柔拂膝头，烟灰色铅笔裤脚堆进咖啡色长筒靴里，这样的打扮放到高原古城像雪山上的雪莲花一样风情摇曳，男人目光最大的出息就是锁定一切这样的摇曳，何况在不少灰头土脸的地方发现风景太不容易。刘柳穿一身休闲便装其实很不休闲地想着，这样知性且时尚的气质只可能是主任口里的"她"才有的，她其实就是他的搭档——副主任。副主任穿着军装的样子也还能透出一种优雅，是那种冷冷的不带任何感情的优雅。优雅归优雅，和权力无关。她在副职位置上一坐八九年，并且可能一直坐下去，看不出有扶正的趋势。刘柳这样想着，经过她身边时随意瞟了一眼，就是这一瞟让他差点栽一跟头。撑伞的女子居然是娟子，她对着手机，呵呵笑得像花儿一样颤巍巍。刘柳已经很久没见过这张笑脸，这身行头也很眼生，不记得自己什么时候买的或者是她自己买的，但是他得承认她把衣服的优点展现得毫无保留。也难怪，两个人大学四年形影不离，而在一个入军校一个任教地方大学后变得形单影只，这种状况哪怕结婚两年后都无任何改变。除了节假日，很少回家住的刘柳大白天街头邂逅娟子的概率差不多就是零，零的概率说明眼前的娟子那么风情地打手机会让他很陌生，这种陌生还缘于娟子近来给他的冷漠态度。世上有三种女人男人不会有想法：四顾都是等闲角色，独有本公主一人吃五喝六霸气十分；酒入柔肠如溪流江河、海融汪洋，芳踪无迹可寻，极有心机世事洞明，言不由衷刀枪不入；只求一吐为快，不看眉眼高低，直奔主题目的纯粹。至于乍看吃惊再看狂奔三瞅噩梦或有男人婆气概等等不入此类。娟子不属这三种女人和等等之流，也不是一见之下惊呼天人的那种，却很耐看。有些女人就是这样，初看平常，细审美不胜收。美不胜收的娟子想必得了他的初始纵容，任性常令他深度迁就，娟子也就事事做主，事事判断错误，刘柳不时这样检讨自己。他以为女人的任性不很过分就是一种可爱，于是主动分工：我主管奥巴马下任当不当总统，其他由你管。现在想起来这些话疯狂不失弱智。眼下的娟子全然陶醉在听筒那方传递的一波儿一波儿的快乐，快乐的娟子显得很媚。是什么人？刘柳的肚子渐渐被大船撑得难受起来。

当时没问娟子，事后也没问娟子，刘柳不认为性格清澈可视游鱼细石的娟子突然杨花遮径来路难辩，很希望娟子不过是朋友聊天儿或遇同学摆阵，虽然这一宽慰有疗伤的潜意识，他还是握紧开始微微翘起的心。直到娟子今天撂出狠话且眼睛里杀出一种决绝，刘柳还是不肯往决绝里想。不肯决绝想不意味没有决绝的可能，刘柳很清楚娟子不具副主任女巫一样的眼神，不具那种眼神的女人应该很单纯。副主任不单纯，刘柳想，她是带着那种眼神闲闲地坐到那个位置上的，她的情绪丝毫影响不到谁，除了路况。情绪和权力是姐妹花，没有人在意秃鹫掠翅时小白鼠的叫声。人微言轻，刘柳很服气古人的智慧。

　　想到娟子的刘柳不再有看父母的情绪，逗留在广场上斜阳如血，他的惶惑感突然间扑起来，他甩了甩头，没用，惶惑像高原上的太阳一样，角度稍一倾斜身上就感觉到了寒冷，从没有过度。

　　娟子在厨房里忙活，菜撂进油锅的滋拉滋拉声，刀在砧板上啪啪作响，刘柳边听着这种声音边换拖鞋，心里立刻踏实起来，有些后悔这么晚才回来。每次回妈妈家，妈妈总把这种声响炒得火热，且用带着油烟味儿的笑迎着他，他便扑到饭桌让胃迅速踏实。这样的日子在妈妈的类风湿病发作十年后终于换爸爸上岗了，爸爸的勤快是出了名的，谁的饭碗浅了谁咀嚼慢了他出手闪电一般，于是浅了的饭碗立刻堆积如山，谁咀嚼慢了谁碗里的肉会冒着尖儿，头回做客的吃到最后一律惊恐万状地五指封盖。往往这时候刘柳都会坏坏地站一旁笑，右嘴角往上撕扯。可惜二十多年的高血压病及一天服用五六种药他的心肝胃零部件齐全却没一样运转正常。

　　"用不着吧？"娟子端着炒好的菜重重搁餐桌上，冰雹一样把话砸过来，"何必沉浸到杨柳岸晓风残月的巨大悲伤里痛苦折磨，不行你就跟过去拎拎包挤挤牙膏也不错啊，省得失魂落魄！"说这话时脸上的笑像盛开的雪莲，好看的睫毛风一样席卷冰川。刘柳最受不了这最不女人的说话方式，还算可爱的女人有这个毛病尤甚。副主任就是这一点让刘柳不待见，分明有一张揣摸不着年龄令女人生妒的脸，偏偏冷漠得连男人望一眼都会打寒噤。娟子的性格其实不是这样，不是这样刘柳更受不了，说："你什么意思啊，我就那么犯贱？"娟子又抿一下嘴唇，笑得摇摇摆摆怪模怪样，说："谦虚，实在很可以的谦虚，在我眼里是贵是贱根本影响不到您升官晋爵、锦绣前程，别怕，根本就别怕！"刘柳腾地跳起来音量往尖里顶了顶，喊着："娟子你听好了，清高屁钱不值，你别跟我来这一套！"手一扬，筷子飞出去擦出一道长长的弧线。娟子往地上飞快斜一眼，突然大声笑起来说："我忘了，刘教官早已华丽转身，朝着巴顿将军的鞋垫——奋勇——开进！"那笑声像伟大的喀耳刻形容的海妖的歌声一样，即使像奥德修斯那样的英雄也得让人捆住手脚才不至于着魔。没有着魔的刘柳高声吼着:"娟子你到底想干什么,这种污辱于你有何好处?我是你丈夫!"娟子的笑如高原上的晴天一般戛然而止,一种阴冷立刻在心里引爆,说:"赶紧闭嘴吧,叫什么叫,你当这是你们训练场啊,就是训练场也轮不着你一个小教员整队喊口令,傻不傻啊。"说着把手里的碗往桌上一墩,围裙像蝶一样一头栽到沙发里,翘鼻剜眼往他脸上戳,说:"跟你撂句明白话儿吧,过不下去就分呗,这样下去没意思,没意思。""没意思"说到第二遍,她的声音哑了哑。刘柳好一会儿瞪着眼没说话,过后他都不敢相信当时失态说的那一句话会在以后的几周里如鹰喙一样狂啄自己,但此刻他不只摔了手边的杯子还摔了门,娟子的身体抖了一下,听着楼道里他摔碎的震怒:"你和副主任一样混蛋!"对面邻居的门悄悄拉开一条缝,一条缝足够留满刘柳的背影和背影滚动而去的急促。门缝里传来一阵嘀咕,说话裹挟风沙的人年龄不算太老,"咔嚓"门锁扣紧,隐约有压低了声儿的呵斥,说:"你这松娃娃,不赶紧着盖自家茅坑只嫌人家屎臭,见天喝烂酒半夜打媳妇吓娃儿的都是谁啊!听你媳妇说兰娃儿让你吓得得了夜游毛病,幼儿园午觉都睡不踏实,上医院看好几回总不见效。"阿娘说到后来声音略高了高,年轻男子嘴里不知呱嗒句什么便寂静下来。娟子深深叹了气,起身拿了簸箕扫把来拢瓷杯碎片,碎片在暗下来的屋子里闪着诡异的微光。

二

摔了杯子的刘柳一出门就后悔莫及,他想象得到任性要强的娟子不会像怨妇一样独自饮泣,她一定像没发生过事儿一样,静静开一豆灯光备课或看书,今天看书的可能性更大一些儿,因为刘柳进家就瞟见鞋柜上放着一本福克纳的新版《喧哗与骚动》。娟子有个习惯,进家的每一本书都要陪她一起数星斗,可能是一晚抑或数晚。想到娟子的冷静刘柳心又开始慌,他宁可娟子还像以前哭哭啼啼泪流满面,打电话过来大呼小叫,骂过哭过再像猫儿似的偎过来唧唧哝哝,或者幽幽怨怨哀哀楚楚喋喋不休也不错，那样他心里比现在好受一些，不记得娟子什么时候不再这样了，是从年初和姐姐斗气闹不痛快还是为主任跑腿太多没时间陪她开始的？要不就是上次街头邂逅副主任之后？娟子的冷漠会让他的心缺氧。

街头的风已很冷了，打着旋儿将枯枝萎叶碎石狂沙一股脑儿纠集起来嘶哑着声儿呼啸，那阵势像金吾宵禁清街似的煞是生猛。刘柳昏头昏脑出的门，身上只有一件加厚衬衣，这会儿被寒冷赶得恨不得把自己压缩成文件包发送到巴布亚新几内亚！家是不好再回去了，回去摆明了就是示弱，示弱的后遗症治愈的可能性堪比世界性顽症，顽症就不能指望奇迹。刘柳认为娟子越来越过分，以往的无原则迁就自己负有不可推卸的责任，此风不可再长。好在父母家住得不太远，打个车只需二十分钟。

刘柳站在街边，像生长在戈壁的骆驼刺坚硬且不屈，路灯铺开来，他像一只小虫子一样爬向碎成一摊的蛋黄，这条平时就不大热闹的街就越显得孤独。刘柳的肚子是没有自尊的，没有自尊的肚子把声音弄得滚雷一样，这种声音像一个歌者站到旷野里揉着喉结不停地战栗，战栗。当划着声响的出租车吭哧吭哧停到身边时，刘柳眼眶鼻头酸了酸，温暖如妈妈握在手心尚存温热的一枚老鸡蛋。后车门摇下半扇车窗，撞出来咬冰凌子的声音，又笑又喊："哎呀这么巧哇，大老远望着像你还不敢相信呢，咱们的'罗纳尔多'咋跟扫把似的杵成旗杆了——进来吧捎你一程。"刘柳屈腿弓进副驾驶座，这才扭头挤点儿裹挟寒气的笑，说："受用受用啊，美女救英雄，英雄一定得有英雄的报答方式，洒家身无长物仅有几分姿色，凑合着用吧——千万别客气！"嘴巴贫着，刘柳还是很感动。别看这个马丽娜大学里和娟子关系一般，毕业嫁给一个管后勤的就隔三岔五相约逛商场做保养，听说家里新买了车，脸上擦的不是迪奥就是兰蔻。刘柳就有这种本事，用娟子的话说是见人说人话见鬼说鬼话，人鬼都在不说话。马丽娜被他逗得一边捏着粉拳捣他后脑勺，一边用一根指头顶着下唇娇娇地笑，说："怪不得俺家海海说一辈子当个教书匠可惜你了，天生一块官胚子！"刘柳说："求求美女别吓唬，洒家胆小。"心里却像新蹚开一条大运河,浩浩荡荡一口气能奔回丹田。马丽娜又擂着他叫:"不许卖乖放嗲,俺家海海都说了,评啥先进搞啥优秀选啥骨干你跑了哪一项?你要是女的,整个一天上少有地下绝种的尤物!"说着从包里摸出高唱"呀啦嗦那就是青藏高原"的手机,刘柳听她说着:"快了快了,谁叫咱家车借了你们头儿用,害我打的吹风——师傅停车停车,到了。"车猝然一晃就见马丽娜举着手机跃出,急奔路边一家很高档的海鲜酒楼,头也不回。司机扭头嘿嘿笑着问:"咋走哇咋走哇?"那神情就像看耍猴儿的,刘柳愣了愣颓然嘟囔:"去南川西路。"

风在屁股后面疯追时刘柳到了父母住处,开门的居然是久没回娘家的刘媛。刘媛挺着大肚子朝厨房喊声:"爸,妈,加双筷子,蹭饭的主儿来了。"又白他一眼说:"有福之人不用忙,偏你香香嘴从小就没人敢比,像一路嗅着味儿似的——大美女又摔脸子饿老弟了?"从上回和娟子高了声后刘媛再没有好声气,见了面更没好脸色。刘柳说:"姐你脾气也改一改,亏了姐夫脾气好,换作别人还不跟你翻脸。"话一出口就知道闯祸了,就见刘媛脸一沉拖着肚子撞进里屋,把门踢得砰砰响。刘妈从厨房里出来,一边解围裙一边攥着刘柳进饭厅小声责怪:"你咋哪壶不开提哪壶哟,你姐夫放出话来了,法律有规定,孩子生出来差不多挨到时间立马就办手续。""办什么手续?"刘柳想碎脑壳也没想到姐夫那么不多言不多语的男人能撂出这种狠话,何况姐姐两三个月内就临盆,岂非太过决绝?还是不是男人,简直混蛋!姐姐被人踢了,刘柳把牙咬得吱扭吱扭响,二话不说重新蹬上皮鞋拽门就走,刘妈吓得直了声儿低喝:"祖宗啊犯啥混哪,你问人家个啥,你能问人家个啥?"刘妈总是一两句话就点到要害,刘柳就问:"那是为啥?为啥?"刘妈叹了一声:"还不是他那个乡下老太婆招惹的,屁股一拍就走去怨你姐姐,也是怨你姐姐,不怨你姐姐你姐姐也脱不了干系,你姐夫别看平时不吭不哈斯斯文文,其实犟得跟头驴一样。"

"说的啥话老太婆?"刘爸拎着小铲子油着两手黑了脸走出来,菜还在炒锅里噼啪响,刘妈慌忙跑进去关了火出来埋怨:"炒你的菜，瞎掺和啥呀。"刘爸瞅着刘柳说："别信你妈的话，这都是叫你妈惯下的，我看不能全怪林子，哪有你姐那样说话的，那叫人话吗？老娘叫儿媳妇气得抹着眼泪回乡下，七尺男儿要是蔫不唧没句硬气话，那叫窝囊！他娘再土气再没文化也是生他养他的——"说到激动处挥着小铲子拔高了声朝里屋说："你别得不着便宜动不动就赖娘家不走，欺负人家老实人连带欺负人家老娘，林家有这种儿媳妇祖上倒了八辈子霉。"气得刘妈又跺脚又拍腿喊："老糊涂呀，媛媛不是你亲生的咋的，胳膊肘没你这么拐的，把孩子气出个好歹来，后悔死你个老东西。"刘爸根本没听进去，自顾自地说："你糊涂你糊涂，当兵的就得有当兵的样儿嘛。农村老太婆坐一天一夜火车大老远进城容易嘛，屁股没暖热就叫儿媳妇赶走，林子这当儿子的心还不跟一刀一刀剐着疼啊。将心比心，娟子换作媛媛你还能有这肚量？"林子是刘柳的学长，一表人才，毕业入伍，刘柳下部队调研，在中队遇到已任指导员的他，两人很投缘，之后林子上省城办事，总会约他就近到他家楼下小饭馆炒两个菜吃两盘干拌，几盘干拌下来就差歃血盟心草桥结拜了。也就是觉得林子人实诚又有男人的担当，刘爸头次见面把林子的饭碗盛得满满当当。说到底当初也是刘媛追的人家，生怕不能一夜白头，拧着身子跑步奔进婚姻。刘柳很清楚刘媛的大小姐脾气，大小姐脾气也真是刘妈一手宠溺出来的，林子以军人身份提出离婚需要绝对的理由，应该能想到是刘媛太不像话。刘妈的声音弱了许多，自己嘟囔一阵儿也就推刘爸进厨房，听着老两口一个意犹未尽一个和着稀泥，还一声高一声低地争执。

  刘柳闷闷的不再说话，把自己摔进沙发里心头突然有些痛，痛得惶惑且失落，比在火车站看到斜阳时更深刻，一个失落就能让他挺直的背随沙发的柔软度柔软起来：姐姐妊娠期被人踢出围城，自己不也是刚刚被娟子踹出来吗？他很爱娟子，娟子为什么如此狠心？这的确让人伤心，叫人无法理性，而致刚才出门前的失态显得那么愚蠢和懦弱。姐姐也很爱林子，林子一样很绝情，现在这些人到底都怎么了？刘柳看了一下手机，其实根本不必刻意去看，娟子是不会主动给他希望的，哪怕只有一次，像褪色的丝绸发出吃力的微光一样，尤其是在他摔了杯子之后。他望了一眼窗外，窗外已是深不见底的黑暗，对面的窗户渐次亮起，或橙或红或蓝的灯光说明饭后很快乐和幸福。风还在呼啸着，寒冷发出如陈旧且从来没用过润滑油的发动机转动般的声音，令人惊骇。真正令刘柳惊骇的是和林子通话之后。

刘柳饭后刷了满口白色泡泡时收到林子的一条短信：兄弟，不要恨我，我们还是朋友！刘柳心一下子沉到了谷底，谷底寒风如刀砺石尖利荆棘遍布，他太了解林子的性格了，和林家其他人一样，澄明清亮得如一湾水潭，如果真当它浅可没足，只有悲叹命运多舛英年早逝的结果了。刘妈以为林子的话属小两口气头上随便说的，现在的短信就是将之进行到底的正式宣言。薄荷味儿没有从刘柳的牙齿上咕嘟干净，手机就已飞快回拨出去了，就像主任隔着门叫一声"牛柳儿"的发音，尾字尚未儿化到位他已抢着拍子竖门口喊报告。他脑子昏沉沉的，一半为姐姐，一半为娟子近似于冷酷的理性碾得粉碎，他实在不愿穿好盔甲装上护心镜再去挺身杀伐，需要的勇气就像抓起一把石子当作冷兵器就扑进古战场打信息战一样。他脸色苍白得和节能灯一样。

电话挂断，刘柳的失望像越来越黑的黑夜一样黑着，找不到一个出口。林子真的很犟，这种犟和娟子的犟绝不在一个层面上，林子犟得彻底犟得不声不响，如同化骨绵掌，力道越猛武功失去得越快，刘柳对此了如指掌却无能为力，他也终于了解了一个男人的心有多硬就会有多软。林子电话里跟他说前几天刘媛急性胃炎住院治疗，远在乡下的母亲没顾上掸落西北的烟尘就一头扎进医院，其实那时母亲的老寒腿还很严重，她从头至尾就没提起来过，但林子早知道。第三天刘媛一出院母亲就拖着更严重的老寒腿买张硬座火车票回乡下了。林子说他还是听一位执勤的同乡说在火车站见母亲排在河一样长的队伍里面购票，他请假，他打车，他几小时后赶到城里，那列火车和母亲的老寒腿让他的心漆黑一片，更让这种黑深不见底的是刘媛告诉他的话。刘媛说是她让婆婆走的，病好了，身边用不着人了。林子的母亲什么话都没给儿子说，上午送刘媛回家，中午做好了饭一口没吃就走了。刘柳听得出来林子说到这里声音有些哽，哽得刘柳心头抓紧的一把石子散落一地。林子说他母亲从没离开过村口半里地,他知道他母亲很想看看省会城市,他从小就听母亲说什么时候孩子们出息了带她坐坐火车看看大楼,站楼下数数那楼有多少层多少扇窗子,他更想为母亲治治老寒腿,那双老寒腿还是生他的时候落下的病根。林子还说他回家没有为难刘媛,只希望她哪怕打个电话回去说个软话也好,可刘媛嘴巴像一部录音电话一直重复播放着"我没有错,我和你结的婚,又没和你们家人结婚"。林子长叹了一声:"我娘给了我生命,你姐不能这样对待她,虽然我还爱你姐,可我——不能不放弃她。"

三

刘柳抬手向值班员还军礼说下课,手机就在裤袋里轻轻按摩,主任的短信,又问年底评功评奖的步骤。刘柳知道主任害怕副主任趁火打劫让路况空手套白狼,但主任不知道副主任其实不见得对路况没有看法,这话他没有告诉主任,不告诉主任是贪享这种气氛,这种气氛显然对他有利。

路况教高数,坐刘柳对面。坐对面的路况背对着门,脸泛着黑红的光,额头的皱纹欺负了他的年龄,他其实还没有刘柳年长。路况的人缘还是很不错的,这和他干净实诚的笑不无关系。他真的太老实了,老实得刘柳总要耍弄耍弄他,而路况被耍弄了还摆出一脸憨厚,不禁让人恻然,恻然的人中就有副主任。有些人天生就有这种本领,不必花费心思打理就能倾国倾城。刘柳相信以副主任的智慧,肯定明白有限的业务能力是路况的软肋,听另一个教数学的教员说见副主任有回跟堂听过路况的课,神情很像熏灰的玻璃一样。熏灰算什么,没到黑的时候,刘柳知道下周部里有一场授课比赛,每个教研室指定一名代表,主任临行前给部里上报的名单就是路况,报路况的意图像草地上拍翅的秃鹫一样明明白白。自从上报名单后,路况的课堂上频见副主任,副主任听课的脸颊常常颤动,路况还是那脸干净实诚的笑,只是笑起来眼珠子有些儿游移。

可怜的人儿！刘柳这样想。路况现在把自己圈到电脑前已经一个多小时了，办公桌上错落堆放着许多书，他就在书和电脑之间晃动脑袋，教案，课件，他像挖土机的斗铲似的啄啄这个探探那个，鼻翼上分泌的油浮在汗珠上，泛着鸡蛋清似的光。资质是很重要的，是骆驼就不该到雨林里放养，刘柳刚想可怜他，突然想到副主任明知其实就是在麻袋上绣出一朵不见得好看的花，还这么煞费苦心，傻瓜都看得出他志在立功受奖。

刘柳蹲下身子在电脑桌下寻找什么，门本来就是虚掩着的，副部长进来时两人都没有看见，路况当然是看不见了。副部长站路况那里看了两眼说："啥？"声音软软的，刘柳急忙起身，嘭，头磕到半开的抽屉上，副部长架着的金丝边眼镜跟着抖了一下，抖了一下后伸手往他头上轻抚一抚，像声音一样软地抚摸，眼神充满着谁都理解的关怀。路况也停下了啄啄，把屁股下散发体温的椅子转向副部长，副部长没有坐，只把小心保养得不太走形的肚子往窗户挪了挪，窗户下有一大组暖气片腾着热气。路况笑着一脸实诚地说："昨天在超市见嫂子了，提了半购物袋的东西……"副部长眼镜快速朝窗外晃了晃，镜片上的光便弹进房来，奔到路况脸上时只剩下些许捉摸不透的话，说："夫人没有军人的艰苦朴素作风，吃的用的总要选最精致的，想省钱都不可能。"路况张了张嘴想说话，刘柳知道他一定会说出"夫人"购物袋里并非最精致的物品比如一棵大白菜两根黄瓜三个并不太新鲜的土豆什么的，副部长家人胃里怎么能装这些寻常物什！于是刘柳就连声附和着："那是那是，这不是您夫人的错，谁让领导那么有本事，哪个女人嫁您都会精致起来，精致的物品就是让有夫人命的精致女人享用的。"副部长的脸上立时春暖花开，说着："怪不得你们主任夸你，我看啊，夸得还不到位还不够有冲击力还缺少前瞻意识！"路况这才回过味儿来，笑容像画在那里纹路恒定。其实刘柳此时恶心的感觉又翻江倒海起来，他有些开始看不起自己了：一个教员，这是干吗啊？他想起娟子冷到骨子里的笑和有关挤牙膏的想象。什么时候静如处子的娟子开始变成一只不可爱的狡兔啊？

副部长把刘柳的短暂走神当成谦虚，就朝路况眼神虚虚地说：

"主任不在要努力啊，不懂就请教，有现成老师，比赛可是检验一个教员素质能力的平台，好好把握啊！"他说的老师当然指的是刘柳。路况木木地点头，副部长显然不够满意，就说："刘教员，有一个想法酝酿成熟了，关于执勤当中的几点思考，回头提点意见吧。""怎么敢啊，能学习领导的思想是一种莫大荣幸，求之不得。"副部长走到走廊上刘柳跟在后面一个劲儿这样说。其实他很明白，副部长的成熟想法也就是一星半点的浅显经验，经验是形成不了学术论文的，形成不了也得往能形成的根本没有护栏的路上可着劲儿挤撞，发表的时候署名和他无关，但版面费人家杂志社铁定是问他要的。

刘柳朝对面的门瞟了一眼，那是副主任的办公室，门上奶白色的亮光漆像落了一整个春天的梨花，簌簌涌动着很遥远的香味，美且冷淡。他突然想起来她每年的论文都发在诸如《前沿教育》《人文科学探索》《学术研究》等一些真正的核心期刊上，他们铁定不要版面费，但学术价值和文章品质的极高要求令觊觎者自惭。

"有心事？"副主任突然蹚开满地梨花走到刘柳已布满梨影的瞳仁，像梨花一样的面庞有一双黑龙潭一样神秘的眼睛。猛地撞见时一刹那的不安威胁了刘柳的镇定，他的眼皮抖动了两下。他在副主任面前从来都懒得多说一个字，不像路况傻乎乎往跟前凑，搞得主任怎么看他都别扭。副主任显然也没打算等答案，皮鞋的后跟发出一顿一挫的声音快步走进她的办公室，经过身边时裹挟一股劲风使得微卷的短发飞扬起来，他下意识地朝后微微一仰，她脸色透着晶莹的白，说明正关注的事远大于他的突然反常。她的声音开始起伏，用一种没有温度的优雅。他当然知道她比路况更在乎此次的比赛结果，所以明知入冬前半青半黄的老叶不再吐氧，还要提着满桶的绿漆找寻最可意的刷子，动手描画明媚春光。他有些可怜起她来。平心而论她是那种十分要强的女人，业务能力、学术水平都可以冠之以学者名号，但她冷傲得不肯吸纳烟火气味，所以木秀于林风必摧之。他想起那回街头一次邂逅时娟子说的话，娟子说："你挺混蛋的，跟一个女人较劲儿算什么东西！"说这话的时候脖子红得像格桑花，而这种草原上的颜色娟子控制得十分有分寸。他知道那一刻她还用眼睛颇为鬼魅地朝他翻了一下眼白,他后悔那天为什么非要陪娟子上什么街,本来是要看父母去的。

那天的太阳其实很清亮,高原上的太阳大多时候都很清亮,那种清亮像刚刚用昆仑山顶的雪水淘洗过好几遍随水甩干一样。刘柳就陪着娟子漫无边际地走在人行道上,人行道上的人像从不同方向打过来的浪头一样,根本看不清奔到你鼻尖前的脸是什么类型的五官组合就匆匆而过。副主任就是这时候一下子从对面走过来,戴着一副蝴蝶型太阳镜,唇膏炫着淡粉的亮彩,不能否认她穿便装的样子更优雅。像流到贵德的黄河那种闪着温暖的光,这是娟子的评价。副主任瞅瞅娟子说:"女孩子就得长成这样子才好。"娟子脸红了一下,笑应一声"谢谢"便转过脖子等刘柳介绍,刘柳正大声讲着手机,仿佛不搞出这样刺耳的声音就要被街头的嘈杂淹没似的。娟子就那样搓着手站着,尴尬地笑,副主任当作不在意的样子说:"对不起,怪我唐突,我和刘教员一个教研室的,办公室斜对面,他教语文我教英语。"娟子一下子回过神来,她听刘柳埋怨过阴面的办公室坐的都是教员,每年停暖后和送暖前半个月冷得骨头疼,眼前的优雅女人阳面办公,一定是副主任了,主任她是见过的。娟子很真诚地邀请她说:"正好逛累了,一起喝杯咖啡歇歇?"刘柳就对着电话用力喊:"人都来了啊?净等着我俩?啊,啊,那不好意思,没啥事儿……等着,我们马上到。"啪一声挂了电话,对着两人一边啄一下算是介绍了:"副主任,内人娟子。"然后就抄着手不再吭声。副主任微一笑就说:"女儿在阿依莲里等,下次吧。"轻挥一下手就让人流吞没了。娟子把刘柳伸过来的手狠狠甩开,大声说着那句"你挺混蛋"的话,刘柳的肾上腺素霍然增加,血压爬升很快,心率快得脸憋成了猪肝色,他把娟子的骂声吸引过来的侧目用若无其事化解,并迅速拉开距离佯装路人也回过脸看,竭力做得一本正经。自以为很聪明的做法其实最愚蠢,刘柳很快就开始后悔,还不如任由人侧目,后面发生的事也就不至于升级,更后悔自说自画的电话根本就没有必要。手机差不多是飞到娟子手里的,她飞快压了一个键,再抬起额头时啪的一声捆了他一下耳光,应该是拳头吧,那一拳挥过来刘柳的左腮有一种烧灼感,这远远超出了娟子女人撒娇式的擂打。娟子离开的速度和她冲出老拳一样快，刘柳毫无防备地独自承受铺天盖地的诧异和抿嘴儿的笑，那一刻地像塌陷了。

那次邂逅之后，再见副主任时刘柳觉得一点点怪异，女人心眼儿小，最爱记仇，他总这么认为。

副主任好几分钟没有出来，刘柳不好意思再站下去，坐回办公椅找出教案想梳理明天要讲的内容，课间操的号响了，他合上本子抻抻军装想下楼做操，有个学员喊声报告就推门进来，手里拿几张打印纸望着他奔过来。刘柳没瞅那些纸就把手一挥说："又是演讲稿请我改？没空。"学员努力笑得礼貌些，迟疑着还想说什么，刘柳已横着身体往外冲，学员急忙一闪，他就擦着衣角昂然而去。

十几分钟以后，副主任正等在他办公室，做操的运动红晕还粉在脸颊上。刘柳一进来脚往后拐上了门大声说："路况说你找我，是为学员的事儿，对吧？你们看他能不眼熟啊，他现在都上到大四了，还想跟大一时候要我像调音师一样循循善诱，整整三年半时间，门槛都叫他踢碎了，就算是个才学步的笨蛋也该健步如飞了吧？一遇到屁大点儿活动就搞演讲，我就纳闷儿了，你说学员队干部都是吃干饭的，就这熊包儿还让他一次一次上台摇头晃脑，是不是看我们当老师的都是无酬劳动力就当驴子猛劲儿用啊，用完一甩，该干吗还干吗去！我真想抽他！"刘柳的郁火闷气压在心里久了，一旦触着燃点就像斗牛场的公牛，睁眼就是火红的世界，那份愤怒冲天而起。副主任坐在她那张办公椅上，将近中午，阳光跳着欢快舞步旋转进来，她侧着的眼睛明亮且认真，一直静静听他长篇演讲。刘柳那一通火烧成灰烬的时候心里陡然轻松一些，为刚才没有过滤掉的粗话有些赧然，就说："手心里捧大的军人，缺钙，教员是教他上马的，不是牵马的马夫。"说后面这句话的时候，副主任右嘴角往上一勾差点扑哧笑出来，顿了顿问："还有呢？"刘柳摇头说："没有。"副主任就说，"老师授之以渔绝非授之以鱼，我和你意见一致，学员如果不必请教老师而能自行解决到满意那是做老师的终极骄傲，重视学员的学院一定会设法赢得这种结果，渴望这种结果的老师也一定会求得这种成功，对吧？刘教员。"副主任说话一直很有逻辑性，刘柳听得出来她这是最含蓄的批评，脸就变了色，想转身就走，副主任后面跟来的话让他不得不听下去。她说："你那句话说得太到位了，手心里捧大的军人不能缺钙，但缺钙是可以药补的，要是缺铁，造血系统一旦停止工作，心肝肺就和蜂窝煤一样了。"刘柳心里一惊，她是否有所特指还不能确定，但她不是一个随便什么话都说的人。他含混地发着喔喔声伸手去拉门把手，突然想到刚才进来用脚拐的门，副主任不可能没有看到，看到了又不往明里说，那刚才的话可以确定就是点他了。

四

她开始报复我了。通勤车发走好一阵儿了，刘柳还留在空空的办公桌后面闷头想。晚饭他不打算去机关饭堂里吃了，天黑下来直接回宿舍睡觉，免得见一个人编一次下班不回家的理由。想到家他真的不想回去，现在娟子就像一只勇猛好斗的蟋蟀，尖酸刻薄，他后悔摔杯子但他不想道歉，那是压倒骆驼的最后一根稻草。他也不能回父母那里住，他们很快就会猜到娟子身上去，费许多口水解释还在其次，伤脑筋的是刘媛知道他们的事会把娟子骂成抹布的，虽然刘媛自己差不多就是抹布。白天的事够让他烦闷了，他实在不愿意晚上还要应对那么多烦闷。他给娟子发一条短信说单位有事不回去了。娟子很快回过来：跟我没关系！！！后面的三个感叹号像三把锥子一样闪着血光。刘柳的胃隐隐疼了一下，他想起早饭喝过一袋凉牛奶，午饭好像扒拉几口米饭，嚼没嚼得下记不得了，反正晚饭没一点儿胃口。他知道他的胃不够皮实，稍吃不对口就会痉挛，但他现在感觉胃里满满的，连一口汤的地方都盛不下，他想倒水吃胃药，水瓶空空荡荡嘘着凉气，就只好端起杯子起身出去找水。

路况打着饱嗝，一路哼唱卡朋特的《Yesterday Once More》回来，看见他脸蛋略挤一挤低下头进办公室，这样一个老实人会有什么想法啊，刘柳很想知道。他一定会因今天的事有感觉，那有什么办法，明摆的事偏你路况太愚笨，这人呀多少都有虚荣心，这是人性的弱点，你路况不明白怪不着谁去。

之后的几天里路况都不冷不热，刘柳不习惯他这种改变就像不习惯娟子变成百慕大魔鬼三角洲一样，早请示晚汇报的短信连残骸都看不到。他越来越烦躁，周末不回城是没有任何说得过去的借口，何况他心里就是放不下娟子，时间越长他心里的惶惑越疯狂，上课的时候老走神。主任这几天不停发短信问这问那，没有一件是问及他和娟子的，他几天前就把娟子的决绝告诉主任了，还说现在住在学校越来越不好意思的话，主任为什么不可以问他一下，哪怕不痛不痒的敷衍也好。

"你嫂子单位发了几箱水果，周末帮忙搬我家里。"主任短信到的时候他正决定留校。"请主任放心，马上办。"刘柳按下回复键时狠狠地擂了两下桌子，水杯、台历、电话，都控制不住被惊得吱哩哇啦乱叫。路况抬头朝这儿瞄一眼，笔在拇指和食指间转了转，可能一时找不到要说的话或者想起了什么，丢下笔把手压住鼠标做了个晃动的动作。他马上会告诉副主任这一切，可能早就告诉了，他们一定乐得打滚儿。刘柳想到这里，心里的蒿草一下子长出沙棘树的样子，漫过气管，堵死了睥睨群小的通道。

从主任家出来时天已黑透了，风狂甩着膀子，沙尘也急忙趁乱占便宜。主任嫂子单位的福利真好，说是几箱水果，其实还有两袋面两袋米，主任嫂子和她上高三的大个子儿子甩打着手净等着他来。他来回打了两辆车才把东西拉到楼下，嫂子上楼开门归拢，那个高三男生在楼下瞪眼盯着看，刘柳就像只老鼠一样或扛或背或抱，一趟一趟往返运输。主任家住在一座灰色五层老楼里，不可能有电梯，等他把最后一袋面趔趄着步子驮上楼后，高三男生跺脚哼唧，喊饿喊累，主任嫂子一边拍拍手进厨房，一边一迭声哄着："好乖乖这回可亏着你了，马上做饭马上做饭。"刘柳摇晃着走到街上，已经筋疲力尽。

手机是在他打上车打算回父母家的路上响的，是刘媛打来的，"老弟，"她在电话上哇哇大哭，"爸爸右肾出大事了。"哭得刘柳头像着了火，轰地滚成了火球，他竭力用脖子控制着脑袋的方向，问在哪个医院。刘媛的哭声像撕破了声带一样，喊着："肿瘤医院，还能是哪个，你快来啊！""啊。"刘柳呻吟的声音吓着了出租车司机，他把挡位调下来想问问，刘柳突然大喝一声："你生孩子啊！"眼睛里的血像要立刻井喷。

　　刘爸眼皮脸颊涨红了几天才到离家最近的肿瘤医院检查，内科坐诊的是一个很有经验的老大夫，没问两句就拿起泌尿科电话。泌尿科的 B 超结果一送出来，接诊医生马上又开出一批检查单子，血项，尿检，CT，核磁共振等等，没等做检查，刘爸的血压就像打开的高压水枪可着劲儿往上蹿。急诊，住院，通知病人家属。刘妈出门买菜不在，刘媛没听完电话就尖声叫一声"妈呀"，端住肚子往医院跑，刘柳知道的时候刘爸的 CT 刚扫出结果：考虑 ca。父亲退休前在一个编号叫 321 的核研制基地工作，是手托"两弹"分析蘑菇云的英雄，姐弟俩一直这样认为，他们很清楚长期做英雄对身体器官不可逆转的损害决难回避，他们的父亲能撑到现在的年纪发病何其幸运。他们每隔一小段时间回到那座安置基地离退休人员的大院，总会发现生命其实就像满树盛开着的雪一样白的小小的散发淡淡香味的梨花，一阵狂风吹过，也就是一阵狂风，它便牵着攥着乱作一团。

　　被医院批量检查完的刘爸，虚虚地躺在洗得发暗、泛着很浓的药水味的被子里，红光满面，皮肤平滑，肾功能耍起赖来真要命。刘柳坚持留下来陪护，要刘媛回去稳住刘妈，刘妈的类风湿和心脏病都很严重，承受不起这种强度的刺激。刘媛犹豫着要不要告诉刘妈，刘妈是一个精细的人，这一点姐弟俩都没被完整遗传。像刘妈这样的精细，大大咧咧的刘媛无论如何都不可能不露破绽，说不定会破绽百出。刘柳站在走廊里冲他姐姐发急："不行，核磁共振结果出来才能最终确诊，那要到周一，说不定没那么严重也有可能很严重，妈妈要是知道了，万一有个好歹，那不是乱上添乱啊。"刘媛端着大肚子不停叹气，说："总共就咱俩，哪里倒腾得开呀，要是……"没说完就拎着手提袋走了，刘柳看见她转过脸去的时候眼泪已蠕动到了鼻翼，这样回家刘妈一望而知。刘柳不安起来，他突然很想娟子，娟子肯定不会像刘媛这样不知轻重，娟子总是事事毫不迟疑，譬如当她接听医生的电话后，她会立刻留张便条搁门口鞋柜上再走，刘妈买菜回来一定换拖鞋，这张便条会很精确地稳住刘妈。她还会在赶往医院的路上去 ATM 机上提出一笔现金备用，不至于让核磁共振的检查因为交费的事耽误到最后，刘爸的高血压不会蹿得那么快。

"在几床？"娟子的短信突然出现在刘柳的手机上，像满树梨花簌簌落了一地，洁白得让人目眩。短信回复过去几分钟，娟子到了。她一边轻轻推门一边直奔病床，俯下身仔细看刘爸，那神情很柔软很温暖。看见刘爸疲惫后的安睡，她把手里提的大小袋子一一摆放床头柜上，然后又从一只小塑料袋里掏出两条毛巾，一只口杯，牙膏牙刷的包装纸还没有撕开，最后拿出的是一瓶大宝 SOD 蜜，这应该是为刘爸买的。娟子应该瞟见他了，但是她的表情和做事的井然有序却当他是空气。她转过身冷冷地蹙起眉头，因为她看到了窗台上的饭盒油腻腻的还没有洗。

打娟子进门那一刻，刘柳的心一下子就暖和过来，哪怕她近似于冷酷地一言不发。"姐姐告诉你的吧？"刘柳小声把话送过去，娟子突然瞪过来，她脸上的线条纹丝不动，她的精巧小鼻子翕合一下，她似乎又想用像骂"你挺混蛋"的音调开始，因为眼睛里的冷把眉毛斜斜往两边用力挑。她肯定马上意识到场合的不合适，她的声音低沉得就像戏剧舞台上扮老生的演员戴着大胡子在念白："闭嘴，我不想听见你说话，那让我恶心！"

护士进来量体温时，刘柳的脸色煞白。刘爸睁眼看见娟子就笑了，两条胳膊划拉着说："医院跟屠宰场没啥分别，逮着个检查身体的就弄进来住上几天，说到底就要往死里赚检查费，药费才能花几个？好容易盼到睡懒觉，你们坐一会儿就回家去，让你妈炖点儿好东西吃，别都围这儿跟开八国会议似的。"说得护士临出门还朝他翻眼仁。娟子笑说："厨房里烟熏火燎有啥好的，大夫心疼您给个地儿休养，您就别东想西想了，我们一天就是单位家里两点一线，能到新开辟的线路上转悠转悠是好事啊，又让外人看着孝顺，您想不让来都不成。"刘爸张开嘴露出一口还算不错的牙齿，发着哈哈的笑声，刘柳很佩服娟子的小嘴，她乖巧得简直像个精灵，漫不经心的话其实很具匠心，病人有时最忌讳捧到手心里的百般呵护，像得了什么不治之症似的，就是得了不治之症，精神愉悦远胜仙丹妙药的功效，娟子很懂。

娟子离开医院的时候，刘爸催刘柳一定要送到家里。刘柳跟娟子下楼轻声说："谢谢。"娟子又蹙起眉头，用锤头砸上去发出金属硬度的声音说："这是两码事。"然后头也不回，背部挺得笔直，高跟鞋发出很强势的声调。刘柳就站在楼下看她像鼠标一样迅速蹦进刷成绿白两种颜色的出租车里，眨眼间淹没到红的橙的灯流里，心像被谁狠狠扭了一下。

五

直到周日晚林子也没有出现，父亲没说什么，刘妈背着人和女儿叨唠，诸如小的不懂事老的也糊涂，林家的媳妇放别人家白养着吃饭也能咽得下去。刘媛听得心里越来越堵得慌，叨唠急了就和她妈吵，不外乎说："什么别人家自己家，女儿也是你身上掉下来的肉，分得这样清，你就敢打保票娟子那小妖精能把你和爸养老送终？我看悬，自己的父母只有自己心疼，别人都白瞎。"刘妈赶紧说："你这张嘴挨你爸骂还少啊，一个大姑子和弟媳妇对着掐，丢不丢人。"刘媛急了说："爸终身更年期您也终身更年期呀？""小妖精……"刘妈骂她张口合口小妖精，"那是你弟媳妇——咱娘俩关起门来说句话，林子的话狠是狠些，都是你自找的，人家也是她娘身上的肉，有你这种当儿媳妇的嘛，你骂人家娟子，娟子在我们跟前挑不出人家的理儿。"刘媛瞪着眼不服气，说："我嫁的是林子跟别人没丁点儿关系，没丁点儿关系的人横插进来就不成！谁也不是吓大的，林子没良心的东西吓唬谁啊，离就离！"

和她妈吵是吵，林子不来刘媛总还是没面子。眼看弟弟陪护了两天没个人替换，累得胡子拉碴，娟子一天两趟又送饭又前后伺候，唯独自己叉着两手帮不上忙还占着妈妈照顾她，心里着急又不想自己打电话告诉他，就有些生自己气。一个人静下来的时候想到林子的许多好处来，他的话说得再决绝她也总认为是气头上的话，气头上的话跟酒后的话一样不能当真，离婚两个字说着玩儿罢了。

娟子提着熬好的鲫鱼汤进病房时，除了刘柳，婆婆和大姑子也在，就叫声："妈，姐，在啊。"然后往刘爸的脸上看了看，轻轻笑了，说："这哪像病人啊，爸进医院像进了疗养院一样，瞧这气色，我们都不敢比。"取出一只白瓷小碗盛汤，鱼香砰地炸入医院病房消毒水酒精混合成的气息，还有病人身上散发出来特有的气味。刘爸高兴地要坐起来，刘媛冷冷地说："你带回去吧，爸刚吃过尕面片，他最好那一口。"刘柳就说："搁这儿吧，睡觉前爸想垫垫肚子，汤最好消化。"刘媛瞪弟弟一眼说："好消化的多了去了，谁说只有汤？爸这病，汤汤水水最好少喝或不喝！"口气硬得直奔南墙嗵嗵拿头撞。刘爸捶腿发狠："那你拿根绳子勒死我算了，你爷老子又不是骆驼！"刘妈赶紧和稀泥，说："医生真说了少喝汤汤水水——鱼汤搁这儿晚上叫柳儿喝吧，也没——"想说"没个替换的"，看看女儿就忍下后半截话。娟子在他们各持火药信儿的时候一直忙这忙那，床头柜里牙刷碗筷餐巾纸水果等像库房一样凌乱堆放，她蹲下——整理，等站起身来望一眼窗外，窗外华灯早灿烂得不像话。娟子问了句："姐夫呢？"一屋子的吵声像一刹那间拔掉了电源的音箱。好长一阵静默，其实也就几秒钟，刘媛砰地摔门出去，撂下一句："他死了你送花圈来吧！"

刘妈说："小祖宗，你看看你看看，她心里正有病呢你还往上撒胡椒面，说话看点风向好不好啊。"追着女儿火苗去的刘妈更像烈焰一般。刘爸腾地下地自己端上汤碗咕噜咕噜喝，喝了一碗又去保温壶里舀，连声夸："好喝好喝，鲜。娟儿，你也尝尝。"他从来都是叫娟儿，娟子痛快答应一声，果真就着刘爸的碗边吸溜了一口。一直坐在床边的刘柳悬着的心悬得更高了，下面是空荡荡的深潭荒谷，不知安放在哪里合适。他太了解娟子了，娟子的眼泪从来都是背着脸倒退着吞回去的，吞回眼泪的娟子一个人的时候会大喊大叫，这还是上次她和刘媛斗嘴后偶然发现的，这之前他一直以为娟子坚强得不输于任何一位巾帼英雄，比如花木兰。

和刘媛的斗嘴缘于娟子的一句调侃——"笑得像蚂蚁"。当时也是周末，周末时候刘爸总会招呼儿女回家吃饭，林子也来了。刘柳明白，人在基层带兵整天从睁眼忙到熄灯上床，节假日更甚，通常是刘媛没事儿过去探亲，林子一年难得回来几次，也就是结婚时休过假，假未满就被叫回中队了，说是准备支队比武的事。这回林子办完事回家聚到一起，大家自然很高兴。很高兴的刘柳多喝了几杯青稞酒就眯瞪着两眼跟林子说："带兵太操心了，屁大点儿事能把人所有的操心格式化，想想办法吧。"刘媛抢着说："好，我劝得嘴皮子磨薄，他还是一根筋，一群兵蛋子带着泼翻，两年一拨再有感情炝蹶子一走谁还认得谁啊，这心操得没意思。"林子酒量浅，没喝两杯脸红得像香山枫叶似的，把杯子一放说什么也不再喝了，刘柳也不勉强，接着他姐姐的话茬儿说："基层不过是练功磨剑，嫁入豪门还需内外兼修，平台决定发展。"刘媛翘指向娟子夸奖："看看，还是老弟有水平，话说得一套一套的，不服不行。"刘媛说话越来越像刘妈了，娟子没说话望着林子，林子笑一下，他的笑像女子的羞涩，羞涩的林子说："战士其实都很可爱，教会我许多大学里没有学的东西。"刘媛一听就炸了，喊着："他们可爱你跟他们过吧！害我干吗！"刘妈帮着女儿数落："这是啥话，家不要了？"刘柳把酒杯往桌上一扣，说："林子你这可不像话了，别说战士们不值得你撂荒大学所学，就是值得，基层还能管你一辈子？你现在是正连，最多再有一年就得考虑提职，守在那小窝窝里谁认识你呀，要让人认识就得到领导眼皮子底下干活，这是革命的第一步，否则你就是操碎了心也白瞎。跟领导一定要有接触，像你这样埋头苦干，没用！"话说得痛心疾首，刘家母女一个劲儿附和，还夸奖说："是呀，就是这个理儿，都是啥年代了，谁还认老黄牛啊，柳儿要是干你这活，早提拔了。"刘柳嗤嗤笑着瞅娟子，他要是知道娟子的反应打死都不会那么做，这是后来的想法。娟子鼻子里哼出了很响的动静："笑得像蚂蚁！"刘媛分明嗅出了鄙视，俩眼立刻像点射一样指过来说："新鲜，你见过蚂蚁会笑？"娟子说："你不是蚂蚁怎么知道蚂蚁不会笑？"刘媛冷笑着说："蚂蚁自然知道蚂蚁会笑,我又不是蚂蚁怎么会知道咋笑!"刘柳给娟子使眼色,娟子反倒嘻嘻哈哈起来,半笑半嗔说:"媛儿姐这是说我的吧,说得太对了,我就想当只蚂蚁,你看他个儿小不拉叽长得很客气,见天自个儿从日出忙到日落,不看谁脸色不仰谁鼻息睡得踏实活得尊严,多好啊,媛儿姐说是不是?"刘媛一下子拉下脸来,把手里筷子往桌上狠狠一拍,说:"文化人骂人都不带个脏字儿。谁没尊严了?说明白,省得一圈儿人闹心。"话音没落,刘爸的脸一黑,大声喝:"刘媛,你现在就给我滚出去!"林子的脸皮更红了,劝着:"爸别上火,刘媛就是那脾气。"刘柳当时的脸就像坏了风扇的主机,瞪着娟子低吼:"你想干什么!"娟子的脸冰一样泛着蓝雾。

当晚娟子把头蒙在被子里抽泣的时候刘柳还没有睡着。

刘柳不得不打电话请假,副主任回应的热度像喝了一杯热咖啡,他有些感动。这种感动被父亲晚上的呼噜声击得粉碎。陪床睡不踏实,父亲的呼噜声绵延不绝,刘柳的睡便断断续续,他想起副主任的贴心问候,就觉得女人到底是女人,尤其是优雅的女人,心一定是善良的,善良的女人像暖在手里的热水袋,柔软,诗意,就像那天上午看着她突然从炫着梨花满地的门里走出来一样,好女人真的是一首诗,隽永,婉约。心里暖暖的刘柳想到做副主任老公的那个男人每天一定都生活在梦里,那么好的一个女人要什么有什么啊。要什么有什么这个念头把刘柳吓了一跳,以前的种种立刻铺天盖地。他恨恨地想起那个下午,那个下午主任请假不在,他把手机一关,放心大胆地睡了个昏天黑地,睡得昏天黑地的他是被一种很大的声音惊醒的。副主任派人来擂门,操课时间过去了近一个小时。刘柳忘不了那天下午在她办公室的遭遇,他深一脚浅一脚推开一点儿都不诗意的门时,副主任早就站在里面,劈头盖脸的一顿训斥是在他尚未完全清醒的时候进行的,所以他的一切狡辩都被副主任的银牙碎成粉末,他都听得见自己一向口齿很是了得的语言溃逃时的杂乱脚步。气鼓鼓的他回到自己办公室就问路况,为什么学员去叫而不是办公室其他同事。路况说:"给你打电话你关机,大家上课的上课,忙事的忙事,没闲人啊。"刘柳不相信,他只相信是副主任的打击报复,弄个学员傻拉吧唧搞那么大动静,明摆着要让他老师形象皮开肉绽。夜里的思维是吓人的,他想副主任突然好心对他一定有猫儿腻。猫儿腻是什么?只有年底评功的这一件大事,她一直想为路况争取,现在好了,正打盹儿天送枕头来,能不高兴啊。刘柳的心像被雪山死死封在里头,动弹不得。

刘爸的核磁共振报告周一上午出来:恶性肿瘤。刘妈守在病房,姐弟俩去取报告,拿到结果的刘媛当场晕倒。姐姐被送抢救室,刘柳像个癫痫病患者似的回到医生办公室。医生建议立即切除,但不排除已经扩散的可能。又说如果扩散,切除的结果是将病人的存活时间缩短,如果保守治疗,存活时间不会超过三个月。医生大概看出眼前的男人铅灰一样的脸说明承受力已达极限,就缓了口气说:"准备后事要紧,不要到跟前了什么都来不及。"他遇到这种事不算少。刘柳盯过来的眼神打在医生身上,医生一个劲儿摇头:"没有侥幸,诺贝尔设的这项奖,直至目前无人领取,有个国家承诺但凡有谁攻克癌症,会按他的实际身高打造一尊纯金塑像,让全世界永久膜拜。"很职业的知识听得刘柳通体冰锥一样。

六

看见肚子像气球被扎破后的样子的刘媛放声大哭。床前环了一圈儿人,林子也在,是娟子打电话告诉他的,林子也就知道了刘爸的病。

刘柳跟林子商量刘爸手术的事,林子说:"保守治疗吧,如果确诊无误的话。"刘柳说:"娟子建议出院回家,像爸那种凡事乐观的人最需要精神疗法,奇迹有可能出现,这个地方每天好几个早上面对面说话,下午去冰柜躺着,吓也吓死了——何况爸妈那里想瞒严实很难。"林子想了想说娟子说的有道理。这事不可能隔过刘媛,流产后她撕心裂肺地把妇产科的医生护士骂了个遍,刘妈怕女儿吃哑巴亏,专门让娟子请假照料。两个人一提刘爸出院,刘媛瞪大眼,伸出汗津津的手一扬,刘柳躲得快,手擦着了袖子,她大声叫着:"你们混蛋，杀人犯，哪个东西出的主意啊，你是爸的亲生儿子，脑子叫狗吃了由着外人摆布？你知不知道这跟拿刀子杀爸爸一样啊！"说到后来眼泪鼻涕声势浩大一起出来呐喊助阵。病房里住的另外两个产妇都拿眼睛来剜她，她们一个产房里出来不长时间，一个还在阵痛。

　　刘媛根本听不进去刘柳解释，林子和娟子黑着脸站到走廊里来。娟子说："你脱不开身就不要勉强，媛儿姐这里有我，爸那里有妈和刘柳，放心好了。"林子耷拉着头说："爸这事又不是一天两天，妈年纪大了不能操心太多，哪能把担子都压你两口子身上，这不行。"说着"这不行"的林子蹙着眉头像下了很大决心一般，摸出了手机走往了远一些的地方。

　　第二天风刮得太阳像冰一样冷，林妈背着鸡蛋和自家喂养的鸡坐火车赶到医院，拖着老寒腿。

　　刘媛的哭闹坚持下刘爸最终留在了医院，保守治疗的办法也没能拖住去者远行的衣袂，每天的化疗和大剂量用药反使刘爸的身体急剧恶化，就在那个下着大雪的阴冷下午，去者的痛苦终于在几天来的呻吟声中归于寂然。痛苦击穿了刘妈的心脏，她就在拨拉老伴灵前烧纸的火盆时猝然倒地，再也没有醒来。

　　当刘家父母化成青烟消散在烟囱上空后，刘媛一直依傍着婆婆，那神情就像失落的孩子。林妈抓着她的手来来回回轻抚着，谁也没有说话。

　　林子安放完岳父母的骨灰就返回了部队，临行前摸出一张票对林妈说："下次休假您再来治腿吧，明天回家的票，别误车了。"刘媛一把打在丈夫手上，眼里噙泪说："妈的腿有我呢。"林子望向刘媛的眼神有些柔软起来，林妈却说："还是等林子休假再来看吧，不急，女人小产跟坐月子一样，不小心养会落下病根。"刘媛把头偎到婆婆肩上说："以前是我不好，您大人不记小人过给我个孝顺的机会吧。我爸爸妈妈撇下我和弟弟去那边做伴去了，他们活着我惹他们生了不少气操了不少心，人一走想补过都找不到地儿，现在只有您一个妈了，我怎么能让自己再后悔啊。"说着，哇一声滚到婆婆怀里哭起来。林子的眼睛跟着红了，就把那张火车票捏了捏，林妈已经流了一脸的泪，一边轻轻拍着刘媛一边催儿子，说："赶紧走吧，部队上的事比天大，别操心家里，没事儿，赶明儿媛儿养好身子带着去是一样的。"林子应了声，看着妻子想说什么话，张张嘴终于没有说，捏着票飞出门时，屋里的人分明听见像鸽哨一样的笑声。

刘柳回单位上班，副主任手里捏着一个牛皮纸信封，走过来说："大家给老人家的心意你代收吧。前面没顾上去看，叫路况代表教研室送花圈过去，还请你理解。"刘柳有些发呆，他记得路况去家里时家里设着灵棚，路况脸冻成了紫茄子，至于说了些什么他记不大清了。副主任刚离开副部长就来了，说："回来就好，上次提到的想法已经很成熟了，完全可以给编辑部了，刘教员下午来我办公室一趟，听听你的高见。"刘柳哦了声说："领导有领导高度，我也就一小教员，哪有什么高见？现在就可以去拷电子版，好好学习学习。"当着路况的面副部长有些始料未及，只好呵呵一笑说："三等功臣啊，什么小教员，得便宜还卖乖。"刘柳拿眼去瞅路况，副部长明白，笑说："路教员很不错啊，这次比赛名次很靠前，干部民主测评票数一数二，你们副主任为这往部里跑了好几趟，可惜名额有限，全院通共三四个，总不能都让你们教研室占了去——路教员明年再争取啊。"路况听说抬起头笑，还是很真诚很干净的笑，讪讪说："副主任说了让我们向刘教员多请教，说他教学方法多样，课堂气氛热烈，理论水平也很高，学员都愿意听他的课。"副部长说："你们副主任说这话还是蛮公道的，她跑去给领导讲条件，说既然不能多给名额那就报谁批谁。唉，女——"觉得说得有些多了，就交代一回刘柳去他办公室的话才走。

刘柳问着路况："副主任真的那么说来？"他有些茫然了，就像因纽特人面对亚马孙河流域的鱼群，手中的鱼叉不知该如何舞动。他要是知道路况回答他的是什么，他一定很早就问。路况说："副主任一直对你偏爱，还问谁啊！偏爱我？"刘柳的眼珠子噼里啪啦往对面墙上弹跳，那一阵儿的意识像藏羚羊远远站在沱沱河，细数呼啸而过的列车车厢。他怎么都没想到生活中的戏剧就这么轻易上演，而剧中的丑角恰恰是自己。

路况把代领的奖金和三等功奖章往他桌上一推,捎带了一句:"你真的很优秀,如果不太世俗的话。""嗨嗨嗨,后面那半句删除啊!"刘柳嘴上调侃着,心里像吞了一把蒺藜,主任的短信恰在此时闪烁:偷着乐吧,三等功臣,我给副部长下了死命令,他还真办事,等我回来咱得好好谢谢他。刘柳冷笑一声,压下删除键。

　　下班时风刮得像数百辆卡车一起发动,落下一地的枯枝干杈。路况换便装时问一句:"不回家?"刘柳哦了声说:"想留校好好补补觉。"路况点头说:"是该睡个好觉了,看你熬得像鬼一样。"话一出口觉得不妥,就赧然一笑,看刘柳没有责怪的意思就说:"你晚上要是饿了,我宿舍里有半箱方便面。"说着从腰里拉出一大串钥匙,从中取下一把放在桌上。刘柳说着:"谢谢。"自己都听出了声带的颤音。他知道他留校的理由只管得了一时,很快就会山高月小起来。娟子在处理完公婆的后事后提出分居,说老人周年后再办手续,坚决得不容刘柳修改意见。刘柳是可以回父母的房子的,父母去世后房子一直空着,刘媛已搬回了自己家陪婆婆住。但刘柳实在不愿回去,至少目前不愿回去。他到现在都不肯相信父母已撒手归西,每次进门都仿佛听见父亲在厨房张罗饭菜,母亲则在里屋倒腾衣柜,甚至半夜猛然惊醒宁愿相信还是父亲的呼噜声制造的效果。父母活着时他尽的孝屈指可数,现在他们牵着手走了,后悔像毒药一样游走在所有的黑夜。他唯一可感到安慰的是父母临走的时候丝毫不怀疑儿子媳妇恩爱如初,父亲是那么喜欢儿媳妇,看见娟子情不自禁从心底发出笑声。刘柳很感谢娟子,至少给了父母安然离去的理由和他做儿子的孝道。他不想失去娟子,他不相信自己在娟子心里的位置被另一个男人轻易覆盖。他哪里做错了,让娟子如此狠心要绝尘而去?他处处迁就,他事事不干预,他为娟子买的衣服多得刘媛都抱怨他心里只有老婆,一个男人能给老婆的他都会给,娟子的冷漠从何而来他真的想不通更难接受,一种从未有过的挫败感在心底泛滥成灾。

　　副主任什么时候进来刘柳不知道,他一直望着窗外,窗外的风力从树梢的无序狂甩略可猜测,灰黄的沙尘被铲到高空又狼狈散落。他轻轻叹了叹，头几乎埋进了胸口。

　　副主任在路况的椅子上坐下时弄出了轻微的动静，刘柳转回头看时吃了一惊，副主任的眼睛里有一种说不清的东西让人震动。那种东西像牦牛啃在嫩得望一眼就闻得到青草味儿的草山上，他把身子正了正说："也没走啊。"那声音像跟朋友聊天儿一样松弛，这种感觉在主任那里是不可想象的，即使主任像带保镖一样与他形影不离。他第一次这么近的距离平视副主任，副主任真的属于看起来年轻的那种，这种人年纪再大也比同龄人年轻至少五岁以上。面少的副主任摆弄着文具盒里的笔，漫不经心地说："这种天气住校是一种幸福。""可不是嘛。"刘柳应着。副主任笑了一下抬起头，说："前提当然是了无挂碍才好。""什么？"刘柳有些走神，心里一咯噔，仔细瞅瞅副主任，她笑着像肯定什么似的点了点头。刘柳的眼一下子涩起来，问了句从何而知，就后悔其实这话实在多余，因为副主任叹口气后说："男女这个话题好像很俗很难说得清，但越是俗的东西越困扰人，越难说清的东西问题越多。这样说吧，女人要求男人的就两个字：踏实。踏实不是你给了她房子给了她车，也不是给她多大的信任，是一种心里的感觉，对，就是心里的感觉。"刘柳品着这两个字，想到娟子的鄙薄，难道她真的没有踏实感吗？副主任没说明白他已经在心里翻山越岭琢磨开了，他想踏实其实会有许多词汇在支撑，肯定有幸福，有快乐，还有来自男人的担当、尊严吧，娟子说过他有奴相，路况说过他世俗气太重，哦，好像还算上马丽娜，如果马丽娜的忽视他曾不知所措过。刘媛曾夸他脑子活，恐怕这和不实在是同义词吧。刘柳像斑头雁一样细数着羽毛，越数心情越暗。

　　副主任好像没有想深谈的意思，又说了一会儿课堂管理上的事儿，天已经黑下来了，风好像弱了不少，副主任就说："回宿舍吧，明天起停课三天。打扫卫生整理内务。"又停课？刘柳记得主任走之后这是第三次停课，教授们走出教室奔向抹布或拖布时的热情很令人感动，宿舍居然也能整理得跟基层中队一样。他有些悲哀，想问课还补不补，副主任突然站起身往外走，眉头微蹙着说："人家一张课表管一学期，我们管一天。"出门时似无意又说："娟子是个好女人，好好珍惜。"皮鞋后跟就敲击走廊的水泥地面，拖着很清晰的尾音远去，等刘柳下楼回宿舍时熄灯乐开始播放。

七

娟子被上颌窦炎折磨得头像充满了氮气一样整宿无眠，整夜无眠的娟子干脆在房子里来来回回踱步，她到客厅里找水喝，开亮落地灯一下子看到了撂茶几上的那两张票，那是今天刘柳托同学买了送到她单位来的，是她最喜欢的马戏专场，周末上演。她不想去看，主要是不想和刘柳去看，和刘柳不看再使用它就显得很过分。公婆去世大姑子刘媛流产使娟子大受震动，刘媛和林子重归于好还接了婆婆像一家人似的同住，而她的心还像被点了穴一样封冻着。不是她真的甘心等待一年后劳燕分飞形同陌路，只是她接受不了刘柳眼下的改变，这种改变让她的心悬浮半空。她不知道看着人的奴才相也会让人脸红，上次陪他和主任一家吃饭是很早的一件事了，从那以后她就不再猫一样腻着他了，猫也要猫在踏实的怀里才好。后来街头的一次巧遇，刘柳毫无风度的势利和一望而知耍的小聪明让她颜面尽失，她感觉到副主任的忍耐其实就是一种修养，这种骨子里的修养让自封为雄鹰的老鼠更像老鼠，这种感觉直到和刘媛的一场口水战后升级，她的心就像烧化的冥纸那样死寂。她想她也许可以接受一个人世俗但一定接受不了庸俗，她也可以不要浪漫但一定不能没有快乐。心凉透的娟子想到了离婚，离婚于她实属无奈之举。

第二天一早娟子就去医院挂号就诊，按着医生的检查单子一张一张埋单。不到殡仪馆不了解纷争有多无聊，不来医院不知道健康有多重要。娟子在交费大厅遇到刘媛，气色差不多已经恢复了，她是带婆婆来治老寒腿的。刘媛老远就打招呼，娟子给林子打电话的事她是后来才知道的。娟子对这刀子嘴豆腐心的大姑子姐并不反感。刘媛用很心疼的口气说："你这鼻子赶早了治，耽误了就是大事。昨天柳儿还跟我电话里说他们有个女副主任给他推荐一个理疗的方法能根治，等哪天请下假带你去看，你就别到这儿拿自己当活体试验了。"交费大厅像早市一样闹，说话像喊一样，她们聊了一会儿只好分开。

娟子提了一袋子药戴着口罩离开医院，刚才鼻咽喉科大夫使用了吸鼻器，现在感觉很舒服。下午娟子妈妈来电话问她春节和刘柳回家过年的事，她本来想说可能会一个人回去，话在舌根下一摁甩出来的就是："好啊，我们都想着妈做的枣花馍。"娟子妈笑得很响，说着："好好好，给你们做，小馋猫。"放下电话后，娟子还被妈妈开心的笑感染着，下班后她就近到市场买了一条很大的鲳鱼和一些鲜绿的青菜回家。砧板和菜刀紧锣密鼓地短兵相接，厨房的门是虚掩的，娟子一眼就看见围着粉色大围裙的刘柳，这条大围裙是娟子专门为他选的，她喜欢上面印的图案，画着开了满树的梨花，花瓣簌簌摇落了一地，美得目眩，美得灵魂出窍。可惜这份美刘柳只在她的雀跃下试穿了一回，他就像陀螺一样忙。梨花满地渐枯萎，朗月疏桐空呻吟，刘柳的手机收到娟子的这条短信时正在陪主任打牌，脸上像小丑一样贴着不少条子，主任正开怀大笑。

耳力一向很好的刘柳梨花簌簌地走出来，一棵大葱剥得白白嫩嫩。"回来了。"刘柳的笑很泛滥，接过她手里的鱼和青菜提进厨房。娟子洗了一把脸出来，刘柳和弄的一桌子菜一样热气腾腾地迎着她。刘柳其实厨艺不错，不错的厨艺窖藏了多年会不会像酒一样醇厚胜昔，娟子尝了一口心里就软了软。刘柳说："见你买鱼了，我没做，姐中午给我说你鼻炎犯了，鱼是发物，还是别动了。"娟子没应声，她进家到现在都没应声，房子里只有刘柳在说话。

鼻腔像交警下了班后的道路艰难挪动，娟子的头又开始疼了。像约好了一起赶场子，刘柳撂在沙发上的手机唱起了"就算前世没有过约定，今生我们都曾痴痴等，茫茫人海走到一起算不算缘分，何不把往事看淡在风尘"，娟子瞟一眼，手机显示主任嫂子，刘柳蹙了蹙眉头，他知道主任快回来了，主任嫂子找他一定有事。果然，主任嫂子告诉他后天周末中午主任回来，东西太多要他务必早早进站里面接，怕超重罚款。春运期间火车站不售站台票，进站去接肯定要找熟人。刘柳说办个托运岂不省事，主任嫂子说："买土豆吃成羊肉钱了,多贵啊。"刘柳沉吟片刻:"我怕去不了,娟子鼻炎这回犯得很重,朋友找的专家就约在后天,我想请假带她去看。学校不是放寒假了嘛,大小伙子一个人就够了,我托托朋友想办法送他进站耽误不了。等娟子好些了我们给主任接风。"刘柳很专注地说这些话时娟子一直盯着他看,眼神里开始有梨花飘落,梅红的蕊,没有一片叶子。主任嫂子肯定不高兴,因为刘柳说到"风"字时愣了一下,那边的电话可能已经断了,且挂得猝不及防。愣了一下后的刘柳显得很轻松,像终于卸下了背上的石头轻装进山的登山客。

  副主任介绍的专家给娟子制定了两个疗程的理疗方案,二十天,每天一小时。娟子一个疗程没结束炎症就消了,专家说第二疗程一定要坚持,病灶就像河床上裸露的乱石,如果不在雨季来临前清理干净,后患无穷。娟子的鼻炎在以后的时间里真的再没有犯过,直到孩子出生。当时娟子跟着刘柳去找专家时心里也没有底,从理疗床上下来时才上午十一点,刘柳一直陪在旁边,用一种柔得让人心动的目光花瓣一样一片一片落她身上。娟子就是抖着满身的花瓣跟他说了很久以来的第一句话:"时间还早,小孩子不顶事儿,还是你去接站吧,别急着嫂子。"刘柳说:"不用了,已经托到朋友帮忙了。"娟子盯过来说:"这不一样,你是男人,嫂子是女人。"刘柳没再坚持,先送娟子上车回家,去火车站时问了句:"晚上的马戏表演一起看吧。"娟子说:"再说吧。"

  娟子还是决定不去看,晚上的风很冷,她怕鼻炎加重。刘柳也决定不去,娟子说:"票很贵,浪费了可惜,你带媛儿姐一起去看吧。"刘柳说:"给你买的,你不去谁去都失去意义。"娟子急了说:"凡事不见得都有意义,意义是用心做了之后的感觉。"刘柳是琢磨着娟子的话下的楼。

  娟子吃药后把自己像粽子一样裹进被子里,只留下眼睛和鼻子。外面的寒冷是风用力拖进房的。房里的暖气开得很足。鼻腔费力地挤出一丝缝隙,娟子不得不张开嘴呼吸。这样的呼吸法弄糙了声带,声音就有些嘶哑。刘媛来电话说:"好好歇着吧,我们已经坐进体育馆了,演出马上开始,挂了啊。"娟子勉强哼哼着顺手把手机撂在枕边。

刘柳的短信一条接一条奔着找来时，娟子身上正出着汗。

训鸽表演：雪鸽定点飞，三起三落。

一男一女绸吊，惊险。

驯狗表演：大大小小毛色光亮七只狗，或跳绳或招呼或直立走或爬梯或跨栏跑，可爱，整齐划一。

魔术表演：箱柜酷男变美女。

娟子回复过去：专心看吧，我没事。

刘柳的短信固执地传送着，像没看到娟子的回复。

美女再藏铁柜，点火烧烤，箱盖打开美女失踪，猝然跳出两个，不，三个。

马术表演：立马背做高难度动作。现场互动，一观众上场试骑，失败。

悬空翘翘圈……

正现搭铁丝网，估计狮子老虎登场。

娟子眼角滚出的一颗泪落到枕上，回复：我看到了，很清楚。

果然，三头狮子，威风。

打滚，站立，转圈，钻火圈。动物如斯，悲哉庆哉！

……

娟子淹没在井喷似的泪水里。

卫生员

孔小东几乎是吆喝着撞进来的，消毒水味儿、被褥味儿、小便味儿和分不清是病人的气味还是探病者的礼品气味，将医院笼罩得异乎寻常，许是他这样高声大气，加之午后的太阳明亮得不像话，这些混合在一起的气味儿如栖身枝头的鸟雀听到枪响般，一下子惊慌失措东奔西逃起来。

陈规的哥哥陈有列起身想把他和他的鲁莽修正一下，但陈规已经醒来——或者根本就不曾睡着，像近些日子一直都这样，只是躺在那里，像身负重伤的小兔子一样，每天例行公事地打着打不完的点滴，他们——当然包括医护人员——都认为这于他的病毫无用处，只有他哥哥守着他打点滴的手，像守着一地的洋芋，神情天真且可怜。要是他父亲在就好了，他父亲脑筋好使得丝毫不像庄稼人，他父亲会察言观色，知道这些医护人员给他小儿子打的是良心药，小儿子的病根本不会有起死回生的可能，至于每一个探病者说"陈规，你会好起来的，战友们都盼你回去"之类充满热情的鼓劲儿，其实都是屁话，他们说那种话远不如他们想说那种话时的中气，这是一望而知的。他父亲不会相信来访者们说"哎呀陈规，你看起来气色比上回好很多"的鬼话，其实望一眼小儿子浮肿且渐行焦黑的全身就知道死神没打算渎职。但这种那种话，陈有列是认真听且信以为真的，虽然他每天都在因弟弟动辄拔针、动辄发脾气苦恼。

这几天弟弟不再拔针和发脾气了，他静静躺在那里，纹丝不动，手臂和点滴也纹丝不动，液体仿佛已凝固，看样子恐怕要一直凝固下去，因为连声音他都没力气发出来了。

孔小东进来时，陈规似乎抬起弥漫着血丝的红眼睛，半睁半闭，大约看了数秒，便收回视线，嘴角似乎歪了一下，带着笑的那种歪法。

一看那眼睛，孔小东便知道了将死之人究竟是什么模样。只有一周，他身上死亡的气味浓得能枪决阳光，就像带圈的"拆"字写在一座破旧得失去房子概念的废墟上——不久前他们一起经历过的废墟。

"想我了？哥们。"孔小东还是大声地对着他喊叫，陈有列真想手头上有把耙子，往他脸上捣个稀烂，但他不敢，他知道这个火神爷战士一巴掌能把他抡回农村老家烟熏火燎、脏得像揉成的草纸一样的破房子里。一个月前离开那里后，就从来没有梦见过那里，他希望永远别再回去，哪怕伺候弟弟远不如扛锄头利索，他还是不愿意回到一年到头吃窖水的地方，那窖水吃得人像抽干了水的枯井。所以他想永远伺候弟弟。

陈规似乎想把喉头深处的干空气换成词语，哆哆嗦嗦咕噜了一声，什么也没说成，他记得已经好多天都这样了，可他分明就很高兴孔小东来看他，大大咧咧的孔小东性格就像窗外的阳光，虽然他现在已经消受不起，可他真的好羡慕，羡慕这种阳光。他好像还能记起不少东西，比如卫生队长使唤他这个卫生员跟使唤医生一样，那时候他便真像个医生似的穿着白大褂出出进进，扎针、取药、巡诊，就是少个处方权，可他还是很高兴的。

孔小东是谁啊？有一阵子，陈规的记忆仿佛突然被抽空了，消化道里血涌上来的腥气让他意识到还活着，生不如死地活着。这几天昏迷的时候越来越多，清醒见缝插针地挤进来，很快被挤出去，他明白透析已经不能再做了，做下去毫无用处，肝功能也开始不遗余力地趁火打劫。有一会儿他想起来了，孔小东是他的病人，严格地说曾经是他的病人，现在当然成朋友了，至少孔小东是这样认为的。他记得第一次见到孔小东应该是在一次救灾任务中，那次部队出动不少兵力，他随队卫勤保障，技术好、腿脚勤快的卫生员、卫生队长就爱带他，一来放心、二来省心。他其实也想去救灾现场，战地救护的技术打培训后藏匿深山，救灾现场一定会用得上，他知道。

那里到处是废墟，好好的房子碎得丝丝缕缕，像刚刚遭遇五马分尸。陈规一屁股坐进废墟，一如坐进漆黑一团的极夜，极夜里没有作息安排，没有生理提示，没有任务分工。陈规把胳膊粗的檩条堆成小山时，孔小东找他来了，他那时的大嗓门儿像挤到门缝里的老鼠，人跟防盗门一样砌过来，说："卫生员，卫生员，给我看看吧，头疼脖子疼。"陈规直起腰瞅见他右耳后挨发际线下方赫然一个脓包，汗水和血水从耳后流到脖子，脏得看不出迷彩图案和颜色的作训服领子上让血洇成黑紫色，结着痂。他说头两天找队长看过，队长说这是疖疮，没熟，等熟了挤出脓就好了。"等了两天还没长熟，头擂鼓似的疼，活也干不动了，我着急啊，就自己挤破，没想到血不停流……"

"你瞎整，你就瞎整吧，整出事儿可咋办！"陈规给他消毒后切开疖疮，发现皮肤里面化脓的范围超乎想象，像一汪暗潭埋在下面，带着血的脓水随着挤压一股股蹿。孔小东疼得打战还说："没事没事，别手软，挤吧挤吧。"陈规轻叹一声，说："兄弟，忍着啊。"对着一瓶过氧化氢猛吸一大口，咕噜咕噜一下，呸，吐了，嘴像鸟喙似的突然向他啄来。孔小东吓了一跳，失声叫着："你小子有毛病吧，挤着挤着咋趴老子脖子上来啊，找打是吧。"就用膀子往外掀他，掀他。陈规突然觉得疼处像安了抽水泵一样猛地吸到他嘴里，然后一口一口往地上吐，再吐，血水掺和在黄脓里吐得星光灿烂，然后涂消毒水，包扎，说没事了兄弟，换两天药就好了。孔小东愣了神，看他又噙几口过氧化氢水咕噜咕噜响着，就讷讷说："你看这、这……用手，用手挤就行了，多脏。"陈规说手使不上劲啊，不处理干净，弄不好引发败血症更麻烦。孔小东突然想起那堆小山似的檩条，走出几十步又折身回来，不再卫生员长、卫生员短地呼陈规，他说话时的样子像一个拼命维持自尊但实在伤心得要大哭的孩子，下巴紧绷，说："兄弟，以……以后咱就做朋友吧，别嫌弃，有事招呼一声，只要不杀人放火。"陈规抬头笑一声，说："咱们本来就是战友，咋说得跟梁山好汉似的——谁嫌弃谁啊。""那是那是。"孔小东就笑,满脸通红地笑,离开的时候摸摸脖子,退着走出帐篷。

陈规觉得身体里的细胞发出咯嘣咯嘣声,像百万条毒蛇一下子扔进不足两米见方的水泥坑里,坑的上方用大青石板死死压盖,根本无处可逃。它们开始时惊慌失措,四处逃难,发现无处可逃,甚至血肉淋漓了,终拧不出一条安全洞穴时,便疯狂噬咬,噬咬的样子绝望且怒气冲天,当洞里满是尸体和尸体发出的臭味时,几条尚未绝息的王者就在里面爬来爬去,爬得神经错乱。他根本无能为力。

孔小东杵到床边,正好挡住了窗口滤过来的阳光,大声说着新近发生的好多事:防爆排演练了哪些新战法,上周三炊事班做了一顿像模像样的红烧狮子头,刘医生跟她男朋友终于掰了,队长攥着那男的好骂一顿,交代大门口哨兵不许再放入,等等。陈规翻了翻眼皮,孔小东就大笑:"那男的真丢咱男子汉的人,跟一个女同志吵着要三年青春损失费,你知道,队长那嘴皮子能把死人骂得从坟里跑出来眼泪鼻涕一大把地跪地求饶……"

陈规可能也觉得好笑,跟着含混地"唔"了一声,孔小东就高兴得拍大腿,说:"我再告诉你一件更好笑的事,听来的,你别传啊——去年夏天一大队叶副大队长到三中队检查工作,一进院子就骂中队俩主官说:'啊,啊,你瞅瞅你瞅瞅,还抓正规化建设哩,你这管理成问题呀,通共种那么几棵杨树,就有两棵长得乱七八糟,那,那枝枝条条地伸到墙头上干什么?连树叶子都落到墙外去,你们知道不知道不,啊,啊?'中队长也是个能恶搞的,冲到墙外指着落叶就骂开了,说:'你龟儿子够大胆的,谁批的假谁批的假啊,不假外出老子就算了,叶副大队长来了你龟儿子还敢顶风作案,私自营外留宿,还不快给老子回去,小心处分你!'"

护士进来换上一瓶点滴,轻声嗔怪:"你懂不懂事儿啊,这病人……"

陈有列出去过烟瘾,或者到院子里随便哪里靠着墙根晒太阳,或者靠着墙根扫描仪似的扫描出来进去的男男女女,最主要是女人。城里人就是会保养,脸皮细嫩得像晒干的洋芋粉儿,头发烫得好看是好看，可干得像随便捋到墙角等着烧炕用的刨花。这当儿孔小东放低了音量，给陈规擦了擦汗，那些汗的颜色像干透的黄花菜一样，焦黑的皮肉居然沥得出这样东西，孔小东鼻子发酸，鼻子发酸的孔小东没话找话说："刘医生让我带话，说按你的记录已通知潘浩明天来医院复查，你放心好了。"其实说这话的时候陈规的意识已经模糊了，他来不及明白刘医生或者潘浩甚至孔小东是谁，突然觉得自己又回到卫生队。队长还在他阴面那间办公室里侍弄那盆虎刺，虎刺上稀稀落落开着花，一滴一滴像血一样红，门开得很大，一边侍弄一边跟谁通电话。有几个战士在医生办公室门口候诊。刘医生坐在窗前，从光可鉴人的窗口往外可以看见电线，电线上不时有乌鸦前来歇脚——据说这地方新中国成立前是一大片坟地，馒头似的坟头像摆进蒸笼里那样齐整。梳着清汤挂面一样短发的刘医生安静地问诊、开处方，她真的是个安静又可爱的女孩子，这会儿大声喊赵定取药。赵定是另一个卫生员，第一年兵，刚来没半年。陈规就想：我管药房，为什么喊赵定？他不熟悉药品呐，会不会喊错人了？半个月了吧，她动不动看窗子走神儿，窗子安装的还是老式钢窗，漆掉得差不多，像晕针的病号。赵定从厕所里边跑边应着声儿，像摘果子一样从刘医生手里摘下处方，然后往处置室走边朝一个战士说："病房里等着。"那个战士低下头，鼻孔呼着热气跟上来说："班长，我从小就怕打针，轻点儿扎啊。"赵定说："就你事儿多，还是不是男兵？病房躺着去，等会儿才打哩。"那个战士叹了口气，沿着墙边慢慢往病房走去。他一拐一扭的，像拉伤腿筋退出训练场的格斗员。

  他为啥不理我呢？往常可不是这样。陈规看着他从身边快速走过，带着一股风，鞋底胶踏在走廊上发出轻微声响。事情看来有些怪异，因为赵定走过时连看都没有朝他看一眼。一会儿听见处置室敲针瓶的声音，他知道赵定正在配药。他向处置室走近一点，往里望去，桌子上一溜儿摆着两个白色盘子，盘子里分门别类盛许多大大小小玻璃瓶、碘附、酒精、消毒纱布、医用镊子、夹子等等，脚边一只白色垃圾桶，赵定在桌子和垃圾桶间一俯一仰忙着，他就想起赵定刚调整进卫生队时，血压都量不准，扎针的时候老听病人明里暗里骂，队长开会的时候说了狠话："限你一个月，到时候还没长进，从哪儿来到哪儿去！"赵定找陈规诉苦，说："班长你教教我吧，我不想退回去，出都出来了，咋说也学了技术，就这么退回战斗班，脸上不光彩。"陈规说："你脑袋瓜子比我聪明，有啥学不会的。"量血压还好说，赵定怕疼，自己手上下不了针。"我这双手借你用，有借有还啊。"陈规说完自己先笑了。赵定突然哭了，张着大嘴哇哇地哭，边哭边说："班长你真好，把你手扎成'蜂窝'，我还是人吗？"陈规说："别傻了，你不想想，我受点儿疼算啥啊，咱少挨人家多少骂！"

赵定现在正在清理托盘，在他全神贯注于药瓶、针管和胶布时突然停住，朝垃圾桶愣愣神，又挠挠黑亮得像假发的寸头，又望着手里加药的针管，样子一如初学对弈就遇到大师的低等棋手。陈规想起那回加药事件，他也是这样，只不过远没有这回镇定。有些规定背了一遍又一遍，直到犯恶心，他还像不懂事的孩子，家徒四壁，居然闹着吃麦当劳。那回要不是刘医生在处置室嚷嚷，他是不知道的，因为他收拾好药箱准备跟队长下部队巡诊，车就在门前等，但临出门时队长办公室的电话响了，他去接电话的当儿陈规听见了处置室的动静。他进去的时候赵定像刚跑完五公里武装越野。刘医生说他配完药想不起是否加过地塞米松，处方要求一定要加的，因为病人发烧好几天了，这种激素药就像训练头上拍砖的那种硬气功，力量不到拍不碎，力量太大头，砖一起碎。已经把加过的所有空药瓶一股脑扔进了垃圾桶，陈规想起当时看到垃圾桶的感觉，他真想照那笨蛋新卫生员的屁股踢几脚，踢几脚也许能平息一下找那个破地塞米松瓶子时的火气。这是第五年进卫生队了，没有人见过陈规发脾气，但他那次很想发一通脾气。新训刚开始没几天，南方兵几乎排着队患感冒或者水土不服，甚至有高原反应，病号出奇多，各种空瓶子、碎玻璃和用过的药棉、胶带之类使垃圾桶疯人院似的热闹，开有地塞米松药的方子就有十七八张。刘医生"猛烈轰炸"时下巴上的肉像挥舞的小旗子。陈规只好一一查看当天使用地塞米松的处方，找了一把镊子对着垃圾桶翻检起来。桶里的空药瓶和玻璃残渣分拣仔细得就像五六月在草地上采挖虫草，对照处方，药品归类，核对数据，直到晚饭号吹响，那已是两个半小时后的事了。后来他才知道，队长自己一个人走了，他告诉刘医生说陈规细心，这事需要细心。

查出加过那瓶药后，赵定说："我说加过了嘛，没人相信。"听这语气俨然陈规多管闲事。"你要是早确定了当然好。"陈规说，并把队长一个人去巡诊的事给他讲了。赵定的眉毛一跳一跳地，显然生了气，说："女同志心里就是不搁事，多大事儿啊，非要吵吵到队长那儿。"陈规恨不得把他也扔进垃圾桶里去。刚才刘医生走后，陈规觉得她的火气大得近于夸张，平淡无奇的五官组合使这种夸张显得欠缺逻辑性。赵定低声说："你说也怪了呵，她男朋友咱们也是见过的，挺正常一个人，咋整个一个酒拉拉啊，酒杯一端抓支牙刷敢划船，昨晚半夜到大门口骂刘医生，叫哨兵赶走了，你说丢不丢人？"陈规淡淡一笑，说加药时候别着急，得"三查七对"，配完一瓶药，核对一遍，再扔空瓶。

当他这样想的时候，那个战士又一拐一扭走来，往处置室探进去半个头，似乎在问什么。"放一百个心吧。"赵定笑着端上托盘往病房走去。他太年轻了，从走廊尽头透过来的亮光看，他脸上的茸毛一根根支棱得朝气蓬勃，他眼睛里那种奇妙明亮的目光，让陈规突然意识到他刚才愣神与加药无关，他或许想起了谁或者和谁有关的场景，因为他那种目光熟悉得几可触摸。是队长？队长的目光多了严威。是刘医生？刘医生的目光如同那种春天里蹦蹦跳跳的兔子，往草里一钻，然后在另一个地方跳出来。那会是谁？他想到了自己，队长什么时候说过，说有这种目光的卫生员可以放心用了。赵定现在就有这种目光，他应该高兴，可为什么突然觉得头颅里面像有成千上万的人和许多新式武器搅在一起，未拟预案便贸然开始了海陆空三军大演习？他一下子顺着墙根蹲下来，这是从来没有过的疼，他想他应该不是感冒了，感冒没有这样难以忍受，即使救灾那回感冒，要是能有几片药撑着，肯定也像大黑好利索了，不会拖那么久、那么重：久得腿脚浮肿，重得要命。

想到大黑，陈规就想起了壮实得像牦牛的战士。他那时在野狼坡上担负守护任务，山上风大得像铁铲一样，刮着地皮和地皮上的枯草,他开始觉得浑身骨节疼痛,于是他挣扎着到山下医疗点看病,他后悔第一眼就看到陈规身子蜷曲着侧卧在床上发抖,那时他觉得陈规像张 PS 过的恶搞照片,一个背药箱的卫生员病得像入冬后树梢上剩下的最后一片叶子,别人的病就是除了那片叶子之外的一堆落叶。大黑站在帐篷门口,犹豫着是否该返回山上去。陈规费力地爬起来,脸色黑紫,眼珠子都红了,红得像帐篷外的格桑花,而这生长格桑花的地方海拔高得几乎让人心生绝望。陈规带着那种红望到他脸上来,然后他弯下身去把药箱放到脚边,药箱里应该空空荡荡,因为他摸摸索索一阵儿才找出几粒感冒药塞过来。大黑一下子就炸了,眼睛中的闪光像电警棍一样逼着陈规,他的眼睛越来越小,越来越深邃。陈规相信,他能够读懂这种表情。这种表情只有一个结果,甩到他脸上来。但他终于没有甩,喊着:"就这?顶啥事儿啊!""都发给老百姓了,就剩这几粒,你别急,等明天运来药品,我第一时间给你送过去。"大黑瞪着他好一会儿,突然走出去,再返回来时看得出非常犹豫,说:"班长,你感冒好像也不轻啊,要不,这两粒留给你吧?"陈规推着他说:"我背药箱的还稀罕你这两粒药?我这是累了,歇会儿就没事儿了。"大黑走了,他不知道他手里握的是药箱边角里最后的药。

第二天灾区下起了雪,很大的雪,山上山下调成了同一色系,寒冷比天气预报更为准确地报道着眼下的气温刻度。大黑有些失望,那些雪漫无边际地下,毫无克制,他断定卫生员即使不感冒也不可能来,卫生员嘛,机关里的人,都是伺候领导、服务干部的,眼里压根腾不出空儿搁基层战士,就是有空儿也不大会腾。大黑不指望了,他目前昏昏沉沉,明白这种不指望属无可奈何,望一眼山下,一堆一堆的白像个大坟场,心里一下子暗下来。他想徒步那么远,要是有药还好,要是卫生员也就随便那么一说,他毫无办法,这样的天气谁知道会发生什么事?他这样想着,觉得无论怎么办都不够靠谱。等他突然发现陈规像棵雪崧一样从风雪里跌跌撞撞摇上来,他开始在心里抽自己耳光,一下一下,热血甚至涌入他的脑际,乱糟糟地疯跑,弄得直到陈规留下准备好的药往外走的时候才想起说:"喝口热水吧,暖和。"陈规甩甩手，说还有好多人的药要送。"其他战士说我们去送，哪家哪户是谁，都熟。"陈规还是走了，说："还是我送，顺便巡诊……"后来队长来巡诊时说那天陈规已经是第三天在发烧了，最高烧到39.5°，没药，吃到药的时候到了第三天。

陈规忍不住呻吟，他佝偻着，走廊里的光线扑到身上来，他发现好几个人来来回回走动，竟没一个人问他一声。那些人差不多都认识，有的甚至相当熟稔，像郑学说，像邢象。郑学说是二中队的指导员，每次来打针都会说："你小子，新训还是我带的你咧，腿脚勤快，眼里有活，想不到针打得这么好。"还有一中队指导员邢象，他可是陈规拿半条命背出来的，半条命都救过了，为什么拿他全然当空气？今天带战士来看病，和刘医生这个那个的，有说有笑，他应该看见了他，这是毫无问题的，但他的眼睛看到他与看到墙上贴的人体经络图并无二致，等到刘医生说一点儿"软组织扭伤得休息"的话，他拍拍战士的肩膀消失在走廊那头的光晕里。陈规有些寒心，他想撑起来，可头疼得一睁眼水泥地板便往怀里扑，他只好闭上双眼，闭上眼浑身便焦灼起来，拳头开始不停往头上擂，腿脚力气很大地踢腾。邢象为什么装作没有看到他，没有看到他的痛苦？即使没有看到，应该听得见呻吟，那种痛苦得近乎狼嗥的叫声想不被注意根本不可能，但他们为什么都不肯瞟他一眼，哪怕像瞟一只淋了雨的流浪狗一样也好啊，但他没有，他们都没有。往常邢象挂在嘴边的总是一句话："这真是一个好兵，没说的。"他指的是去年3月那天的事，陈规救了他的命，为救他的命，陈规差点丢了自己的命。他们随部队在海子州海子县驻训，在一个冷得抽筋的凌晨到风谷林场执行任务。部队命令集结在海拔4700米高地，那块高地的风扑打着雪粒的样子就像制冷性能超群的大冰柜。邢象一下子发起高烧，不住口地呕吐、呕吐，仿佛要把胃里的一切包括胃体撕碎，一块块绞成肉臊子。"必须得送回临时驻地，"陈规说，"不然就没救了，肺水肿会要人命。"没有人知道距临时驻地5公里这段路怎么走，更不知道他们能否走得过去。最后，陈规背起邢象就跑，邢象个子太大了，大到陈规两条腿软得随时随地都会失去支撑。他在经过一条小河时摔倒了，摔到冰面的一块突起的岩石上。邢象后来说他当时都听得到咔嚓的声音,他以为陈规的腿一定断了,因为鲜血渗透棉裤,洇红了一大片冰面。他要在原地等部队,陈规倔得像一头牦牛,说:"指导员,我没事儿,你就听我的。"邢象不能不听,后面这段路陈规马不停蹄,他其实不敢停下来,他怕一停下来就再也迈不动腿了。

但陈规终究不算没事儿,邢象的感冒很快就有起色,然而,当陈规知道他的小腿骨轻度骨裂的时候,他一点也没有感到惊讶,就像几个月后诊断他肾功能衰竭,虽然没有人告诉过他,但他就是知道。

"哎,要是陈班长扎就好了,不疼,赵班长差那么一点儿……"两个战士打完针经过他身边时低声交流,其中一个人的胶鞋分明踩到了他的脚面,但他们谁都没有停下来,就像压根没踩着什么一样。

"刘医生,液体凉,热水袋咋上锁了?"这是赵定的声音。陈规想我不是买了好几个给病号用吗,应该都放处置室柜子下层,随用随取,为什么锁起来呢?疼痛开始像一大把螺丝刀,可着劲儿拧,但他分明感觉到钥匙沉在腰间,一大串,卫生队所有的门和柜子包括队长办公室的钥匙,他都有,这是他最自豪的事,队长说:"交给陈规,交给陈规准没问题。"陈规忍着疼叫:"赵定,钥匙在这儿。"他觉得声音一半像哭,一半像困兽惨叫,但赵定没有过来,因为刘医生在办公室里应着说:"队长说那是陈规个人物品,到时候得随人走的。"赵定打了个响指:"明白。"

我的天哪,到底出什么事了!陈规突然停止了叫喊,为什么个人物品得随人走?走到哪里我怎么不知道?他那时买回来就说热水给战士们用,不然他一个人买那么多干什么?他想再喊赵定,感觉气流堵在胸口打转儿,怎么也冲不出来,他一下子想到那声惨叫,想到郑学说邢象,然后又想到赵定,他们为什么都没有理他,都不理他?还有那两个打完针的战士,明明被他们狠狠踩踏了,他的脚并没有觉得疼痛,甚至连踩踏的感觉都没有?他从头至尾考虑了一番,低下头看手,手像烧焦的黑炭,肿胀,比往常厚了数倍。他想起来了,他应该躺在医院里治病,或者说一直躺到死。他知道他不久人世,他从不说出他不久人世,没人会告诉他,可他不用人家告诉,他懂。他是累病的,病到永远康复不了。他晕过很多次,其中一次昏厥让他知道自己的病再也没办法治了。那是水库大坝上的一次巡诊,中午一点多,太阳很大,烤在身上像烧滚的一锅油劈头盖脸泼下来。他撂下药箱跑去帮忙搬石筑堤,没人知道他从早晨到现在还没有喘口气。那天搬了一会儿,他就晕倒了,用在场的潘浩的话说,他正和别人夸他,说这个卫生员人还不错,还帮着搬石头。他的夸奖还没有等到回应,陈规突然嘴唇青紫、面色苍白,然后一头栽倒在地。之后输液,但液体滴到近一半时他醒过来,拔下针头下床就往外走。邻床的屈雷说:"液体还没输完呢,你往哪儿去?"陈规说没啥事儿了,得干活去,人手少,洪水快来了。他晃了晃手上的葡萄糖点滴说:"喝上就行了。"屈雷后来到医院还跟他说:"你走后我都躺不住了,不就是觉得不舒服嘛,打啥点滴,你都晕倒了还想着干活。"

陈规意识到卫生队再也回不来了,他张开嘴巴,不知道能否安心地离开这里,他觉得一阵绞痛,又一阵绞痛,绞痛,绞痛。

赵定再一次经过他身边时似乎朝这里望了一下,目光跳了跳,然后稍作停顿,进药房前嘀咕着,声音虽然很小,陈规还是听明白了,他说:"队长说得对,热水袋陈班长用得着,那边液体更凉。"

陈有列在室外已经消磨大半个下午,但是他回来的时候手里还捏个烟蒂,发现病房里突然挤了一地的人。孔小东说:"你弟弟昏迷,一直在抢救……"

陈有列朝窗外望过去,他已望不见阳光了。

最后的草原

一

多少年来,我一直以为没有什么放不下,那些层出不穷的人和层出不穷的事过了就过了,甩甩手,朝前走不要停下,层出不穷注定会层出不穷下去,正如我力图以最可靠的悲痛来总结父亲,解释草原,理解表叔,悲痛却使我五脏俱焚。至于停顿或者左顾右盼之及物与不及物动作,根本不可能,遑论回忆。回忆是人生的荒凉,这项功能须等到垂垂老矣才能启用,启用秋阳里或者暮春时节的静坐姿势。鸟儿来了又去,花香浓了又淡,一院诸般"祥和"的词汇放松。有了放松,云烟状的思想就有可能四通八达,想或不想城南旧事,笑或不笑烟火红尘,不紧不慢轻啄少年空灵的香痕,疼或不疼都不重要了,那样,该多好。

现在,还不必回忆。

其实,我很快就知道了这个结论下得多么浅薄和草率。人总是自以为是,在许多事未曾触动痛点之前,想象力常常捉襟见肘。

我在五月的一个下午于安定门兜兜转转的时候,几个朋友却已在十分低调的小餐厅里等候多时。北京稍有年月的胡同里大都深藏这样逼仄的去处:欧洲乡村小酒馆的风格,最适合一个人,或者并非一个人，反正怎么样都好，喝当年新茶，品地道国外红酒，及茶也淡了，酒也见底了，叫一份西班牙大虾海鲜饭，有一口没一口地嚼。倘若门外有客人候桌，那也用不着猴急，从西班牙回国的小夫妻店家也决计不会一遍又一遍催问。朋友说这种地方还得提前订座，时常爆满。环顾四下，果然如此，各色眼睛错落有致，杂坐各角落。骄阳被关在窗外，却也无可奈何，窗内的人或轻语浅笑，或默契地配合着轻语浅笑，光线微醺，各种语言烩到一起，耳道交通堵塞，仿若北京的晚高峰。

时间仿佛霎时沦陷，谁知道斗牛士生死角力的血会不会滴在佛朗哥女子热辣的唇上，杰昂·米罗的石子是否已击中塞万提斯的哪个情节？很可能，这些那些稀奇古怪的事就是地中海风情吧。谁知道呢，反正受欢迎得要命……

准有什么地方弄错了，不是文化弄错了，就是人类精神弄错了。一隅异域的文化碎片摆地摊似的打扮得令人费解，基本上弄不清几多国家和地区的几多年代的衣衫一股脑穿上身来，或许仅为打盹儿工夫的胡乱臆造，也未可知。老实说，我不喜欢这种装腔作势，每个人的文化背景决定了情感骨质没法裁剪缝纫成制服，也无法做到把女人的美统一成一模一样的尖下巴、小脸、大眼、G罩杯，那是整容医生刑具似的审美功劳，它像从哪里撕下而后粘贴过来的美丽伤疤，显得不伦不类。进进出出的食客们未必会为胃管着想，很多时候，氤氲开来的某种心理原因赋予了生活品位变形的含义。

几乎很少有人会质疑这种混迹异域风格的偏好，它是否真的能把《人投鸟—石子》和"曲项向天歌"的鹅看得眉目清楚，而不是互相看成一道水泥雕像？是否能够真的打碎过往，格式化内心，然后投注到另一个人的过往和内心，而不觉得有陌生之感？

人类总要有自己的内心语言，情感归属和认同也该有自己的气味。一畦蛙声，一树老鸦，或半溪花水，半壶村酒，情之所系，心之所依，这种根植到骨干一直不停生长的物质叫爱，能让人感到松弛，自里而外的松弛，但是高远、疏朗，更激动人心，我喜欢这种激动人心的感觉。

我反正是不喜欢逼仄的，那会让爱蜷缩起来，让思想犯下哮喘病，以忘记深度和广度的自由扫荡是多么高不可攀。所以，见到广阔和想到广阔，都是令人愉快的事情。尤其是见到那种闻名于世的草原，宛如见到王洛宾歌里的好姑娘卓玛，总会立刻管不住心跳的速度，急切打量她那举世闻名的像红太阳的小脸、月亮样的眼睛和身后的小羊。若是故地重游，必又要证实什么，与记忆中的物什一一对应。

然而，事实上表叔和小妹兴致勃勃看着一路上日见稠密的高原村镇风光——特别是氧气明显不够，喘息声越来越重，特别是高原牦牛散落、飞兔出没和草山上迎风猎猎的彩色经幡，特别是这些草山由毡房拽向天边，最终被山峰厉声喝住——草原便顶着蓝得令人眩晕的天空铺向脚下来了。

我听见表叔猛咳了几声，说："哎呀！"

表叔这次来实在是一个意外。之前，他算是一个别有用心的人，很长时间家里人都这样认为，也都以冷若冰霜的表情待他。这不能怪谁，当父亲念念不忘"他太可怜了"这样的话，终于在三十多年后的某一天从身体到神经包括这声感喟均告瘫痪，其实父亲已在世界屋脊上的草原深处等了表叔三十多年，年华守尽月已老，并无伊人越墙来。在父亲那次严重失败的致命手术后表叔出现了，可那时父亲的眼神已经空旷无物，记忆已经沟壑纵横，他在谁也不明白的世界里无始无终地攻城略地。

那次出现恰值屋漏需补助，花萎禾焦等浇。父亲第三次送进医院，家里崩溃了。姐姐辞了工，甩开膀子没日没夜连轴转，回家买菜煮饭，医院里腿脚跑断。久卧床榻的父亲大小便本没有定数，夜里睡睡醒醒，醒来便不住声地磨牙，咯吱咯吱，伐木工似的，一下一下锯着松动得可怜的几颗残齿，也锯伤夜晚的安宁和稳定。要命的是咳嗽，没完没了，痰在喉咙里嘶啦嘶啦叫。他不再吐痰了，通常又咽回去。生命的汁液已大面积沙化，尚存主干的大树其实根系已经腐烂。谁都知道他健步如飞和爽朗大笑的影像只会成为我们的回忆，但愁眉不展的母亲不这样认命，她一直坚定地相信生命就在于运动，也只在于运动，于是就前前后后指挥姐姐："搀起来活动活动，别老躺着！"于是，姐姐到床前分开双脚，先稳固下盘，上身几乎完全俯到父亲身上，环抱住父亲，大喊一声，父亲立时折起上身，再一提气，人已起立。这时，父亲左手拇指和食指悄无声息抠住姐姐胳膊或背上某一小块皮肉，开始轻轻摩挲，摩挲，而后姐姐矮下身去却没敢叫出声，没敢松开手。

像许多脑萎缩的病人一样，父亲早已不能迈步，他的活动无非是双臂爬到谁肩头，被拽着，拖着，然后上演牵线木偶戏，十余步过去，他累得气喘，其他人更是通身大汗。母亲这时候通常颓坐叹气："老王啊，你咋成这样了！"

父亲不是这样的，他压根没想过有这一天，更不曾想人间所有的不幸蜂拥而来的时候他已一无所知。不少医生信誓旦旦宣布："放心吧，这种病人长寿，得绝症的绝不可能得痴呆病，绝不可能！"可是，绝不可能的灾难降临是绝不会和任何人商量，包括医生。

表叔不该守了父亲才一个月就急忙离去，说是胃病犯了，坚持不住了。没人相信他，因为父亲还在医院里，因为医院几乎不愿再给父亲治疗了，因为任何药物到了父亲体内均全军覆没，因为父亲已是一艘触礁的老木船，正陷入大海漆黑一团的风暴中。

生命无常，生命最终朝着一个目的地进发，不管谁愿不愿意，这是高度一致的。

二

那天早晨，小雨拖泥带水的样子真是没办法，总算在过了日月山乡才驻足，但太阳一直没舍得把高原式的率真过早推出帐篷。

已经看到一些羊圈破败在大路不远的草坡上，几头牦牛啃着自己的青草，谁也不理会，长长的毛遮蔽着表情，也很好地遮蔽着内心的想法。

妹妹的相机不停咔嚓咔嚓，嘴里也不停发出近似"噢"的象声词,这个象声词张开双臂欢呼着扑出车去。难怪,她离开草原时19岁,今年她40出头。

现在回想起来,那完全是一次十分正确的草原之行。表叔在坐上车的一刹那就一直睁着他的小眼睛,眼角没有常见的白色分泌物。而在之前,但凡坐着,他一直在打盹,头一点一点的,身子端正,从不见他东倒西歪,这真是功夫。在妹妹咔嚓着相机和庸俗地糟蹋着象声词的时候,表叔眼里的草坡和牦牛不知道是哪种尊容,牛怎么可以长成这个样子?草怎么可以长成这个样子?一些贴着地皮生长低矮的、干燥的植被明显发育不良,扫帚枯茬似的,这也能称得上草?哪像中原家里的草,毫无理由地疯长着,又高又嫩。还有牦牛,这也是牛?毛发被风吹得在草地上拖来拖去,像赖在泥塘里消暑的猪。

雪线像远远集体列队的坟堆,张牙舞爪着它令人绝望的白,隔着那些草地、那些认真吃草的牦牛、那些连绵的山岭,寒气袭人,但景色美得不可方物:雪山、绿草、白羊、繁花。我说:"隔着车窗再高的像素也拍不出好照片,不如你下车放开拍吧,我们回来再接你。"妹妹咯咯笑:"喂狼吧,下车。"还是不肯停下手。

其实到了这里,还不算到了草原,它只是奔向草原的油箱里加注的一口水。我相信妹妹年轻时的记忆虽然经过那么多年反复蒸煮,难免乱配调味品,但大致还不见得太走样,表叔则决计一无所知。他当然一无所知,他生活的中原大地离此一千多公里之遥,那里任何一座摩天大楼的高度跟这里最低洼的地方比,都有着发育不良的可怜样儿。

他这次能来,和父亲有关系是唯一的解释。如果他没有再次选择回到父亲的病床前,如果他在父亲葬礼这件事上和姨夫一样保持着无理取闹、狂躁和假心假意,如果他选择了以上任何一个选项,他就注定无缘来草原。当然,一个不知草原为何物的人,草原于他,没有丝毫魅惑。

人类总是自以为是,自以为怀有足够的智慧、道德和社会品级,不假思索地以长驱直入的方式侵略他人的精神符号,而后粗暴植入和任意组合。你毁了他的一切平静,而且,你还立下标准,理所当然修正他、改变他茫然无知的知觉。

这样做，不是很残酷吗？

妹妹安静下来，相机还在手上，已不再大呼小叫，不再把快速滚动而过的风景手忙脚乱地裁剪成一块又一块的幕布或者边角料，而专注到越来越多的牛群、羊群和马群上来。间或可见一闪而过的野兔，它们才称得上是在辽阔的草原上气定神闲地享受着一天中最重要的早餐。

草原就是一张巨大的棋盘，那些或黑或白，或大或小的动物在或近或远的景象里便是局势未明的棋子。造物主是执子者，过客们是匆匆忙忙并无耐心的观棋人。观棋人最高境界为观棋不语，观棋不语并非不察、不明，世事洞明而不语者乃真高人，而动辄跃跃欲试、自封场外指挥甚至僭越执子，场面必将大乱。就像挖虫草、挖柴胡、挖秦艽等，一镐一镐凿穿的是草原的视网膜；就像偷猎，一枪一枪射瞎的是草原的眼睛。据说草原的沙化速度和高原珍稀动物的灭绝程度远远快过城镇化的奇思妙想。想想看，用不着遥远的将来这样安慰性质的没有定数的时间，人类将被沙暴风蚀成一座座浮雕，裸陈于坟墓之外。

当然，妹妹想的不是这些，她一言不发，最初的亢奋渐被越来越长的路淹没，或者，被恒河沙数的马牛羊弄得审美疲劳了。我笑她，她叹了一口气："留点力气，再说。"她要留到草原深处，那是她记忆最茂盛的密室，那是亲切的感受，就像坐在老屋看满院子的月光。

表叔在想什么，他没说，他顾不上说了，脸色变得暗沉。我以为他有了高原反应，就递过去红景天药和矿泉水，他抓在手里没动。近七十岁的人，我担心他到不了目的地，一旦中途折返，妹妹会跳起来的，她等了二十一年了，不容易。

问他："心慌吧？"他说："没有。"问他："头疼吗？"他说："没有。"问他："气短？"他不说话了，面无表情，和父亲长着一样的小眼睛掠过我的关切，投向车外。许是他耳背的缘故，根本没有听到，许是我打扰到了他，他烦了我这样琐碎的关心。殡葬了父亲，我带他看过医生，听到胃炎不能喝酒、不能吃辛辣诸物的话，他走出来似乎长长吁了口气，看得出他多么轻松，还笑了一声，这是少有的。

表叔是一个失败的男人，一个遗弃了庄稼地二十年的庄稼汉。

还在他比较年轻的那几年，正是他人生最阴冷黑暗的顶点。他没有自杀，他选择了远离庄稼地，到了一个谁也不认识谁的都市收废品或者替人看工地。我们都不明白他那时为什么不投奔父亲。

他有过三个儿子，但现在只剩下比他更讷言的表婶。我曾试着问过他那三个孩子的死，他显然不想提起往事，虽然过去了三十多年。他也没有回避的意思，最后是用最粗糙的描述结束了我的疑问。他的每一个儿子都没有活过七岁，头两个儿子在表婶忙于做午饭时掉进门前的水坑里，抱上来时肚子比足球还大。他的悲愤欲绝是因为小儿子的死。小儿子的死绝对是个错误，他刚跑到正在盖的门楼下，门楼毫无预兆地倒塌下来，根本来不及抢救。当时他老丈人一家正忙着招待请来的泥瓦匠们，没有留意那个好动的外孙子什么时候不见了。表叔一气之下断绝了与表婶娘家的任何联系，跺跺脚，离家远走，一走就是二十年，没有人知道他的去向，包括父亲。不知道受了多少罪，胃病应该就是那个时候得的，劣质酒和最底层人的生活境遇害了他，他一直以为疼痛的胃里有一种死亡的气息在累积，发酵，变异。只要疼痛发作，他想到大限随时降临，直到我不久前带他做了彻底诊查，诊查结果皆大欢喜。我当然是选择了这个时候问及失踪二十年的事情。

三

太阳已经老高了。高原上的太阳就是不懂得矜持，只要一露头，一定是不管不顾。这和牧民们的性格并无二致，只要你离帐篷足够近，只要你不急着赶路，不管从哪里来到哪里去，听或听不懂他们说的话，你都决计能读懂热情，奶茶碗里凝着那层酥油，在他们开动咬肌大快朵颐时，那张黑得透红的脸笑逐颜开，使你感动。

就像格桑花，并不算漂亮的格桑花，开得坦坦荡荡，不知收放。

快走到青海湖的时候，路上遇到好几个骑马的牧民，我们都被那几匹或火红或黝黑但必然皮毛油亮的骏马震撼，它们一色的强壮高大，喷着鼻息，颈上披散着的长鬃在疾驰而过时流淌着太阳的光辉和令人眩晕的力量美。骑在马上的人随着马的奔驰和跳跃，打着呼哨远去，其袍袖雄鹰一般振翅着、鼓荡着，爱马的我几欲不安于座。来到草原应该看牦牛、看羊群、看辽阔，但若忽略了骏马，便算不得真正来到草原。

马是英雄的传说，是草原的罡风。

草原上的风拧麻花似的发着怪叫声掠过，几乎所有的一切都要俯首称臣、长跪不起，雪线也不例外。刚看到指示路牌，雪山便不知遁向哪里去了。妹妹一下子精神十足，一个劲儿问："到了吧？到了吧？"其实远远的，青海湖的气息便滚滚而来，只可惜今天天气太好，天太蓝，若不是有那几片掉了队的白云走漏风声，那抹湖水和蓝天竟粘连得天衣无缝，难以分辨。

说来奇怪，一路紧追不舍的风在我们下车后杳无踪影。湖水清澈，强光下泛着丝绸般的质感。说好了不坐船，湖边走一走，拍几张相当作秀的美图便罢，但一到湖边，忽然见了新修的码头，忽然码头井然泊了十来条大大小小的新游船，这些新游船都可以通向二郎剑。我不免发愣，曾几何时，这里只是一处普通的草甸，鱼雷发射实验塔还只是湖里的一颗黑豆，最多是一颗个头大一些的黑豆，但现在，忽然都在眼前了，都清晰起来了，而这片普通的草甸被修剪得颇有头脸。

我愣神的当儿，耳膜又一次被一声"哎呀"捣了一下，表叔背着手，望向湖面。妹妹一忽儿拍码头，一忽儿去水边，伸着两臂像水鸟一样飞舞。老实说，湖面真的缩水了，湖边的黄沙土像一个人被撕开皮后裸露的筋肉，新伤摞旧疤。妹妹从没有来过湖边，表叔更不可能来过，他们都不知道，青海湖每年蒸发的水量是补入到湖里水量的数倍，这是能让人夜不能寐的数字。

难道，苍天最终要把青海湖变成世界屋脊上的一滴眼泪？

那么大的船，也能像剑一样劈开湖水，然后奔向那把伸向湖水深处的二郎剑吗？那其实是满是金沙的沙地，从岸边直插湖心，形似一把闪光的利剑。湖水漫上沙滩，沙滩又送水入湖，如此无始无终。如果不是冰冷的咸水难以没足，如果没有在岸上打猎，如果椰树在，与三亚何异！与沿海任何一处美丽无匹的海滩何异！

我还是看见了水边浸了几双同船来的年轻男孩的脚，但没有下水搏击一番，很明显，他们虽则正处青春的挥霍期，仍不敢让青春太任性。

青海湖看起来让人担忧，但担忧不是此行的目的地，目的地还在草原的深处。

通往目的地的路真长。除了司机和表叔，所有人都被睡意逮捕，妹妹的口角有一串液体，车猛地一颠，一下子甩向窗玻璃，头在玻璃上恶狠狠撞了一下，她眼都没睁，抬手胡乱揉一下伤处，又睡着了。

许是窗外的阳光强到能晒到梦里，许是梦里的太阳更晒人，进入那片神秘地带不久，妹妹醒了，大叫停车照相。几十岁的人了，还像个孩子！

表叔没有下车，他说："照啥相，多累。"他一定真正认识了高原，氧气开始在他血液中递减。高原，只对熟悉的人热情。

一进入曾经的秘境，妹妹便推着表叔跟她走，说着："这是我爸工作过的分厂，厂里有个车间里搞组装，不让人进去……这是学校……副食商店……文化宫……牧场，那时候一副牛下水5角钱都没人要……"表叔听着一忽儿戚然，一忽儿不住嘴地喊"哎呀"。我忽然明白了，表叔的"哎呀"就是吃惊，就是悲伤。他走进草原，走进我父亲等了他三十年的草原，一定想着父亲，想着这种叫草原的地方有个亲人在他最悲愤的年月牵肠挂肚，把天各一方的表兄弟从年轻想到了年老，想成了满脸皱纹。而这个人已经到另一个世界想他去了，即使他拖着病腿一瘸一拐上了高原，即使他把积攒经年的愧疚化成号啕大哭、长跪不起，即使……已经毫无意义了，都消失了啊。他表哥的一个微笑、一个声音、一次询问或一副长睡的样子……有些记忆碎片尚存，有些，已刻进到沟回的密室。

太阳抹去最后一片橙红后，草原开始歌唱。临登车，表叔忽然望远叹声："这个湖，这个草原，听你爸说了一辈子！"

没想到，有些回忆并不能被时间的风尽数卷走，而是留下来，留在神秘的山谷里，随时拿出来看看，并非一定要等到哪儿也去不了，等到年老如蝶，如果有可能，美丽的密室将永远冷凝，大片辽阔，最后的草原，带不走，也放不下。

草原已埋在晚霞里，退到身后，而那些逼仄和繁华，未必能够真正走进晨曦，走到身前，我指的是精神层面的归宿。

后　记

　　伊丽莎白·鲍恩曾经说："人物并不是作者创造的。他们早就存在，必须去寻找。假如我们不去寻找，假如我们不能重现他们，应该是作家的错。"这句话一直告诫我，写作犹如需要签署死亡通知书一样以不当的想象去签署文学形式的死亡通知书，艺术便会遵从文化的游戏，其寻找过程不需要滔滔不绝地雀噪山村，不需要哗众取宠地鸡鸣茅窗。这是一定要规避的，想要重现一种由内而外的气韵流动是一种理想，而非克隆式的复制。

　　文字是一个神奇的工具，担当着精神世界那一隅微如烛光的震颤，生活便在震颤中满足和缓解人们对丢失或可能会丢失的希冀的惦念。我常常会被它举重若轻的时空勾连，陷入文脉分明、描述精准、文采飞扬的文本追求中不能自拔，试图泼出最优美的无往而不在的情愫。这些情愫攥紧创作经验的实用性和普遍性的手臂引进深度思考。

　　在故事与文学失衡的当下，如何将现实发生和正在发生的故事洗劫一空并非难事，难就难在怎样避开庸俗、阴暗、冷漠等人性而不动声色地呈现，这种呈现过程是在洞悉且解密之后的善意"真声"，尤其在反映当下军营生活和军人精神层面上，需要用更加艺术的笔形触动到内在的波澜壮阔。

　　这本集子所选小说篇目均写作并发表于近四年，我一直尝试调整个人的文学理解力，深信一个人思想有多深邃，文字就会有多厚实，自然也会流露出相应层面的气质和认知，包括人格魅力、创作态度和兴趣文理，相信这些影响会越来越久，且没有边界。